Helen Baxter
Ocean Princess

AF175781

HELEN BAXTER

OCEAN PRINCESS

ROMAN

Bibliografische Information der Deutschen Nationalbibliothek:
Die Deutsche Nationalbibliothek verzeichnet diese Publikation
in der Deutschen Nationalbibliografie; detaillierte bibliografische
Daten sind im Internet über http://dnb.dnb.de abrufbar.

Titelbildabbildungen: conrado - shutterstock.com
EpicStockMedia - shutterstock.com
Alex Staroseltsev - shutterstock.com
Lektorat: Loreley Colter
Korrektorrat: SkS-Heinen
Umschlaggestaltung und Satz: Saskia Calden
Herstellung und Verlag: BoD – Books on Demand, Norderstedt

Kontakt: Thomforde, Albert-Schweitzer Str. 24, 21680 Stade
E-Mail: Helen.Baxter-samt@gmx.de

www.facebook.com/Helen.Baxter.Samt

ISBN: 978-3-7528-3174-0

VORWORT

Zu Ocean Princess hat mich ein realer Bezug inspiriert. So finden Weltall und Meer zusammen. Zwei faszinierende Welten, denen man am ehesten nahekommt, wenn man in einem Roman darin abtaucht.

Für Claudia,
die ihr Leben ändern wollte, aber nie den
Mut dazu aufbrachte.

JAMBO!

Sansibar – das Wort klang nach Abenteuer. Wenn ihr Großvater recht behielt, trennten sie keine dreihundert Seemeilen vom Goldschatz der *Ocean Princess*. Von Kindheit an wollte sie nichts anderes, als danach zu suchen. Endlich bot sich die Gelegenheit, dafür hatte sie alles aufgegeben. Ein kurzer Blick auf die Uhr und sie schnappte nach Luft. Das würde knapp. Sie musste es unbedingt rechtzeitig an Bord schaffen. In einem Dalladalla, wie man die Sammeltaxen auf der Insel nannte, ergatterte sie den letzten Sitzplatz. Eingequetscht zwischen zwei stoisch dreinblickenden, kerzengerade sitzenden Massai, die bei jedem Schlagloch mit den Köpfen an die Fahrzeugdecke stießen, hockte sie auf ihrem Sitz und umklammerte ängstlich ihren Rucksack. Von den Seekarten darin hing ihre Existenz ab. Sie waren ihr kostbarster Besitz, und den würde sie mit ihrem Leben verteidigen. In ihrem Nacken saß ein Chauvinist, der sie seit der Ankunft am Flughafen nicht aus den Augen ließ. Jetzt trug er eine Sonnenbrille, trotzdem wurde sie das Gefühl nicht los, dass er sie ununterbrochen taxierte. Unruhig rutschte sie hin und her. *So ein Idiot.*

Erst stoppte das Taxi an jedem Busch, dann verzögerte eine Reifenpanne die Fahrt. Am Ende fuhren Passagiere auf dem Dach oder festgekrallt am Ersatzrad mit. Das zusätzliche Gewicht raubte der Federung sämtlichen Komfort, was sie in den Knochen deutlich spürte. Eine Stunde

Verspätung zeigte die Uhr, hoffentlich erwischte sie das Schiff noch. Sie fieberte dem Treffen mit diesem Ben Arab entgegen, den sie nur aus E-Mails kannte und dem sie ein wichtiges Detail über ihre Person verschwiegen hatte. Wenn die Mission nun scheiterte, sobald diese Tatsache ans Licht kam?

Auf einem chaotischen Platz, an dem Hunderte ähnlicher Taxen standen, verließ sie das enge Gefährt. Der verdächtige Kerl wollte helfend nach ihrem Gepäck greifen, doch sie verteidigte es. »Danke, ich komme klar.«

Seinen Unterarm zierte ein plakatives Oktopus Tattoo. Auffordernd hielt der Mann die Hände offen, bis ihr auffiel, dass sie in ihrer Muttersprache gesprochen hatte, er aber offensichtlich kein Norwegisch verstand. »No, thanks«, schickte sie hinterher.

In einer Menschentraube wurde sie davongetrieben. Der Chauvy mit der Sonnenbrille ging ein paar Schritte hinter ihr. Zufall, dass er auch hier ausstieg? Sie tat den Gedanken als paranoid ab. Sie hasste Tattoos, wahrscheinlich war er ihr deshalb aufgefallen. Er verschwand in der Menge, die in sämtliche Richtungen auseinanderlief. Hafenluft, die charakteristische Mischung aus Salzwasser, Fisch, Seetang und Dieseldämpfen, wehte ihr entgegen, als sie aufatmete und sich umsah. Hoffentlich war das Schiff noch da. Auf der Suche danach staunte sie über das rege Treiben an der Mole. Die Vielfalt der Transportmittel, mit denen man Waren hin und her beförderte, wirkte ebenso bemerkenswert wie deren technische Umsetzung, die vom Korb auf dem Kopf bis zum Gabelstapler reichte. Personen und Maschinen wimmelten in typisch afrikanischer Quirligkeit durcheinander. Am Kai lagen die unterschiedlichsten Schiffstypen verankert, nur die *Argus* entdeckte sie nirgends. *Mist, haben die ohne mich abgelegt?* Ein kurzer Schauer der Panik durchzog sie und hinterließ ein saures Kribbeln auf der Zunge. Ihre allererste Reise auf eigene Faust und schon steckte sie in Schwierigkeiten. Sie brauchte Hilfe. Die Sonne blendete, und sie schob die Sonnenbrille, die ihren Pony aus dem Gesicht hielt, auf die Nase hinunter.

»Jambo, my friend«, sprach sie mit einem der wichtigsten Worte, das man in Afrika auf Swahili draufhaben sollte, den nächsten Menschen an, der ihr über den Weg lief. »Jambo«, grüßte der Junge freundlich lachend zurück. »Brauchst du einen Fremdenführer?«

Zum Glück beherrschte hier jeder die Amtssprache Englisch zumindest bruchstückhaft. Noch bevor sie antworten konnte, hievte er seine Last von den Schultern und lud sie auf einem abenteuerlich gestapelten Berg von Kisten, Säcken und Körben ab, der bedrohlich ins Schwanken geriet.

»Für zehn Dollar werde ich dein Guide.«

Sie nahm die Brille ab. Das war deutlich zu viel für hiesige Verhältnisse, deshalb schüttelte sie energisch den Kopf. »Ich suche die *Argus.* Das ist ein Forschungsschiff. Es sollte um sechzehn Uhr ablegen, ich bin spät dran. Kannst du mir zeigen, wo sie liegt?«

Der schlaksige Kerl musterte sie eingehend. Das kannte sie bereits von diversen Pauschalreisen. Ihre naturblonden Haare und die leuchtend hellblauen Augen sorgten in afrikanischen Ländern immer für Aufsehen. Sie lächelte den Mann erwartungsvoll an.

»Für drei Dollar bring ich dich hin.«

»Okay.« Er hielt zwar die Hand auf, doch sie lehnte ab. »Erst, wenn ich den Kahn noch erwische.«

»Hakuna Matata.« Daraufhin trabte er los. Das Geld genügte offenbar nur zum Hinbringen, nicht fürs Tragen. Sie folgte ihm mühsam. Der Rucksack wog schwer. Nach etwa fünfhundert Metern im Laufschritt, vorbei an rostigen Containern und durch geringer werdendes Menschengewirr, erreichten sie das Ende der Hafenanlage. An der Spitze der Mole lag ein einzelnes Schiff mit dem Heck zum Kai. Der Schiffsmotor dröhnte auf. Sie legten ab! Keine Zeit für Ängste. In Windeseile drückte sie dem Jungen den Lohn in die Hand und hastete los. Sie erklomm den wackeligen Steg, warf den Rucksack voraus, nahm ihren Mut zusammen und überwand mit einem beherzten Satz im allerletzten Moment die Lücke zwischen rettendem Deck und Sansibar. Unsanft landete sie auf der einzigen freien Fläche.

Puh, das hätte leicht schiefgehen können. Hoffentlich war das auch die *Argus*. Ein letzter Blick zum Festland. Von dem Mann mit der Sonnenbrille war nichts zu sehen, stellte sie erleichtert fest. Das Schiff entfernte sich vom Anleger und sie sich damit von der Vergangenheit und ihrem behüteten, eingezwängten Leben. Die Vibration des Schiffsdiesels drang durch die Füße in ihren Körper, Fahrtwind strich über ihre Haut. Das Gefühl von Freiheit ließ sie durchatmen.

»Bist du wahnsinnig?«, herrschte sie ein Typ mit nacktem Oberkörper an, der die tropfende Festmacherleine ordentlich zusammenlegte, und zerstörte gründlich ihren Glücksmoment, endlich wieder auf einem Schiff zu sein.

Sie sah in ein braun gebranntes Gesicht. Die von der Sonne ausgebleichten Dreadlocks hatte er zu einem Bun gestylt. Das amüsierte sie, weil die Haarfarbe zu den ver-

10

schossenen, sandfarbenen Schwimmshorts passte, die locker auf seinen Hüften saß.

»Du enterst ungefragt ein Schiff?«, motzte der sportlich gebaute Typ.

»Warum wartet ihr auch nicht auf mich?«, gab sie zurück.

»Wieso sollten wir ausgerechnet auf dich warten?«

Sie pfiff durch die Zähne. »Wow, der Kahn ist größer und unordentlicher, als ich dachte«, fügte sie mit einem Blick auf die überall gestapelten Kisten, Säcke und Bananenstauden an, die zwischen hydraulischen Seilwinden, Kran und knallgelben Unterwassergeräten herumstanden.

»Hä?« Der Mann stand entgeistert vor ihr. »Bist du der Norweger?«

Sie baute sich vor ihm auf und hielt ihm den Rucksack entgegen. »In! Norweger-in! Ich bin Alex Lund. Eure Meteorologin.« Das sollte entschlossen klingen. Dass der Mann nach einigen Sekunden völliger Regungslosigkeit in Gelächter ausbrach, verunsicherte sie.

»Bisher sind wir gut ohne klargekommen.«

Konsterniert zog sie den Knoten ihrer gepunkteten Bluse unter dem Busen fest und strich die blauen Shorts im Fiftys-Style glatt. Sie mochte den etwas züchtigen und dennoch sexy wirkenden Kleidungsstil. Darin fühlte sie sich wohl und weiblich. Leider lief man in Afrika barfuß oder in Flipflops. Dementsprechend steckten ihre Füße in pinken Latschen mit Polka-Dots, obwohl sie ihre eins zweiundsechzig besonders im Moment gern mit ein paar stylishen High Heels aufgewertet hätte, um nicht zu ihm aufsehen zu müssen.

Der Blick des Blonden wanderte ihre Beine hinauf bis zu ihren Zöpfen. Verlegen drehte sie einen um den Zeigefinger und warf ihn nach hinten, als der Mann am Ende seiner Musterung angelangt war. Dass sie auf andere sexy wirkte, war nichts Neues für sie; ihren Sex-Appeal offen einzusetzen, schon. *Gehört alles zum Imagewechsel*, entschied sie und straffte ihre Schultern. Es wirkte. Immerhin lächelte er milde, dann wandte er sich in Richtung der Decksaufbauten.

»Hey, Mitch, wir haben ein leibhaftiges Pin-up-Girl an Bord, sie behauptet, sie sei Alex!«, brüllte er in einer Lautstärke, dass sie zusammenzuckte, und deutete mit dem Finger in ihre Richtung. Aus einer Luke trat ein Surfer-Typ in abgeschnittenen, fransigen Jeans und fadenscheinigem T-Shirt an Deck. Es trug die verwaschene Aufschrift »Diesel«.

Total out. Alex taxierte den Mann, der eine Bananenstaude schulterte, als wäre sie aus Pappmaché. Sein Haarschopf bestand ebenfalls aus sonnengebleichten, hellbraunen Dreadlocks, die er mit einem blauen Tuch umwickelt trug. Das sollte der Kapitän sein? Den hatte sie sich völlig anders vorgestellt.

»Du bist auf keinen Fall Ben Arab«, sprach sie ihn an und ging mit ausgestreckter Hand auf ihn zu. »Hey, Alex Lund, sehr erfreut.«

Das führte zu weiterem Gelächter. Dass sie lachten, ärgerte sie. Also schob sie die Sonnenbrille auf die Nasenspitze und musterte die beiden Männer unverhohlen. Wie eine Wand bauten sich die Prachtexemplare vor ihr auf. Man konnte sie für Brüder halten, was hauptsächlich an den ähnlichen Frisuren lag. Bei dem Anblick der definierten Oberkörper leckte sie sich unwillkürlich die Lippen. »Ich verstehe, ihr habt hier wenig mit Frauen am Hut.«

Sie sah dem Kerl unverwandt in die grünen Augen, ließ einmal die Fingerkuppen über dessen Brustmuskel trommeln, um kurz darauf den Zeigefinger an sein Kinn zu tippen. »Bring mich zum Expeditionsleiter«, gurrte sie, doch er blieb perplex stehen. »Na los, oder muss ich ihn selber suchen? So ein Kutter verliert nichts. Er kann sich ja nur hier aufhalten.« Entschieden rückte sie die Brille zurück auf die Nase und machte einen Schritt an ihnen vorbei. In dem Moment nahm das Schiff Fahrt auf. Durch den Schub, den es dabei entwickelte, stolperte sie den beiden Männern mit rudernden Armen rückwärts gegen die Brust.

»Hoppla, Monroe«, sagte der Typ, der das Tauende fallen gelassen hatte, um sie aufzufangen. Von ihm ging der Duft einer Salzwasser-Seetang-Meeresbrise aus. Sie drückte sich von ihm ab und entzog ihm unwirsch den Unterarm. Für so was hatte sie keinen Kopf. »Marilyn gibt dir gleich was!« Alex rang die Hände und verdrehte die Augen. Unsinn, sich weiter mit ihm zu unterhalten. Die peinliche Situation überspielend, ordnete sie ihre Zöpfe nach vorn, wobei sie den Blick des Tauendenmatrosen fixierte. »Wo ist Mr. Ben Arab? Schließlich hat er mich herbestellt!« Das kam wesentlich entschlossener aus ihrem Mund, als sie sich fühlte. Die mutige Abenteurerin zu sein, war anstrengender als gedacht.

»Ne, der erwartet 'nen Kerl! Folg mir.« Er schulterte ihren Rucksack und stapfte voraus durch die nächste Luke, dann zwei Treppen hinauf und über einen schmalen Gang, die ganze Zeit dicht gefolgt von dem Diesel-Shirt-Träger. Auf dem Weg schlossen sich noch vier weitere Besatzungsmitglieder an.

Der Mann auf der Brücke trug nichts außer einer Kapitänsmütze. Na ja, fast. Nur war die vordere Hälfte seiner

Hose nahezu komplett von einem behaarten Bauch verdeckt, der so dick war, dass sie fürchtete, er könnte unmöglich einen Hebel oder Schalter an dem Pult vor ihm erreichen. Die Arme wirkten zu kurz, aber er belehrte sie eines Besseren, warf nur einen Seitenblick auf sie, drückte ein paar Knöpfe und bediente einen Regler. »Name?«, fragte er knapp.

»Alex Lund und eurer?«

»Du musst von mir nicht im majestätischen Plural sprechen, ich bin kein König, nur der Kapitän. Chippendale Quinn. Jeder hier nennt mich Chip«, schnaufte er, als würde das bisschen Hebelbedienen seine Kondition einer schweren Prüfung unterziehen.

»Ich meinte auch nicht dich damit, sondern die!«, antwortete sie, bemüht, nicht laut loszuprusten, denn er hatte so wenig von einem Chippendale wie ein Mops von einem Königspudel. Gleichzeitig deutete sie mit dem Daumen über die Schulter in Richtung der Männer, die sich am Eingang drängelten.

»Lady, entschuldige, wir sind Damenbesuch hier nicht gewöhnt.«

Es entstand eine Gesprächspause. Aus dem missmutigen Gemurmel, das von der Tür herüberklang, entnahm sie, dass Weiber auf Schiffen nur Unglück brachten, und man sie am nächsten Hafen wieder absetzen sollte. Sie schluckte die aufkommende Unsicherheit herunter, es gelang nur nicht. Ihr Abenteuer stand offensichtlich unter einem schlechten Stern. »Ihr mögt keine Frauen an Bord? Das müsst ihr dann mit eurem Boss ausmachen. Er hat mich herbestellt, hier bin ich. Wo ist er? Ich dachte, er wäre der Kapitän?«

Betretenes Schweigen.

Unter der Kapitänsmütze räusperte sich etwas. »Unser Expeditionsleiter weilt auf seiner Jacht.«

Alex zog die Stirn kraus. »Aha. Wann treffe ich ihn?«, fragte sie inzwischen genervt. Die Sache lief ja total aus dem Ruder.

»Morgen«, lautete die unpräzise Antwort.

Die *Argus* erreichte das offene Meer und die Wellenhöhe nahm zu. Alex geriet ins Schwanken, was ihr erneut Häme der Männer einbrachte.

»Immer eine Hand fürs Schiff, die andere fürs Leben!«, riet ihr Chip.

Als ob sie das nicht wüsste. Sie rollte mit den Augen, klammerte sich aber gleichzeitig an einem Griff fest. »Darf ich bitte in meine Kabine?«, fragte sie leicht schnippisch, und das aufkommende Gekicher schürte ihre Wut. Sie wandte sich an die Crewmitglieder, die nach wie vor im Eingang zusammengerottet waren. »Was soll das Getuschel? Ihr besitzt nicht mal den Anstand, euch vorzustellen.« Sie kam sich ganz schön blöd vor.

›Diesel‹ trat vor. »Mitch«, brachte er knapp über die Lippen. »Bei mir ist das einzige Bett frei. Der Norweger schläft also bei mir, wie geplant.«

»Das könnte dir so passen!«, erwiderte sie zornig, weil er es breit in die Runde grinsend aussprach.

»Dann pennst du eben solange beim Boss, der ist ja nicht da.« Ungalant warf er ihr den Rucksack zu, den sie wie ein Schutzschild vor die Brust drückte. Sie quetschte sich durch die Männertraube auf den Gang. Die Blicke der Typen spürte sie in ihrem Nacken genauso brennen wie auf ihrem Hintern, und so schwang sie die Hüften absichtlich ausladender als sonst. Sie wollte sich nicht unterkriegen lassen, deshalb war sie froh, dass niemand sah, wie ihr Tränenspiegel bedrohlich anstieg.

»Fass nichts an, das hat er nicht gern«, sagte Mitch vor der Kabinentür, dann machte er auf dem Absatz kehrt und verschwand.

Seufzend ließ sie sich auf die Matratze des Doppelbetts fallen, die sich als erstaunlich bequem herausstellte. Dieses aufgesetzte Sexy-Hexy-Getue erwies sich als anstrengend, aber bei der geballten Männlichkeit war es eine Waffe, auf die sie ungern verzichtete. Zumal sie am liebsten geheult hätte bei so viel Ablehnung, die man ihr entgegenbrachte.

Sie sah sich in der puristisch wirkenden Kabine um. Hier wohnte ein Ordnungsfanatiker. Ein Kartentisch mit Seekarten, beschwert von einem antiken Sextanten, ein Stuhl, ein Notebook, ein bisschen Technik. Neugierig, ob etwas Interessantes über den mysteriösen Mr. Ben Arab in Erfahrung zu bringen war, das ihr bei dem morgigen Einstellungsgespräch einen Vorteil verschaffen konnte, sah sie sich um. Der bisherige Kontakt war per E-Mail gelaufen. Im Internet hatte sie kaum etwas herausgefunden, das zu einem Expeditionsleiter eines Schatzsucherunternehmens passte. Wenn man mal von den Funden absah, die er bisher vorzuweisen hatte. Sie entriegelte die Klappen der Schapps, die ringsum unter der Decke hingen. Doch die mit Riegeln gesicherten Staufächer, aus denen bei hohem Seegang nichts herausfallen konnte, beherbergten nur Fach- und Handbücher für Tauchgerätschaften, wenig Persönliches, bis auf vier akkurate Stapel Kleidung in einem Einbauschrank. Einige Aufnahmen dekorierten die Wände, leider ohne Beschriftung. Alex erkannte nur zwei der Crewmitglieder darauf, die mit uralten Champagnerflaschen in der Hand vor einem Mini-U-Boot posierten.

Sie kramte ihren Kulturbeutel aus dem Gepäck und deponierte ihn auf dem Waschbecken der winzigen Nasszelle, die Toilette und Dusche in einem bildete. Spartanisch, aber blitzsauber. Sie gönnte sich eine erfrischende Katzenwäsche, danach setzte sie ihre Erkundungstour fort und suchte nach Dingen, die die Expedition betrafen. In der untersten Schublade des Tisches lagen in einem Kasten drei Fotografien von einer schlafenden, nackten Frau mit langen braunen Locken. ›Gila‹ stand auf der Rückseite. Ein Hochzeitsfoto war mit ›Gila und Rahim‹ beschriftet. Es verwunderte sie, dass dieser Ben Arab Nacktaufnahmen von der Ehefrau eines anderen in der Schreibtischschublade aufbewahrte. Hatte ihm da jemand die Freundin ausgespannt? *Eigenartig*. Schnell schob sie die Bilder zurück.

Sie zog eine Dokumentenrolle aus dem Rucksack und entnahm daraus nautische Zeichnungen unterschiedlicher Epochen. Sie stellten ihren kostbarsten Besitz dar. Wie wertvoll, galt es morgen auszuloten. Sorgsam breitete sie eine davon auf dem Kartentisch aus. Aus einer Seitentasche holte sie einen uralten Kompass, ein Erbstück ihres Großvaters, und legte ihren Glücksbringer auf eine der Papierkanten. Sie verglich die Wrackposition eines Schiffes mit den Aufzeichnungen auf den Darstellungen Ben Arabs. Sie wichen ab, was sie schmunzeln ließ. Endlich hatte sie etwas gefunden, das sie zu ihrem Vorteil nutzen konnte! Ihr geballtes Wissen der letzten zwanzig Jahre steckte in diesen Karten. Der Schlüssel zur Expeditionsteilnahme auf der *Argus*, so hoffte sie. Ursprünglich hatte sie das Hobby der Schatzsuche mit ihrem Großvater nur geteilt, weil er ihr viel bedeutete. Ein liebevoller Mensch. Doch es hatte nicht lange gedauert, bis er sie mit seiner Begeisterung für die Materie angesteckt hatte, für die der Rest ihrer Familie keinerlei Verständnis zeigte. Einem alten Mann gestand man einen Spleen zu, sie hingegen belächelte man immer nur. Ihr wurde warm ums Herz bei dem Gedanken an ihn. Sie hörte seine Stimme, wie sie ihr zuflüsterte: »Ja meine Flicka, führ sie zu dem Schatz!« Flicka war ihr Spitzname. Er kam aus dem Schwedischen und hieß nur Mädchen, aber er hatte es stets mit Zuneigung für sie ausgesprochen. Ein Teil ihres Traumes ging bereits in Erfüllung. Sie war an Bord eines Expeditionsschiffes. Endlich bekam sie die Gelegenheit zu zeigen, was sie draufhatte. Sie musste nur noch die Crew überzeugen, dass sie, obwohl eine Frau, durch ihre Kompetenz nützlicher für sie sein würde als jedes Computerprogramm.

Es klopfte. Schnell ließ sie die Karten zusammenrollen. Sie hatte nicht vor, etwas davon irgendwem preiszugeben, ehe sie nicht einen Heuervertrag in den Händen hielt, inklusive einer Beteiligung an dem Schatz. Das Wissen, dass der Besitz der Informationen auch mit Gefahr verbunden war und es skrupellose Typen unter Schatzsuchern gab, drängte sie zurück. Ängste hatten lange genug ihr Leben bestimmt, damit war jetzt Schluss.

»Herein!«

Mitch trat ein. Sofort richtete er seine Aufmerksamkeit neugierig auf den Kartentisch.

Seelenruhig steckte sie die Rolle ordentlich zusammen und verstaute sie wieder in der Kunststoffhülle, die sie in ihren Rucksack packte.

»Sind das alte Seekarten?«

»Ja.« Er sah sie mit einem schrägen Blick an, als wollte er sagen, was will die mit den alten Dingern? Das kannte sie schon, genauso sah ihre Mutter sie immer an, wenn sie zu erklären versuchte, warum sie ihren gut bezahlten Job im Institut für Meteorologie aufgegeben hatte, um sich in ein unvernünftiges Abenteuer zu stürzen.

»Was gibts?«, fragte sie kühl zurück.

»Essen. Ich bring dich hin.«

»Oh, super, ich habe echt Hunger. Was steht auf der Speisekarte?«

»Fleisch«, antwortete er kurz angebunden, wobei er in ihren Ausschnitt gaffte.

Schweigend lief sie hinter ihm her. *Sexist.* Ihre Augen wanderten zu seinem Po. *Lecker*, stellte sie fest und schob die Revanche auf den knurrenden Magen. Fröhliche Stimmen klangen aus der Pantry, dem Esszimmer an Bord, die aber sofort verstummten, als sie eintrat. Offen schlug ihr die Ablehnung entgegen. Sie schluckte. Immerhin trugen die Männer saubere Shirts und schienen frisch rasiert. Alles ihretwegen? Wohl eher nicht. Niemand rückte zusammen, um ihr einen Platz am Tisch zu gewähren. Erst als Chip drei der neben ihm auf der Bank Sitzenden mit der Hüfte zur Seite schubste, konnte sie bei ihm Platz nehmen.

»Danke.« Sie rang sich ein Lächeln ab, doch es fror in ihrem Gesicht ein, weil man sie anstarrte wie eine neu entdeckte Spezies. »Jungs«, probierte sie, ein Gespräch zu starten, »was haltet ihr von Waffenstillstand, bis euer Chef entschieden hat, wie es weitergeht?« Sie suchte nacheinander Blickkontakt zu den Männern und lächelte freundlich. »Ich integriere mich mal. Mein Name ist Alexandra Lund.« Sie streckte ihrem Tischnachbarn die Hand hin.

»Sparky«, sagte der Glatzkopf, der an einem Knochen nagte. Die Tischmanieren ließen zu wünschen übrig, dennoch blieb sie aufgeschlossen.

»Integrieren ist gut.« Er lachte. »Ich bin hier der Chief, Chefingenieur und Bootsmann, zuständig für die Technik im Schiff, und wenn du eine Blinddarmentzündung bekommst, kann ich dich zur Not operieren. Dann nennt man mich Doc.«

»Angenehm.«

Er ergriff ihre angebotene Hand und drückte sie kräftig.

»In Wahrheit ist unser Chief süchtig nach dem Geruch von Diesel und Schmieröl«, schaltete sich Mitch ein.

Sparky grummelte. »Musst du alles verraten, Mann?«

Alex atmete durch, das Eis schien gebrochen. Sie wandte sich an Mitch.

»Und was treibst du hier?«

»Ich bin Unterwasserarchäologe und verantwortlich für das kleine Tauchgerät.«

Sie schüttelte die von ihm gereichte Hand. »Oh, Unterwasserprofessor und Pressluftflaschenbeauftragter in Personalunion? Scheint mir ein bisschen viel für einen einzelnen Mann.«

Er drehte sich zu seinen Kollegen um. »Habt ihr gehört? Sie hält mich für einen Mann!« Er reckte stolz die Brust vor.

Ein dunkelblonder, hagerer Recke streckte ihr die Hand hin und sah sie aus himmelblauen Augen an. »Hi, ich bin Igor Poljakow, der Kameramann und Koch«, sagte er mit russischem Akzent und zwinkerte ihr zu. »Nenn mich Iggy.«

»Er kann virtuos mit einem Küchenmesser hantieren, also nimm dich vor ihm in Acht«, scherzte ein schwarzäu-

20

giger Riese, in dessen feuchtem, krausem Haar Salzkristalle glitzerten, als wäre er soeben dem Meer entstiegen.

Himmel, eine männliche Meerjungfrau. Alex suchte vergeblich das maskuline Begriffspendant. »Neptun«, half er, woraufhin ihre Wangen schlagartig vor Hitze glühten.

»Ich weiß, jeder denkt bei mir an den Mann mit dem Dreizack. Damit ist mein Spitzname auch geklärt. Ich bin der Chefinformatiker. Ich erledige alles, was im Bereich Kommunikation anfällt. Falls du den E.T. geben willst.«

Sie sah fragend auf seinen Zeigefinger, den er in Richtung Decke streckte.

»Nach Hause telefonieren!«

»Ach so!« *Fehlt nur noch, dass seine Fingerkuppe anfängt zu leuchten.* Sie fühlte sich ertappt, weil die ganze Mannschaft grölte. »Häufig repariere ich aber nur Monitore, Fernbedienungen oder Schwimmflossen.« Ihre Finger verschwanden in seiner Pranke und er schüttelte ihren Arm bis zur Schulter kräftig durch.

Die anderen lachten.

»Ohne ihn wären wir aufgeschmissen«, bemerkte ein drahtiger Typ, der aufstand, um ihr die Hand zu reichen. Er sprach Englisch mit niedlichem französischem Akzent. »*Attention, mon ami*, nimm sie nicht gleich auseinander.« Er befreite ihre Finger aus denen Neptuns. »*Pardon*, er ist ein ungehobelter Kongolese.«

»Hm, ich finde ihn recht nett.« Sie zuckte die Schultern, wobei sie ihr strahlendstes Lächeln aufsetzte. »Und wer bist du?«, fragte sie den kleinen Kerl. Herrje, wieso waren das nur so wahnsinnig kernige, athletische Typen? Ein paar von ihnen wären eine Sünde wert.

»Jean-Pierre Dombraque. Erster Offizier, Steuermann und Mädchen für alles. Nenn mich J-P, *ma chérie.*«

»Na, dann komplettiere ich eure Crew ja perfekt. Ich bin Meteorologin und ein Mädchen, nur nicht für alles!« Sie zwinkerte den Männern zu. »Bitte sagt Alex zu mir. Wir sind hier in Afrika, ich mag, dass man da jeden duzt. Der richtige Zeitpunkt für einen Drink.«

»Alkohol an Bord ist streng verboten«, meinte Chip. »Ich muss sowieso zurück auf die Brücke und Joe ablösen.«

»Joe?«

»Der Zweite Offizier, du kennst ihn.«

»Die Meckertante?«

Chip nickte. »Das sind gefährliche Gewässer. Einer geht stets Wache, wegen der Piraten.«

»Piraten? Du meinst, die kapern so kleine Schiffe?«

»Schätzchen, es kommt nicht auf die Größe an, das behauptet ihr Frauen doch immer, sondern auf die inneren Werte. Wir haben Equipment für zig Millionen Dollar an Bord, das lässt sich prima verkaufen. Bares für Geiseln erpressen die auch gerne. Und du …« – er fasste ihren blonden Zopf an, – »… du würdest auf einem Sklavenmarkt gutes Geld bringen.« Er ließ den Zopf los, fixierte sie aber weiter aus listigen Augen, die aussahen wie das Meer bei schlechtem Wetter: schmutzig grau und furchterregend.

Unbehagen breitete sich in ihr aus. Entschlossen hielt sie dem Blick stand. Meinte er es ernst, oder deutete das Zucken um seine Mundwinkel auf einen Scherz hin? Aber was wusste sie schon? Sie saß hier mit acht Männern in einem Boot und schipperte in Richtung der gefährlichsten Piratenküste der Welt. Nicht umsonst machte Hollywood aus den Geschichten Kinofilme. »Na, da bin ich ja froh, von lauter Prachtexemplaren von Mannsbildern umgeben zu sein, die mich beschützen.«

Sparky stand auf. »Jungs, ich bin dann mal mit Marilyn auf Schiffsführung. Bis später!«

Ungeachtet der Protestäußerungen, fasste er sie bei der Hand, drängte mit ihr von der Bank und zog sie hinter sich her.

Alex folgte ihm halbwegs erleichtert. »Sparky«, fragte sie zaghaft, als sie eine Treppe hinunterstiegen, »wollt ihr mich wirklich wieder loswerden?«

Er blieb abrupt stehen, daher lief sie auf ihn auf. Er drehte sich um und hängte sich etwas im Geländer zurück, sie eingehend musternd. »Weißt du, wäre ich nicht zu alt für dich, würde ich zum Don Juan. Die Crew hat dich vorhin mit den Augen ausgezogen, hast du das nicht bemerkt?«

»Ne.«

»Wie auch immer. Denkst du, Chip hat Lust, der Mannschaft deinetwegen dauernd auf die Finger zu gucken? Die sollen konzentriert arbeiten, wenn es losgeht. Mach dir lieber keine Hoffnungen. Der Chef wartet nur noch auf Informationen. Finden wir, was wir suchen, bedeutet das mehrere Tauchgänge am Tag. Das ist Schwerstarbeit. Und eine harte Probe für das Material.«

Alex nickte. Sollte sie ihm sagen, dass sie dieser Informant war? Sie entschied sich dagegen. »Verstehe, das ist ein Bergungsschiff. Ihr seid Schatzsucher mit einem konkreten Ziel. Ich bin ein Teil des Projekts und bleibe es! Komme, was da wolle.« Sie gab ihrer Stimme einen entschlossenen Klang, aber innerlich kamen Zweifel hoch, ob sie das bei Ben Arab durchsetzen konnte.

»Ich warte es ab. Du bist pfiffig, ich mag dich. Jetzt zeige ich dir mein Reich!«

Sie musste Gehörschutz und Helm aufsetzen, dann betraten sie den Maschinenraum, wo es schrecklich laut und heiß war, darüber hinaus roch es benebelnd nach Diesel und Schmieröl. Sparky erklärte ihr, dass der Generator nicht nur für den überraschenderweise elektrischen Antrieb sorgte, sondern den Strom für das komplette Schiff erzeugte. Im schallisolierten Kontrollraum, der anmutete wie die Zentrale eines Atomkraftwerks, checkte er blinkende Anzeigen.

»Maschinist und Elektriker? Ist das kein Widerspruch?«

»Ich habe die Technik lieber selber im Griff, als mich auf einen Dilettanten zu verlassen. Ich gehöre zur Stammcrew und gebe zu, ich bin gerne unentbehrlich.«

Das entlockte ihr ein Grinsen. »Verstehe! Wie ein Programmierer, ohne ihn läuft nichts?«

»Genau«, erwiderte er lachend.

»Wow, und das schaffst du alleine?«, fragte sie ehrlich erstaunt, während sie raumhohe Regale betrachtete. Schrauben in verschiedenen Größen, Greifer, Ösen, Schäkel. Alles, was an Bord kaputt gehen konnte, schien hier einen Ersatz zu finden. »Ordentlich hier. An Deck herrscht totales Chaos.«

»Das täuscht, wir haben gerade frisch gebunkert, die Mannschaft hat das längst verstaut. Die Sicherheit geht vor und es gibt Vorschriften, was die Besatzungsstärke angeht. Wir bewegen uns an der untersten Grenze und können uns Ausfälle durch Unfall nicht erlauben. Außerdem haben die Jungs alle nötigen Patente, ich meine seemännischen Befähigungszeugnisse. Was hast du für Erfahrung?«

»Du kannst ruhig Patente sagen, ich weiß, was das ist. Ich bin früher gern gesegelt und besitze einen Sportbootführerschein. In der Vorbereitung auf diese Reise habe ich allerhand Sicherheitslehrgänge absolviert, die für Seeleute vorgeschrieben sind. Außerdem habe ich Meteorologie und Nautik studiert. Ich bin also vom Fach und keineswegs so unbeleckt, wie du denkst.«

»Unbeleckt? Lass das nicht die Jungs hören, sonst springt sofort deren Kopfkino an.« Er lachte schallend und zeigte ihr das Deck, auf dem die Tauchroboter und ein Tauchboot, das wie ein aberwitziges Fischauge mit Greifarmen und Kameras aussah, auf ihren Einsatz warteten. Die Plexiglaskuppel ließ einen Einblick in die beklemmende Enge des Inneren zu. Bei dem Gedanken, in dieser Unterwasserkugel eingesperrt Hunderte Meter hinabzutauchen, wurde ihr schwummrig in der Magengegend. Neuneinhalb Tonnen schwer war das Ding, las sie auf dem Typenschild. Hergestellt von RasulTech. War Rasul Ben Arab etwa auch der Hersteller der meisten Spezialgeräte hier an Bord? Ihre Neugierde auf den Mann wuchs. Sie setzten ihre Erkundungstour durch diverse Stauräume fort, in denen Tauchgeräte ordentlich befestigt lagerten. An den Wänden baumelten die Tauchanzüge für jedes Besatzungsmitglied an beschrifteten Haken. An einer weiteren Luke stand ›Chef‹. In dem winzigen Raum dahinter hingen drei Neoprenanzüge auf Bügeln und einige überdimensionale Schwimmflossen, wie sie Apnoe-Taucher gern benutzten. Sie schätzte den dazugehörigen Mann auf mindestens einen Meter fünfundneunzig. Sie kam sich vor wie ein Zwerg.

»Du, Sparky, wann treffe ich auf den Boss, weißt du das?«, fragte sie und setzte einen betörenden Augenaufschlag ein, der aber ungesehen blieb, denn er kramte gerade in einem Schrank und suchte etwas. »Was trägst du für eine Schuhgröße?«

»Achtunddreißig, warum?«

Er deutete auf ihre gepunkteten Flipflops. »Wenn du hier rumläufst, brauchst du Sicherheitsschuhe, aber in deiner Größe habe ich keine da. Wir besorgen in Mombasa welche für dich, solltest du an Bord bleiben.«

»Apropos, ist auch eine Kiste für mich angekommen?«

»Nicht, dass ich wüsste, aber alles, was in Sansibar nicht mitgekommen ist, schickt unser Schiffsausrüster nach Mombasa.«

»Hoffentlich! Und was heißt hier ›wenn‹? Meinst du, er nimmt mich nicht? Ich will ehrlich sein, für mich hängt eine Menge davon ab.«

»Das werden wir ja morgen erfahren. Wir erreichen im Morgengrauen seinen Ankerplatz. Du solltest bis dahin schlafen.« Er begleitete sie zur Kabine und zeigte noch die auf dem Weg liegenden Räumlichkeiten. »Hier wohnen die Jungs. Immer zu zweit auf einer Kammer. Nur Chip, ich und der Boss haben eine eigene. Wenn wir zusätzliche Mannschaft benötigen, rücken wir zusammen oder müssen einen Stauraum freimachen, dann kann es vorkommen, dass die Bananenstauden in den Kajüten von der Decke baumeln. Dahinter liegt noch ein kleiner Kraftraum, wir müssen uns schließlich fit halten.« Er schmunzelte.

»Danke für die Führung, Sparky.«

»Pflichtprogramm. Du musst dich in Gefahrensituationen an Bord auskennen.«

Er ließ sie an der Kabinentür allein und sie warf sich aufs Bett, um nachzudenken, doch die Müdigkeit übermannte sie nach wenigen Minuten.

Lautes Wummern riss sie aus dem Schlaf. Die Schiffs-diesel schienen gedrosselt, aber das Geräusch hörte nicht auf. Verschlafen registrierte sie, dass es an der Tür klopfte. »Alex!«, brüllte jemand von außen. »Wo bleibst du denn so lange?«

»Sagt gefälligst eher, dass ihr hier vor den Hühnern auf-steht.«

»Wir sind gleich da, mach zackig! Der Chief sagt, du kannst ein Boot fahren.«

»Ja!«, schrie sie, obwohl sie gar nicht richtig wach war. Ein Blick aus dem Bullauge bestätigte: Es herrschte stock-finstere Nacht. Ihr Wecker zeigte vier Uhr fünfundzwanzig an. Sie hatte kaum fünf Stunden geschlafen. Sie schaffte es, in nur dreißig Sekunden zu duschen. Aus Zeitmangel blie-ben die Haare offen. Sie zog einen Bikini drunter, sprang in eine türkise Caprihose und ein farblich passendes Neckhol-der-Oberteil und schlüpfte in die pinken Flipflops. In der Eile griff sie auf dem Weg zur Tür ihre Sonnenbrille, um die Mähne zu bändigen. Mitch wartete ungeduldig und stieß einen anerkennenden Pfiff aus. »Du sollst den Provi-ant zum Boss bringen.«

»Ich dachte, er kommt her. Das hättet ihr mir auch früher sagen können. Moment!« Noch etwas Lipgloss, schließlich wollte sie bei ihrem geheimnisvollen Chef alle Register zie-hen, so viel Zeit musste sein. In dessen letzter Mail hatte ge-standen: »Komm einfach nach Sansibar, wir einigen uns.« Sie hoffte, er schluckte die Pille, dass sie eine Frau war. Im Hin-ausgehen kramte sie die Dokumentenrolle aus ihrem Ruck-sack und klemmte sie unter den Arm. »Es kann losgehen.«

An Deck war die halbe Mannschaft damit beschäftigt, das mit Kisten und Säcken schwer beladene Beiboot mit dem Namen *Mini-Argus* zu wassern. Dazu benutzten sie einen Drehkran, der ihr schon im Hafen aufgefallen war. Es handelte sich um ein mit leistungsstarkem Motor ausgestattetes Aluminiumboot, lang, mit flachem Rumpf, in dem man ein Korallenriff besser überwinden konnte als mit einem aufschlitzgefährdeten Schlauchboot. Man half ihr hinein. Sie sah die Jungs erwartungsvoll an. Tatsächlich kamen ihr diesbezüglich Befürchtungen, da sie nur in breit grinsende Gesichter blickte. »Kommt niemand mit? Wohin geht es überhaupt? Ihr setzt mich doch nicht auf einer einsamen Insel aus, oder? Habt ihr ihn wenigstens vorgewarnt? Ich meine, dass ich *die* Alex bin?«

Sie schüttelten die Köpfe, als hätten sie es einstudiert. Sparky erbarmte sich, eine Erklärung abzugeben.

»Er kontrolliert selten das Funkgerät. Wir haben das Treffen vor Tagen vereinbart. Sorry, da musst du allein durch. Die Ŝûŝu liegt backbord. Wenn du um das Atoll herum bist, siehst du sie. Aber sei vorsichtig, wir liegen vor einer Riffkante. Eine viertel Seemeile voraus gibt es eine ausgedehnte Lücke im Riff, da kannst du durch, die erkennst du an der Unterbrechung in der Wellenlinie. Wir haben kräftigen, von Land her wehenden Wind, Stärke 5. Wir sehen euch in Mombasa, da wartet eine wichtige Fracht, und wir brauchen jeden Mann.«

Klar, sie war ja *nur* eine Frau und das musste sie ihrem Boss noch beichten. Sparkys Gesichtsausdruck zeigte Amüsement, und sie verdächtigte ihn eines Komplotts mit der Mannschaft, denn die gesamte Crew winkte grinsend zum Abschied. Überrumpelt von der Situation dachte sie darüber nach, dass sie gar keine Sachen zum Wechseln dabeihatte, als schon die Festmacherleine platschend ins

Wasser fiel. Im Mondlicht erkannte sie schemenhaft die Küstenlinie des Festlandes, sobald sie aus dem beleuchteten Bereich der *Argus* herausfuhr. Sie schob den Gashebel sanft vor, fuhr einen Bogen querab zur Heckwelle des Mutterschiffs, das sich entfernte, und versuchte, sich zu orientieren. Sie entdeckte die dunkle Silhouette einer schlanken Bark mit hohem Mittelmast und zwei kleineren Masten. Halb verborgen von den wenigen Palmen auf der Insel ankerte sie in einer Bucht davor. Schwarz hob sie sich vor dem tintenblauen Himmel ab, an dem Millionen Sterne prangten. Der untergehende Mond erleuchtete von Land aus die Wasserfläche.

Ihre Aufregung wuchs. Endlich würde sie Ben Arab kennenlernen. Aber vor seiner Reaktion, dass sie eine Frau war, hatte sie gehörigen Schiss. Nur konnte sie jetzt nicht mehr zurück. Wind blies ihr entgegen und trieb die aufspritzende Gischt der Bugwelle in ihr Gesicht. Konzentriert suchte sie die Lücke im Riff.

BEGEGNUNG

»Gila!« Von dem eigenen Ausruf schlagartig hellwach, saß er aufrecht im Bett, in Schweiß gebadet. Wieder eine dieser Nächte, geprägt von völliger Schlaflosigkeit oder wilden Träumen. Sie zehrten ihn aus. Er schüttelte den Kopf und rubbelte kräftig durch sein Haar. Ruckartig sprang er auf, lief zur Luke, erklomm den Niedergang und blinzelte in die Dunkelheit. Die Ŝuŝu lag seit Wochen in der malerischen Bucht vor Anker. Das Mondlicht glitzerte auf den Wellen, die sich am Riff brachen. Gespenstisch schön der Anblick. Eine neue Expedition stand bevor und die Einsamkeit sollte ihm helfen, den Kopf dafür freizubekommen. Aber darin wohnte Gila. Der Eindruck, je länger er sich bemühte, die Bilder und Sehnsüchte loszuwerden, desto mehr fraßen sie sich hinein, verstärkte sich. Mit Anlauf sprang er über die Reling. Der wohltuende Schock des Wassers half. Die achtzig Meter bis zum Strand legte er kraulend zurück, lief an Land und joggte eine Stunde durch den tiefen Sand. Vornübergebeugt, die Hände auf die Schenkel gestützt, pumpte er Luft durch die Lungen, die Muskeln brannten. Der Schmerz erschöpfte ihn endgültig und er ließ sich ins flache Wasser fallen. Sacht züngelten ab und zu Wellen über seinen Rücken, während er gedankenverloren auf dem Bauch lag, den Kopf auf die Unterarme gelegt. Mit ruhiger werdender Atmung kehrten die Erinnerungen zurück. Wie sanft der Meeressand durch die Wellenbewegung an der

Haut entlangstrich, glich den behutsamen Berührungen einer weiblichen Hand. Einer bestimmten – Gilas Hand. Zu gern gab er sich der Illusion hin, ihre Fingerspitzen streichelten ihn, verführerisch, zärtlich, in eindeutiger Absicht. Der Gedanke ließ ein unmissverständliches Zucken durch seine Lenden fahren. Er drehte sich um und widerstand der Versuchung, die Finger um seine Erektion zu legen, um sich zu reiben. Langsam, so wie sie es täte, um ihn leiden zu lassen. Stöhnend erinnerte er sich an die Woche mit Gila. Sieben berauschende Tage und Nächte voller zerwühlter Laken. Er hatte geglaubt, seine Seelenverwandte gefunden zu haben. Dann hatte sie seinen besten Freund Rahim geheiratet und er war sogar ihr Trauzeuge geworden. Rein rational hätte er längst damit abschließen müssen, doch es wollte ihm partout nicht gelingen. An Gila zu denken wirkte auf ihn wie eine Droge und verursachte ähnliche Symptome. Er versuchte, die Gila-Besessenheit auf den Wunsch nach dem erholsamen Schlaf zu reduzieren, den er in ihrer Gegenwart genossen hatte. Wieso meinte er nach vier Jahren immer noch, ihre Lippen zu spüren, wie sie seine Eichel umfingen, wie ihre Zunge um den Penis tanzte …? Wenn es bloß eine Pille gegen diese Halluzinationen gäbe. Gegen Sex hätte er keine Einwände. Nur war hier auf der Insel niemand außer ihm, ein paar Seeschwalben und Strandkrabben. Eine Zweibeinige wäre kaum vor ihm sicher. Er rief sich zur Ordnung. Schluss mit den Träumereien! Höchste Zeit, nach vorn zu schauen. Erst in einer knappen Stunde würde es hell. Fürs Apnoe-Training war es bei Dunkelheit zu gefährlich, man verlor zu schnell die Orientierung und Haie gingen nachts gern auf Raubzug. Die Entfernung bis zum Boot wollte er dennoch riskieren.

Konzentriert vollführte er Atemübungen, bis er schließlich ein paar Mal kontrolliert aus- und einatmete, ins dunkle Wasser lief, sich kopfüber in die Schwärze stürzte und bis zur Jacht tauchte. Während er schwer atmend die Strickleiter hochkletterte, vernahm er einen Rums, gefolgt von einer Erschütterung, die den Rumpf durchdrang. Er erwartete zwar die *Argus*, aber er war noch nicht bereit, die Einsamkeit und die damit verbundene Freiheit, sich nackt zu bewegen, aufzugeben. Da er in einiger Entfernung Positionslichter eines Schiffes ausmachte, dachte er an Piraten. Sofort verfiel er in Kampfmodus, bewaffnete sich mit einem Belegnagel und einer Harpune, die griffbereit am Decksaufbau hing, und schlich zur gegenüberliegenden Reling.

»Rasul Ben Arab, darf ich an Bord kommen?«

Eine Frauenstimme? Abrupt blieb er stehen und schüttelte den Kopf. Der Belegnagel polterte ihm aus der Hand und kullerte auf den Decksplanken davon. Er kannte nur eine weibliche Person, die auf die Idee käme, ihn mit einem Besuch zu überraschen.

»Gila!«, stieß er wie ein Kriegsgebrüll aus. Im selben Moment erklomm ein zierliches, meerblau gekleidetes Wesen mit taillenlangem hellblondem Haar die Reling. Ob seine Träumereien ihm eine Fata Morgana bescherten? Sie sah so gar nicht aus wie Gila, sondern eher wie eine Nixe. Innerlich verfluchte er sein Gehirn, das ihm diesen Streich spielte. Misstrauisch betrachtete er die Frau, unter deren Arm eine Dokumentenrolle klemmte. Sie schob mit einer unwirschen Bewegung die Sonnenbrille zurück, die ihr auf die Nase gerutscht war, hob die Augenbrauen und starrte – wohin? – auf sein Gemächt! Er straffte sich. Was zum Teufel suchte die Frau an Bord der Ŝuŝu und wo zur Hölle war sie hergekommen?

»Oh … äh … Verzeihung«, stammelte sie.

Ein Blick über die Bordkante holte ihn endgültig vom Wunschdenken in die Realität. Er registrierte, dass der Rums von einem mitschiffsgegangenen Beiboot herrührte. Die *Mini-Argus*! In seiner Versunkenheit hatte er die Anfahrt verpasst. Unverantwortlich, dass ihm so was entging. »Bei Poseidon!«, ließ er stimmgewaltig seine Wut an ihr aus. Da sie ihn perplex anstarrte, suchte er nach seiner Kleidung und wandte ihr den Rücken zu.

Ein Aufschrei des Entsetzens erklang.

»Shit!«, fluchte er, drehte sich blitzschnell um und richtete unbeabsichtigt die Harpunenspitze auf die Frau.

Bestürzt hielt sie die Hand vor den Mund.

Nicht genug, dass er sie für Gila gehalten hatte, jetzt sah sie auch noch seinen vernarbten Rücken. »Wer verdammt bist du?«, brüllte er aufgebracht und ging mit breiter Brust drohend auf sie zu.

Vor Schreck wich sie zurück, stolperte über den Belegnagel und geriet ins Taumeln. Plötzlich sah er nur noch weiß gepunktete, pinke Flipflops an Deck. Kurz darauf platschte es. Ein Augenblick der Stille entstand, bis ein infernalischer Fluch erklang. Es musste einer gewesen sein, auch wenn er in einer ihm unbekannten Sprache ausgestoßen worden war.

Verflixt, Meerjungfrauen fluchen nicht, entschied er und sprang der Nicht-Nixe hinterher. Beherzt packte er die strampelnde, prustende Person, wodurch sich ein entzückender Po an seine Mitte presste. Er schmunzelte in ihrem Rücken und schob sie zur Strickleiter, die an der Schiffswand baumelte. Dort fasste er sie an den Oberschenkeln

34

und drückte sie aus dem Wasser auf die erste Sprosse. Wenigstens bot sie einen leckeren Anblick.

»Ich kann schwimmen, rette die Rolle, Mmmmister!«, herrschte sie ihn an. Das ›Mister‹ hätte sie wohl gerne zum Mistkerl werden lassen. Undankbares Miststück, wollte er zurückbrüllen, beherrschte sich aber und sah sich nach der Kunststoffrolle um, die auf den sanften Wellen tanzte. Ein paar Kraulschläge genügten, um sie zu bergen. Er zog sich mit der Rolle zwischen den Zähnen direkt hinter ihr ebenfalls hinauf und schützte sie mit dem Körper vor einem erneuten Absturz, indem er über ihren Händen aufwärts griff. Man blieb ja Gentleman, auch wenn ihn der unangekündigte Frauenbesuch auf der Ŝuŝu störte. Schritt für Schritt stiegen sie gemeinsam empor. Wobei ihm auffiel, wie klein, aber perfekt proportioniert sie war. Sie kletterte wieselflink, als wollte sie ihm entkommen. Oben angelangt, bugsierte er sie aufs Deck. Hustend vorgebeugt, stützte sie sich auf den Knien ab.

»Ich hätte sterben können!«

»Ich hab nicht geschossen.«

»Jeder weiß, dass man bei Dunkelheit nicht im Ozean schwimmen soll wegen der Haie!«, keifte sie und sah dabei wirklich geschockt aus.

»Du tauchst doch hier unangemeldet auf. Wer bist du und was willst du hier?«, grollte er erbost.

»Ich soll Kapitän Ben Arab Proviant herbringen und die Karten, er erwartet mich.« Sie deutete auf die Rolle, die er auf dem Decksaufbau ablegte. »Gut, dass ich die wasserdichte Variante für die Verpackung genommen hab.«

Langsam schien sie zu Atem zu kommen, denn sie richtete sich auf. Niedlich, wie ein zerbrechliches Püppchen kam sie ihm vor, als sie ihn aus himmelblauen Augen ansah. »Und wen darf ich melden?«, entgegnete er spitz.

»Alex!« Sie nahm ihr langes Haar zusammen, um es auszuwringen. Wasser spritzte und hinterließ dunkle Flecken auf dem Teakdeck.

»Der Meteorologe?«

Sie nickte und streckte ihm die Hand entgegen, die er aber ignorierte.

»Boah, sei mal nicht so genervt, du ungehobelter Klotz.«

Plötzlich ging ihm auf, dass sie ihn für irgendeinen Matrosen hielt. »Das ist ein Mann! Wir erwarten *einen* Alex Lund, 36. Der Chef hat ihn aufgrund seiner Kompetenz ausgewählt, und weil er altersmäßig zur Crew passt.« Erneut machte er einen bedrohlichen Schritt auf sie zu, doch diesmal wich sie nicht zurück. Stattdessen richtete sie sich ruckartig auf und warf den Kopf nach hinten. Aus der blonden Mähne flogen im Dämmerlicht aufglitzernde Wassertropfen, die seine Haut trafen, was ihn zucken ließ.

»Ich habe nie behauptet, ein Mann zu sein, tut mir leid, dich zu enttäuschen.«

»Wo kommst du noch mal her, Schweden?«

»Norwegen! Mein Großvater war Schwede, ist aber …« Sie unterbrach sich. »Wieso erzähle ich dir meine Familiengeschichte?« Verzweifelt blickte sie sich um. »Verflucht, meine Sonnenbrille kann ich jetzt auch abschreiben.« Während sie es sagte, schälte sie sich aus der an ihr klebenden Caprihose und legte ihr Oberteil ebenfalls ab.

Gegen das Licht der aufgehenden Sonne erschien wieder die Meerjungfrau wie ein Trugbild. Fasziniert starrte er sie an. Sie blieb ihrem Style sogar unter den Klamotten treu. Eine Frau, die im Bikini mehr bedeckte, als zeigte, war ihm bisher noch nie untergekommen. Er räusperte sich. *Untergekommen,* jetzt ging ihm dieses vermaledeite Wort nicht mehr aus dem Kopf. Verdammt, musste sie in dem blau-weiß gestreiften Bustier und dem blauen Taillenslip so zum Anbeißen aussehen?

»Was glotzt du so?«, herrschte sie ihn augenrollend an. »Besorg mir lieber ein Handtuch! Und dann will ich endlich mit Mr. Ben Arab sprechen. Was sagt der eigentlich dazu, dass seine Matrosen nackt an Bord rumlaufen?«

Jede andere Frau hätte an ihrer Stelle unfreiwillig komisch gewirkt. Sie nicht. Trotz ihres dreisten Auftretens wummerte es in seiner Brust, und er konnte die Augen nicht von dem Neckholder abwenden, der auf ihrer porzellanweißen Haut lag. Die Brüste bis auf das Dekolleté nicht zu sehen und doch … Schnell wandte er sich ab. Keine gute Idee, entblößt vor ihr rumzustehen, bevor er von ihrem sexy Anblick … Nicht auszudenken. Entschlossen griff er nach seinen Shorts und streifte sie über. Auf dem Niedergang atmete er durch. *Bizarre Situation.* Aus dem Bad holte er ein großes Frottiertuch und betrachtete sich beim Hinausgehen im Spiegel, aus dem ihm ein zotteliger Robinson Crusoe entgegenstarrte. Kein Wunder, dass sie ihn nicht erkannte. Zeit, sich von dem Bart und damit von dem regellosen Lebenswandel der vergangenen Wochen zu verabschieden und dem Alltag die gewohnte Akkuratesse zurückzugeben. Peinlich, so erwischt worden zu sein. Das würde noch ein Nachspiel geben für die Jungs, die ihn ungefragt in dieses lästige Blind Date hatten tappen lassen. Das Rasiermesser kratzte über sein Gesicht. Sie konnte ruhig etwas warten, schließlich war sie hier unangemeldet aufgetaucht. Ohne Bart kam er sich fremd vor, hohlwangig, ausgemergelt, was angesichts der Tatsache, dass er nur unregelmäßig aß und zu viel trainierte, kein Wunder war. Im Laufe der letzten Jahre war die ehemals einem Zehnkämpfer ähnelnde Statur der eines Asketen gewichen, besser angepasst an seinen momentanen Beruf.

»Hey«, klang ihre Stimme den Salon hinunter und riss ihn aus den Gedanken. »Wo bleibt das Handtuch?«

Frech, die Kleine! »Komme schon.« Eilig zog er ein frisches Shirt an, warf einen Blick auf seine Rückansicht und spannte einmal kurz den Bizeps. Zufrieden mit dem Ergebnis betrat er das Deck, wo sie gerade ihre Sachen über ein Tau zum Trocknen drapierte. Ein Anblick, der ihm missfiel. Damenkleidung, die auf der Ŝuŝu wie eine frivole Fahne wehte, passte so gar nicht zu seiner Auffassung von einem gewählt einsamen Rückzugsort. »Frauen an Bord bringen nur Unglück«, murrte er.

Sie ließ sich weder ablenken noch blickte sie auf.

»Vielleicht verzeiht der Kapitän dir, dass du absichtlich ›kein aktuelles Passfoto‹ zur Hand hattest.«

Sie zuckte mit den Schultern. »Ich wollte halt unbedingt dabei sein.«

»Und da dachtest du, du enterst einfach so mein Schiff?«.

Sie hob jäh den Kopf. »Deins?« Plötzlich sah sie ihn ungeheuer bestürzt an, als ginge ihr ein Licht auf, und ihr Ausdruck wandelte von Mich-vertreibt-hier-keiner zu Ach-du-Scheiße! »Sie sind Mr. Ben Arab? Hols doch der Klabautermann, verdammte …« Den Rest verschluckte sie, was ihn innerlich schmunzeln ließ. Sie konnte ja fluchen wie ein Seemann!

»Rasul. In Afrika sagt man du«, erwiderte er nickend und ergriff ihre Hand, die gänzlich in seiner verschwand.

Er hielt sie länger fest als nötig, aber die Frau machte keine Anstalten, sie zurückzuziehen, bevor er den Griff löste. Dann allerdings mit einem Ruck, als hätte sie die Befürchtung, er würde sie gleich wieder packen. Er reichte ihr das Handtuch.

O verflixt, was für ein peinlicher Moment. Sie hatte sich von den Narben und seiner riesenhaften Statur ablenken lassen und ihn nicht erkannt. *Dieser Mistkerl entpuppt sich als Meister der Scharade! Bitte kann mich jemand von diesem Schiff beamen?* Sie versuchte es mit einem Lächeln und sah sich dem musternden Blick seiner aquamarinblauen Augen gegenüber, die nicht zu dem dunklen Teint passen wollten. Es fiel ihr schwer, dem standzuhalten. Dass er sie so unverhohlen studierte, war ihr einerseits unangenehm, andererseits schmeichelte es ihr. Sie ließ sich bewusst Zeit beim Abtrocknen, ordnete ihre Gedanken. *Bloß keine Angst zeigen!* Verstohlen betrachtete sie das Gesicht des Mannes. In frisch rasiertem Zustand erschien er trotz des kinnlangen Haares nur halb so erschreckend. Genau genommen sah er gut aus. *Blöder Chauvi,* lag ihr auf der Zunge, sie wagte aber nicht, es vor ihrem hoffentlich zukünftigen Boss auszusprechen. Vorhin machte er für ein paar Augenblicke einen unsicheren Eindruck, doch auf einmal wirkte er souverän. Sein Ausdruck sagte: Tussi, was willst du hier? Eindeutig, er missbilligte Frauen an Bord und gab ihr das Gefühl, sie wäre unbedeutend und fehl am Platz. Dabei plante sie, sein schlechtes Gewissen darüber, dass er sie so erschreckt hatte, auszunutzen, um eine Stelle auf der *Argus* zu ergattern. Angesichts seiner imposanten Erscheinung kam sie sich verloren vor. Aus der Defensive heraus einen Treffer zu landen, hielt sie für aussichtslos. Sie beschloss, die Flucht nach vorn anzutreten. »Ich hätte auch besser ein Passfoto verlangt.« Ausgerechnet in dem Moment knurrte ihr Magen hörbar. Wie unangenehm. »Darf … Kann … Ich meine …« Sie seufzte. Jetzt stotterte sie schon, das wurde ja immer peinlicher. Es kribbelte auf der Kopfhaut. Ein untrügliches Zeichen, dass sie errötete. Scheitern stand nicht zur Debatte. Eine neue Strategie musste her, sofort! Sie schloss die Hände zu Fäusten und lief mit durchgedrückten Schultern die wenigen Schritte in Richtung Decksaufbau, wo er ihre Karten abgelegt hatte. Mit geballter Kompetenz zu glänzen, schien hier die einzige Lösung. Sie nahm die Dokumentenrolle unter den Arm und ging entschlossen auf den Niedergang zu. »Schauen wir uns gemeinsam an, was ich mitgebracht habe, Boss? Das verschafft uns einen neutralen Anfang. Bekomme ich einen Kaffee und irgendetwas zu essen? Ich habe einen Bärenhunger.« Sie fand, das wäre ein ausreichendes Friedensangebot, und schenkte ihm zusätzlich ihren schönsten Augenaufschlag. »Sorry, der Proviant ist mir ausgegangen. Wir müssen erst bunkern.«

Schon schwand ihr Mut dahin. Bei dem Gedanken, das gesamte Equipment vom Beiboot an Bord zu schaffen, stöhnte sie auf und zog eine Grimasse, was ihn in ein dröhnendes Lachen verfallen ließ.

»Keine Angst, nur ein paar Kleinigkeiten. Wenn du so nett bist, Miss Lund, und den Kran bedienst, dann klettere ich runter, okay?« Er deutete auf den Ausleger am Mast.

Miss Lund? Und was bedeutete dieses verschmitzte Gegrinse? Das wurde ja immer besser. Ob er absichtlich hinauszögerte, dass sie ihm endlich beweisen konnte, was sie draufhatte, weil sie so darauf brannte? Sie schluckte den Ärger hinunter. Aber sie wurde den Eindruck nicht los, dass er das ausnutzte.

Mit einem Satz hangelte er sich an dem grobmaschigen Netz hoch, das an der Winde baumelte, setzte einen Fuß hinein und sie betätigte den Hebel nach vorn. Eine Zeit lang polterte es und er fluchte einmal verhalten vor sich hin. Sie kicherte.

»Aufwärts!«, dröhnte es von unten. Er holte Schwung und pendelte mit der absinkenden Last sanft zurück aufs Teakdeck. »Nimmst du die Kiste mit dem Obst?« Einen Sack schulterte er selber und klemmte sich noch einen Karton unter den Arm. Wenige Minuten später brutzelte eine große Portion Rührei mit Speck auf dem Herd in der Kombüse der Ŝuŝu.

Sie hatte das Kochen übernommen, während er die restlichen Lebensmittel verstaute. Alex war darauf bedacht zu verbergen, dass sie aus Angst, er würde sie wieder nach Hause schicken, zitterte; deshalb bemühte sie sich, möglichst nicht im Weg zu stehen. Nach kurzer Orientierung gingen die Arbeiten reibungslos von der Hand.

»Woher kennst du dich an Bord aus?«, fragte er und goss frisch aufgebrühten Kaffee in Tassen.

»Früher bin ich viel mit meinem Opa rausgefahren. Er war ein passionierter Segler. Sein größter Wunsch, einmal den Atlantik mit dem Schiff zu überqueren, hat sich aber nie erfüllt.«

»Du übernimmst den Part jetzt für ihn?«

Sie zuckte die Schultern. »Ohne ihn wäre ich sicher nicht hier.« Offen blickte sie ihn an, doch sie konnte keinerlei Regung auf seinem Gesicht lesen. Zu mehr als Small Talk schien sie für ihn nicht zu taugen. Sie sah schon all ihre Felle davonschwimmen.

Knusprig knackte die Kruste des Brotlaibs, von dem Rasul Scheiben herunterschnitt. Er stellte es zusammen mit Orangenmarmelade auf den Tisch. Genüsslich tauchte er einen Löffel in die süße Masse, leckte ihn ab und sah dabei aus wie ein glückliches Kind. Das brachte sie zum Lachen. »Lange nichts Gutes mehr zu essen gehabt, wie?«

»Täglich Hummer ist auf die Dauer langweilig.«

In seinen Pupillen erkannte sie ein provokantes Flackern. Sein Blick klebte an ihr. In ihrem Rücken entwickelte sich ein eigenartiges Gefühl. Es strömte durch ihren Körper und behinderte ihre Konzentration. Auge in Auge fixierten sie sich, sahen im selben Moment wieder weg. Unangenehme Hitze breitete sich in ihr aus. Sie hockte mit einem fremden Kerl auf einem Schiff, der sie hier nicht wollte, den sie nicht kannte, aber schon nackt gesehen hatte. Dazu saß sie leicht bekleidet vor ihm. Ein Umstand, der durchaus eine gewisse Enthemmung zur Folge haben könnte. Okay, es war ein Bikini, aber an Deck zu gehen, um die nassen Klamotten überzuwerfen? Das schien ihr lächerlich. Sie nahm die Pläne heraus und sah sich nach einem entsprechenden Platz um. »Hast du ein Hemd für mich?«, fragte sie beiläufig. Da er eine Weile still blieb, drehte sie sich um. »Mir ist kühl.«

Er stand unmittelbar hinter ihr, ein Leinenhemd in der Hand. »Wenn du meinst, das hilft.«

Den Schreckensschrei schluckte sie diesmal hinunter und schlüpfte in das Teil. Es schlackerte um sie herum bis zu den Knien und galt als No-Go gegenüber ihren normalen Kleidungsgewohnheiten. Immerhin verlieh es ihr mehr Sicherheit. Mit einer einladenden Geste deutete er zum Kartentisch. Sie war froh, keine Antwort geben zu müssen. Trotzdem kam sie sich vor wie ein zu bunter Korallenfisch auf der Flucht vor einem Riffhai. Sie meinte schon, das Klappen des Kiefers zu vernehmen. Den Mut, einfach ihren Sex-Appeal einzusetzen, hatte sie nicht. Sie wollte ihn mit Sachverstand überzeugen, nicht um den Finger wickeln.

Geschäftig breitete sie das Kartenmaterial über Kopien der Seekarten, die sie in seiner Kabine auf der *Argus* vorgefunden hatte, auf dem Mahagonitisch aus. Sie schmunzelte – das rot schraffierte Areal –, es lag auch hier an der falschen Stelle! Um die Karten daran zu hindern, wieder zusammenzurollen, platzierte sie ein paar Gegenstände auf den Ecken, wobei sie das wichtigste Dokument zuunterst legte.

»Dir ist gelungen, die Lage der *Ocean Princess* einzugrenzen?«

»Auf das Gebiet, in dem wir eine Matratze legen.« Er interpretierte ihren fragenden Blick. »Das bedeutet, einen Bezirk mit einem Sonargerät in parallelen Schleifen abzutasten.«

»Spart euch das.«

»Wieso? Was weißt du, was ich nicht weiß? Sag, was hast du für mich?« Er trat hinter sie und sah über ihre Schulter auf die Markierungen. »Ich erkenne auf deiner Zeichnung aber eine deckungsgleiche Angabe.«

»Weil sie die Position anzeigt, von der mein Großvater ursprünglich ausging.«

»Dann hätte ich wohl besser ihn eingestellt?«, sagte er mit einem süffisanten Unterton und rückte noch näher heran.

»Aussichtslos«, zischte sie, drehte sich um und drückte ihn ein Stück von sich weg. Flirtete er etwa mit ihr? »Er starb vor drei Jahren.«

Sofort hob er beide Hände in einer Unschuldsgeste. »Schon gut, ich wollte dir nicht zu nahe treten.«

»Ich will es mal glauben«, erwiderte sie mit todernstem Gesicht, was ihm sagen sollte, dass sie das Thema als erledigt ansah. Für solche Avancen war sie ohnehin nicht zu haben. »Bin ich engagiert?« Sie fuhr sich mit der Hand durch das nasse Haar.

»Du redest mir kein schlechtes Gewissen ein, weil du über die Reling gefallen bist!«

Sie spürte ein verzagtes Zucken in den Mundwinkeln und neigte den Kopf. Es klang, als könnte er ihre Gedanken lesen, was für ein erneutes unangenehmes Gefühl in ihr sorgte. »Stell mich ein!«

»Das wäre ja, wie Marilyn Monroe auf Truppenbetreuung beim Stagediving. Als Expeditionsleiter sage ich: Keine Frauen an Bord!«

Wut begann in ihr hochzukochen. Sie hatte nicht alle Brücken hinter sich abgebrochen, um jetzt zu scheitern. »Na dann such doch weiter, ich garantiere dir, ohne meine Kenntnisse fressen dich die Expeditionskosten bald auf. Dass du nicht zwingend auf fremde Geldgeber angewiesen bist, habe ich recherchiert, aber Wracksuche bleibt eine immens teure Angelegenheit. Man ›muss‹ was finden. Außerdem …« Sie ließ ihn absichtlich eine Weile zappeln, bis sie seine volle Aufmerksamkeit zurückerlangte.

»Außerdem was?«

»… wird die Ladung um ein Vielfaches wertvoller, wenn man die Existenz von Kapitän und Schiff nicht nur zuordnen, sondern auch beweisen kann!« Sie sah sich triumphierend nach ihm um.

»Da musst du mir schon mehr liefern als die reine Aussage.«

»Heuer mich an!«

»Be-wei-se!«

Sorgsam zog sie das zusammengefaltete Dokument aus dem Stapel hervor. Ihre Trumpfkarte, die Kopie einer Logbuchseite. »Das habe ich kurz vor der Abreise nach wochenlanger Recherchearbeit in den Archiven des englischen King's College gefunden. Ein Großteil der Mannschaft hat überlebt und das Logbuch gerettet.« Sie hielt die Hand auf den unteren Teil des Zettels und ließ ihn nur den oberen lesen.

»Logbucheintrag der *Ocean Princess* vom 08. April 1820:

Das Schiff treibt mit schwerer Schlagseite etwa achtzig Seemeilen hinter Malindi. Wegen der vom Sturm zerfetzten Takelage manövrierunfähig, rammten wir ein Riff. Durch das massive Leck erreichen wir den Fluss Jubba bei Jamaame nicht, wo wir die Menschenware aufnehmen sollten. Versuchen in der nächsten Bucht zu ankern, um den Schaden zu reparieren. Die für uns bestimmte Ladung von zehn Tonnen Sklaven im Werte von 50.000 Gold-Sovereigns ist wohl dahin …«, las er vor. Er sah sie ungläubig an.

Sie lächelte siegessicher.

»Du hast es datiert! Du hast es beziffert! Fünfzigtausend? Und der Name?«

»Sobald du meinen Heuervertrag unterschreibst!« Sie erkannte in seinen Augen ein gieriges Lodern, obwohl er noch zögerte. Er hatte den gleichen Gesichtsausdruck, den ihr Großvater immer gezeigt hatte, wenn er davon träumte, eines Tages diesen Schatz zu finden.

Brummend schob er sie beiseite, öffnete eine Schublade und holte Papier und Stift hervor.

»Hier, Vertrag und Verschwiegenheitserklärung, du trittst mit der Unterzeichnung die Rechte an dem Wrack an mich ab, dafür erhältst du fünf Prozent Gewinnbeteiligung, genau wie der Rest der Mannschaft.«

Sie sah sich ihrem Ziel greifbar nahe. »Ich weiß aber mehr als die anderen. Ich verlange zwanzig Prozent.«

»Unmöglich! Maximal acht.«

»Haha! Jeder Seetag, an dem du vergeblich suchst, kostet dich mindestens achttausend Dollar. Neunzehn, kein Prozent weniger!«

»Neun. Keine Promille mehr!«

»Verkauf mich nicht für dumm, bloß weil ich eine Frau bin. Mein Wissen kann ich genauso gut an diesen wracktauchenden Plünderer verticken. Wie heißt der? Irgendwas mit P?« Sie warf ihm einen verschmitzten Blick zu, den er mit einem Schmunzeln im Gesicht erwiderte. Offenbar hatte er ebenso Spaß an der Feilscherei wie sie.

»Ganz schön durchtrieben! Chase Prescott heißt der Mistkerl, das weißt du genau. Dein Glück, dass ich zu anständig bin, um dir die Karten einfach zu stehlen. Er wäre sicher nicht so nett. Zehn!«

»Achtzehn! Ohne Hintergrundwissen sind die Hinweise unnütz. Und denk daran, ich besitze die Bergungsrechte!«

Das ließ ihn aufhorchen und seine Augen zu schmalen Schlitzen werden. »Du klopfst mich nicht weich. Ich hatte schon härtere Verhandlungspartner.«

Sie sammelte sich einen kurzen Augenblick, dann sah sie ihn unverwandt an. »Nein, hattest du nicht.« Sie sagte es mit eiskalter Stimme, obwohl sie ihren eigenen Puls in der

Halsschlagader spürte, vor lauter Angst, dass sie zu hoch gepokert hatte.

»Bist du mit sechzehn zufrieden, bevor das hier noch eine Stunde so weitergeht?«, lenkte er auf einmal ein.

»Deal!« Sie streckte ihm die Hand entgegen, in die er mit kräftigem Druck einschlug.

»Her mit den Fakten!«

»Von wegen, erst unterschreibst du den Heuervertrag.« Sie nahm den Stift, setzte ihre Daten und die Gewinnbeteiligung ein, unterschrieb und hielt ihm den Kuli hin. Sie wartete seine Unterschrift ab. »Ich hätte bei fünfzehn zugestimmt.«

»Und ich dir auch achtzehn gezahlt.«

Er zog ihre linke Hand von der Logbuchkopie und las die Signatur, woraufhin er durch die Zähne pfiff. »Gezeichnet Kapitän Edward Brick«, las er vor. »Bei Poseidon! Damit hast du den Wert sämtlicher Exponate, die wir finden, vervierfacht. Du hättest fünfundzwanzig verlangen sollen!« Der kurze Triumphschrei, den er ausstieß, schmälerte den eigenen Erfolg. Wieso hatte sie das in ihrer Argumentation nicht berücksichtigt? Daher beschloss sie, noch eins draufzusetzen.

»Wir verhandeln hier nur über die *Ocean Princess*, weil ich darüber die Recherche abgeschlossen habe. Aber schau mal hier: Das eigentliche Erbe meines Großvaters sind entscheidende Informationen, die Hunderte Wrackpositionen kompletter Flotten zeigen. Genug Potenzial für weitere lohnende Expeditionen. Die Lagen sind zu kompliziert für die meisten anderen Unternehmen.« Sie zog unter dem Stapel ein Bild hervor, legte es ihm vor die Nase, und er studierte es eingehend mit einer Lupe.

»Das ist uralt und aus großer Entfernung aufgenommen. Vermutlich die Umrisse eines Schiffswracks. Woher stammt es?«

»Aus dem Weltraum!«, triumphierte sie.

»Du verarschst mich!« Ungläubig drehte er das Foto auf die Rückseite und las den Stempel. »NASA 63 Mercury 7 Mission. Da kommt man nicht einfach so ran.«

»Opa war als junger Mann Ingenieur bei einer amerikanischen Firma, die Raumfahrttechnologie für die NASA herstellte. Unter anderem die Ausrüstung der Mercury-Kapsel.« Sie vergewisserte sich, dass Rasul ihr zuhörte, bevor sie fortfuhr. Er hing aufmerksam an ihren Lippen, wie sie feststellte. »Das war zur Zeit des Kalten Krieges. Natürlich hielt man die Unterlagen streng geheim.«

»Und wie gelangte er daran?«

»Er war damals mit einem der Astronauten befreundet und steckte ihn mit der Wracksucher-Sache an. Sie blieben ihr Leben lang in Kontakt.«

»Und wieso haben sie sich nicht zusammengetan und die Schätze selber gesucht?«

»Nun, Thornton, so hieß der Mann, hatte keinerlei nautische Kenntnisse, und beide haben es mehr als interessantes Hobby gesehen, Recherche zu betreiben. Nach Thorntons Tod erfuhren wir, dass mein Großvater alle seine Aufzeichnungen geerbt hatte. Drei Monate später stand ein Schiffscontainer in unserer Garageneinfahrt. Erst da fanden wir die Aufnahmen. Zum Sichten und Digitalisieren haben wir Jahre benötigt. Auf die Weise bin ich da reingerutscht und habe mich durch sämtliche Dokumente gearbeitet. Erst im letzten Jahr habe ich die Recherchen auf alte Original-Logbücher ausgeweitet. Dafür bin ich wo-

48

chenlang in Europas Bibliotheken abgetaucht. Jetzt kann ich dreiundzwanzig Prozent der Thornton-Wracks namentlich und mit Fracht zuordnen.«

»Von wie vielen Wracks reden wir?«

»Hunderte aus der Entdecker- und Kolonialzeit, Tausende, wenn wir die bis 1967 gesunkenen dazunehmen.«

»Belegt mit solchen Fotos?«

»Zumindest diejenigen, die in darstellbaren Tiefen liegen. Von den anderen existieren Magnetscans. Allerdings waren die in den Sechzigern noch nicht so ausgereift.«

»Scans aus dem Weltall? Zu der Zeit? Unmöglich!«

»Wie immer die Technologie damals genannt wurde, es gab sie. Opa hat sie in die Kapsel eingebaut. Er hat es mir geschworen.«

Rasul stand auf, zog sie an sich, hob sie hoch und drückte ihr überraschend einen dicken Kuss auf die Stirn. »Alex Lund, dich schickt der Himmel. Weißt du, dass solche Informationen Millionen wert sind? Du bist ein wahrer Schatz! Was muss ich tun, um an die Daten zu kommen? Dich heiraten?«

Ein fester Platz in der Stammcrew würde mir genügen, wollte sie sagen. Noch bevor ein Gedanke über die Ernsthaftigkeit seiner Aussage in ihr keimte, reagierte er auf ein Blinklicht am Funkgerät. Mit dem Finger auf den Lippen bedeutete er ihr, Stille zu bewahren. Eine Nachricht von der *Argus* war es also nicht.

»Ŝuŝu y darya, Ŝuŝu y darya, bitte kommen«, klang eine Stimme mit starkem afrikanischem Akzent knirschend aus dem Lautsprecher. Rasul warf ihr einen warnenden Blick zu. Er wirkte erschrocken. Shit, was hatte das nun wieder zu bedeuten?

Vergangenheiten

»Räum die Karten zusammen, meine auch, und versteck sie, dann hol deine Sachen von der Leine, ohne dass dich jemand sieht. Verkriech dich unter der Treppe vom Niedergang und schließ die Tür, los! Wir bekommen Gesellschaft«, sagte er in rüdem Befehlston.

»Aber wer …«

»Tu es, verdammt!«

Eingeschüchtert schlich sie an Deck, pflückte ihre klammen Klamotten vom Tau und zog sie an. Sie wagte einen Orientierungsblick. Von See her sah sie niemanden kommen, aber vom Festland wehte eine weit entfernt scheinende Staubfahne über das Buschland heran. Wer zum Teufel fuhr auf diesem verlassenen Posten der Welt Auto? Und falls das der Besucher war, wie gelangte er zur Ŝuŝu? Gebückt kroch sie zurück in den Salon. Jetzt bekam sie Angst.

»Bis gleich, over«, hörte sie Rasul sagen, der in Windeseile den Tisch abräumte und alle Spuren ihrer Anwesenheit beseitigte. »Geschäftsfreunde von mir kommen an Bord, sie dürfen dich hier nicht sehen.«

»Das verstehe ich nicht.«

»Sie holen die Lebensmittel ab.«

»Wieso, ich dachte, die wären für dich?«

Er schüttelte den Kopf. »Ich kenne die Leute von früher, sie sind gefährlich, aber ich kooperiere mit ihnen. Es ermöglicht mir, hier gefahrlos zu ankern. So muss ich nicht dauernd nach Piraten Ausschau halten. Ich tauche vor dieser Küstenlinie bis hoch zum Horn von Afrika. Ich habe überall Verbindungen zur Bevölkerung an den einsameren Küstenstreifen. Manchmal bin ich die einzige Brücke in die Außenwelt für sie, um an Grundnahrungsmittel oder Medikamente heranzukommen. Auf die Art gebe ich was von meinem Reichtum an die Afrikaner zurück und ziehe daraus Vorteile. Es ist sozusagen ein Joint Venture. Jetzt mach, dass du in der Abseite verschwindest. Keinen Mucks. Wenn die sehen, dass ich hier eine blonde Nixe beherberge, könnten sie ihre Freundschaft zu mir vergessen und dich auf irgendeinem Sklavenmarkt verschachern. Willst du das?«

Verdammt, er meinte es ernst! Chip hatte so was auch schon angedeutet. Völlig eingeschüchtert schüttelte sie den Kopf, packte die Karten und verdrückte sich widerwillig in dem Kabuff, den sie mit einer Pütz und einem leicht muffig riechenden Feudel teilte. Fehlte nur noch, dass ekeliges Ungeziefer über ihre Finger krabbelte. Schnell legte sie beide Hände auf die Knie. Zum Glück bestand die Tür aus Mahagonilamellen, sodass sie nicht in totaler Finsternis steckte. Sie sah zwar nur wenig, aber niemand konnte hineinsehen oder sie bemerken, solange sie sich nicht rührte. Die kaum fünfzehn Minuten, bis sie ein hochtouriges Motorengeräusch vernahm, das wohl von einem Jetski herrührte, kamen ihr wie eine Ewigkeit vor. Dennoch war sie froh über das Versteck, als kurz darauf jemand an Bord polterte. Bei dem Klang der schweren Stiefel überlegte sie, ob man mit solchen Boots nicht das edle Teakdeck ruinierte. Schon stampfte der Stiefelträger den Niedergang herunter. Durch die gestreifte Optik der Lamellentür beobachtete sie, wie der Mann vor dem Tisch stehen blieb. Mit schleppend klingender Stimme sagte er etwas in einer fremden Sprache. Sie verstand kein Wort. Der Tonfall wirkte zunehmend aggressiver, Rasuls Antworten gerieten immer energischer, bis er in Englisch verfiel.

»Nimm das Beiboot und lass es in Mombasa, meine Leute holen es dort ab. Bekomme ich Wind davon, dass ihr irgendetwas Illegales damit anstellt, lernst du mich kennen, Joseph!«

»Dir ist doch egal, ob wir mit den Lebensmitteln unsere Familien durchbringen, sie weiterverkaufen oder irgendwelche Geiseln abfüttern.«

»Ich riskiere hier meinen guten Ruf für dich.«

»Soll ich jetzt dankbar vor dir niederknien, weil du es vom Waffenbruder zum Gönner Afrikas geschafft hast?«

»Das ist lächerlich. Du bist der Kopf der somalischen Piraterie und prahlst, dass dir die Schiffsentführungen Millionen eingebracht haben, bevor die NATO anfing, vor der Küste zu patrouillieren. Wo ist die Kohle hin? Durch die Finger geronnen beim Versuch, dein schmächtiges Äußeres aufzupimpen?«

Der Fremde stieß ein bedrohliches Knurren aus. Offenbar hatte Rasul einen wunden Punkt erwischt.

»Du hast doch nur den eigenen Profit im Sinn, wie dein Freund, dieser Chase.«

Ein Geräusch, als ob jemand mit der Faust auf den Tisch hämmerte, ließ sie zusammenfahren. Sie konnte gerade noch den Stiel des Feudels davon abhalten umzukippen und erstarrte fast vor Angst.

»Chase ist ein Feind! Den dürft ihr meinetwegen kapern. Wir hingegen haben einen Deal. Ich besorge, was du bestellst, du hältst mir deine Verbrecherbande vom Hals. Oder bezahlt er dich auch?«

Unbeeindruckt von der Anschuldigung zog sich der Fremde einen Stuhl heran und machte es sich darauf gemütlich. »Ich will was abhaben von der schönen bequemen Welt da draußen.«

»Jetzt komm mir nicht mit Klischees, Joseph!«, drang Rasuls Stimme gefährlich zischend durch die Lamellen. »Von einem Warlord, der das eigene Land ausbeutet, muss ich mir das nicht anhören.«

Es entstand eine Pause. Alex fühlte sich zunehmend unwohler. Platzangst gesellte sich zu ihrer ohnehin vorhandenen Panik, die der Mann noch schürte, indem er eine Maschinenpistole quer auf den Tisch legte und seine Füße daneben. Sie hoffte inständig, dass er damit nur Großwild jagte. Durch das unkontrollierte Zittern ihres Unterkiefers schlugen ihre Zähne aufeinander. Schnell presste sie ihre Hand auf den Mund. Hatte es sie verraten?

»Wie du die Millionen verprasst, die du in die eigene Tasche steckst, sieht man ja. Luxuriös hast du es hier.«

»Ich wusste, es war ein Fehler, dich herkommen zu lassen. Aus dir spricht der Neid! Ich investiere das Geld in Hilfsprojekte. Afrika schafft es erst aus der Misere, wenn die Bevölkerung lernt, nicht der Klischeevorstellung zu entsprechen, die man in der restlichen Welt von diesem Kontinent hat. Nicht Gewalt hilft den Menschen, sondern Hilfe zur Selbsthilfe. Selbst der Dümmste sollte das inzwischen wissen.«

»Wieso lädst du mich eigentlich nie mal auf einen Törn ein?«

»Jemanden, der mit 'ner AK-47 zu einem Freund kommt?« Rasul schubste die Beine des Mannes vom Tisch.

»Manieren müsste ich dir auch erst beibringen!«

»Seit wann liegst du noch gleich wegen Liebeskummer in der Bucht? Drei Monate? Lässt dir von dieser – wie hieß sie noch, Gila? – die Eier klauen? Sie ist mit einem anderen verheiratet. Selbst der Dümmste hätte längst kapiert, dass er keine Chance mehr hat«, schlug er Rasul mit den eigenen Worten. »Was ist nur aus dir geworden? Wo sind die Zeiten geblieben, in denen wir uns stolz unsere Narben gezeigt haben? Du Weichei! Soll ich das für dich erledigen? Meine Verbindungen reichen überall hin, diesen Rahim hab ich in drei Tagen für dich aus der Welt geschafft.«

»Wage es nicht, meinen Freunden ein Haar zu krümmen!«, giftete Rasul ihm entgegen.

Der Typ lachte. »Was willst du im Gegenzug tun? Mich auspeitschen wie Jaffar dich?« Der Fremde hatte offenbar genug von Rasuls Zurechtweisungen, denn er legte die Hand an die Waffe. Wenn er ihn nun einfach niederschoss? Würde er dann mit dem Schiff und ihr davonsegeln? Nicht auszudenken. Sie zwang sich zur Ruhe und kniff die Augen zusammen, als ob das helfen würde, sich in Luft aufzulösen. Sie hörte Rasul wütend schnaufen und stellte sich vor, wie er diesem Kerl die Faust ins Gesicht rammte. Leider unterließ er es. Wohl ihretwegen.

»Du hast zu lange nicht gefickt«, hörte sie Josephs schleppende Stimme sagen. Er rief etwas in Richtung Deck. Sie vernahm Schritte einer zweiten Person. Verstärkung? Ihr Blut pulsierte spürbar durch ihren vor Angst verkrampften Körper, während sie fieberhaft überlegte. Konnte sie Rasul mit dem Überraschungseffekt helfen, wenn sie aus der Kammer stürmte? Aber der Stiel des Schrubbers schien ihr ungeeignet, um gegen zwei bewaffnete Männer anzutreten.

»Ich hab sie neben Jaffars Leiche aufgegabelt, ein unterwürfiges Weib, dient mir gut. Drum dachte ich, du kannst sie mal vögeln. Wirf sie einfach über Bord, wenn du mit ihr fertig bist, sie kann den Jetski fahren und findet allein zurück zum Jeep. Viel Spaß! Jambo, Freund!« Die Stiefel entfernten sich, es gab ein kurzes Gepolter, dann heulte der Bootsmotor auf. Zum Durchatmen blieb Alex keine Zeit, denn jemand kam zögerlich die Treppe herunter. Selbst in der Dunkelheit ihrer Zuflucht spürte sie eine neue Stimmung im Raum entstehen. Beide Menschen schienen erstarrt zu sein, denn sie nahm weder einen Ton noch eine Bewegung wahr, bis sich die Anspannung in einem Ausruf entlud.

»Naomi?« Rasuls Stimme erhielt auf einmal einen ungläubigen, zugleich weichen Klang. Schon flog ihm eine Frau in die Arme, von der Alex nur sah, dass ihre Kleidung sich auf zwei im Rücken gekreuzte Patronengurte beschränkte. Schmatzgeräusche drangen an ihr Ohr. Die knutschten! Sie würde keinesfalls hier hocken bleiben, wenn die miteinander Sex hätten. Niemals! Drauf und dran, das Kabuff zu verlassen, zögerte sie.

»Nicht, Naomi, du musst seinem Befehl nicht gehorchen. Falls du Hilfe brauchst, helfe ich dir ohne Gegenleistung. Wieso lebst du mit ihm? Warum bist du nicht abgehauen?« Rasul sprach eindringlich, mit sanfter Strenge, und provozierte ein Schluchzen der Frau. Er öffnete eine Flasche Cola, die er auf den Tisch stellte, wodurch er sie auf einen bestimmten Platz komplimentierte.

So sah Alex etwas und vermutete, er rückte die Fremde mit Absicht in ihr Sichtfeld, um sie in ihrem Versteck zu halten. Oh, der Kerl war raffiniert! Neugierig verrenkte sie den Hals, um so viel wie möglich von der schwarzen Gazelle zu erhaschen, auf deren Fußnägeln grellroter Nagellack glänzte. Sie erinnerte Alex an die hochgewachsenen Massai, die sie auf Sansibar gesehen hatte, denn sie war fast so groß wie Rasul. Ihr kurz geschorenes Haar unterstrich ihre Schönheit. Das Alter schätzte sie auf fünfundvierzig. Durch den Glanz der Hülsen wirkten die Munitionsgurte wie ein absurd-obszöner Schmuck, und selbst durch die schmalen Schlitze der Lamellentür war die erotische Ausstrahlung unverkennbar.

»Du wolltest mich nicht mitnehmen. Um allein zu gehen, fehlte mir der Mut. Es kostete Mühe, Joseph zu erklären, dass nicht mein Messer in Jaffars Brust steckte. Er hat sich um mich gekümmert, mehr, weil er Jaffars Erbe antreten konnte, weniger aus Liebe zu mir. Dir ist es besser geglückt, wie ich feststelle.« Ihre Stimme bekam einen missgünstigen Unterton.

Alex fühlte sich auf einmal in der Kammer sicherer als irgendwo sonst auf der Welt. Konzentriert filterte sie die Informationen aus dem Englisch-Französisch-Swahili-Kauderwelsch, das Naomi sprach. Trotzdem warfen die Erzählungen mehr Fragen auf, als sie beantworteten.

Beide schwiegen eine Weile.

»Hast du Hunger?«

Naomi nickte, woraufhin er aufstand und Brote schmierte, die er aufgetürmt auf einem Teller vor sie hin schob. Sie verschlang sie gierig. Schließlich leckte sie sich dermaßen lasziv die letzten Spuren von den Lippen, dass Rasul auflachte.

»Auf jeden Fall hast du dazugelernt, meine Liebe.«

»Es ist allein meinem Aussehen zu verdanken, dass ich noch lebe und *mir* nie jemand Narben zugefügt hat.« Sie seufzte, stand auf und stellte sich mit dem Rücken zu Rasul breitbeinig hin. »Ich weiß nicht, wie viele Männer mich schon gefickt haben. Aber einen Orgasmus hatte ich noch nie.« Das klang desillusioniert. Sie lehnte sich auf die Unterarme gestützt über den Tisch, drehte den Kopf und sah ihn verführerisch an. »Vielleicht ist das Gefühl intensiver, wenn es einer macht, den man mag?«

Alex schluckte. So ein Angebot auszuschlagen, würde einem Mann schwerlich gelingen, zumal nach monatelanger Abstinenz.

Tatsächlich trat Rasul an sie heran. Zärtlich glitten seine Fingerrücken in einer Schlangenlinie vom Nacken über ihre Wirbelsäule bis zum Hintern, den er knetete, als wüsste er einen reizvollen von einem weniger attraktiven dadurch genau zu unterscheiden.

Es brachte Naomi zum Schnurren, so laut und tief, dass es in Alex wirkte wie Infraschall. Kaum vernehmlich als Geräusch, aber die Vibration durchdrang sie. Ein Schauer strömte durch ihren Körper und ließ die taub werdenden Glieder vergessen. Er würde doch jetzt nicht … oder? Sie hielt den Atem an. Auf einmal hörte sie nur noch das leise Plätschern der Wellen gegen die Holzplanken des Schiffs und das sanfte Streicheln einer Hand über Haut.

»Du solltest gehen. Ich bin nicht in der Stimmung für Sex.« Er beendete die Situation mit einem Klaps auf ihren Hintern.

Naomi richtete sich auf. Ihre Augen blieben trotz der Abfuhr liebevoll auf Rasul gerichtet. »Ich biedere mich nicht an. Noch trage ich einen Rest von Stolz in mir, auch wenn dich das wundert.«

Er nahm sie in den Arm und drückte sie. »Im Gegenteil, ich bin froh, das zu hören. Ich finde etwas Besseres als das, um es wiedergutzumachen, und bin überzeugt, es ergibt sich eine Gelegenheit. Nun geh!« Er hauchte ihr einen Kuss auf die Stirn und umarmte sie einen Augenblick. Dann verschwand die Frau an Deck und sprang den Geräuschen nach ins Wasser.

Obwohl die Gefahr gebannt schien, verspürte sie keine Erleichterung, dafür stellte sich ein Schwindelgefühl ein. Sie lauschte auf Rasuls Schritte, die sich näherten. Ob er sie noch einstellen würde, jetzt wo sie unfreiwillig so viel über ihn erfahren hatte?

Die Lamellentür gab ein leises Quietschen von sich, als er sie öffnete und sie zusammengekauert, die Hände schützend über den Kopf gelegt, vorfand.

»Komm, sie sind weg. Es tut mir wirklich leid, dass du das mitbekommen hast, aber mir blieb keine Wahl, als dich zu verstecken, um dich zu schützen.« Er streckte helfend die Hand aus.

Alex kroch, ohne sie zu ergreifen, heraus und stand haltsuchend vor ihm, lehnte die Stirn kurz an seine Brust. Sie wirkte zerbrechlich wie eine Muschelschale. Beschützend legte er einen Arm um sie. Langsam hob sie den Kopf. Ihr Kinn bebte und sie klemmte die Oberlippe fest auf die Unterlippe, als wollte sie verhindern, loszuheulen. *Na super.* Eine heulende Frau an Bord fehlte ihm noch. Wie sollte er das je wieder auf eine professionelle Ebene zurückführen? Er musste etwas sagen, nur was? *See, Weib und Feuer sind drei Ungeheuer,* war alles, was ihm einfiel, er behielt es aber für sich. Tastend glitten ihre Finger auf einmal über seinen vernarbten Rücken; es fühlte sich an, als fürchtete sie, ihm wehzutun. Er biss die Zähne zusammen und unterdrückte den Impuls, ihre Hände wegzuziehen, schloss die Augen für ein paar Sekunden, nur um festzustellen, ob er es ertrug. Doch dann griff er ihre Handgelenke, zog sie nach vorn und rückte entschieden einige Zentimeter von ihr ab.

»Nicht, bitte.«

Sofort trat sie zwei Schritte zurück und hob die Arme. »Entschuldige, ich kann nur nicht glauben, dass Menschen dermaßen brutal sein können«, flüsterte sie. Ihre Stimme klang brüchig. Zumindest weinte sie nicht, stellte er erleichtert fest.

Er atmete ein paarmal befreit durch.

»Offenbar bist du deiner Vergangenheit entkommen«, sprach sie in die Kammer hinein, aus der sie die Dokumente holte. »Wir sollten weitermachen«, schlug sie vor.

»Wow, das nenn ich cool.«

»Das täuscht, ich versuche nur, Normalität herzustellen, was mir schwerfällt. Ich nerv dich doch eh schon, da findest du mich heulend sicher noch nerviger.« Geschäftig versuchte sie, das Kartenmaterial auszubreiten, aber die Kanten rollten sich ständig ein. Resigniert stützte sie mit gesenktem Kopf beide Arme darauf.

»Ich habe eher damit gerechnet, dass du mich mit Fragen löcherst.«

»Bekäme ich Antworten?«

Für einen Moment überlegte er. »Nein, die Einzelheiten verstören dich nur.«

Sie schaute ihn kurz genervt an. »Eben, ich will es auch

gar nicht wissen.« Ein Ruck ging durch ihren Körper, hörbar atmete sie ein paarmal ein und aus. »Ich hatte Todesangst da drin«, zischte sie. »Mit den Deals, die du mit diesen Typen tätigst, will ich nichts zu schaffen haben. Ich hoffe, wir verstehen uns! Mir geht es einzig und allein um die Schatzsuche.« Es sollte wohl entschlossen wirken, wie sie den Teller und die Colaflasche auf die Kartenränder schob, aber ihre bebende Stimme verriet: Sie kämpfte mit den Tränen.

»Soll mir recht sein«, knurrte er und erwartete, dass sie doch noch losheulte.

»Hier sind wir«, fuhr sie ohne aufzublicken fort. »Da ist die Lage der Ocean Princess, von der du ausgehst. Die Daten findet man in alten Aufzeichnungen, wenn man ein bisschen danach gräbt. Nur vergessen die meisten, dass speziell nach Stürmen die Angaben von Koordinaten selten stimmen. Und bevor du fragst: Ich weiß es so genau, weil ich die zu der Zeit herrschenden meteorologischen Verhältnisse, Strömungen, Zuwachs der Riffe, Geschwindigkeit des Schiffs und die Logbucheintragungen mit einbezogen habe, plus Thorntons Fotos. Die habe ich nämlich digitalisiert, im Maßstab angepasst, die Küstenlinien mit meinen Erkenntnissen abgeglichen und die wahre Position ermittelt. Entscheidende Parameter, die in deinen Berechnungen fehlen. Später zeige ich es dir auf meinem Rechner, wenn du willst.«

»Unbedingt!« Er setzte sich staunend neben sie. So viel Aktionismus hatte er der Kleinen gar nicht zugetraut. Dann bemerkte er, wie sie am ganzen Körper zitterte. »Hey, Alex«, sagte er mit sanfter Stimme und legte beschwichtigend eine Hand auf ihre Schulter, doch sie schüttelte sie ab. »Beruhige dich. Es tut mir wirklich leid, dass es so gekommen ist. Dein Erscheinen kam ungelegen, wie sollte ich deine Anwesenheit erklären? Dich als meine Freundin vorstellen, nachdem wir uns erst eine halbe Stunde kannten?«

Sie hob abwehrend eine Hand. »Lass das!« Sie wich von ihm zurück. »Dieses Szenario ist so bizarr. Ich platze hier rein und bringe uns dadurch in unmögliche Situationen. Aber nur, weil du mich vor diesem Warlord beschützt hast, weißt du noch lange nicht, was in mir vorgeht. Ich beabsichtige, den Schatz zu finden und abzukassieren. Belassen wir's dabei. Außerdem hättest du wissen können, dass ich hier auftauche, wenn du ans Funkgerät gegangen wärst oder deine Termine besser im Griff hättest. Schließlich bin ich auf deine Veranlassung hier.«

Rasul nickte, froh, dass sie ihm keine Fragen über sein Vorleben stellte. »Okay, das genügt. Ich gebe zu, das hab ich verbockt. Andererseits, wärst du ein Mann, hätten wir diese Probleme gar nicht erst.«

»Immer dasselbe Spiel. Wieso könnt ihr Kerle einer Frau nicht mal was zutrauen?« Sie hieb mit der flachen Hand auf den Tisch.

»Genug jetzt! Ich mach dir einen Vorschlag«, fügte er in ruhigem Ton an. »Es ist noch früh, wir könnten es heute bis Mombasa schaffen. Na wie wär's?«, versuchte er die Wogen zu glätten.

Sie blickte ihn skeptisch an.

»Keine Angst, ich entführe dich nicht, wir treffen da die *Argus.* Und wenn wir zeitig ankommen, lade ich dich auf ein Eis ein. Auf dem Weg dorthin kannst du mir erklären, welche Verfahren du angewendet hast, um die Karten mit den Fotos abzugleichen.« Er setzte sein charmantestes Lächeln auf und entlockte ihr ein Schmunzeln.

»Aber die Ŝuŝu ist ein Dreimaster und nur wir zwei als Besatzung? Wie soll das gehen?«

»Dieses Schiff sieht nur nach außen aus wie ein Traditionssegler. Ich könnte sie einhandsegeln, wenn ich wollte. Komm, ich zeige dir alles.« Er führte sie in den mit Elektronik vollgestopften Kontrollraum im Bug und fuhr die Anlage hoch. Ein Knopfdruck genügte und die Segel wurden gesetzt. Der Anker rasselte beim selbsttätigen Einholen über die Rolle. Rasul begleitete sie an Deck. Im Steuerstand glänzte sie mit ihren Kenntnissen, deshalb ließ er sie den Kurs berechnen. Der Wind kam passend aus Süd-West. Bereits eine halbe Stunde später segelten sie unter Vollzeug Richtung Mombasa. Vom Steuer aus sah er Alex im Bug stehen, deren Haare im Fahrtwind wehten. Rasul nahm das Bild in sich auf. Er betrachtete sie mit einem gewissen Maß an Bewunderung. Sie trug ein zufriedenes Lächeln im Gesicht, als sie sich zu ihm umdrehte. Es erwärmte sein Herz und er mochte das Gefühl. Sollte er seine Einstellung bezüglich Frauen an Bord, die länger als eine Nacht blieben, ändern? Er stellte auf Autopilot und ging nach vorn.

»Na, geht's besser?«

Sie nickte.

Für einen Augenblick meinte er, sie hätte sich an ihn gelehnt. Oder war es doch nur die Bewegung des Schiffs, das mit leichter Kränkung durch die Wellen des Indischen Ozeans schnitt?

»Herrlich, mein letzter Törn ist ewig her. Wenn mein Großvater mich jetzt sehen könnte. Ich glaube, ich habe den gleichen Gesichtsausdruck, den er immer zeigte, wenn nur noch Wasser vor ihm lag.« Sie schaute ihn von unten her an. »Wie viele Knoten machen wir?«

»Dreizehn. Der Wind soll gegen Mittag weiter auffrischen. Ich hoffe, du wirst nicht seekrank, sonst muss ich Segel reffen.«

»Werde ich nie. Hätte nicht gedacht, dass die Ŝuŝu so flott ist.«

»Sie wurde 1913 als Regattajacht gebaut, bevor sie in den Dreißigern zu einer Luxusjacht umgebaut wurde. Ich segle sie nur zum Spaß.«

»Ich glaube, Chef, Spaß hattest du schon länger nicht mehr.« Der zweifelnde Blick, mit dem sie ihn ansah, ließ erkennen, dass es ihr, kaum ausgesprochen, peinlich war. Allerdings gefiel ihm, dass sie es nicht einschränkte, sondern ihm weiterhin unverwandt in die Augen sah. Er nickte nur. Alex wäre einen Versuch wert – obwohl oder gerade weil sie das komplette Gegenteil von Gila war. Er vermied, näher an sie heranzutreten, aus Angst, sie gegen sich aufzubringen. Wieso machte die Anwesenheit dieser Frau ihn so unsicher, wo es ihn bei Naomi völlig kaltgelassen hatte? Die Vorstellung, den warmen, weichen Frauenkörper an seinen zu drücken, vertiefte sich. Der Fahrtwind wehte ihm ein paar ihrer Haarsträhnen ins Gesicht, die wie Seidenfäden seine Wange streichelten. Sein Kopfkino sprang an. Er konnte ein keuchendes Atmen nicht verhindern und wollte sich schon abwenden, als sie sich ihm zuwandte. Ihre rote Gesichtsfarbe verriet, dass sie ähnliche Gedanken hegte.

»Ich, äh, ich sollte mir was überziehen, die Sonne brennt mir auf der Haut«, stammelte sie und drängelte sich an ihm vorbei.

Er streckte die Hand nach ihr aus, erwischte sie aber nicht mehr und die Gelegenheit verstrich. *Besser so*, befand er und stöhnte vernehmlich in den Wind.

Froh, der Situation entkommen zu sein, verschwand Alex in Richtung Niedergang. Sie zog wieder das Hemd von Rasul an und fühlte sich weniger nackt. Erst jetzt hatte sie die Muße, das Schiffsinnere genauer zu betrachten. Der Salon war beeindruckend wie das ganze Schiff. Sie strich mit den Händen über die glänzende Oberfläche des Mahagoniholzes. In die Vertäfelung eingelassene Regale beherbergten dekorative afrikanische Handwerkskunst und einige aufwendig gebundene Originalausgaben, darunter Klassiker wie ›Schnee auf dem Kilimandscharo‹, von Hemingway. Das hätte sie dem Eigner gar nicht zugetraut. Ansonsten wirkte die Ausstattung für sich. Modelle schnittiger Jachten komplettierten das Ambiente. Durch die Bullaugen fiel genügend Tageslicht, um den Raum angenehm zu erhellen. Sie öffnete weitere Türen, bis sie Schritte auf der Treppe vernahm. Sie hielt die Schnitzerei eines Elefanten in der Hand, als sie Rasuls Stimme hörte.

»Soll ich dir das Schiff zeigen? Wir haben freie Fahrt, der Autopilot hat übernommen.«

Sie fühlte sich ertappt und stellte die Skulptur zurück. Trotz eines Räusperns brachte sie nur ein »Hhm« zustande. Seine Nähe machte sie nervös, und das fuchste sie gewaltig. Sie nickte, bekam immer noch keinen Ton heraus. Ihr war so gar nicht nach neutral. Ihr stand der Sinn nach Küssen, Streicheln, Shirt-vom-Leib-Reißen und leidenschaftlichem

Sex. Eine Frau musste sich jagen lassen, damit der Mann sich für sie interessierte? Wie sie das hasste. Dass Millionen Liebesromane nach diesem Prinzip funktionierten, hatte sie immer schon gewundert, deshalb las sie keine. Mann trifft auf Weibchen, er reich, sie arm und gefügig. Besonders wenn er ihr klarmacht, dass er sie will. Ob sie will, steht nicht zur Debatte. Denn natürlich will sie ihn wenn nicht, wäre sie ein Dummchen. Es schüttelte sie innerlich, gleichzeitig wurmte es sie, dass sie darüber nachdachte, wie sie genau dieses Wollen in ihm auslösen konnte. Obwohl er sich die ganze Zeit über so abweisend verhielt, musste sie sich zusammenreißen, nicht auf seinen Schritt zu schauen, sondern in die Augen. *Einfach mal die Etikette vergessen, nicht dem Muster folgen, das wär's.* Es gelang ihr, sich ohne Körperkontakt an ihm vorbeizuschlängeln. Dennoch erfasste ein Hitzeflash ihren Körper. So ging das nicht! Schließlich war sie hier, um Ordnung in ihr Leben zu bringen, und nicht, um es ins Chaos zu stürzen. Auch wenn sie wegwollte vom Netz mit doppeltem Boden, war sie keineswegs leichtfertig. »Mir gefällt die Ŝuŝu. Es ist dir gelungen, Traditionelles mit moderner Technik zu verbinden, ohne dass es sofort ins Auge fällt.«

»Danke, ja, das empfinde ich ebenso. Hier, deine Kabine, rechts von meiner, wenn es dir genehm ist.«

Sie brachte ein schiefes Lächeln zustande und schüttelte den Kopf. »Auf einem Schiff entkommt man sich ohnehin nicht. Wow, das ist ja ein Palast. Erstaunlich groß und gemütlich. Ich verstehe, dass du lieber hier wohnst.«

Er kam ihr wieder ziemlich nahe, aber nur, um ihr die Details zu zeigen. »Du hast hier Zugang zum Bad, das musst du dir allerdings mit mir teilen.« Die Tür verschwand lautlos in der Wand und gab den Blick frei auf eine edle Einrichtung, die ebenfalls original erhalten schien. Die Badewanne stand leicht erhöht auf goldenen Löwenfüßen, und durch ein Bullauge sah man das Meer. »Ne Menge Luxus für einen einzigen Mann«, stellte sie fest.

»Stimmt. Ich komme aus kleinen Verhältnissen, da protzt man gerne. Zumindest am Anfang. Inzwischen genieße ich den Komfort der Einsamkeit. Deshalb hab ich sie elektronisch hochgerüstet, so muss ich keine Besatzung ertragen.«

Sie warf ihm einen fragenden Blick zu. Es sah aus, als meinte er, was er sagte, ohne Einschränkung, weil er sie offen anschaute. Er lächelte nicht einmal.

»Verstehe, ich störe dich hier. Glaub mir, die Umstände gefallen mir ebenso wenig. Wie wollen wir das Problem lösen, wenn wir auf der *Argus* sind?«

»Ich ziehe zu Chip auf die Kammer, du bekommst meine und ich rede mit der Crew ein ernstes Wort. Never fuck the company, lautet in all meinen Unternehmen die Devise.«

Zack! Der Schlag saß. Ruckartig wandte sie das Gesicht von ihm ab und griff sich sogar reflexartig an die Wange, als spürte sie seine Handfläche und das Brennen darunter. Vorhin im Bug hatte sie noch gemeint, es wäre ein angenehmes, erotisches Knistern entstanden. Ihre Antennen dafür waren offensichtlich eingerostet und leiteten Fehlinformationen weiter. Überhaupt, was gab es da zu überlegen? Es blieb nur ein Gefühl nach dem ersten Schreck, dass er doch ein netter Typ war. Ihr letztes Mal war mehr als zwei Jahre her. Bis heute hatte sie keinen anderen angesehen. Rasul war attraktiv, interessant, geheimnisvoll und zog sie an. Wieso also zögern? Einfach mal ein Abenteuer wagen, die Gelegenheit nutzen, tun, was Kerle in solchen Situationen auch machen. Zu gern hätte sie ihn geküsst, um zu sehen, was sich daraus entwickeln ließe. Aber was wusste sie schon von ihm? Null. Was sie heute erfahren hatte, schien eher geeignet, sie so viel Abstand wie möglich von ihm zu halten. Auch was sie im Internet gefunden hatte. Er galt als Playboy, umgab sich nur mit langbeinigen, brünetten Schönheiten und tauchte nie zweimal neben derselben Frau auf. Um in Form eines Fotos als Erinnerung an einen One-Night-Stand in einer Schublade zu landen, hielt sie sich für zu schade.

»Das käme mir entgegen.« Sie setzte sich, sank in die Matratze, um sie zu testen, und strich über das seidige Laken.

»Okay. Ich übernehme die Wache für die nächsten vier Stunden, du kannst schlafen. Ich wecke dich.«

Sobald er draußen war, seufzte sie. Noch leichter konnte man es einem Mann ja kaum machen, als sich dekorativ auf einem Bett zu präsentieren. Sie passte offenbar nicht ins Beuteschema und beschloss, die Dinge sachlich anzugehen.

Sie erreichten den Hafen von Mombasa dann doch erst mitten in der Nacht. Gemeinsam vertäuten sie den Segler am Holzpier des Jachtklubs, der längst nicht so mondän daherkam, wie der Name vermuten ließ.

Rasul brachte die Gangway aus und sicherte sie am Pier. Er sprang mit einem Satz zurück an Bord, und Alex bekam Gelegenheit, ihn eingehender zu betrachten. Das schmucklose weite Leinenhemd kaschierte seine Körpergröße kaum. Sie widerstand der Versuchung, die dunkelbraunen Locken, die offensichtlich längere Zeit kein Friseur mehr gebändigt hatte und wirr vom Kopf abstanden, glattzustreichen.

Durch den hinter ihm stehenden Vollmond schimmerten sie wie ein Heiligenschein. Sie unterdrückte ein Kichern. Der Schein trügte garantiert. Inzwischen war er an sie herangetreten, sodass sie in sein schmales Gesicht sah. Darin erkannte sie, dass nicht alles in seinem Leben Zuckerschlecken gewesen sein konnte. Unter den dunklen Brauen schaute sie in faszinierende Augen, die türkis-blau leuchteten wie das Karibische Meer. Wer ihm die wohl vererbt hatte?

Er stützte sich mit sehnigen, dennoch kraftvollen Händen auf der Reling ab und sie erinnerte sich daran, wie zärtlich er Naomi damit gestreichelt hatte. Als er sich zu ihr herunterbeugte, erhielt sie Einblick in den Ausschnitt des Hemdes. Er wirkte asketisch, ohne ein Gramm Fett, mit einem anturnenden Streifen schwarzer Haare auf der Brust. Die definierte Muskulatur setzte sich bis in die tieferen Regionen des durchtrainierten Körpers fort. Alex knetete die Unterlippe zwischen den Zähnen, weil er sich lässig positionierte, als wollte er, dass sie ihn betrachtete. Sein dezenter Duft, eine Salzwasser-Meeresbrise in der Kopfnote und Holz in der Basis mit einer Beimischung von etwas, das sie nicht einordnen konnte, führte dazu, dass sie ihn am liebsten abgeleckt hätte. Wieso reagierte sie ausgerechnet bei ihm so aufgekratzt? Ständig baggerten sie irgendwelche Typen an und sie fand es lästig, aber seine Coolness ihr gegenüber brachte sie auf die Palme. Sie rief sich zur Ordnung und richtete ihre Aufmerksamkeit auf das geflochtene Lederarmband, an dem ein goldener Seestern neben ein paar winzigen Schneckenhäusern baumelte. Kleinere Pendants zu dem Schneckengehäuse um seinen Hals. Alt und vom Wasser ausgebleicht, schien es eine besondere Bedeutung für ihn zu haben.

»Woher stammt das?«

Er drehte sich um und streckte die langen Beine, die in verblichenen Leinenhosen steckten. An den Füßen trug er Flipflops aus braunem Leder. *Sehr afrikanisch.*

»Ich hab mich extra für dich in Schale geworfen. Leider hat die Eisdiele schon zu und nachts sollte niemand durch Mombasas Straßen laufen. Wollen wir bei einem Glas Wein hier noch ein wenig den Sternenhimmel genießen?«

Das entlockte ihr ein Lächeln, obwohl es sie ärgerte, dass er ihre Frage einfach überging. Sie wollte nachhaken, holte Luft, verkniff es sich dann aber doch. Hatte er etwa vor, mit ihr zu flirten? Sie wandte den Blick Richtung Meer, auf dem sich das Mondlicht spiegelte, und nickte.

Er verschwand im Schiffsbauch.

Sie schlenderte über das Deck zum Aufbau des Niedergangs. Dort schwang sie sich hinauf, ließ die Beine baumeln und wartete, bis er mit zwei gefüllten Rotweingläsern auftauchte. Rasul reichte ihr eines und lehnte sich neben ihr an. Eine Weile sahen sie auf das Wasser hinaus.

»Alex«, begann er zögerlich, »ich will mich entschuldigen. Unser Start war beschissen. Tut mir echt leid. Ich möchte, dass du weißt, dass ich dich wegen deiner Kompetenz herkommen ließ. Es war unprofessionell von mir, dich ausgrenzen zu wollen, weil du eine Frau bist.«

»Oh, wow. Sagst du das jetzt, weil der Eismann schon zu hat?«

»Nein, bitte zieh es nicht ins Lächerliche, ich meine es aufrichtig. Das mit Joseph und Naomi hättest du nicht erleben dürfen. Ich rede auch mit den Jungs. Aber zu ihrem Schutz muss ich sagen, sie wissen zwar, dass ich den Leuten mit Lebensmitteln unter die Arme greife, aber nicht wem.

Und …« Er richtete sich auf und trat verlegen von einem Fuß auf den anderen.

»Und was?«

»Von den Narben haben sie auch keine Ahnung.«

Aha, daher weht also der freundliche Wind. »Deshalb die Extrakammer mit den Tauchsachen? Du ziehst dich da um, damit es niemand sieht, und glaubst, das funktioniert?«

Er senkte betreten den Kopf. »Ich wäre gezwungen, zu viel zu erklären, verstehst du?«

Ja, sie verstand hervorragend und nahm einen Schluck des köstlichen Weines. Genau aus dem Grund war sie aus Norwegen abgehauen.

»Die Jungs sind okay«, fuhr er fort. »Wir sind ein eingespieltes Team, die meisten sind zum dritten Mal bei einer Expedition dabei. Sie werden dich akzeptieren. Meine Bedenken gehen eher dahin, dass sie dich nicht nur anerkennen, sondern auch begehren.« Er sprach es lang gedehnt und drehte sich ihr zu, legte die Hände rechts und links neben sie.

Jetzt saß sie zu ihm auf Augenhöhe und musste nicht wie sonst den Hals recken, um ihn anzusehen. Ein angenehmer Zustand. Auf jeden Fall wollte sie seinem Blick standhalten, der ihr bis ins Innerste zu dringen schien. Dieser doofe Macho, erst faselte er dauernd, er wolle keine Frau an Bord, und jetzt machte er sie an? *Na warte!*

Die Situation empfand er als prickelnd. Es war etwas an dieser blonden Elfe in ihrer Widersprüchlichkeit, er konnte sich nur nicht erklären, was genau. Einerseits wirkte sie zerbrechlich, andererseits zeigte sie so überdeutlich Toughness, dass er es für aufgesetzt hielt. Jedenfalls sprang sein Beschützerinstinkt an. Dennoch überraschte es ihn, als sie ihm auf einmal in einer zärtlichen Geste sachte am Haaransatz kraulte. Daran gab es nichts misszuverstehen, oder?

»Das Problem mit der Crew lösen wir, wenn du und ich, also wir beide …«

Weiter ließ er sie nicht ausreden. Schon verschloss er mit den Lippen ihren Mund. Zunächst touchierte er nur die Oberlippe, bevor er mehr wagte. Sie belohnte seinen Mut auf wundervolle Weise; halb zaghaft, halb fordernd tastete ihre Zunge nach seiner. Was er schmeckte, mochte er. Sie klammerte sich dabei in seinem Nacken fest und drängte den Körper an ihn. Behagliche Wärme durchströmte ihn. Er nahm ihren Kopf in die Hände, intensivierte das Zungenspiel und schwelgte in dem wohligen Gefühl des ersten Kusses, als schwebte er auf einer Wattewolke. Atemlos brachte er ein paar Zentimeter zwischen ihre Gesichter. Gerade genug, um mit dem Daumen hauchzart die Kontur ihres schön geschwungenen Amorbogens nachzuziehen. Sie fing ihn mit den Lippen ein und saugte ihn in ihren Mund. Die Art, wie sie daran lutschte, ließ es eindeutig in seinen Lenden zucken. Er zog sie enger heran, holte sich gierig einen weiteren Kuss, fasste ihr Kinn, sah den begehrlichen Blick und beendete die Zärtlichkeit mit einem Knabbern an ihrer Unterlippe. Das beschleunigte Schlagen in der Brust spürte er deutlich. Was geschah nur mit ihm? Über ein Jahr lang hatte er jeder Versuchung widerstanden. Nach kurzen Affären fühlte man sich hinterher einsamer als vorher. Das hasste er. Wieso gelang es ihm bei ihr nicht? Wie sollte das an Bord ablaufen und vor der Crew? »Nein«, meinte er unvermittelt und hauchte einen letzten Kuss auf ihre Augenlider, »das wäre keine gute Idee.« Innerlich wappnete er sich auf eine erboste Reaktion ihrerseits, doch sie warf nur den Kopf zurück. Oh, diese milchweiße Haut, die sich darunter grazil abzeichnenden Schlüsselbeine, die Kuhle dazwischen. Am liebsten hätte er sie gepackt und die Zunge darin kreisen lassen, sie auf die Arme gehoben und in sein Bett getragen. Noch würde es gehen, noch konnte er seine Worte Lügen strafen, noch war die Gelegenheit günstig.

»Du hast eine grausame Art, einer Frau einen Korb zu erteilen«, verkündete sie plötzlich und blitzte ihn wütend an. Sie wollte runterspringen, aber er hielt sie auf.

»Halt, geh nicht, Alex. Versteh doch. Wir kennen uns nicht. Wir wissen nur andeutungsweise voneinander, dass wir Vergangenes zu verarbeiten haben. Ich will da nicht einfach was dranhängen. Ich eigne mich auch nicht für eine Beziehung.«

»Oh, sorry. Ich wollte nur unbeschwert sein, mich begehrt fühlen und es auf mich zukommen lassen. Das macht ihr Männer doch ständig. Druck ablassen, Hirn freimachen beim Sex. Kaum deutet eine Frau das an, denkt ihr immer gleich, sie wäre ein männerfressendes Ungeheuer oder will euch in eine Beziehung drängen?«

»Vergleich mich nicht mit anderen. So habe ich das nicht gemeint!«

»Aber ich fasse es so auf.«

»Wenn ich bloß mal wieder hätte ficken wollen, hätte ich Naomi gevögelt!«, erwiderte er lauter als beabsichtigt.

»Dessen bin ich sicher. Dumm nur, dass ich unter dem Niedergang hockte und dir die Tour vermasselt habe!«

Energisch sprang sie von ihrem Sitzplatz und verschwand im Schiffsinneren.

Rasul blieb und atmete durch. »Verflucht, es ist zum Über-die-Planke-Gehen!«, brüllte er mit geballten Fäusten in die Dunkelheit hinaus. Bestimmt hatte sie das noch gehört. Sie kehrte nicht zurück, also stierte er eine Weile in den Sternenhimmel. Das Firmament anzustarren, reduzierte die eigene Existenz rasch auf ein normales Maß. Schließlich folgte er Alex, schloss die Luke sorgfältig ab, bevor er die Treppe hinunterging. Sie war offenkundig schon in ihrer Kabine, er hörte und sah nichts mehr von ihr. Statt die Wogen zu glätten, hatte er die Lage eskalieren lassen. Das konnte ja noch anstrengend werden mit der Frau an Bord. Genervt spülte er die Gläser ab.

Mitten in der Nacht schreckte er auf. Doch der Schrei, der ihn geweckt hatte, war diesmal nicht sein eigener gewesen. Er war von nebenan gekommen! Im Glauben, er hätte das Wort Feuer gehört, sprang er sofort hellwach aus dem Bett. Ein Brand auf einem Schiff bedeutete immer eine Katastrophe, aber auf einem Holzschiff zählte jede Sekunde. Er hechtete durch das Bad in Alex' Kabine. »Alex, wir müssen …« Er verstummte und verharrte im Türrahmen.

Sie hockte am Kopfende, die Arme um die angezogenen Knie geschlungen, das Kinn darauf gestützt, und wiegte sich hin und her. Feuchtes Haar klebte in ihrem total verschwitzten Gesicht. Kein Zweifel, das Bild kannte er. Genau so sah er aus, wenn er aus einem seiner Alpträume erwachte. Zu oft, wie er fand. Ihr Anblick ging ihm gegen seinen Willen zu Herzen.

Sekundenlang starrte sie ihn abwesend an.

»Alex?«

»Peer«, flüsterte sie kaum hörbar. »Ich konnte ihn nicht f-f-festhalten.« Beim letzten Wort begann sie hemmungslos zu schluchzen.

»Peer? Ich dachte, du schreist Feuer?« Erleichtert wagte er sich in ihre Richtung. Tröstend legte er eine Hand auf ihre Schulter.

Sie sah schniefend zu ihm auf. »Mein Verlobter.«

»Aha. Was ist passiert, erzählst du es mir?« Er fühlte sich hilflos, wollte sie aber so nicht allein lassen. Da sie nicht antwortete, setzte er sich zu ihr aufs Bett und drückte sie mit einem Arm sachte an sich. »Alex?« Er schob eine verschwitzte Haarsträhne aus ihrem Gesicht. Sie war steif wie ein Stück Treibholz und wahrscheinlich kam sie sich auch wie Treibgut vor, das auf dem Ozean driftete. Jedenfalls entsprach das seinen Gefühlen, wann immer er von einem Alptraum erwachte. »Du musst es nicht sagen, wenn du nicht magst. Wir beide sind schon komisch, oder? Uns verfolgt die Vergangenheit bis in den Schlaf.« An dem Beben, das ihren Körper schüttelte, merkte er, wie sie weinte. »Soll ich lieber gehen?«

»Nein, bitte bleib.« Sie schniefte zwar lauter, dafür lehnte sie sich mit dem Kopf an seine Brust.

Unschlüssig, wie er reagieren sollte, streichelte er ihr übers Haar. Normalerweise belastete er sich nicht gern mit den Problemen anderer, mit den eigenen hatte er genug zu schaffen, andererseits schmeichelte ihm, dass sie ihre mit ihm teilen wollte. Eine eigenartige Vertrautheit mit ihr stellte sich bei ihm ein.

»Es war vor zwei Jahren im Urlaub«, begann sie stockend. »Wir kletterten auf einem Gletscher und ich wagte mich nicht an eine Gletscherspalte, um ein Foto aufzunehmen. Gott, ich bin so ein Schisser.« Sie rückte an ihn heran und krallte ihre Finger in seinen Arm, als suchte sie Halt. »Er wollte es für mich schießen. Ich versuchte, ihn aufzuhalten, griff nach seinem Pulloverärmel. Er flutschte mir einfach durch die Finger.« Sie schluchzte nach jedem dritten Wort. »Hätte ich doch nur fester zugepackt oder etwas gesagt!« Ihre Erzählung geriet hastiger und er spürte, wie es sie aufwühlte. »Peer war immer so schnell in seinen Entscheidungen. Und dann passierte es: Er glitt aus, stürzte und rutschte johlend auf dem Hosenboden Richtung Gletscherkante. Es klang so – vergnügt.«

Erneut schniefte sie, sodass Rasul in der Nachtkonsole nach einem Taschentuch angelte, in das sie kräftig hineinschnaubte.

»Ich dachte: Er muss doch jetzt die Hacken ins Eis stemmen und abbremsen! Jedoch geschah das viel zu spät. Er schlitterte endlos, schließlich …« Sie schlug die Handflächen vors Gesicht und weinte, dabei bebte ihre zierliche Gestalt, das rührte ihn zutiefst. Aber er hatte das Gefühl, dass es ihr guttat, es auszusprechen, also blieb er ruhig. Nach einer Weile ließ sie die Hände sinken und sah ihn an. »Für ein scheiß Foto!« Sie schluchzte heftiger und klammerte sich an ihn. »Als sie ihn hochholten, war er steifgefroren. Ich sehe jede Nacht das Bild des zerschmetterten, verdrehten Körpers.« Sie verbarg das Gesicht an seiner von ihren Tränen durchnässten Brust.

»Es war ein Unfall, und das weißt du.« Er ließ es absichtlich wie eine Feststellung klingen, weniger wie einen Trost.

Sie schüttelte den Kopf. »Ich habe sie auf dem Gewissen. Beide«, hängte sie nach geraumer Zeit immer noch schluchzend an.

»Beide?«

Ein erneuter Weinkrampf packte sie. Er wollte aufstehen und gehen, aber sie krallte sich in seinem Unterarm fest, daher gab er nach, legte sich bequemer hin.

Deshalb war sie also von zu Hause weg. Er atmete durch. Als Frauentröster hielt er sich für ungeeignet. Sie einfach im Arm zu halten, schien ihm die einzige Lösung. »Leben bedeutet Risiko«, sagte er, als sie nicht mehr so heftig weinte.

Sie zuckte die Schultern. »Peer hat immer gesagt: ›Wenn wir so leben, wie du es willst, verpassen wir es, du kleiner Kontrollfreak!‹ Er war so ein Chaot. Ich habe ihn geliebt.«

Darauf hatte er keine Antwort, nur versetzte es ihm einen Stich, den er nicht einzuordnen vermochte.

Am Morgen lag sie in Embryonalhaltung an ihn geschmiegt. Den Rest der Nacht hatte er traumlos durchgeschlafen. Er sollte längst auf der *Argus* sein, wie er nach dem Blick auf die Uhr feststellte, trotzdem wollte er sie nicht wecken. Gedanklich ging er ihre Erzählung durch. Sie hatte gemeint, beide auf dem Gewissen zu haben. Wen meinte sie? Ihren verstorbenen Großvater? Ob er es noch erfahren würde? Darüber nachdenkend bemerkte er, dass er ihren Brustansatz streichelte, und hielt sofort damit inne.

»Du darfst mich ruhig weiterstreicheln«, flüsterte sie. »Das ist schön.«

»Hab ich dich geweckt?«, lenkte er ab. Er wollte keinesfalls die Situation ausnutzen. Sicher, sie schien empfänglich für einen Annäherungsversuch, aber das führte zu nichts, außer zu erheblichen Komplikationen. Es fiel ihm schwer, aus dem Bett zu steigen, denn er genoss die Nähe und Wärme ihres Körpers viel zu sehr.

»Nein.« Sie drehte sich ihm zu. »Danke, dass du gestern mein Geheule ertragen hast. Ist mir voll peinlich.«

Offenbar wollte sie die Sache dahin zurückdrängen, wo sie hergekommen war, eingeschlossen im hintersten Winkel ihres Herzens. Gäbe es Noten in Verdrängung, wäre er ein Einserschüler und sie stand ihm kein Stück nach. Er seufzte.

»Das muss es nicht. Ich kenne diesen dumpfen Schmerz, den bitteren Geschmack auf der Zunge, sobald die Erinnerungen hochkommen. Man lässt sie nicht zu, aber gleichzeitig spürt man, dass sie einen noch nicht besiegt haben, dass man noch lebt. Paradox, denn eigentlich wird einem nur bewusst, man ist damit allein. Das ist der wahre Schmerz, die Erkenntnis tut mehr weh als das Erlebte, das man vergessen will. Man mag nicht über die eigenen Traumata reden, doch wenn man es macht, tut es gut.«

Sie nickte.

»Freunde?« Er streckte ihr die Hand hin.

»Mehr hast du definitiv nicht zu bieten?«

Er schüttelte den Kopf.

»Okay, versuchen wir's.«

»Wie soll ich das verstehen?«, fragte er rau.

Sie rekelte sich, dabei rutschte das Shirt hoch, das er ihr gegeben hatte, wobei sie ihren Brustansatz entblößte. Er zog es darüber lang und strich es glatt. »Machst du mich schon wieder an?«, wollte er mit gespielter Strenge in der Stimme wissen.

»Nein, das würde mir bei einem ›Freund‹ nie einfallen«, erwiderte sie eindeutig ironisch.

»Du legst es wohl drauf an, dass ich dich übers Knie lege, wie?«

»Aus deinem Mund klingt das, als müsse ich stolz sein, dass du es in Erwägung ziehst. Ich fasse es mal als Kompliment auf. Ich geh zuerst ins Bad, es sei denn, du willst mich nackt sehen, ich geh nämlich in diese pupsgeile Badewanne.« Sie sprang auf und verschwand hinter der Schiebetür.

»Kleines Biest, ich werde es mit Humor nehmen. Stell unsere frische Freundschaft besser nicht auf die Probe, sonst werfe ich dich dem nächsten Hai zum Fraß vor!«

»Du wirfst mich doch schon in ein volles Haifischbecken. Die Jungs auf der *Argus* schmachten mich seit der ersten Sekunde an. Vielleicht hat von denen einer Lust auf 'ne heiße Nummer.«

Er war nicht gewillt, ihr die Frivolitäten durchgehen zu lassen, selbst auf die Gefahr hin, dass sie ihn nur auf die Probe stellte. Er öffnete die Tür einen Spalt und lehnte sich gegen den Türstock. Sie war im Begriff, in die Wanne zu steigen, und ihr Anblick ließ ihn schlucken. Sie bückte sich, um die Wassertemperatur zu überprüfen. *Wow, was für ein geiler Arsch.* Doch bevor die Augen weiter zu der kleinen Lücke zwischen ihren Schenkeln wandern konnten, schielte sie über die Schulter.

Schnell zuckte er in Deckung und wagte kurz darauf erneut einen Blick.

Demonstrativ schraubte sie eine Flasche Badezusatz auf und goss etwas davon ins Wasser. Sie tauchte in das Schaumbad ein, wobei er entdeckte, dass ihre Brüste ebenso perfekt geformt waren wie ihr Hintern und der ganze verdammte Rest. Obwohl nur noch ihr Kopf herausschaute, reizte ihn die Szene ungeheuer.

»Es wäre Platz für zwei«, rief sie.

»Aas«, brummelte er und spielte mit dem Gedanken, der Einladung zu folgen. Er entschied sich dagegen, betrat das Bad, ohne sie anzusehen, rasierte und wusch sich, warf ihr ein Badelaken zu und ging. »Beeil dich, wenn du Frühstück willst. Ich melde uns auf der *Argus* an.« Dann deckte er den Tisch, heilfroh, dass er nicht weiter dabei zusehen musste, wie sie sich vor ihm wusch, *die süße Intrigantin.* Von dem äußeren Anschein, hervorgerufen durch ihren zierlichen Körper und ihren Style, ließ er sich nicht länger blenden. Sie war eine Frau und was für eine!

Sie aß mit Appetit und war froh, dass er die vergangene Nacht nicht mehr ansprach. Das unangenehme Gefühl, weil er sie in einem schwachen Zustand erlebt hatte, schüttelte sie nicht so leicht ab, deshalb drängte sie es entschieden in den Hintergrund. Zum ersten Mal über Peers Tod zu sprechen, war schwergefallen, doch jetzt fühlte sie sich erleichtert. Es kam ihr vor, als wäre er es ebenfalls. Die Rechnung war ausgeglichen. Dass sie ihn angemacht hatte, schien er nicht übel zu nehmen. Ihre Empfindung lag zwischen angesext und beschämt. *Rasch an was Schönes denken.* Sie schloss kurz die Augen und dachte an den Kuss. *Hätte nett werden können.*

In weißem Shirt und Jeans saß er am Tisch. So neutral und trotzdem sexy, während sie immer noch dieselben Klamotten trug. Sie biss von ihrem Brot ab und trank einen Kaffee, wobei er sie beobachtete, aber keinen Ton sagte.

Der Mistkerl! Es ärgerte sie, dass es ihm gelang, sie damit zu verunsichern.

Er spülte, was sie total süß fand, und drehte ihr dabei eine sehenswerte Rückansicht zu. Himmlisch seine Ordnungsliebe, so ganz anders als Peer. Als alles nach seiner Zufriedenheit aufgeräumt war, schulterte er einen fertig gepackten Rucksack, in den sie die Rollen mit den Karten schob.

An Deck sah Alex sich um. »Wie kommen wir von hier zur *Argus*?«

Rasul öffnete die Tür zu einem Stauraum und holte ein Herrenrad hervor. Er hob es hoch wie einen Pokal. »Mit dem afrikanischen Universaltransporter.«

»Und wo sitze ich?«, fragte sie skeptisch mit Blick auf den wenig vertrauenerweckenden Gepäckträger.

»Na vorne bei mir. Auf der Stange.«

Sie rammte ihm für den zweideutigen Spruch den Ellenbogen in die Rippen, sodass er aufkeuchte, nahm aber vor ihm Platz. So radelten sie etwa fünfzehn Minuten durch das Hafengelände, auf dem es ähnlich geschäftig zuging wie im Hafen von Sansibar. Auf der Strecke wurde sie kräftig durchgeschüttelt. Kurz bevor sie den Liegeplatz der *Argus* erreichten, sah sie einen Mann mit Sonnenbrille an einer Mauerecke lehnen, der die gelbe Last am Kran beobachtete, die wie in Zeitlupe aus einer Transportkiste auftauchte. Ein unangenehmer Geschmack huschte über ihre Zunge. Kannte sie den Kerl nicht vom Dalladalla? Nein, das war bestimmt ein Zufall. Ray-Ban-Brillen gab es millionenfach. Rasul trat flotter in die Pedale und sie verlor den Fremden aus den Augen, nur das seltsam bittere Aroma blieb am Gaumen hängen.

»Ah, das ist der Prototyp meines Sonar-Hais.«

Alex betrachtete das neongelbe Ding, das einem Hammerhai glich. Die komplette Mannschaft stand am Heck, damit beschäftigt, die Apparatur unbeschädigt an Bord zu hieven. In Sicherheitskleidung und Helmen wirkten sie wie Fremde. Sparky führte mit knappen Rufen und Gesten das Kommando. So sorgte er dafür, dass die Fracht perfekt ausgerichtet auf einer Rollvorrichtung landete und anschließend an der Backbordseite am Heck verstaut und angelascht wurde.

Sie betraten das Schiff über die Gangway.

»Ah, da seid ihr ja endlich. Hallo Boss!«, wurden sie von Joe begrüßt, und die anderen schlossen sich an. Er drückte beiden einen Schutzhelm in die Hand. »Aufsetzen!«

Rasul ging kontrollierend um das Gerät herum. Alex hielt sich dicht bei ihm, was zur Folge hatte, dass niemand einen Spruch abließ. Interessiert las sie: RTSMS ›RasulTech Solar Module Shark‹ auf dem Typenschild.

»Schaut euch das an«, rief er aufgeregt wie ein kleiner Junge. »Allerneueste Technik. Das nenne ich mal eine gute Umsetzung meiner Vorgaben. Wenn RT funktioniert wie geplant, brauchen wir keine Schleppleine, das spart Treibstoff.« Er sprach das RT liebevoll wie den Namen *Artie* aus und gab ihm einen Klaps auf die gelbe Hülle. »Wir laufen in einer Stunde aus. Um 14.00 Uhr Treffen in der Pantry! Dann gebe ich bekannt, wohin es geht.«

»Und was ist mit ihr?«, fragte Mitch.

»Sie hat angeheuert, sie bleibt und ich verbitte mir jedes Gerede oder Anzüglichkeiten!«, sagte er in strengem Tonfall. Er legte den Arm um Alex' Taille und zog sie mit sich. Gemeinsam betraten sie seine Kabine. Der erwartete

Karton stand auf dem Bett, darauf einer mit Sicherheitsschuhen Gr. 38, wie sie lächelnd feststellte.

»Machs dir bequem, ich räume meine Klamotten raus. Die Bücher lasse ich aber hier, ja?«

Sie nickte. »Ich habe eh nur das dabei, was im Rucksack Platz fand. In dem Paket stecken meine Tauchsachen und Sportklamotten. Tut mir leid für die Umstände.«

»Schon gut. Willkommen an Bord, Alex.«

Seufzend blieb sie zurück und kam sich etwas komisch vor. Gleichzeitig machte sich Euphorie in ihr breit. Sechzig Minuten bis zum Auslaufen. Es ging los!

FEINDE

Um die Zeit zu überbrücken, suchte sie die Kombüse auf, wo Iggy Zwiebeln schälte. »Darf ich dir helfen?«

»Oh, klar, freiwillig hilft hier sonst keiner. Die Mannschaft wünscht sich Pizza. Was Frisches. Wenn wir unterwegs sind, gibt es meist nur was Schnelles. Bereitest du die Soße zu?« Er zeigte ihr, wo die Lebensmittel lagerten, und sie war froh, eine Beschäftigung zu haben. Eine Weile arbeiteten sie stumm vor sich hin. Sie rollte den Teig aus und verteilte die Tomatensoße, dann belegte sie die Böden. Schinken, Salami und frische Pilze waren die Favoriten. Auf ein Stück legte sie Spinat für sich, bevor sie großzügig Käse und Knoblauchöl darüber gab. Es duftete himmlisch und ihr Magen knurrte.

»Du, Alex, gibst du mir einen Tipp, wo es hingeht?«, fragte Iggy unvermittelt. »Ich vermute, dass du der ›Informant‹ bist, auf den Rasul gewartet hat, oder?«

Überrascht sah sie auf. In ihr schrillten sämtliche Alarmglocken. Sie lagen im Hafen, von wo aus unkontrolliert Informationen nach außen dringen konnten. Iggy knüllte sichtlich nervös ein Küchenhandtuch zusammen. Es stand in der Verschwiegenheitserklärung, dass sie niemandem gegenüber etwas verlauten lassen durfte, ohne es mit der Expeditionsleitung abzusprechen, deshalb schüttelte sie den Kopf. »Besser nicht, ich glaube, der Boss würde mir den Hintern versohlen.«

»Oh, klar, ich bin überzeugt, es wäre ihm ein Fest!« Er pfefferte das Handtuch in eine Ecke und drückte damit deutlich aus, dass ihm die Antwort nicht passte. Alex schob die Bleche in den Backofen und stellte die Zeitschaltuhr ein, bevor sie sich zu ihm umdrehte. »Hör mal, Iggy, ich hoffe, das hat nichts mit mir zu tun?«

Er stieß ein missmutiges Geräusch aus. »Wir haben ja alle gesehen, wer den Jackpot abgeräumt hat.« Seine Stimme klang aggressiv.

»Wie bitte? Ich hör wohl schlecht!«

»Na ja, du bist die Informantin, du kennst die wahre Position des Wracks. Hab ich recht? Und er hat dich mal gleich vernascht. Wer sagt mir denn, dass …«

»Du hast mit dem gleichen Vertrag angeheuert wie ich. Und mich vernascht niemand!«, unterbrach sie ihn erbost. »Ich sag dir nur eins, wir finden den versunkenen Kahn und kassieren unseren Anteil. Deshalb bin ich hier, wie die anderen auch. Und falls du dem Chef unterstellst, dass er versucht, euch auszubooten, dann klär das mit ihm und spann mich nicht vor deinen Karren!« Wütend verließ sie die Kombüse und lief auf dem Weg zurück zur Kammer Rasul in die Arme.

»Wohin so eilig, Kleines?«

»Ach, lass mich und nenn mich nicht so!« Sie riss sich los, doch er fing sie ein. »Ich bin der Expeditionsleiter, ich muss wissen, was auf dem Schiff abgeht. Also?«

Sie sah sich verstohlen um. »Nicht hier«, wisperte sie, fasste ihn am Handgelenk und zog ihn ins Zimmer.

Er sah sie besorgt an. »Was ist passiert?«

»Wo sind die Karten?«

»Im Tresor.«

»Wie vermeidest du, dass jemand ausplaudert, wohin wir fahren?«

»Sie haben alle die gleiche Erklärung unterschrieben, aber verhindern kann ich es letztendlich nicht. Wir tauchen in Küstennähe, falls deine errechnete Position stimmt. Es besteht Satellitenkommunikation, wir verfügen über WiFi an Bord. Jederzeit. Warum fragst du?«

Sie erzählte ihm von Iggy. »Und Mitch hat auch neugierig auf meine Unterlagen geschaut, kurz bevor ich zur Ŝuŝu bin. Gut, dass auf den Seekarten nur die vermuteten Lagen eingezeichnet sind. Man muss sie erst mit meinem Programm und den Koordinaten in meinem Kopf abgleichen, bevor die exakten GPS-Daten errechenbar werden.«

»Mitch? Das war sicher nur Interesse, der ist zum dritten Mal dabei, Iggy zum zweiten. Jeder kassiert normale monatliche Heuer und beim letzten Mal haben sie am Ende noch zweihunderttausend Dollar Anteil bekommen.«

»Nicht schlecht. Aber wer weiß, vielleicht hat ihnen jemand mehr geboten? Wäre ja leicht. Die Konkurrenz benötigt keine jahrelange Recherche und bräuchte nur abwarten, bis wir die Position ansteuern.«

»So einfach ist das nicht, es gibt eine Schatzsucherehre. Wer zuerst am Wrack ist, dem gehört es. Außerdem hab ich eine Tauchgenehmigung für das Gebiet und die Bergungsrechte von dir bekommen.«

»Und wenn von der Behörde etwas durchsickert? Korruption und Afrika spricht man doch in einem Atemzug aus.«

»Amtlich bin ich Forscher, teste unabhängige Unterwasserroboter, die den Zustand von Riffen beurteilen. Inhaber eines offiziellen Forschungsauftrags von den Regierungsbehörden, von Madagaskar bis ins Rote Meer.« Er grinste selbstbewusst, weil sie ihn staunend ansah.

»Aber der Fund des Champagners, der ging durch die Presse. Davor die chinesischen Vasen und das Geschirr, die du dem Museum gespendet hast.«

»Das war mein Einstieg und ich habe das Porzellan in der Tat beim Forschen gefunden. Reiner Zufall.«

»Na gut, du bist der Boss. Ich muss dir vertrauen.«

»Ich mach das zum Vergnügen, nicht um mir Ärger an den Hals zu hängen. Aber eine gewisse Konkurrenz zu Mitbewerbern macht durchaus Spaß. Nur für meine Mannschaft sehe ich das differenzierter. Für euch bin ich mitverantwortlich. Also lass uns die *Princess* finden. Wir müssen rauf, die Jungs warten.«

»Ich finde, wir sollten da gemeinsam erscheinen.«

»Als Paar? Du meinst, ich bin völlig umsonst hier ausgezogen?«

»Nur zum Schein, das würde Einheit und Entschlossenheit verkörpern.«

»Das würde bedeuten, ich müsste dich ab und an mal küssen, anfassen, hier bei dir schlafen. Im selben Bett.«

»Wenn es für dich ein Muss bedeutet, lassen wir es besser.«

Er beugte sich zu ihr hinab und knabberte an ihrem Ohrläppchen. »Es wäre für mich kein Muss, sondern eine süße Verlockung«, flüsterte er verheißungsvoll.

Sie schluckte. »Wenn das so ist«, raunte sie. »Iggy meinte eh, wir hätten zusammen geschlafen«, startete sie einen zaghaften Versuch.

»Haben wir ja auch – nebeneinander.« Er grinste. »Könntest du widerstehen, mit mir in einem Bett? Wie wollen wir es anstellen? Einen Bücherstapel als Mauer in der Mitte oder besser Stacheldraht? Na, wie soll ich dich davon abhalten, nachts über mich herzufallen?«

Sie schlug ihm mit der Faust vor die Brust. »Doofmann!«

»Ich denk nur an mein Image und deine Reputation als anständige Frau. Außerdem hab ich dich nackt gesehen. Hat mir viel zu sehr gefallen, was du mir gezeigt hast. Ich schreibe es aber einem hormonellen Überschuss zu, der dich dazu bewogen hat«, flüsterte er mit ironischem Unterton und blies dabei heißen Atem in ihren Nacken.

Wie sie es hasste, ihm recht zu geben. Er hatte also heimlich zugesehen, wie erhofft. Himmel noch mal, sie hatte sich benommen wie eine rollige Katze! Es ärgerte sie, dass ihre Bemühungen, sich sexuell zu emanzipieren, dazu führten, dass sie sich in seiner Gegenwart fühlte wie ein Teenager. *Schwer, so ein Imagewechsel.* »Muss an dem vielen Testosteron liegen, das mich hier umgibt«, antwortete sie schnippisch. »Weißt du, ich glaube, es ist besser, wir zwei haben nichts miteinander. Mach dir keine Sorgen, ich komm schon klar mit den Jungs. Falls meine Hormone überschäumen, werde ich einfach einen von ihnen vernaschen statt dich!«

Auf einmal kam er ihr nah, packte sie, schob sie zum Bett und schubste sie darauf. Sie landete absichtlich mit den Armen über dem Kopf, er beugte sich über sie, griff mit einer Hand ihre Handgelenke und streichelte mit der anderen ihren Bauch. »Wenn du überschäumst, dann nur mit mir.«

Halbherzig strampelte sie mit den Beinen, doch am liebsten hätte sie aufgestöhnt. Diese Augen! Flammen schienen herauszuschießen, die alles in ihr entfachten, was eine Lunte aufwies. Jedes Nervenende in ihrem Innern besaß offenbar eine, denn Millionen Explosionen zündeten gleichzeitig. Der darauffolgende Kuss entpuppte sich zum Löschen als vollkommen ungeeignet. Ihr Widerstand erstarb darunter und sie wähnte sich inmitten einer Sahnetorte. Weich, süß, köstlich umhüllt von Zärtlichkeit und dem Begehren, mehr davon zu verlangen. Nur ließ er von ihr ab und verzog den Mund zu einem fiesen Lächeln.

»Wenn du glaubst, ich überließe dich einem der Jungs, täuschst du dich. Das, meine Liebe, war ein kleiner Vorgeschmack, was du eventuell von mir zu erwarten hättest. Aber ob es dazu kommt, tja, das wirst du abwarten müssen.« Er beendete die Situation und verschwand durch die Tür.

Die Verwirrung war komplett. Sie konnte kaum schnell genug hinter ihm her. Wütend rammte sie die Tür ins Schloss. »Dra til helvete!«, brüllte sie und seine Stimme drang durch die Tür.

»Ich kann kein Norwegisch!«

Der Mistkerl stand noch dahinter! »Gut zu wissen! Scher dich zur Hölle!«, übersetzte sie lautstark. Sie hörte sein dröhnendes Lachen, das sich langsam entfernte. Es erinnerte sie an Peers. Vor Wut hüpfte sie ein paarmal auf der Stelle. *Der Arsch!* Sie sollte ihn jagen? Dann doch lieber umgekehrt. In ihr kochte es, dagegen half nur eine kalte Dusche. Den Rest ihres Ärgers ließ sie anschließend mit der Bürste an ihren Haaren aus. Sie bändigte es zu zwei ordentlich geflochtenen Zöpfen, schminkte die Lippen knallrot und zog sich um. Sie war eine Frau auf einem Schiff mit acht Männern. Sie hatte weder vor, mit irgendeinem anzubandeln, noch wollte sie ihre Zeit an Bord als Neutrum verbringen. Daher räumte sie ihre Sachen in die Schapps, griff nach einer rot karierten Bluse und blauen Shorts, zog sie an und versuchte durch einen erneuten Hüpfer, einen Blick von sich in dem für sie viel zu hoch hängenden Badezimmerspiegel zu erhaschen. Eigentlich fand sie die Girlie-Zöpfe etwas kindisch und unpassend in ihrem Alter, andererseits wirkte sie optisch jünger. Jedenfalls sah es im Spiegel so aus, und das gefiel ihr. *Na warte, Rasul, dir zeig ich, wozu eine kleine Flicka fähig ist! Dir läuft schon bald das Wasser im Mund zusammen!* Sie marschierte los, hoffend, noch was von der Pizza abzubekommen.

In der Pantry setzte sie sich auf den letzten freien Platz. »Hey Jungs, schmeckt's?« Sie nahm sich ein Stück von dem großen Teller in der Mitte, klappte es zusammen und biss hinein.

»Du siehst auch appetitlich aus«, meinte Sparky.

»Danke«, antwortete sie kokett. »Wo sind Chip und Mitch?«

»Wer, glaubst du, fährt das Schiff?«

»Und der Chef?«

»Auf der Brücke.«

»Erzähl mal, wie war's auf der Ŝuŝu?«, wollte Neptun wissen.

Alle Augenpaare richteten sich auf Alex, die gerade einen köstlichen Käsefaden um ihre Zunge wickelte. Schnell beendete sie das Schauspiel, doch sie lächelte. »Rasul ist ein Gentleman, mehr sag ich dazu nicht. Und glaubt ja nicht, ich wüsste nicht, dass ihr Hintergedanken hattet, mich da allein hinzuschicken. Ich hab mich vor ihm so erschrocken, dass ich rückwärts über die Reling gegangen bin.«

»Im Ernst?« Joe lachte und der Rest fiel mit ein. »Und das war ihm so peinlich, dass er sich endlich rasiert hat?«

»Genau, aber die Haare dürfte er auch mal schneiden«, sagte sie und stieg in das Gelächter ein, exakt in dem Moment, als Rasul mit der Kartenrolle erschien.

»Guten Abend die Herren, Lady. Wenigstens habt ihr ein Stück Pizza für euren langhaarigen Expeditionsleiter übrig gelassen.« Er setzte sich an den Kopf des Tisches.

Alex rutschte unbehaglich auf ihrem Platz hin und her, aufmerksam beobachtet von Rasul, der genüsslich aß, obwohl die Männer ihn gespannt anstarrten. Er tupfte sich seelenruhig mit der Serviette den Mund ab, faltete sie ordentlich und sah nacheinander jeden eindringlich an.

»Ich weiß, ihr steht unter Hochspannung, wohin die Reise führt. Dank unseres neuen Crewmitgliedes« er deutete auf Alex »habe ich hier eine vielversprechende Karte in den Händen. Unser Ziel ist das Wrack der *Ocean Princess*.« Er fügte eine bedeutungsschwangere Pause ein. »Falls die Positionsangaben stimmen, sind wir zwei Tagesreisen davon entfernt.«

»Die Ocean was?«, fragte Iggy. »Noch nie von gehört. Was hatte die geladen? Darf man das erfahren, oder ist das geheim?«

»In meinem Job kann ich inzwischen abschätzen, was sich lohnt und was nicht«, wich Rasul einer Konkretisierung aus.

»Wieso auf einmal so geheimnisvoll?«, mischte Joe sich ein, während die anderen nur still zuhörten.

In den Gesichtern der Männer erkannte Alex, dass sie genauso auf den Beginn der Mission fieberten wie sie.

»Boss«, hakte Joe nach, »wenn du so ein Geheimnis

drum machst, gehts um eine richtig fette Beute, wie ich dich kenne.«

Rasuls Mimik blieb unbeweglich. »Diese Expedition wird kein Zuckerschlecken, fürchte ich. Die Wetterverhältnisse könnten uns einen Strich durch die Rechnung machen, dazu wissen wir nicht, in welcher Tiefe genau wir tauchen müssen oder ob noch da ist, was wir suchen. Das Schiff ist 1820 gesunken. 200 Jahre Zeit, gefunden und geplündert zu werden. Ihr seht, es gibt genug Unwägbarkeiten, nicht zuletzt die Konkurrenz.«

Plötzlich schallte Chips Stimme aus einem Lautsprecher: »Wir fahren außerhalb des Funktelefonbereichs. Satellit, Kommunikation und Kennung sind wie gewünscht ausgeschaltet, Boss.«

Ein erleichtertes Aufatmen ging durch Rasul und verriet seine Anspannung. Erneut sah er mit festem Blick jeden Einzelnen an und blieb dann bei Alex hängen. Spätestens jetzt sah sie in allen Augen das gleiche Feuer lodern. Die Männer hingen gebannt an Rasuls Lippen und Aufregung lag wie eine Glasglocke über dem Szenario.

»Legt eure Handys auf den Tisch!«, sagte er in einem Tonfall, der keinerlei Widerspruch duldete. Er schob seins und zwei weitere in die Mitte. »Das sind die von Chip und Mitch. Alex, du auch bitte!«

Niemand rührte sich, alle beobachteten sie und sie merkte, wie ihr die Röte ins Gesicht schoss. »Ich besitze keins«, gestand sie, was der Wahrheit entsprach. Sie hatte es bewusst in Norwegen zurückgelassen. In der Not besaß heute eh jeder eines, das man leihen konnte. Meistens versagte ohnehin das Netz, wenn es darauf ankam. Sie hasste die Dinger und die ständige Erreichbarkeit. »Ehrlich, ich will nicht dauernd meine Mutter am Telefon haben, die mich mit besorgten Fragen nervt, wo ich bin und wie es mir geht.« Sie zuckte mit den Schultern. »Außerdem passt so ein modernes Teil, das man unentwegt in der Hand trägt, nicht zu meinem Styling.« Damit hatte sie zwar die Lacher auf ihrer Seite, aber Iggy warf ihr einen verständnislosen Blick zu.

»Das müssen wir mal so glauben. Eine Frau ohne Handy, tze.«

»Für sie verbürge ich mich, Alex dürfte am wenigsten daran gelegen sein, dass uns jemand von der Konkurrenz oder die Piraten aufspüren, sie kennt als Einzige die exakte Lage. Deshalb fahren wir ab sofort ohne Kennung. Nicht ungefährlich, denn andere Schiffe könnten uns dadurch auch für ein Piratenschiff halten. Ich gehe das Risiko ein, damit man uns per Schiffstracker nicht ortet, bevor wir den Wrackplatz erreichen.«

Ein Raunen ging durch die Anwesenden, weil er für sie Partei ergriff, doch niemand wagte eine Widerrede. Die Männer zückten ihre Handys und legten sie in die Mitte. Rasul gab sie in eine Kiste.

»Die kommen in den Tresor, ihr kriegt sie zurück. Räumt den Tisch frei!« Er rollte die Karte aus. »Das ist unsere Position, das die Stelle, von der ich ausging.« Er aktivierte auf dem Whiteboard ECDIS, das elektronisch integrierte Navigationssystem, und schraffierte den Bereich in Gelb. »Jetzt nenn uns die Koordinaten, Alex.«

Sie holte tief Luft. »0°59'58,54" Süd, 42°05'31,00" Ost.«

»Du kennst die auswendig?«, wollte Iggy wissen.

»Diese und zweihundert weitere beschäftigen mich, seit ich vierzehn bin. Was glaubst du?«

Rasul lächelte sie an und gab die Zahlenfolge ein.

Gebannt beobachtete die Mannschaft, wie das markierte Feld circa vierzig Seemeilen die Küste hinaufwanderte.

»Hier legen wir die Matratze. Sparky, du hast die Ehre, den Sonar Shark dort zu testen. Neptun steuert das Ding. J-P, du überwachst die Monitore, ich die Daten. Joe und Mitch, ihr versetzt das Tauchgerät in Topzustand. Iggy, kümmere dich um die Kameras. Checkt den Sprechfunk, fettet die Aspiratoren, prüft alles doppelt und dreifach!«

Die Männer nickten.

»Also, Leute. Haltet die Augen offen. Suchen wir den Anker der *Ocean Princess*!«

Gleichzeitig hieben sie die Fäuste auf den Tisch, sodass Alex erschrak. Rasul lächelte ihr aufmunternd zu.

»Ein Ritual, das machen wir immer so, entschuldige.«

»Okay, dann arbeite ich Alex in unsere Elektronik ein.« Neptun stand auf und sie war dankbar, dass sie einen Job bekommen würde.

»Hast du mit Posidonia oder ECDIS schon gearbeitet?«

»Nein«, gab sie zu. »Ich habe einige Lehrgänge absolviert, weiß, dass es Seekartenprogramme gibt, aber eine so moderne Ausstattung bot keiner der Kursanbieter an. Ihr seid ja auf dem neuesten Stand.«

Sparky lachte. »Stimmt, für ein paar Wracktaucher haben wir hier 'nen echten Luxuskahn erwischt. Kleine Marotte vom Expeditionsleiter, er hat einen exklusiven Geschmack. Sieht man an dir.«

»Wie soll ich denn das verstehen?«

»Na ja, der Boss wird kaum leugnen, dass er ein Auge auf dich geworfen hat, oder?«

Sie hielt die Luft an. Rasul schien ebenfalls angespannt.

»Mein Interesse an Alex ist rein beruflicher Natur und ich erwarte von euch die gleiche Professionalität«, klang es schneidend in ihrem Rücken. »Mich treibt nur eins: uns reich zu machen! Also bitte unterlasst derlei Anspielungen. Das ist gleichbedeutend damit, dass Miss Lund auch für sonst niemanden hier zu haben ist. Das darfst du gerne weitergeben.« Er duckte sich unter der Tür durch und verließ den Raum.

Der Chief pfiff durch die Zähne. »Oha, ich sagte ja, dem Boss kommt man besser niemals in die Quere.« Er sah J-P an, der weiter in seinen Laptop tippte, als hätte er zu konzentriert gearbeitet, um zuzuhören, doch er nickte.

Das war Alex ausgesprochen peinlich und sie räusperte sich, um nicht gleich antworten zu müssen. Wenn sie ehrlich war, hätte sie nach dem Erlebnis auf der Ŝuŝu am liebsten von Rasul gehört, dass er der alleinige Anwärter auf einen Besitzanspruch auf sie sei. Sie rollte die Augen hinter den geschlossenen Lidern und ballte die Fäuste, bevor sie die Hände streckte. Was für eine blöde Situation, in der sie steckte. »Jungs, tut mir einen Gefallen, lasst uns freundschaftlich miteinander umgehen. Haltet mich jetzt nicht für eingebildet, aber ich bin mir durchaus bewusst, wie mein blonder Schopf und meine Figur auf Männer wirken, die lange keine Frau gesehen haben, erst recht für so nette Typen, wie ihr es seid. Ich mag euch, aber ich möchte nicht in einem Kartoffelsack rumlaufen müssen, nur weil ich im Bikini ständig zu einem Spruch provoziere. Können wir das kameradschaftlich sehen, bitte?«, setzte sie noch mit einem flehenden Augenaufschlag hinterher, mit dem sie Peer schon immer um den Finger gewickelt hatte. Die Männer hoben die Daumen und sie atmete erleichtert auf. »Danke, das bedeutet mir viel.«

Im Elektronikraum weihte Neptun sie mit J-P in die Geheimnisse der Technik ein. Er bot ausreichend Platz für acht Mann, was ihr beachtlich vorkam, gegenüber den üblichen, eher beengten Verhältnissen auf dem Schiff. Die ausgesprochen bequemen Stühle lieferten jeden Komfort. In dem fensterlosen Raum standen außer Büromöbeln mindestens zwanzig verschieden große Monitore. Neptun betätigte einige Schalter, die Rechner erwachten zum Leben, in den deckenhohen Server-Schränken blinkte es wie an Weihnachten im Schaufenster vom Einkaufszentrum in Fredrikstad. Konzentriert hörte sie den Erklärungen der Kollegen zu, in dem Bewusstsein, dass sie eh niemals alles behalten und erst mit der Arbeit in die Bedienung hineinfinden würde. Dem sah sie unbesorgt entgegen.

Zwei Stunden beschäftigte sie der ECDIS-Kurs. Danach suchte sie Rasul. Iggys aggressives Verhalten ging ihr nicht aus dem Kopf und sie wollte noch einmal mit dem Boss darüber sprechen. Sie fand ihn bei Chip auf der Brücke. Sie waren dabei, die Informationen des Wettersatelliten auszuwerten. Die Verbindung zur Außenwelt war also wieder hergestellt.

Er sah auf, als sie klopfte und eintrat. »Du kommst im richtigen Augenblick. Schau, hier ist eine Regenfront im Anmarsch.«

Alex besah die Messwerte, schaltete auf den Strömungsfilm um und erschrak. Der Luftdruck war in den Keller gesaust! Sie hatte zwar gestern gesehen, dass dort eine Schlechtwetterlage aufzog, aber die Ausdehnung des

Gebiets und die Schnelligkeit, mit der es sich entwickelte, ließ sie die Stirn krausziehen. Besorgt notierte sie die Daten, wählte einige verschiedene Einstellungen, doch es gab nichts zu rütteln: ein massives Sturmtief jagte hinter ihnen her und es war eine Frage von Stunden, wann es sie einholte. Wie die Positionsangabe bezeugte, lag die Küste dreißig Seemeilen entfernt. Sicherheitshalber rief sie Satellitenbilder von dem großen Wolkenwirbel auf, dem mehrere kleine folgten, aufgereiht wie Perlen auf einer Schnur in Richtung Arabisches Meer, wo sie an Fahrt aufnahmen, bis sie als Monsunregen in Indien niederschlugen. Manchmal erreichten sie verheerende Kräfte, dann nannte man sie Zyklone. Genau einem solchen Wetterphänomen sahen sie sich gegenüber. Nur waren sie für diese Gegend total untypisch. Der Klimawandel zeigte seine Tücke.

»O Mann, schlechte Aussichten. Wir sollten schnellstmöglich einen Hafen anlaufen. Die erwartete Wellenhöhe wird mit mindestens zehn Metern vorhergesagt, wir haben Vollmond, das heißt, die Springflut kommt noch dazu. Das wird gefährlich!«

Chip sah sie entgeistert an. »Du meinst, was vor einem Tag nur ein paar Regenwolken brachte, mutiert heute zu einem Sturm Kategorie 4?«

»Ja, für mich sah es gestern so aus, als zögen sie draußen auf dem Meer vorbei. Ich wollte es abends noch überprüfen, aber offiziell bin ich für den Job nicht eingeteilt und ich mochte dir nicht ins Handwerk pfuschen. Das soll keine Entschuldigung sein, ich hätte es prüfen müssen.«

»Hättest du!« Rasuls Stimme klang schneidend. »Es ist verdammt noch mal dein Job!«

»Wir laufen Kilifi an«, beschloss Chip.

»Nein, wir fahren weiter!«, entgegnete Rasul, doch Chip schüttelte energisch den Kopf.

»Keine Chance. Allein der Kapitän entscheidet über alle Sicherheitsbelange des Schiffs. Sorry Boss, so lautet die Regel.«

»Na schön, bring den Kahn auf Küstenkurs!«, rief er im Hinausgehen. Wutentbrannt verließ er die Brücke.

Alex presste die Lippen fest aufeinander. Da hatte sie offensichtlich erneut Minuspunkte gesammelt. Chip sah sie über die Brille hinweg an. »Hängt der Haussegen schief bei euch?«

»Welcher Haussegen? Zwischen uns besteht ausschließlich ein Arbeitsverhältnis. Er hat das Recht, so zu reagieren, es liegt in meiner Verantwortung.«

»Ich trete sie hiermit gerne an dich ab.«

Sie rang sich zu einem Lächeln durch. Das war bestimmt nicht leicht für ihn. Sie berechnete den Kurs auf ECDIS und Chip nickte ihn ab.

»Sei unbesorgt, die *Argus* ist hochseetüchtig, mich treibt nur die Sorge wegen der Mannschaft und dem Equipment um.«

»Das ist nett von dir, aber ich habe ihn schon verstanden. Er ist stinkwütend, weil wir die Küste anlaufen müssen, bevor wir die Zielkoordinate erreichen. Damit riskieren wir, dass jemand unser Ziel an Konkurrenten bekannt gibt und die vor uns den Claim abstecken.«

»Er hat mir von deinem Verdacht erzählt. Er glaubt dir, deine Argumente haben gezogen. Er hat über Iggy Recherchen anstellen lassen. Wir beobachten ihn. Das hat etwas mit Seemannschaft zu tun. Zusammenhalt wie bei den Musketieren, wenn da einer aus der Reihe tanzt, läuft er Gefahr, dass wir ihn kielholen.«

Alex lächelte. Ja, das konnte sie sich vorstellen. Der Ausfall einer millionenfetten Beute würde den falschen Kameraden den Kopf kosten. Trotzdem wollte sie auf keinen Fall die Schuldige sein.

Eine halbe Stunde später erwischte sie der erste Sturmausläufer. Das Schiff rollte und schwankte, kämpfte sich tapfer durch die Wellentäler und trotzte den anstürmenden Wogen. Noch fuhren sie dem Zentrum des Unwetters davon. Zwanzig Minuten darauf bekamen sie gewaltige Brecher über den Bug. Die Scheibenwischer kamen kaum gegen den Regen an und versagten bei den zusätzlichen Wassermassen den Dienst komplett.

Unablässig beobachtete Alex die Monitore. Ohne die Elektronik würden sie in der jetzt herrschenden totalen Dunkelheit blind fahren, deshalb schaltete Chip auch die Kennung wieder ein, um die Sicherheit für andere Schiffe herzustellen. Der Blick auf die kochende See schürte ihre Angst. Unter normalen Umständen wäre sie vor ihr weggelaufen, aber hier gab es kein Entkommen und sie musste sich ihr stellen. Der Bug tauchte in einen erneuten Wellenberg ein. Sie konnte einen Aufschrei nicht unterdrücken, denn sie steuerten direkt in eine Wasserwand, die krachend gegen die Panzerglasscheiben der Brücke schlug. Ein verästelter Blitz zuckte über den Himmel und erhellte kurz die brodelnde See vor ihnen. Ein furchteinflößender Anblick, zumal sie soeben in ein Wellental hinabrauschten und nur noch von Wasser umgeben zu sein schienen. Durch einen Seitenbrecher erhielten sie einen kräftigen Stoß. Die daraufhin folgende Schräglage nötigte sogar Chip einen Ausfallschritt ab, um nicht umzufallen. Einige Kugelschreiber flogen wie gefährliche Geschosse umher. Aber die *Argus* bewies ihre Seetüchtigkeit und richtete sich wieder auf. Da der Kapitän immer noch stoisch das Ruder führte, ohne in Schweiß auszubrechen, hielten sich ihre Panikattacken in Grenzen. Endlich sah sie von einem Wellenkamm aus das spezifische Leuchtzeichen von Kilifi, erkennbar aus der individuellen Blinkfolge, durch die sich sämtliche Leuchttürme der Welt unterschieden. Erleichtert atmete Alex aus. Sie konnten den Hafen erreichen, bevor der Sturm sie mit voller Wucht auf dem offenen Meer erwischte. Doch bis dahin würde die Achterbahnfahrt noch eine Weile andauern.

Rasul steckte den Kopf durch die Tür. »Wir haben alles festgezurrt, aber in den Kammern sieht es heftig aus. Wird Zeit, dass hier ein frischer Wind weht. Kaum bin ich ein paar Wochen weg, geht es hier drunter und drüber!«

Offenbar war er aufgebracht, dass niemand seinen Ordnungsdrang unterstützte. Alex wandte sich ihm zu. »Wir können das Leuchtfeuer von Kilifi …« Weiter kam sie nicht. Der Schiffsmotor dröhnte, die *Argus* erklomm eine steile Woge, erhielt einen erneuten Brecher über den Bug und sie flog von der Stoßkraft in Richtung Tür.

»Verdammt, immer eine Hand fürs Schiff! Wie oft muss ich dir das sagen, Mädchen?«, fluchte Chip, sobald er sah, dass sie neben ihm verschwunden war. »Alles okay?«, setzte er nach, warf einen Blick zurück und bemerkte, dass sie in Rasuls Armen gelandet war. »Schick mir J-P rauf und bring sie weg, sie ist unnütz wie ein Eisberg auf Kollisionskurs!«

Alex wurde an der Hüfte gepackt und von ihrem Boss über die Schulter geworfen, ohne dass sie sich auflehnen konnte. Sie hoffte, es war nur Chips gut verborgene Nervosität aufgrund der Umstände, die ihn das hatte sagen lassen. Wie es Rasul unfallfrei bewerkstelligte, auf dem schlingernden Kahn von der Brücke bis zu ihrer Kammer zu gelangen, blieb ein Rätsel. Als er sie davor absetzte, war sie enttäuscht. Wie ein Stück Beute weggeschleppt zu werden, hatte ihr gefallen. Noch mehr, dass seine Hand dabei auf ihrem Hintern gelegen hatte.

»An der Eleganz deiner Anmachversuche musst du noch arbeiten, Süße!«, sagte er statt des Kusses, den sie erwartete.

Sie zupfte ordnend an ihrem Oberteil, als er sich zum Gehen wandte. »Der Brecher hat mich geschubst, ich bin unschuldig, du Neandertaler!«, rief sie ihm hinterher.

Er kehrte auf dem Absatz um. Sie fand ihn unerhört sexy, wie er die Stirn krauszog und sie mit diesem Blick ansah, den Männer an den Tag legen, wenn ihnen gefiel, was sie sahen. So musterte er sie eine Weile. *Wenn er jetzt mein Kinn mit den Fingern anhebt, tret ich ihm wohin.* Sie kam ihm zuvor und reckte sich zur vollen Größe, obwohl das gegen seine Präsenz wenig nutzte. Ein Gefühl flutete ihren Körper, als ritte sie auf dem gischtgekröntem Kamm einer Welle unaufhaltsam auf ihn zu. Rasch drehte sie den Türknauf, um sich ins Zimmer zu begeben, und hoffte, er würde vom Sog derselben Woge hineingespült. Sie trat rückwärts, stieß auf Widerstand, drückte und Rasul half nach. Sie fixierte ihn, registrierte, wie das verheißungsvolle Funkeln in seinen blauen Augen zu arktischer Kälte gefror. Verdammt, sie wurde nicht schlau aus ihm, und dann drängte er sie auch noch hinter seinen Körper. Was bedeutete das? Unmöglich, der Mann. Wie konnte er leugnen, dass da was zwischen ihnen knisterte? Doch dann bot sich ihr ein Bild, das die Reaktion erklärte: Iggy an ihrem Computer!

»Was treibst du hier?«, fauchte Rasul mit eisigem Unterton.

Der Mann sprang auf, wich zurück, blickte hektisch umher, als suchte er etwas. Alex sah, dass die Unordnung im Raum keineswegs ausschließlich von den heftigen Schlingerbewegungen des Schiffs herrührte. Ihre Kleidung, die Wäsche, der Inhalt des Rucksacks, alles lag am Boden und auf dem Bett verstreut, erkannte sie aus der sicheren Deckung hervorlugend.

»Iggy!«, entfuhr es ihr und der starrte sie mit zusammengepressten Lippen an. Verbarg er da was in der Hosentasche, in die er seine Faust presste? Rasul schob die Tür endgültig auf, erreichte ihn mit drei Schritten, packte ihn am Hals und drückte zu. Die Gewalt, mit der er agierte, verfärbte das Gesicht des Mannes binnen Sekunden von krebsrot zu bläulich.

»Bring ihn nicht um!«, schrie sie panisch.

Abgelenkt wandte er den Blick über die Schulter, als wollte er sich dafür entschuldigen, und ließ von dem Koch ab. Ein Fehler, denn obwohl der hustend nach Atem rang, schoss er plötzlich vorwärts und rammte seinem Boss den Fuß in den Bauch, sodass dieser an die Türkante knallte und den Fluchtweg freigab. Doch Alex stellte ihm geistesgegenwärtig ein Bein. Er strauchelte und stürzte mit Wucht gegen die Metallwand des Gangs. Wie ein gefällter Baum blieb er liegen. Alex stützte Rasul, der sich immer noch krümmte.

»Hinsetzen«, befahl sie und dirigierte ihn mit sanftem Druck zum Bett, wo er auf die Matratze fiel.

»Ich hasse das!«

Alex, die ihm ein feuchtes Tuch hinhielt, damit er sich den Schweiß von der Stirn wischen konnte, den ihm der

Schmerz ins Gesicht trieb, sah ihn fragend an. »Dass ich mich um dich kümmere?« Sie wollte beleidigt abziehen, doch sein gequälter Blick stimmte sie milde.

Er schüttelte den Kopf. »Nein, das finde ich echt nett von dir. Ich meine, dass ich zum Killer mutiere, wenn man etwas bedroht, was …« Er sprach nicht weiter.

»… dir am Herzen liegt?«, beendete sie den Satz. Erkannte sie da einen Ausdruck von Traurigkeit? Jedenfalls stieg in ihr der Wunsch hoch, ihn zu umarmen und zu trösten.

»Fuck, mein Rücken bringt mich um. Geh ans Telefon am Schreibtisch. Wähle 345 und sag Chip, er soll zwei von der Crew schicken und Iggy wegsperren, ich knöpfe ihn mir später vor.«

Sie befolgte die Anweisung. Der Kapitän grollte eine Antwort, aber sie verstand nur »Roger«.

Er stöhnte auf, als er versuchte, sich zu bewegen.

»Zieh das Shirt aus, ich seh's mir an, okay?«

Wider Erwarten nickte er und sie half ihm, es auszuziehen. Links der Wirbelsäule verfärbte sich ein langer Streifen, der Abdruck der Türkante. Gegen die massive Prellung wirkten die Vernarbungen, die sie jetzt zum ersten Mal aus der Nähe sah, jedoch viel schlimmer. Die Haut war nicht glatt verheilt, sondern zum Teil erhaben. Das mussten schrecklich tiefe Wunden gewesen sein. Sie stand auf und holte eine Salbe aus dem Medizinkasten neben der Tür. »Ich reib dir was Kühlendes drauf, versuch nicht zu verkrampfen.« Sanft trug sie die Creme auf und massierte über die Stelle hinaus seinen muskulösen Rücken. Nur langsam ließ er die Spannung aus den Gliedern weichen.

»Das tut gut«, murmelte er.

Davon ermutigt, weitete sie die Massage aus. Er ertrug es reglos.

»Besser?« Sie erhielt keine Antwort mehr. Er war eingeschlafen, stellte sie fest und strich ihm zärtlich die wirren Locken aus dem Gesicht hinters Ohr. Wie friedlich er aussah. Ein totaler Kontrast zu der Kampfmaschine, die er vorhin noch gewesen war. Verwirrt wegen der Gefühle, die Rasul in ihr auslöste, lenkte sie sich damit ab, das Chaos zu beseitigen. Dabei verhielt sie sich leise, um ihn nicht zu wecken. Zwanzig Minuten später war die Kabine wieder ordentlich, bis auf die Wäsche, auf der er lag. Zaghaft schaute sie nach ihm und wagte es, einen Kuss zwischen seine Schulterblätter zu hauchen. Ein Knurren ließ sie zusammenzucken. Sie wollte sich zurückziehen, doch er packte blitzschnell ihr Handgelenk und zog sie zu sich runter.

Sie wand sich aus seinem Griff.

Arbeits-Verhältnis

»Ich hatte es mir anders erträumt, die Kabine mit dir zu teilen.«

»Wie denn?«, fragte sie.

Amüsiert stellte er fest, dass es sie peinlich berührte, weil er an ihrer Reaktion und dem Klang ihrer Stimme ihre Erregung bemerkte.

Sie nahm die Salbe und cremte ihn noch mal ein. Spätestens als sie die Shorts ein Stück herunterzog, bedurfte es einiger Konzentration, der in ihm aufsteigenden Lust nicht nachzugeben. Zumal sie ihre Daumen genüsslich in die freigelegten Pogrübchen gleiten ließ und ihm noch eine Massage verpasste, die sie mit einem zärtlichen Klaps auf den Hintern beendete.

»Ungefähr so habe ich es mir vorgestellt.«

Sie sah ihn fragend an.

»Während des Vorspiels auf deinem Slip zu liegen.« Er fuhr mit der Nase an einem zarten Seidenslip entlang, den er provokant am Zeigefinger baumeln ließ. »Nur, dass du ihn dabei anhättest.«

Schnell zupfte sie ihm das Ding vom Finger und knüllte es in ihre Hosentasche. Sie versuchte, auch die anderen Wäscheteile unter ihm herauszuziehen, doch er rührte sich nicht von der Stelle. »Gib das her«, begehrte sie.

»Geht nicht!«

»Wieso nicht? Ist das ein Fetisch von dir, auf Damenunterwäsche zu lümmeln?«

»Weil ich auf meiner Erektion liege«, gestand er lachend.

»Oh.« Mehr brachte sie nicht hervor und schlug die Hand vor den Mund, was ihn erneut lachen ließ.

»Tu nicht so unschuldig. Als hättest du es nicht darauf angelegt. Iggy hat dir nur die Tour vermasselt. Ich dachte vorhin wirklich, du ziehst mir die Shorts aus. Ich finde es irre geil, wenn eine Frau mich verführt. Dazu noch eine so schöne«, fügte er ernsthaft an und schenkte ihr einen bewundernden Blick. Er wickelte einen ihrer Zöpfe um die Hand und zog sie nah an sich heran, bis er ihren Atem auf der Haut spürte. Fordernd knabberte er die Halsbeuge hinauf zu ihren Lippen, die er nur mit dem Hauch einer Berührung bedachte, die genügte, um sie zu öffnen. Dann drängte er die Zunge in ihre Mundhöhle und forderte sie heraus, bis sie es wagte, ihre zärtlich mit seiner turteln zu lassen. Er überließ es ihr, das weitere Tempo vorzugeben, und beobachtete ihre Reaktion. Sie schloss die Augen, schob die Hand in seinen Nacken und kraulte ihn am Haaransatz. So wie sie den Kuss erwiderte, zögerte, mochte sie es sanft, ganz gleich, ob ihr Körper in Aufruhr war und sie ihm noch vor Minuten das Gefühl vermittelt hatte, dass sie ihm am liebsten die Shorts vom Leib reißen würde.

Sie will es.

Seit der Ŝuŝu stand er ihretwegen unter Strom. Sein Beschützerinstinkt war geweckt worden, ebenso sein Jagdtrieb. Aber als Crewmitglied war sie tabu. Trotzdem, als sie sich nach dem Frühstück über die Seekarten gebeugt hatte, hatte er genau wie der Rest der Mannschaft in ihren Ausschnitt geglotzt. Sie war eine verdammt geil aussehende

Frau. Er war mit den Augen ihrem Finger gefolgt, der den geplanten Kurs nachfuhr. In seiner Fantasie spürte er ihn auf der Haut und wollte daran lutschen. Er schluckte bei dem Gedanken, der sich selbstredend verbot. Als Boss hatte er sich zusammenzureißen. Die verpatzte Wettersache ließ etwas mehr Aggressivität mit ihr zu, das erleichterte die Sache – für etwa zehn Sekunden. Danach wollte er sie übers Knie legen, das war natürlich ausgeschlossen. Auf dem Weg zurück zur Brücke hatte er drei Stufen auf einmal erklommen. Immerhin, sie hatte sich ohne Gegenwehr über die Schulter werfen und davonschleppen lassen. Iggy musste er eigentlich dankbar sein. Doch nun dieser Kuss, der drohte, ihn jede Vernunft in den Wind schießen zu lassen, weil er spürte, dass sie nachgab, auf die Matratze sank und ihren zierlichen Körper an seinen schmiegte. Er intensivierte seine Bemühungen, wagte es, eine Hand auf ihren Hintern zu legen und ihr Becken heranzuziehen. Sie knabberte an seinem Ohrläppchen und es brachte ihn an den Rand des Wahnsinns, weil ihre Zungenspitze durch die Ohrmuschel glitt. Sie drängte mit dem Schenkel zwischen seine, zog das Knie hoch und drückte gegen seine Erektion. Die Berührung ließ ihn aufstöhnen. Er umfasste sie, küsste ihren Hals hinunter zum BH und zog mit den Zähnen den Stoff von der linken Brust. Ein hinreißend obszöner Anblick, wie sie ihm entgegensprang, der Nippel hart, umgeben von einem rosa Vorhof, dessen zarte Haut er sofort mit den Lippen erkundete. Gott, er hatte völlig vergessen, wie fabelhaft sich das anfühlte.

Sie warf voller Genuss den Kopf zurück, was ihn veranlasste, das Oberteil zu öffnen und sich der zweiten Brust auf die gleiche Weise zu widmen. Es wäre leicht, das Kommando zu übernehmen, doch er überließ ihr die Initiative, weil er sich nicht vertraute.

Sie ergriff seine Hand, legte ihre hellen, ausgestreckten Finger in die Zwischenräume seiner dunklen. Der Anblick erwärmte sein Herz und ließ ihn sich herrlich lebendig fühlen. So glitten ihre Hände gemeinsam erst über ihren Körper, dann über seinen und beide reagierten auf die Signale des Partners. Alex wollte keinen Punkt auslassen, an der sie eine Narbe erfühlte, und am liebsten gleich zur nächsten weiterwandern. Er benötigte länger, bremste ihren Erkundungsdrang. Zu ertragen, dass eine Frau die Male sah, sie berührte, küsste, fiel ihm schwer.

Es ist verkehrt!

Seine innere Spannung schlug sich in einem Klopfen in der Halsschlagader, einem Wummern in der Brust und dem Brennen auf der Haut nieder. Sie drängte die sexuelle Erregung in den Hintergrund, vernichtete sie und reduzierte seine Männlichkeit auf eine Vergangenheit, die er mit aller Macht vergessen wollte. Wie er das hasste! Er keuchte, grub die freie Hand in ihren Hintern, suchte ihre Lippen. Er sehnte sich danach, mit ihr zu schlafen, wollte das Spiel, den Sex und die Erlösung.

Alex hielt inne, als könnte sie fühlen, ja hören, worüber er sinnierte. »Sie schrecken mich nicht ab, im Gegenteil, sie faszinieren mich. Sie gehören zu dir. Nicht die äußerlichen Narben halten dich davon ab, loszulassen, sondern dein Kopf. Du hast Angst, dass es nicht dabei bleibt, sie mich nur sehen und anfassen zu lassen, sondern dass du mir davon erzählen willst.«

Seit Gila hatte er keiner Frau gestattet, ihm seelisch so nah zu kommen, geschweige denn seinen Körper eingehen-

110

der zu betrachten. Ihre Aussage traf ihn im innersten Kern. Er war noch nicht so weit, nickte aber, nahm ihre Hand und küsste jeden Finger einzeln, dann leckte und lutschte er daran, genoss, dass Alex sie ihm bereitwillig überließ, das Spiel mitspielte. Ihre Haut schmeckte köstlich und der Wunsch, auch die übrigen Stellen zu kosten, verdrängte die Versagensängste, die er zuvor nie gekannt hatte.

Sie schob die Hand tiefer in seinen Schritt, umfasste den Penis und verharrte. »Ich habe die gleiche Angst. Ich weiß auch nicht, ob ich es genießen kann, ich fürchte mich sogar davor. Du bist so ganz anders als …«

Er wollte nicht wissen, mit wem sie ihn verglich. Er war zu erregt, um aufzuhören. Die Probleme, die er sich damit einhandelte, würde er später lösen.

Das geht schief!

Er verschloss ihre Lippen mit einem Kuss, schob sie ein Stück weit das Bett hoch, angelte in der Nachtkonsole nach einem Kondom und fluchte. »Mist!« Das war nicht die Ŝuŝu, das war die *Argus*, und auf der *Argus* gab es keinen Sex, nur Arbeit. Er brach in resigniertes Gelächter aus über diesen phänomenalen Vorspiel-Interruptus und ließ sich auf den Rücken fallen. Die Götter arbeiteten gegen ihn.

»Kein Kondom?«, fragte sie und kicherte wie ein kleines Mädchen.

Das fand er entzückend. Er schüttelte den Kopf. »Hast du welche?«

»Nein, ich dachte, hier lern ich eh niemanden kennen, und wenn doch, hätte der Mann sicher eins.« Sie rückte ein Stück von ihm weg. »So kann Frau sich täuschen. Dann wird aus uns heute nichts. Bei deiner Vorgeschichte könnte ich es nicht richtig genießen.«

Dafür hatte er Verständnis, trotzdem ärgerte ihn allein ihr Verdacht. Gleichzeitig war er erleichtert.

Sie grinste verlegen.

Ihm fiel auf, dass sie dabei die Nase ein wenig krauszog und musste sie darauf küssen. Das war ein schöner Schlusspunkt, der richtige Moment aufzustehen und in die richtige Welt zurückzukehren, doch plötzlich ging ein kräftiger Ruck durch das Schiff und schleuderte sie gegen ihn. Instinktiv schloss er schützend beide Arme um sie.

»Was war das? Sind wir aufgelaufen? O Mann, ich habe Chip allein gelassen, ich hätte auf der Brücke bleiben müssen!« Sie wollte sich losmachen, aber er hielt sie eng umschlungen.

»Quatsch, wir haben angelegt. Wir sind im Hafen, alles gut, entspann dich wieder. Und so rennst du mir nicht auf die Brücke, bei dem Anblick wird sogar Chip wuschig.« Er heftete den Blick auf ihre Brüste. ›Pink Ladys‹ taufte er sie spontan, denn sie waren rund und prall wie die gleichnamige Apfelsorte. Er schmunzelte bei den lüsternen Gedanken, die in ihm hochstiegen. Trotz des Gelächters war die Situation noch zu retten. Er küsste weitere Einwände von ihren Lippen und sie schmiegte sich sofort an seinen Körper, erlaubte, dass er sich vom Hals aus leckend und knabbernd abwärts bewegte. Dem Busenansatz widmete er besondere Aufmerksamkeit, ebenso den Spitzen. Sekundenlang ließ er die Hand auf ihrem Bauch liegen und genoss, wie sie erzitterte, weil er mit der Zunge darüberfuhr und sich entlang der Flanken dem Ziel näherte. Spätestens als er sich durch den Bauchnabel hinab über ihren Venushügel zu dem hellblonden, schmalen Streifen seidigen Schamhaars vorarbeitete, war sie wieder bei ihm. Sie reckte sich ihm entgegen, krallte die Hände in seinen Schopf und öffnete einladend die Schenkel. Prüfend hob er die Augen, während er den Daumen massierend kreisen ließ, sah, wie ihre Zungenspitze genießerisch über die Unterlippe leckte, bis sie erotisch glänzte. Kein Zweifel, sie war bereit, und er war es längst. Die Versuchung war groß. Am liebsten hätte er sie aufgespießt. Seine Erektion schrie nach Befriedigung, doch das kam nicht infrage. Der Anblick ihrer zarten Haut, zusammen mit dem leisen Wimmern von Alex, als sein Mund über ihren Spalt glitt, machte ihn wahnsinnig. Also ließ er seiner Zunge den Vortritt, spielte an den Schamlippen, riskierte ein paar kleine Bisse, was seine Erregung ebenso steigerte wie ihre. Er drang vor in die Feuchte und kostete aus, dass sie sich ihm entgegenbewegte. Der Griff in seinem Haar verstärkte sich, sie flüsterte verhaltene Kommandos.

»Mhm, mehr links, ja. Das tut so gut. Schneller!«

Nur zu gerne befolgte er ihre Anweisungen. War man doch als Mann sonst immer auf Versuch und Irrtum angewiesen. So gefiel es ihm deutlich besser. Er schob eine Hand unter ihren Po, nutzte ihre zierliche Statur, die es ihm ermöglichte, ihr Becken anzuheben. Daraufhin schlang sie ihre Schenkel um seinen Hals. So konnte er ihr nicht mehr entkommen. Er richtete sich mit ihr etwas auf, legte die andere Hand auf ihren Bauch und spürte ihren beschleunigten Atem, wie sie sich anspannte und zu einem kurzen, aber heftigen Orgasmus kam.

»Oh Gott, tat das gut«, keuchte sie Minuten später und entließ seinen Kopf aus dem Klammergriff ihrer Oberschenkel.

Er lächelte sie an. Zufrieden beobachtete er, wie sie mit dem Unterarm über die verschwitzte Stirn strich und so

liegen blieb. Er beugte sich vor und küsste die empfind-
lichen Knospen ihrer Brüste. In ihren Augen lag ein lüsternes Funkeln, und er folgte ihnen zu seiner Erektion,
die schmerzhafte Ausmaße annahm. Er zischte, als sie den
Penis mit den Fingerknöcheln streifte. Für einen Moment
schloss er die Augen, widerstand dem Drang, sie einfach
auf den Bauch zu werfen und die Sache in seinem Sinn
zum Ende zu bringen.

Reiß dich zusammen!

Er war ein Mann, kein Tier. Er hatte gelernt, den Willen
einer Frau zu respektieren.

Ihre Fingerspitzen glitten am Schaft entlang, sie begann ihn zart zu reiben, genau in der richtigen Dosis,
damit er sich an die Berührung gewöhnen konnte, bevor
sie den Griff verstärkte. Unerbittlich benutzte sie ihre Finger, massierte ihn, ohne den Blick von ihm zu wenden.
Schließlich senkte er die Lider und ließ sich gehen. Er
hatte vollkommen vergessen, wie viel intensiver es sich anfühlte, wenn Frauenhände diesen Part übernahmen. Über
sie gestützt genoss er, wie es ihr gelang, seine Lenden in
Zuckungen zu versetzen, indem sie ihn mit exakt dosier-
tem Einsatz ihrer sanften Liebkosungen zum Höhepunkt
brachte.

Er benötigte eine Weile, bis er in der Lage war, das Ge-
fühlschaos in seinem Kopf zu ordnen. Dass ein Handjob
ihn so erschöpfen würde, damit hatte er nicht gerechnet.
Stöhnend setzte er sich auf und suchte ihre Hand, um liebevoll mit ihren Fingern zu spielen.

»Das war der geilste Sex, den ich seit Langem hatte«,
gab er ehrlich zu und entlockte ihr schmunzelnd gespitzte
Lippen.

114

»Für mich auch. Ich glaube, wir waren beide chronisch untervögelt«, flüsterte sie.

»Genau genommen sind wir es noch, das befreit uns von jeder Verpflichtung.« Er sprach es in den Raum, ohne sie anzusehen.

»Wie soll ich das verstehen?« Sie richtete sich auf und provozierte so, dass er sie ansehen musste.

»Ich will keine Beziehung, nur lockeren Sex. Wolltest du doch auch.«

»Das war ja klar, dass du das so auslegst. Wieso eigentlich nicht? Weil du Angst hast, dir könnte noch einmal jemand so wehtun wie diese Gila?«

Er schob sich über sie und stützte sich auf den Händen ab. Die Retourkutsche überraschte ihn, zumal er nicht eine Sekunde an sie gedacht hatte. »Das geht dich nichts an!«

»Oh, da habe ich ja den Nagel auf den Kopf getroffen. Du meinst wohl, du kannst mich hier als dein allzeit bereites Betthäschen halten? Da hast du dich geschnitten. Du wirst schon abwarten müssen, bis es mich gelüstet, und dann treibe ich es am besten mit J-P!« Sie zerkratzte ihm den Oberkörper und es schmerzte, als hätte sie das Nesselgift einer Feuerqualle unter den Fingernägeln, doch er blieb über ihr hocken.

»Auf den stehst du? Nur, weil wir es NICHT getan haben, erteile ich dir noch lange keine Erlaubnis, dich quer durch die Crew zu vögeln!«

»Ich vernasche sie bei Bedarf in beliebiger Reihenfolge oder denkst du, ich frag dich vorher, du chauvinistischer Mistkerl?«

»Du bist doch diejenige, die mich seit dem ersten Augenblick ansext! Du hättest gerade mit mir geschlafen, wäre ein Kondom zur Hand gewesen. Aber du hast ja Angst, dir von mir was einzufangen. Im Grunde bin ich derjenige, der beleidigt sein sollte, weil du mir unterstellst, ich könnte dir was anhängen.« Er legte die Finger um ihren Hals und drückte sie fest in die Matratze. »Ich hätte es mir auch einfach nehmen können«, knurrte er.

Sie feuerte ihm einen Blick entgegen, der geeignet schien, ihn auf der Stelle zu töten. Er ließ sie los, was ihr die Gelegenheit gab, ein Stück nach oben zu entkommen.

»Versuchs doch! Die Jungs würden dich kielholen.«

»Das könnte dir so passen.«

Sie rollte mit den Augen und verzog den Mund zu einem schiefen Lächeln. »Du bist zu anständig für so was.«

»Ich bin allerhand, außer anständig. Und ich meine es ernst. Ich will keine Beziehung.«

»Ich habe den Eindruck, wäre ich Gila, würde sich dir die Frage nach ob oder nicht gar nicht stellen. Auf den Bildern sieht sie aus wie ein Model. Wie die, mit denen du sonst in den Klatschspalten abgebildet bist«, fauchte sie und bekam schlagartig knallrote Ohrläppchen.

Er berührte eins und sie drehte unwirsch den Kopf weg.

»Woher weißt du das?«

»Ich habe dich gegoogelt. Leider stand unter den Fotos nicht: Er sieht nicht nur aus wie ein Macho, er ist auch einer! Joseph lag richtig, du trauerst ihr immer noch hinterher, deshalb gibst du den Chauvi.«

Seine Gesichtsmuskeln spannten sich. »Ich meine die Bilder. Du hast in meinen Unterlagen gestöbert!«

»Ich habe halt nach Infos gesucht. Die Aufnahmen sind vier Jahre alt und Chip deutete an, du hättest Liebeskummer, da habe ich eins und eins zusammengezählt.«

Sie schien kein schlechtes Gewissen zu haben. Er hingegen kam sich im Moment reichlich schäbig vor, zugleich störte ihn, dass sie J-P in Erwägung zog. Er strich kurz über ihr Kinn. »Du bist vollkommen anders als sie, das gefällt mir. Bist du jetzt beruhigt?«

»Du gibst mir einen Korb, stellst gleichzeitig einen Generalanspruch auf mich und mit einem billigen Kompliment rückst du das wieder gerade? Das nenn ich schräg.« Sie tippte ihm an die Stirn. »Da oben scheint mir eine Menge unverarbeitetes Zeugs zu existieren.«

Er packte ihr Handgelenk und drückte es herunter.

Sie gab ein missmutiges Geräusch von sich. »Ich durchschaue dich. Du rennst vor den Konsequenzen weg, indem du Distanz aufbaust und denkst, du musst mich dafür brüskieren. Aber es hat mir gefallen, wie du mich vor Joseph und Iggy beschützt hast. Das habe ich vermisst. Du kannst erzählen, was du willst, du schreckst mich nicht ab.«

»Ich weiß ja nicht mal, ob ich überhaupt zu einer Beziehung fähig wäre.« Mit den Worten rollte er neben sie. Diese Frau, sie war raffiniert, aber auch sexy, und dass sie so aufbrauste, strafte ihre Aussage, sie wolle nur lockeren Sex, Lüge. Süß, ihre Widersprüchlichkeit. Oder folgte sie einem Plan? Wie erlege ich Rasul Ben Arab?

Sie kuschelte sich an ihn. »Darf ich? Oder ist das schon zu viel Verantwortung, die ich dir damit aufbürde?«

»Ich halt's aus, es gibt Schlimmeres.«

Sie war hartnäckig und jetzt sah sie ihn auch noch mit diesem versöhnlichen Blick an. »Erzähl mir von ihr, vielleicht verstehe ich es dann.«

Er drehte Alex seufzend den Kopf zu und beschloss, absolut ehrlich zu antworten. »Gila war in der Tat eine besondere Frau in meinem Leben. Für genau sieben Tage und Nächte. Sie ist mutig, klug, wunderschön und selbstbewusst. Und mein Körper hat sie nicht abgeschreckt. Die Sache war kurz, ist vorbei und geht dich nichts an.«

»Wegen einer Woche hast du vier Jahre Liebeskummer?«

»Na und? Willst du mir vorschreiben, wie lange ich einer Frau hinterhertrauern darf? Ich dachte, ich begegne nie wieder einer Frau, die mich so beeindruckt.«

»Warum ist sie denn zu dir gekommen?«

»Du willst es aber genau wissen.« Er seufzte. Die Angelegenheit, wie und unter welchen Umständen er Gila begegnet war, wollte er lieber für sich behalten. »Rahim und sie hatten ein paar Probleme. Sie brauchte eine Auszeit und er fürchtete, dass ein anderer sie sich schnappen könnte. Da hat er sie zu mir geschickt und uns praktisch einen Freibrief erteilt. Wir verbrachten eine geile Zeit, obwohl ich in meinem Innersten wusste, dass sie mich wieder verlässt.«

»Du hättest eben um sie kämpfen müssen.«

Er zuckte die Schultern. »Vielleicht hätte ich sie gewonnen, aber bestimmt einen Freund verloren. Nur kämpfen, das will ich nicht mehr, verstehst du?«

»Dieser Rahim war mutig. Er hätte sie an dich verlieren können.« Sie sah ihm unverwandt in die Augen. An ihrem schiefen Lächeln erkannte er, dass sie offenbar genug davon hatte, sich mit ihm zu streiten. Frauen! In einem Moment wie die brodelnde See und dann wie ein Ententeich.

»Darf ich mich trotzdem in deinem Arm wohlfühlen? Ich habe dieses Gefühl der Geborgenheit vermisst. Und ich glaube, dir geht es genauso. Ich werd's dir schon beweisen.«

»Das befürchte ich.« Wenn er jetzt nachgab, würde es

schwer werden, sie auf Distanz zu halten. »Keine Beziehung!«, startete er einen letzten Versuch.

Sie kicherte. »Nenn es, wie du willst. Wir sind auf einem Schiff, wohin sollen wir uns bitte aus dem Weg gehen? Und ich habe keine Lust, mich zu streiten. Schon gar nicht mit dir.«

Resignierend breitete er den Arm aus und sie legte sich hinein. Er küsste sie auf den Kopf. Ihre Zöpfe hatten sich völlig aufgelöst und das Haar wirkte total zerzaust. Er fand sie wunderschön so. Zärtlich strich er ihr eine Strähne hinters Ohr. Auf einmal tat es ihm leid, dass er ihr nicht gleich seine tiefe Liebe gestehen konnte. Aber er hatte keine bessere Antwort für sie. Gleichzeitig versetzte ihm die Vorstellung, sie einem anderen zu überlassen, einen Stich. Rahim musste Höllenqualen gelitten haben.

Mitten in den Gedanken über die nächsten Wochen an Bord der *Argus* mit Alex vernahm er ihre gleichmäßigen Atemzüge. Sie war eingeschlafen. Auch er schloss einfach die Augen, und zum ersten Mal seit Langem erschienen nicht die Bilder seiner Vergangenheit, die ihn üblicherweise am Einschlafen hinderten.

Er erwachte, weil es kräftig an die Tür pochte. Alex' Hand hielt er immer noch umklammert. Vorsichtig löste er seine Finger von ihren und schlich sich aus dem Bett. Schnell in Shorts und Shirt geschlüpft, öffnete er die Tür. Chip stand mit einem schelmischen Lächeln davor und musterte ihn ausgiebig.

»Hier bist du also. Umsonst umgezogen, wie? Heißt das, ich habe meine Koje wieder für mich allein?«

Rasul stand im Türspalt und verhinderte, dass er einen

Blick ins Zimmer werfen konnte. »Was gibt's?«, ging er über die Frage hinweg.

»Iggy tobt. Du solltest ihn dir vornehmen.«

»Lass ihn toben. Haben wir Schäden am Schiff?«

»Nur Kleinigkeiten, Sparky meint, die sind in drei Stunden behoben. Es war gut, Alex' Empfehlung zu folgen. Der Zyklon hat heftig in Südafrika gewütet. Acht Tote, und die Küste hier hat auch einiges abbekommen. Das Sturmtief schwächt sich ab. Wenn unser Wetterfrosch befriedigt genug ist, sollte er das überprüfen.«

Rasul bedachte ihn mit einem giftigen Blick, doch Chips Grinsen blieb. Sie kannten sich schon zu lange. Er seufzte. Es ergab keinen Sinn, einen loyalen Mann zu verärgern, also grinste er zurück. »Sie ist süß wie Zuckerwatte – überall.«

Chip wackelte mit den Augenbrauen. »Ich gönn's dir. Höchste Zeit, dass du mal wieder …« Er machte eine eindeutige Bewegung mit dem Becken und Rasul ließ ihn in dem Glauben. Überrascht hielt Chip inne, als Alex auftauchte und hinter seinem Rücken hervorlugte.

»Jambo, Chip. Alles roger?«

KÖCHE

Sie schlang von hinten die Arme um Rasuls Mitte.

Chips verdatterter Gesichtsausdruck war einfach zu lustig. Sollte Rasul sehen, wie er die Lage erklärte. »Ich habe Hunger. Ach, der Koch sitzt ja. Heißt das, wir müssen selber fürs Frühstück sorgen? Dann lass uns lieber wieder ins Bett gehen.« Sie ließ es absichtlich giftig klingen. Den Spruch »Ich will keine Beziehung« hatte sie ihm längst nicht verziehen.

Er zog ihre Hände weg. »Iggy will ich mir später noch vorknöpfen. Bin gespannt, was er zu sagen hat. Als Kameramann können wir ihn so schnell nicht ersetzen. Den Part übernimmst du mit J-P und Mitch.«

»Ich habe keine Ahnung von Unterwasserfotografie.«

»Das Leben ist eine unaufhörliche Schule, du lernst es. Aber erst brauchen wir einen neuen Koch, und ich habe eine Idee, wo wir den finden. Kommst du mit, Alex? Wir frühstücken an Land.«

Rasul steckte dem Hafenmeister ein paar Scheine zu. Schon saßen sie auf einem wenig vertrauenerweckenden Motorroller, der einige Vergaserknaller ausstieß, bevor sie über die Kilifi Bridge in Richtung Innenstadt knatterten. Das gab ihr Gelegenheit, sich ungestraft an seinen Körper zu klammern. Kein schlechtes Gefühl, den starken Rücken durch das dünne Leinenhemd an ihrer Wange zu fühlen, musste sie zugeben.

Die 30.000-Einwohner-Stadt besaß sogar eine Universität, wie sie im Vorbeifahren dem bebilderten Ortsschild entnahm, und befestigte Straßen, die von bunten Häusern im Bungalow-Stil gesäumt wurden. Die weiß getünchten Touristenresorts, an denen sie vorbeikamen, reflektierten das grelle Sonnenlicht. Unter schattenspendenden Palmen beseitigten Angestellte die Sturmschäden in den Blumenrabatten.

Am Marktplatz parkte Rasul und half Alex galant vom Roller. Gern entflohen sie der morgendlichen Hitze, tauchten unter den Marktschirmen und Wellblechdächern ein in die quirlige Geschäftigkeit des Marktgeschehens. Der Duft exotischer Gewürze stieg ihr in die Nase. Hungrig blieb sie vor einem Stand stehen, der Armbänder und Ketten aus Muscheln anbot, die gleichen, die Rasuls Handgelenk und Hals zierten. Er zog sie fort zu einer Garküche schräg gegenüber. »Du entscheidest, welchen Koch wir nehmen«, sagte er nur und bestellte zwei gefüllte Chapati, kleine frisch in der Pfanne gebackene Fladenbrote aus Hirsemehl mit Sesamkörnern, in die der Verkäufer direkt vom Spieß gegrillte Fleisch- und Gemüseteile gab und mit einer Soße übergoss. Alex biss hinein. Zunächst trieb es ihr die Tränen in die Augen, doch dann sorgte die kräftige Schärfe mit den übrigen Aromen für eine köstliche Geschmacksexplosion in ihrem Mund. Rasul lachte. »Kocht man scharf in Norwegen?«

Sie schüttelte den Kopf. Es war sicher besser, ihn über die teils eigenartigen Essgewohnheiten der Norweger im Unklaren zu lassen.

»Kommst du von hier? Du kennst dich gut aus.«
Er ignorierte die Frage.

Sie schlenderten weiter zum nächsten Naschstand, an dem er eine Portion Bobotie bestellte, eine Art Hackbraten mit Eierkruste und Safranreis, dessen Würze zurückhaltender wirkte und ihrem Gaumen mehr schmeichelte. Am dritten Stand kredenzte er gegrilltes Obst mit Honigsoße, sodass sie am Ende auf eine Bank plumpste und sich den Bauch hielt. »Das war oberköstlich. Die nächsten drei Tage gibt's nur Salat, sonst platze ich womöglich.« Pappsatt und lachend blickte sie zu ihm auf.

Er schien noch hungrig, als er sich über sie beugte. »Du platzt nicht, darauf achte ich schon. Solange du so zum Anbeißen aussiehst, mache ich mir jedenfalls null Gedanken über den Nachtisch!«

Er konnte doch unmöglich …? »Oh. Oh! Da kannst du lange warten!«

»Ja, wir müssen noch Kondome besorgen. Aber erst entscheide, welchen Koch?«

»Meinst du, der kommt einfach so mit und gibt seine Existenz hier auf?«, fragte sie zweifelnd, während sie nonchalant Ausschau nach einem Stand hielt, der vielleicht Präservative verkaufte. »Den Bobotie fand ich klasse.«

»Alles eine Frage des Geldes«, behauptete er und marschierte zurück zum zweiten Stand. »Jambo, my friend«, grüßte er und sprach auf Swahili weiter, sodass Alex nur mutmaßen konnte, worum es ging. Als er offensichtlich eine Zahl aussprach, bekam der Mann vor Begeisterung riesengroße Kulleraugen. »Hakuna matata«, antwortete er. Rasul reichte die Hand über den Tresen und er schlug ein. »Darf ich vorstellen, Alex, Ernest. Ab heute Nachmittag Mitglied der Crew«, triumphierte er.

Sie schüttelte ihm die Hand. »Jambo«

»Meine Kollegin sagt, du seist der beste Koch von Kilifi.«

»Danke, kleine Missi«, entgegnete Ernest freundlich und entblößte eine Reihe blitzweißer Zähne.

Alex schenkte ihm ein Lachen für das ›Missi‹.

Sie schlenderten zurück zum Roller.

»Komm, ich zeig dir noch ein bisschen die Gegend.«

Auf einem Straßenschild stand ›Bofa Road‹, auf der sie Richtung Meer fuhren. Alex dachte über Rasuls Art nach, gezielte Fragen unbeantwortet zu lassen. Er parkte auf dem Parkplatz der Baobab Lodge. Verstohlen warf sie ihm einen Blick zu, den er bemerkte. Sie wollte sich abwenden, doch zu spät. Er erwiderte ihn mit einer Intensität, dass er sich wie eine Kette um ihren Körper schmiegte. Sie schluckte. Zu gern hätte sie gewusst, was in seinem Kopf vorging. Er legte eine Hand in ihren Rücken und schob sie entlang eines Trampelpfads voraus. Es fühlte sich an, als brannte sich der Abdruck langsam ein. Malerisch strahlte der Sand von Weitem in der Sonne, doch der erste Eindruck täuschte. Das Ausmaß der Sturmschäden ließ beide geschockt stehen bleiben. Einige der Gäste-Lodges hatten ihr Dach verloren, damit die Betreiber auch ihre Existenz. Auf dem Strand türmten sich Boote und Einbäume mit Auslegern kreuz und quer mit umgestürzten Palmen und Akazien. Aber das Schlimmste war der grellbunte Plastikmüll, der in breitem Streifen auf dem weißen Sand lag, als hätte Poseidon sich gerächt für den Missbrauch des Ozeans als Müllhalde. Eine geschäftige Schar Einheimischer stopfte das Zeugs in Säcke. Angesichts der Massen wirkte das sinnlos.

»Wir müssen helfen«, sagte Alex entsetzt und wollte auf die Leute zugehen, doch Rasul hielt sie auf.

»Wie denn? Indem du ein paar Stunden den Müll mit der Hand in Tüten sammelst, die in der nächsten Bucht wieder ins Meer geworfen werden?«

»Man muss doch was tun!«

Er nickte. »Ja, aber das ist ein langwieriger Prozess. Die Menschen müssen lernen, umzudenken. Plastikmüll ist wertvoller Rohstoff. Ich werde Vertreter meiner Hilfsorganisation ›Plastic to Money‹ herbeordern. Wir versuchen schon seit Jahren, die Regierung davon zu überzeugen, Plastiktüten zu verbieten und Recycling einzuführen.‹«

»Du hast eine eigene Hilfsorganisation?«

»Einige, in verschiedenen Sparten«, antwortete er abgelenkt, bevor er mit zorniger Leidenschaft weitersprach. »Ganze Inseln aus Zivilisationsmüll von unvorstellbaren Ausmaßen treiben auf den Ozeanen und ersticken oder vergiften das Leben darin. Das, was du hier siehst, geht alle an, nicht nur die Afrikaner oder arme Inselstaaten, an deren Küsten der Dreck angespült wird.« Aufgebracht stapfte er durch den Sand und half ihr über die umgestürzten Palmen. Dahinter lag vom Sturm unberührter Strand, als wäre er daran vorbeigeweht. Nur an einer geschlängelten Linie feuchten Tangs erkannte sie, wie weit das Wasser den etwa fünfzig Meter breiten Sandstreifen überspült hatte. Eine Weile gingen sie nebeneinander her. Sie spürte, dass ihn die Sache betroffen machte, und wollte davon ablenken. Sie wurde langsamer, bis er auf sie wartete. Er führte sie in den Schatten eines Felsens, dort setzten sie sich hin. Versonnen ließ Rasul den feinen Sand durch seine Finger rinnen und schaute auf die in der Sonne glitzernden Wellen, die mit gleichmäßigem Rauschen auf den Strand rollten. Es sah so friedlich aus, als ob es keine Stürme gäbe, die in der

Lage waren, das Wasser zu todbringender Gewalt aufzupeitschen, dachte Alex und genoss die Aussicht.

»Ich fühle mich machtlos«, begann er unvermittelt zu sprechen. »Trotz des Geldes, das ich hier einsetze, kommt es mir vor, als kämpfe ich gegen Windmühlen an. Ich bin ein Kind Afrikas. Eins der wenigen, die es geschafft haben, und doch kann ich für die Afrikaner kaum mehr tun, als ein paar Tropfen auf heiße Steine zu verschütten. Zu viele Probleme, man kann sie nicht alle auf einen Schlag lösen.«

Rasuls blaue Augen hielten sie gefangen. Trotzdem fasste er sie am Kinn, als hätte er Angst, sie könnte fliehen, und jagte ihr damit einen Schauer über den Rücken, den sie gefühlsmäßig nicht einzuordnen wusste. Er kam ihr nahe, als wollte er sie küssen. Schon war sie versucht, der Sache ihren Lauf zu lassen. Seine Hand schob sich über ihre Taille nach oben zu ihrem Busen und umfasste ihn. Die Mischung aus Fordern und Abwarten stimmte genau. Sein Atem traf ihre Haut, sie öffnete den Mund, in Erwartung eines Kusses schloss sie die Lider. So hatte sie es sich vorgestellt, aber sie wurde den Eindruck nicht los, dass er es tat, um die Sache von gestern Abend auszubügeln. Trotzdem erwiderte sie intensiv den Kuss, bis er ihn beendete und sie aus etwas Abstand betrachtete.

Alex spitzte die Lippen. Am liebsten hätte sie ihn angebrüllt: »Nun mach endlich und sei nicht so ein Gentleman, lass das Tier endlich raus, das in dir steckt!« Doch dann fand sie sich total unanständig.

»Ich steh auf dich, ich will dich vögeln, aber ich bin kein Ehemann.«

Sie ließ sich ihren Ärger nicht anmerken und sah ihn spöttisch grinsend an. »Ach, sag bloß. Egal, was du bist

126

oder warst, ich wollte nur Spaß und gut. Ich wollte einfach mal einen Kerl flachlegen. Einen, den meine Mutter nie akzeptieren würde. Den Bad Boy. Ich will, … dass wir die Kondome kaufen«, sprach sie den Satz hastig zu Ende. »Nur für alle Fälle.«

»Das klingt mutiger, als du in Wahrheit bist, oder?«

»Darum geht es doch im Leben, ums Mutigsein, dachte ich.«

»Du überraschst mich.«

»Freu dich besser nicht zu früh. Du hast einen weichen, verletzlichen Kern unter deiner harten Schale. Der zieht mich an und lässt mich dir sogar deine Unverschämtheiten verzeihen. Dahinter versteckst du dich, und den werde ich knacken.« Sie spielte mit der Hand an dem Schneckenhaus, das um seinen Hals hing, folgte mit den Fingern der Form, bevor sie es wieder losließ und ihn ansah. »Außerdem hast du meine Frage nicht beantwortet. Kommst du aus Kilifi?«, versuchte sie, auf einer Antwort zu bestehen.

Rasul räusperte sich. »Bisher war meine Vergangenheit für andere ein Tabu und ich habe keine Ahnung, wieso ich es für dich brechen sollte.« Er seufzte. »Hoffentlich hältst du das aus.«

»Es ist schon komisch. Ich fürchte mich vor so vielen Dingen und bin hergekommen, um mich diesen Ängsten zu stellen und sie zu besiegen. Aber vor dir und deiner Geschichte habe ich keine. Im Gegenteil.«

Damit entlockte sie ihm ein Lächeln, das jedoch ebenso schnell verschwand, wie es über seine Lippen gehuscht war.

»Tief in dir drin vermutest du, ich wäre ein Schurke, und das fasziniert dich, oder?«

Das konnte sie nur mit einem Schulterzucken beantworten. Da war was dran, musste sie zugeben.

Er nickte, setzte sich ihr gegenüber und nestelte nervös an seinem Hosenbein. »Seit meinem achten Lebensjahr schlage ich mich allein durchs Leben. Ich erinnere mich noch genau daran, dass die Sonne schien, als ich am Horizont die Staubfahne auf der Straße bemerkte. Eine innere Eingebung ließ mich davonlaufen, so schnell ich konnte. Wenn man hier als Kind allein auf den Straßen durchs Land zieht, sammeln einen die Milizen einfach ein. Hände packten mich am Kragen und ich fand mich auf der Ladefläche eines Pick-ups wieder, eingekeilt zwischen bis an die Zähne bewaffneten Männern und Kindern.

»Bringt ihr mich nach Hause?«, fragte ich hoffnungsvoll und erntete nur grölendes Gelächter. Nicht, dass ich gewusst hätte, wo genau mein Zuhause war. Einen Vater kannte ich nicht und nach dem Tod meiner Mutter nannten mich die Dorfbewohner ›der verhexte Bastard‹. Wegen meiner blauen Augen wollte mich niemand aufnehmen, sie bewarfen mich mit Steinen. Also war ich einfach losgelaufen. Geradeaus, der Sonne entgegen. Jeden Tag ein Stück. Durchquerte mit einer Karawane die Wüste, schlug mich durch Wälder und den Busch. Für Essen habe ich gearbeitet, gebettelt, gestohlen oder es im Müll gefunden. Eigentlich brauchte ich niemanden, schon gar nicht diesen abgerissenen Haufen.«

Er schluckte ein paarmal, bevor er fortfuhr.

»Jemand drückte mir eine Waffe in die Hand, die ich kaum tragen konnte«.

»Die gehört jetzt dir. Lern, damit umzugehen, dann hast du ein neues Zuhause bei Jaffar, das bin ich.«

»Das klang gut, fand ich und hab gelächelt.«

Er machte eine lange Sprechpause und Alex dachte schon, er wolle nicht weiterreden, wagte aber nicht nachzufragen.

»So landete ich als Kindersoldat bei Jaffar. Den Namen Ben Arab, er bedeutet Sohn des Arabers, gab ich mir selbst. Vielleicht, weil meine Mutter mir mal erzählt hatte, dass mein Vater ein blauäugiger Araber gewesen sei, ich weiß es nicht mehr; ein nicht ganz so verwegen klingender Kriegsname, wie ihn die anderen Jungs dort hatten. Sie nannten sich ›der Schlächter‹ oder ›Killer‹. Ich habe Dinge gesehen und getan, von denen ich niemals jemandem erzählen werde.« Er hielt inne, als müsste er sich erst besinnen, ob er weitersprechen wollte.

»Du musst nicht darüber reden, wenn es dir zu wehtut.«

Ohne aufzublicken, fuhr er fort. »Irgendwann – ich war vierzehn oder so – hatte ich die Schnauze voll, Befehle auszuführen. Ich stellte fest, dass eine Waffe ein gutes Argument ist, und gab fortan selber welche. Mit achtzehn hatte ich auch davon genug. Ich verließ die Truppe.«

Alex sah, wie er mit dem Daumen seine Handfläche bearbeitete und die Spannung deutlich wurde, unter der er stand. Sie glaubte bereits zu wissen, was er mit ›Ich verließ die Truppe‹ meinte.

»Ich landete in Kilifi und setzte mich jeden Tag frech in die letzte Reihe eines Klassenraums in der Primary School. Neue Schüler erhielten von der Lehrerin ein Muschelarmband und eine passende Kette, damit sie sich dazugehörig fühlten.« Er spielte mit dem Schneckenhaus an seinem Hals.

Daher stammte sie also, und Alex begriff, wieso sie ihm so viel bedeutete, dass er sie nie ablegte.

»Das war neu. Die Kinder und Lehrer akzeptierten mich, einfach so. Ich lernte wie besessen und zwischendrin schmuggelte ich. Drogen im Darm, Diamanten im Magen, Waffen in dem Wagen, den ich mir davon leistete. Damit verdiente ich so üppig, dass ich mir einen Schulabschluss kaufte und an einer Eliteuniversität studierte. Dort lernte ich, mich anzupassen. Ein Mann, der nicht einmal seinen eigenen Namen kannte, inmitten wohlhabender, verwöhnter Bürschchen. Solche wie Rahim und wie sie alle hießen. Egal. Eine harte Zeit.« Er machte eine Pause und sah zu Alex herab, die starr auf ihren Händen saß.

»Ich, Rasul Ben Arab, Kind einer dreckigen Straße Afrikas, habe es hierher geschafft.« Für einen Moment straffte er die Schultern, knetete aber weiter seine Hand. »Ich hatte hier in der Nähe am Strand ein kleines Haus und da habe ich die Liebe zum Tauchen entdeckt. Diese friedliche, ruhige, spannende Unterwasserwelt, die mich meine Taten vergessen ließ, sobald ich in sie eintauchte. Das war der Wendepunkt in meinem Leben. Ich beschloss, mir neue Ziele zu suchen. Ich wollte kein Krimineller mehr sein. Verstehst du das?«

Alex konnte nur nicken. Geschickt, wie er das verpackte. Dass er freiwillig so viel Intimes preisgab, hatte sie nicht erwartet. Mit gemischten Gefühlen sah sie ihn an.

»Willst du den Rest auch noch erfahren?«, fragte er mit unsicherer Stimme.

Sie schüttelte den Kopf, aber er sah nicht aus, als endete seine Vita hier. *Verflixt,* sie hatte offenbar eine Lawine losgetreten. Er wirkte nervös, stand auf und wanderte mit je drei Schritten vor dem Felsen auf und ab, als wollte er sie daran hindern, zu entfliehen, was sie irritierte.

Sie krallte die Hände in den Sand. In Wirklichkeit wollte sie dem Impuls nachgeben, schreiend wegzurennen. Es war unmöglich, denn sie schien festgeklebt. Sie kam sich vor wie ein hypnotisiertes Kaninchen, das starr in den todbringenden Schlund der Schlange stierte. War er doch ein Arschloch? Verstohlen sah sie sich nach einem Fluchtweg um. Doch er strich weiter hin und her. Sie hatte weder Geld noch Telefon. Wohin sollte sie fliehen?

»Sieh mich nicht so entsetzt an, bitte.«

Sie riss sich zusammen, sprang auf und legte ihm den Zeigefinger auf die Lippen.

»Scht, ich will es nicht wissen.«

»Aber ich …«

Sie schüttelte den Kopf, woraufhin er flehentlich auf sie herabsah.

»Diese Dinge gehören in die Vergangenheit, oder?« Sie ließ ihn nicht aus den Augen, um zu erkennen, ob darin etwas verräterisch flackerte. Doch er sah sie offen an und nickte.

»Ich möchte zwar alles von dir erfahren, nur alles auf einmal ist schwer zu verdauen. Gestern Stacheln, heute Nähe. Diese Offenbarungen verwirren mich.« Sie schwiegen eine Weile, während er immer noch auf und ab lief.

»Woher kanntest du denn Rahim?«, versuchte sie, vom Thema abzulenken, und lehnte sich an den Felsen. Sie wollte nicht panisch erscheinen und stellte die Füße übereinander, um lässiger auszusehen.

»Ich begegnete ihm bei der Versteigerung der Ŝuŝu. Er überbot mich, nur um sie mir dann zu überlassen. Er nannte es Sportsgeist, ich Rückgrat. Der Beginn einer Freundschaft, an der mir liegt. Er ist ehrlich, ein guter

Geschäftsmann. Einer, der einem Tipps für die Börse gibt und mit dem ich schon viel Spaß hatte. Unsere Loyalität hat keinen Preis. Wie es ausging, weißt du. Das Bergungsunternehmen ist mein Hobby. Ein Zeitvertreib für Leute, die sich alles leisten können außer Langeweile. Jedenfalls sehen es so die meisten meiner sogenannten Freunde.« Er blieb breitbeinig vor ihr stehen und sie erkannte, wie das Geständnis ihn aufwühlte. Mit wild klopfendem Herzen hatte sie seinen Erzählungen gelauscht und rang verzweifelt um eine Antwort.

»Du meinst, ich soll dir trotzdem vertrauen? Einem Schurken wie dir?«

»Auch Kerle wie ich haben eine Seele, Hoffnungen, Wünsche, Träume.«

Alex stieß sich von dem Felsen ab. Sie verstand seine Reaktion vom Vorabend. Die Gefühle, die in ihr tobten, die Gedanken, die sich jagten, die Zweifel, die sie hegte, verschlugen ihr die Sprache. Verbrechen und Kriminalität waren ihr fremd und sie hatte sie bisher immer für verachtenswert gehalten. Durfte sie diesen Maßstab auch bei ihm anlegen? Sollte sie besser davonlaufen, jetzt, wo es noch ging, bevor sie sich immer weiter in seiner Geschichte verstrickte?

»Alex?«, hauchte er mehr, als dass er es sagte.

Nie hätte sie gedacht, dass der flehende, um Verständnis heischende Blick aus den meerblauen Augen eines geständigen Exkriminellen ihr Herz zum Schmelzen bringen könnte.

»Erschrecke ich dich zu Tode mit meiner Beichte?«

Tränen des Mitgefühls sammelten sich in ihren Augenwinkeln, die sie keinesfalls zeigen wollte. Hastig blinzelte sie. Das würde ihm bestimmt missfallen und an seiner Männerehre kratzen. Auf einmal fühlte sie sich von ihm an den Hüften gepackt und auf einen kleinen Felsen gestellt. Hier gab es kein Entrinnen. Sie standen sich Auge in Auge gegenüber.

»Kannst du vergessen, was ich dir erzählt habe, und einfach nur den Mann in mir sehen, der ich heute bin?«

Was sollte sie ihm darauf entgegnen? Am liebsten wäre sie ihm um den Hals gefallen, aber sie stand da wie gelähmt.

»Nein«, rang sie sich zu einer Äußerung durch. »Das ist erlebte Vergangenheit und macht dich zu dem Rasul, der heute vor mir steht. Sie schreckt mich ab, ja, aber es imponiert mir, was du daraus geschaffen hast. Ich bin hierhergekommen, weil ich nie mehr zurückschauen möchte. Das solltest du auch versuchen. Ansonsten muss ich das erst mal verdauen. Jedenfalls ist es kein Grund für mich, mir die *Ocean Princess* durch die Lappen gehen zu lassen.« Sie ließ ihren Mundwinkel kurz zucken für ein angedeutetes Lächeln, das er ebenso quittierte. Sie hoffte, das Thema damit zu beenden. Er schlug die Augen nieder und kickte eine Muschel durch den Sand, was ihr zeigte, dass ihm die Antwort nur fürs Erste genügte.

Auf dem Rückweg zum Boatyard stoppten sie am Alana-Shop, einem kleinen, typisch afrikanischen Laden. Es war kaum mehr als eine Bretterbude mit einem Gitter vor dem Fenster, an dem man die Waren in Plastiktüten angeknotet präsentierte. Rasul fand, was er suchte, und knotete zwei davon los. Er entnahm jeder eine Pappschachtel und klemmte sie sich unter den Arm. Das Geld schob er samt Tüten durch das Gitter dem Verkäufer zu, der Alex mit einem wissenden Blick bedachte und mit der Zunge schnalzte. Im Rückspiegel sah sie, dass der Mann die Beutel einfach in den Wind hielt und wegwehen ließ. Rasul legte ihr die Pappschachteln in die Hände.

»Hast du das gesehen? Diese scheiß Plastikabfälle sind der Tod unserer Meere und damit der Welt! Und ich habe ihm extra gesagt, er soll sie noch mal verwenden.« Wutentbrannt startete er und brauste los. »Das werden die Afrikaner nie lernen!«

Alex fiel der Müll an den Straßen extrem auf. Überall wehten Plastikfetzen in den Zweigen der Büsche, lagen Flaschen, Kanister und Blechdosen an den Straßenrändern, unachtsam weggeworfener, kostbarer Rohstoff. Das gab es in Norwegen nicht. Sie sah auf die Schachteln. ›Fromms large‹ darauf zu lesen, entlockte ihr ein Kichern. Gleich zwei Packungen hatte er besorgt. »Ras nicht so!«

Daraufhin bedachte er sie mit einem Blick über die Schulter. »Ich will schnell zurück, das Verhör mit Iggy wartet auf mich. Wir müssen entscheiden, was wir mit ihm anstellen.«

Sie nickte. Ein mulmiges Gefühl nistete sich in ihrem Magen ein.

»Vor zwei Stunden ist noch ein Schiff eingelaufen, eins wie Ihres, nur größer. Sie haben einen Schaden durch den Sturm davongetragen«, berichtete der Hafenmeister.

Rasul erstarrte. »Wie heißt es?«

»*Oktopus.*«

Er packte Alex am Arm und zog sie mit sich. »Fuck!«, brüllte er, sobald er das rot gestrichene Expeditionsschiff sah. Er half Alex ins Beiboot und ließ den Motor aufheulen.

»Was ist denn mit der *Oktopus*?«, wollte Alex wissen.

»Die Konkurrenz, Chase Prescott, der wracktauchende Plünderer! Mein Erzfeind, ein Abstauber und Zerstörer. Iggy kann was erleben!«

Alex starrte auf das Schiff, unter dessen Namen ein Krake gemalt war.

An Bord stürmte er in Iggys Kabine und stellte sie mit Chip zusammen auf den Kopf. Sie fanden ein zweites Handy und ein Notebook. Im Elektronikraum setzte er sich an den Computer und schloss beide Geräte an. Nach wenigen Minuten blinkte eine Warnung auf. Rasul öffnete die Dateien des Handys und entdeckte einen Tracker. Er checkte die zuletzt gewählte Rufnummer, wählte sie an und schaltete auf den Lautsprecher. Gespannt warteten sie, dass jemand abnahm.

»Du sollst mich doch nicht anrufen, Iggy!«, zischte es aus dem Handy.

»Er hält sich an eure Vereinbarungen. Hallo Chase, du mieser Pisser! Hier spricht Rasul.« Außer beschleunigten Atemgeräuschen erhielt er keine Reaktion. »Hat es dir die Sprache verschlagen? Dachtest du, ich lass mich von dir so einfach ausspionieren? Hast du ihm den doppelten Anteil von etwas geboten, das dir gar nicht gehört? Antworte, du feiges Arschloch, oder willst du nicht dazu stehen, wenn man dich in flagranti erwischt? Man munkelt, du hast einen Defekt. Im Gegensatz zu dir bin ich ein fairer Seemann. Kann ich helfen?« Er machte in Alex' Richtung eine beschwichtigende Geste. Dass sie kurz davor war, Feuer zu spucken, stand ihr ins Gesicht geschrieben. Inzwischen hatte sich die komplette Mannschaft im Raum versammelt und hörte mit.

Ein Räuspern war zu vernehmen. »Das würdest du?«

»Selbstverständlich. Was brauchst du?«

»Wir haben einen Fünfzehn-Meter-Brecher abbekommen. Die komplette Elektronik auf der Brücke ist hin. Gibst du uns einen Mann? Deinen Chief vielleicht?«

»Hast wohl nicht so einen genialen Mitarbeiter?«, sagte er mit einem anerkennenden Seitenblick auf Sparky, der bereits in Abwehrhaltung ging. Rasul wackelte mit dem Zeigefinger in Sparkys Richtung und lachte höhnisch. »Schade, dass die Welle dich nicht endgültig von den Weltmeeren getilgt hat. Zahl mehr, dann bekommst du auch bessere Leute. Meinen Chief brauche ich selbst, wir laufen gleich aus. Aber ich schick dir jemanden, versprochen.« Er legte auf und sah grinsend in die Runde. Alle redeten gleichzeitig los und beschwerten sich. Beschwichtigend hob er beide Hände und genoss, seine Mannschaft hinter sich zu wissen.

»Denkt ihr wirklich, ich will ihm helfen? Wir überlassen ihm Iggy, der hat bei Elektronik nur Daumen.«

»Aber er kennt die Position der *Princess*«, meldete sich Mitch zu Wort. »Er wird ihm alles verraten, auch dass Alex noch mehr Wrackpositionen im Gepäck hat. Das halte ich für gefährlich. Mal davon abgesehen, was er sonst noch weiß.«

»Chase wäre nicht hier, wenn er nicht schon alles wüsste. Einen Elektronikdefekt durch Salzwassereinbruch behebt er so fix nicht. Ich schätze, das setzt ihn mindestens eine

136

Woche außer Gefecht. Und Iggy wären wir los. Ich will ihn nicht an Bord behalten und durchfüttern müssen.« Er stand auf und ging gefolgt von der Crew zu Iggys Zelle.

Ohne anzuklopfen, stürmte er hinein. Iggy schreckte vom Bett hoch.

»Endlich, wie lange willst du mich hier eingesperrt lassen?«, pöbelte er.

Rasul zog einen Stuhl für Alex heran und hockte sich rittlings auf einen zweiten.

»Wusste ich's doch!«, meinte Iggy und sah Alex frech an, doch sie blieb davon sichtlich unbeeindruckt.

»Komm mir nicht so, du Dreckskerl. Ich habe dir vertraut, das ist deine zweite Tour mit mir. Was habe ich dir getan, dass du mich an meinen Erzfeind verraten hast? An der Bezahlung kann es kaum liegen, oder?«

Iggy beugte sich zu ihm vor, wobei sein zum Tanktop zurechtgeschnittenes, fransiges Shirt verrutschte.

Weil Alex plötzlich ihre Fingernägel schmerzhaft in seinen Unterarm krallte, entging ihm nicht, dass sie wie versteinert auf das Stück entblößte Haut von Iggy starrte.

»Der Oktopus«, flüsterte sie mit versagender Stimme.

»Was ist damit?«

»Ich habe ihn schon mal gesehen!«

Verdammt, wieso ist mir das vorher nie aufgefallen?
»Hahaha, das ist ja erbärmlich, ich brauche keinen Beweis mehr für deinen Verrat. Der gleiche Krake wie auf der *Oktopus*!« Triumphierend riss er das Shirt von Iggys Rücken. »Was bist du für ein Arschloch! Lässt dich von so einem Mistkerl kaufen und trägst noch sein Branding? Weißt du was? Ich will deine Beweggründe gar nicht wissen. Ich habe Chase einen Mann versprochen. Bringt sein Zeug!«, rief er

aufgebracht zur Tür, die sofort aufging. Chip warf einen Seesack in den Raum. Rasul packte Iggy im Genick und zog ihn hoch. Der jaulte auf und krümmte sich unter dem brutalen Griff. So beförderte Rasul ihn bis ans Deck. Er schmiss den Sack ins Wasser und Iggy hinterher.

»Pass auf, dass dich kein Bullenhai für Beute hält! Die verirren sich gern mal in trüben Meerarmen, besonders nach Stürmen! Und bestell Chase einen schönen Gruß: Wenn ich ihn in der Nähe der *Ocean Princess* sehe, opfere ich ihn Poseidon!« Eine Weile sah er dem Schwimmer noch nach, dann brüllte er: »Hai!«

Daraufhin begann Iggy, wie wild zu kraulen, den Seesack hinter sich herziehend.

Lachend stieß Rasul sich von der Reling ab und sah in Alex' leichenblasses Gesicht. Er stockte. »Keine Bange, den frisst kein Hai, das wäre zu schön.«

Alex schüttelte den Kopf. »Das ist es nicht.«

»Was denn?«

»Das Tattoo.«

»Ja, ich hab es gesehen.«

Sie schüttelte erneut den Kopf. »Ich meine nicht das von Iggy.«

»Welches dann?«

Sie erzählte von dem Mann im Dalladalla auf Sansibar. »Er trug die gleiche Tätowierung, wenn auch am Unterarm, das war kein Zufall. In Mombasa am Hafen, da habe ich ihn auch bemerkt.«

»Sei unbesorgt, hier bist du in Sicherheit.« Es sollte beruhigend klingen, aber er machte sich Gedanken. Sie mussten so schnell wie möglich hier weg. Wenn nur der neue Koch endlich auftauchte.

SUCHFIEBER

Kaum hatte Ernest Dabibi das Schiff betreten, legten sie ab. Mit voller Fahrt liefen sie Richtung *Ocean Princess* aus. Zweihundertsechzig nautische Meilen lagen voraus, die er in achtzehn Stunden schaffen wollte. Die Küstenlinie wich in der Dämmerung den Lichtern der Strandresorts, später verschwanden auch die. Rasul wanderte über das Deck, ständig aufmerksam das Fernglas an den Augen. Je mehr sie sich Somalia näherten, desto höher war die Gefahr von Piraten, und ausschließlich auf Josephs Schutz zu vertrauen, hielt er für verantwortungslos. Nach jedem Rundgang kehrte er zur Brücke zurück und beobachtete das Radar. Keine Verfolger auszumachen. Allerdings konnte man Kennungen abschalten. J-P und Chip schoben Dienst. Der Kapitän sah vom Schaltpult auf.

»Du siehst besorgt aus, Boss.«

»Bin ich. Mich beschleicht ein komisches Gefühl. Alex sagt, sie wurde auf Sansibar bereits verfolgt. Ist ihr aber heute erst bewusst geworden. Wenn dem so ist, fürchte ich, dass unsere Konkurrenz längst weiß, dass sie mehr im Gepäck hat als die *Ocean Princess*. Nur woher? Und wenn Chase es weiß, wer noch? Wir müssen sie bewachen.« Er seufzte, was J-P veranlasste, sich einzumischen.

»Ich dachte, du lässt sie eh nicht mehr aus den Augen.« Rasul winkte ab. »Sie ist ein Crewmitglied. Das würde ich für jeden von euch tun.«

»*Bon, d'accord.*« J-P hob beide Hände. »Die Frau hat was an sich, das meinen Jagdinstinkt weckt. Ich habe also freie Bahn?«

Rasul bedachte ihn mit einem grimmigen Blick. »Dazu hat sie sicher eine Meinung. Da halte ich mich raus.«

»Hast du mal drüber nachgedacht, ob sie womöglich das Leck ist? Es wäre denkbar, sie ist eine espionne von Chase und lässt uns die Arbeit machen?«

Bezüglich der Mannschaft zu zweifeln, hasste er. Seine Leute betrachtete er als Familie. Und Verrat kam einem Todesstoß gleich. Rasul hätte gerne dagegen gewettert, aber der Verdacht lag nahe, deshalb zuckte er mit den Schultern, schaute durch das Fernglas und versuchte, Positionslichter auszumachen, die das Radar nicht erfasste. »Eine Spionin von Chase? Niemals, ich vertraue ihr.« Er ließ es so stehen.

Chip räusperte sich. »Und wenn sie genau deswegen mit dir ins Bett ist?«

»Würde es deine Zweifel ausräumen, wenn ich dir sage: Wir haben nicht miteinander geschlafen?«

Das Gelächter, welches Chip daraufhin ausstieß, versetzte seinen gesamten Körper in Schwingungen. »Das erzähl mal meiner Großmutter. Ich habe euch doch gesehen!«, prustete er.

»Wenigstens ist mein Ruf noch nicht komplett ruiniert«, versuchte Rasul, den Scherz mitzugehen, beschloss aber, die Sache weiter zu verfolgen. »Na schön, ich werde mal ein paar Beziehungen spielen lassen und sehen, ob ich was herausfinde. Ich bin im Funkraum, dass mich ja niemand stört!«

Aus dem Küstenbereich mit ausreichender WiFi-Verbindung waren sie heraus. Er konnte nur über Satellitentelefon kommunizieren und hoffte, der Zeitunterschied würde keine Probleme bereiten. In Deutschland waren sie eine Stunde zurück, also 23.45 Uhr. Er wählte die Nummer. Es rauschte in der Leitung, doch dann nahm jemand ab.

»Brinkmann.«

»Hallo Fritz, hier spricht Rasul Ben Arab. Ich wollte mal deine Kontakte anzapfen und ein paar Auskünfte einholen.«

»Ich bin pensioniert«, klang es belustigt aus dem Kopfhörer.

»Für einen Agenten gibt es niemals Ruhestand.«

»Worum geht's?«

Rasul klärte ihn in kurzen Zügen auf.

»Ah, eine Frau! Hast du Gila endlich vergessen?«

Er überging den Seitenhieb. »Grüß die Ghadiris von mir, wenn du sie siehst. Wann kann ich mit Informationen rechnen?«

»Gib mir zwei Tage.«

»Danke.« Er atmete auf. Gab es eine Verbindung zu Prescott, dann würde Fritz sie aufdecken.

Chase ging für Ruhm über Leichen, knüpfte Allianzen, die ihm einen Vorteil verschafften, ohne Ansicht der Person. Sobald er sie ausgenutzt hatte, ließ er sie fallen und scherte sich um niemandes Schicksal. Wo er ein Wrack ausbeutete, hinterließ er Wüste. Er nutzte jedes mechanische Hilfsmittel, um zu graben. Sogar Sprengstoff, gleichgültig, was er dabei zerstörte. Neunzig Prozent eines Fundes gehörten dem Finder, der Rest dem Staat, in dem er geborgen wurde, doch Prescott dachte nicht im Traum daran, die Hoheitsgebiete, die er plünderte, anzuerkennen, oder auch nur eine einzige Münze an ein Museum zu spenden. Die

Szene wurde von gierigen Sammlern beherrscht, die horrende Preise für ein kostbares Fundstück zahlten. Es gab spezielle Aktiengesellschaften, die enorme Summen zur Finanzierung einer Schatzsuche aufbrachten. Insofern stand Prescott, der aus solchen Geldpools schöpfte, unter Druck. Als Wracktaucher bewegte man sich in Grauzonen. Was aber in Rasuls Augen niemandem das Recht gab, Gesetze zu missachten, schon gar nicht ungeschriebene.

Er seufzte. Geldmittel in unbegrenzter Höhe hätte er auch gern zur Verfügung. In dieser Expedition steckte sein gesamtes Vermögen. Ein Misserfolg träfe ihn empfindlich. Der Umbau des alten Trawlers in ein Expeditionsschiff, die neue Ausrüstung und die Entwicklung des RTSMS hatten seine Finanzen nahezu aufgebraucht. Entschlossen klopfte er sich auf die Schenkel. Das Gold der *Ocean Princess*, er musste es finden!

Trotz Chips Warnung davor, den Chef zu stören, schlenderte sie zum Funkraum. Rasuls Gesichtsausdruck, als er Iggy über Bord geworfen hatte, ging ihr nicht aus dem Kopf. Hinter der Häme schien er so verletzt und wirkte alleingelassen. Die Angst, ihm zu nahezutreten, hielt sie ab, anzuklopfen. Er schätzte die Einsamkeit, das hatte sie längst erkannt. Sie verharrte vor der Tür. Bildete sie sich das ein oder war sie verliebt in diesen Mann? Woher kam sonst der Drang, ihm unbedingt helfen zu wollen? Dieses ständige Wechseln zwischen Nähe und Distanz verwirrte sie. Er hatte sie über sich aufgeklärt. Musste es nur mal raus und sie bot die günstige Gelegenheit einer Lebensbeichte? So schätzte sie ihn aber nicht ein. Er wollte, dass sie ihm vertraute. Sie nickte entschlossen zur Selbstbestätigung, als Ngumbo vorbeikam.

»Hi Alex.«

»Hey Neptun«, antwortete sie und entschied sich um. »Sag mal« – sie lief ihm nach – »darf ich dich was fragen?«

»Klar, komm mit in den Elektronikraum, dann checken wir zusammen die Daten.« Dort schob er neben sich einen Stuhl für sie zurecht. »Was willst du wissen?«

»Ist mir grad ein bisschen peinlich«, druckste sie. »Wie gut kennst du den Boss?«

»Das ist meine dritte Reise mit ihm. Er ist fair, zahlt gut, manchmal ist er streng, muss er auch sein, er ist der Chef.« Er notierte etwas auf einem Klemmbrett und beobachtete interessiert das Radar.

Alex sah ebenfalls genauer hin. War da was?

»Zu klein für die *Oktopus*, zu schnell für ein Fischerboot.«

»Vermutest du einen Verfolger?«

Er nickte. »Urlauber fahren meist nicht bei Nacht, die wollen was sehen, und wir erreichen bald somalisches Hoheitsgebiet. Ich wecke Mitch. Er soll Ausschau halten. Ein Schiff ohne AIS, also elektronische Kennung, ist in hiesigen Gewässern stets verdächtig.« Nachdem er den Kollegen an Deck beordert hatte, lehnte er sich zurück. »Weißt du, Alex, ich freue mich auf die Expedition, nur dieses Mal ist es anders.«

»Weil ihr eine Frau an Bord ertragen müsst?«, fragte sie ernsthaft besorgt, ob ihre Anwesenheit immer noch einen Störfaktor darstellte.

»Nein«, lachte er. »Aber ich habe ein eigenartiges Gefühl, nenn es eine Vorahnung. Etwas wird passieren.«

»Was Schlimmes?«

Er zuckte die Schultern. »Letztes Mal haben wir einen Tauchgang abgebrochen wegen einiger gefährlich neugieriger Sandtigerhaie. Wir passen schon auf, mach dir keine Sorgen.«

Alex seufzte und rang sich ein Lächeln ab. Leichter gesagt als getan, fand sie. »Kennst du diesen Chase?«

»Ein Arsch. Der geht über Leichen.«

»Hoffentlich nicht über eine von uns.«

Er nickte mit ernstem Gesichtsausdruck.

»Und Rasul?«, riskierte sie einen weiteren Versuch, ihn auszufragen. »Hat er noch was über mich gesagt?«

»Was soll er sagen? Jeder sieht, dass du ihn beschäftigst. Wie er dich anschaut und in Schutz nimmt. Die Sache ist glasklar: verknallt!«

Alex zog peinlich berührt die Nase kraus. »Davon merke ich nichts.«

»Er trägt sein Herz nicht auf der Zunge, er beweist das auf andere Art, gib ihm Zeit. So ein verschlossener Typ redet nicht gern über die Vergangenheit. Wenn er wüsste, dass wir alle wegen seines vernarbten Rückens Bescheid wissen …«

»Oh!«

»Wir amüsieren uns, weil er meint, er könnte es vor uns verbergen. Ein Extraraum zum Umziehen macht neugierig. Weißt du, woher er das hat? Als wäre er ausgepeitscht worden. Selbst für Afrika ist das heute eine eher ungewöhnliche Methode.«

»Das muss er schon selber erzählen, aber ich steck ihm

144

bei Gelegenheit, dass ihr es wisst. Vielleicht wird es ihm dann leichter.«

Neptun betrachtete sie amüsiert. »Du bist auch ganz schön verknallt!«

Die Feststellung quittierte sie mit einem Schulterzucken. »Über meine Gefühle bin ich mir unklar und glaube, ich entwickle besser keine.«

»Netter Selbstbetrug, den ihr da betreibt. Das Leben ist zu kurz für so was. Rede mit ihm, ich bin überzeugt, es erleichtert die Sachlage für uns alle enorm.«

Sie tat, als würde sie aufmerksam das Radar studieren, warf ihm aber einen Seitenblick zu. Er sah nicht belustigt aus, sondern ehrlich. »Du magst den Boss.«

»Ja, weil er in erster Linie ein Kumpel ist, dann ein Chef. Wenn wir erst tauchen, verstehst du, was ich meine. Niemandem vertraue ich lieber mein Leben an. Man kann sich auf ihn immer verlassen. Sein Wort gilt. Wir sind seine Familie, obwohl wir Fremde waren. Deshalb hat die Sache mit Iggy ihn massiv getroffen.«

»Das habe ich bemerkt.«

»Du bist jetzt Teil der Familie. Enttäusche uns besser nicht. Im Zweifel halten wir zusammen. Wenn nötig auch gegen dich.«

»Das ist mir bewusst. Aus dem Grund fällt es mir extrem schwer. Ich sehe, wie ihr euch versteht, und habe Angst, eine Front zu schaffen. Zumal mir nicht klar ist, ob Rasul mich wirklich will. Manchmal sind wir uns nah, dann macht er wieder einen Rückzieher. ›*Never fuck the company*‹ hat er mir erst vor zwei Tagen noch an den Kopf geworfen.«

»Aber Kondome hat er gekauft. Ich habe es gesehen. Obwohl er auch gesagt hat: Keine Frauen an Bord der *Argus*!

Du siehst, er macht die Regeln und ändert sie. Er ist der Boss und ich stelle mich nicht in seinen Weg.« Er hob beide Hände und grinste von einem Ohr zum anderen.

Sie warf mit einer Büroklammer nach ihm und fiel in sein Gelächter ein. Weniger bekümmert machte sie sich auf den Weg zur ›Telefonzelle‹ und klopfte vorsichtig.

»Jetzt nicht«, brüllte Rasul von innen, doch sie öffnete trotzdem zaghaft die Tür, schon eine Entschuldigung auf den Lippen. Er wandte sich ruckartig um, hatte aber sofort einen sanften Blick, als er sie erkannte. »Ah, du bist es, komm rein.«

Sie atmete erleichtert auf. Eigenartig, die Nähe von jemandem zu vermissen, den man kaum kannte, dabei waren sie sich noch gar nicht ernsthaft nahegekommen. Und schon hatte sie wieder Gamaschen, ihm zu sagen, was sie beschäftigte. Okay, sie hatten sich geküsst und gefummelt, er hatte ihr von sich erzählt. Aber seit er Iggy über Bord geschickt hatte, war er verändert. Er wirkte einsam. Zwar sprachen seine Blicke tausend Worte, doch seine Körpersprache zeigte ihr drei Meter lange Stacheln.

Kurz orientierte sie sich in dem winzigen Raum, in dem nur das tragbare Satellitentelefon auf einem Tisch lag, vor dem er saß. Ein Rückzugsraum, um ungestört zu telefonieren. Sie lehnte sich an die Tischkante und starrte für einige Augenblicke ins Leere. Sie räusperte sich. »Rasul, ich würde gern mal etwas klarstellen«, begann sie mutig. »Ich weiß, ich habe dich zwar zuerst angemacht, dafür entschuldige ich mich, aber ich hatte nicht den Eindruck, dass du abgeneigt bist. Eher, dass du so einen doofen Ehrenmann-Kodex verfolgst. Und jetzt verwirrt mich dein Verhalten mir gegenüber total.«

Er holte Luft, um zu antworten, doch sie hob die Hand und verhinderte es erfolgreich.

»Du beschützt mich, küsst mich, und dann knallst du mir ›*Never fuck the company*‹ an den Kopf. Du erzählst mir von dir, deiner Vergangenheit, kaufst Kondome, bist in einem Moment so nah, im nächsten so weit von mir weg. Ich … Ich kann damit nicht umgehen.«

Seine Augen wanderten von ihrem Gesicht über ihren Körper und entfachten ein Feuer der Gefühle unter ihrer Haut, obwohl der Blick nur in zweiter Linie lüstern erschien. In erster wirkte er wie in sich gefangen auf sie. Das passte überhaupt nicht zu der souveränen Bossfassade, die er üblicherweise an den Tag legte. Er stand auf, seine schlanke Gestalt ragte vor ihr auf und sie befürchtete, zu weit gegangen zu sein.

Langsam und bedächtig zog er erst sein Shirt aus, dann die Hosen. Alex stockte der Atem. Sie erwartete, dass er auf sie zukam, sie in den Arm nahm, küsste oder sonst irgendetwas tat, was diese Maßnahme rechtfertigte. Doch nichts dergleichen geschah. Er hob die linke Hand und fuhr mit dem Zeigefinger über seine braune Haut von einer Narbe zur nächsten. Ohne hinzusehen, kannte er offenbar die Lage eines jeden Mals in- und auswendig.

»Ich bin ein Mann, Alex. Und ich habe gehofft, dass du den Mann in mir siehst, der ich heute bin. Offensichtlich ist dir das unmöglich. Du verlangst von mir, mein Innerstes nach außen zu kehren? Na schön. Das sind die unauslöschlichen Beweise meiner Schandtaten und der anderer. Die meisten davon fügten mir fremde Menschen zu, von denen einige ebenfalls von Narben geziert sind, die ich ihnen beigebracht habe.« Er drehte sich um und sie betrachtete jede einzelne, auch die am Rücken, eingehend. Die schiere Masse an größeren und kleineren Verletzungen ließen sie schlucken. Wieso tat er das? Eindeutig war das keine Anmache, obwohl, wenn man über die Male hinwegsah, und das tat sie, blieb ein wundervoller Körper mit dem Potenzial, sie anzutörnen. Sie schob den Gedanken von sich. Hier ging es um tiefere Dinge. Er stand mit vorgestreckten Händen da und drehte sie hin und her. »Diese Hände haben getötet – oft.« Er griff sich an die Schläfen. »Und hier drin höre ich täglich die Menschen schreien, sehe sie panisch fliehen oder mich in Todesangst ansehen. Du wolltest mich nackt. Ich entblöße mich vor dir, Alex. Niemand liebt so einen Mann. Keiner erträgt all das auf Dauer. Selbst ich halte es kaum aus. Und doch lebe ich damit. Auch wenn ich es bereue, bleibe ich ein Täter. Ich kann es nicht ungeschehen machen.«

Sie sah ihn ungläubig an und bemerkte, dass sie die Finger um die Tischkante gekrallt hatte. Was er sagte, offenbarte den Schmerz, den er in sich trug und der so für sie spürbar wurde. Sie löste sich und trat mutig einen Schritt auf ihn zu, doch er wich aus. Sie setzte nach. Weiter konnte er nicht zurück, ohne den Raum zu verlassen. Sie legte die Hand auf seine Brust. »Ich würde das Risiko eingehen, Rasul.« Sie gab ihrer Stimme einen sanften Klang.

Er fasste ihr Kinn, hauchte ihr einen Kuss auf die Stirn, ließ sie los und schnappte seine Sachen, die er hastig wieder anzog. »Du bist viel zu schade für einen Typen wie mich«, murmelte er dabei und wollte durch die Tür auf den Gang verschwinden.

»Du tust es schon wieder!«

»Was?«

»Mir Komplimente machen und mich damit verwirren.«

»Das war keins, nur eine Feststellung.«

»Ph, aber Gila war es nicht, oder wie?«, entfuhr es ihr.

Blitzschnell dreht er sich herum und funkelte sie an. »Gila ist wie ich. Aber auch sie hat einen anderen gewählt.«

»Solange du dir nicht verzeihst, wirst du deine Traumata nie überwinden! Und diejenigen vor den Kopf zu stoßen, die dir freiwillig helfen wollen, ist garantiert nicht die geeignete Methode, damit fertigzuwerden!«

Er war schon halb aus der Tür, als er sich erneut umwandte. »Das sagt mir die Frau, die nachts schweißgebadet von ihren Träumen aufwacht?«

Das traf sie im Innersten. »Dann hilf mir, es zu verarbeiten«, setzte sie flüsternd nach.

Er blieb stehen, ohne sie anzusehen. »Du appellierst an mein Helfersyndrom?«

Das klang spöttisch in ihren Ohren. »Du hast keins, nur ein permanent schlechtes Gewissen«, entgegnete sie schnippisch. Er ließ sie stehen, und das machte sie wütend. »Arschloch!«, brüllte sie ihm hinterher.

Das war anders gelaufen, als sie es beabsichtigt hatte. Weil er stoppte und sich langsam auf dem Absatz umdrehte, sie dabei aus den blauen Augen anfunkelte, als könnte er vernichtende Eisstrahlen auf sie werfen, stockte ihr der Atem. Er kehrte zurück und seine körperliche Überlegenheit wirkte wie eine unsichtbare Druckwelle, die sie in den kleinen Raum zurückpresste. Keuchend sog sie Luft ein, straffte aber die Schultern. Vor ihm wollte, nein, durfte sie nicht schwach sein. Ihm gegenüber würde sie immer stark sein müssen, das wurde ihr schlagartig bewusst. Dieser Mann konnte sie zwischen Daumen und Zeigefinger

zerquetschen. Doch obwohl er schnaufend wie ein Kampf-
stier wenige Zentimeter vor ihr stehen blieb, fürchtete sie
sich kein Stück. Im Gegenteil. Er war zwar in Rage, ja, aber
in seinem Blick lag Begehren. Das genügte für das Kribbeln, das sich auf ihrer Haut ausbreitete. Von der Berührung, dem Zupacken, mit dem er sie an sich zog, wie er sie
küsste, schmolz sie für einen Moment dahin. Vom ersten
Augenblick an hatte sie sich gewünscht, dass es endlich
geschah. Egal, ob in diesem kargen Raum oder im satinbe-
zogenen Bett. Vorsichtig bewegte sie die Hände in seinen
Nacken und kraulte ihn, während sie den Kuss erwiderte.
Er schmeckte so gut, es fühlte sich einfach richtig an in
seinem Arm, und sie mochte, wie er sich gierig an ihr rieb.
Zu gern hätte sie ihm etwas Passendes ins Ohr geflüstert,
aber ein »Ach, Rasul« oder ein »Ja, ich will dich« kam ihr
lächerlich vor. Lieber wollte sie der Situation ihren Lauf
lassen.

Ruckartig drehte er sie herum, sodass sie mit dem Rücken zu ihm stand. Er löste den Knoten ihres Neckhol-
ders. Das Oberteil fiel, BH trug sie keinen. Seine Hand
glitt über ihre Wirbelsäule hinab bis zum Po, entlang des
Bündchens ihrer Dreiviertelhose. Er öffnete den Knopf.
Die Finger wanderten unter ihren Slip und schoben beides
hinunter. Das typische Knistern eines Kondompäckchens,
das mit den Zähnen aufgerissen wurde, erklärte, warum er
sie kurz losließ. Sie stöhnte auf, streifte eilig ihre Hose ab
und stützte die Unterarme auf dem Tischchen ab. Sie hörte
ihn keuchen, spürte den Atem, den er über ihren Hintern
blies. Es fühlte sich an, als ob er nur Millimeter mit den
Lippen davon entfernt sei. Dann küsste er sie den Rücken
hoch, langsam und so bedächtig, dass sie sich ungeduldig

nach ihm umdrehte, weil sie nicht glauben konnte, dass er so beherrscht war.

»Ich will dich nicht einfach nehmen wie irgendeine Frau, aber jetzt kann ich nicht mehr zurück«, keuchte er und schob einen Arm über ihre Brust und zog ihren Oberkörper an seinen.

»Scht! Ich bin nicht irgendeine Frau. Ich bin Alexandra Lund und ich will es! Jetzt hier, mit dir, von der ersten Sekunde an«, raunte sie erregt. Sie sah aus den Augenwinkeln, wie er nickte, bevor eine seiner Fingerkuppen auf ihrer Klitoris kreiste, was sie so anmachte, dass sie sich an ihn lehnte und begann, sich daran genüsslich zu reiben. Vertieft in den Augenblick nahm sie den Duft von Salz und Meerwasser wahr, den er dezent verströmte, die Wärme der Haut, die Härte der Brustmuskeln. Er streichelte ihre Flanken entlang nach oben zu ihren Händen und dirigierte sie rechts und links ans Bullauge, wo sie sich abstützte. Die Handfläche an ihrer Kniekehle genügte, um sie das Knie auf den Tisch legen zu lassen, dann drang er ein. Kraftvoll packte er sie um die Hüften und presste sich in sie. Er füllte sie aus und dieses Gefühl der Dehnung entlockte ihr ein langgezogenes Seufzen. Der kurze Schmerz, begleitet von seinem Stöhnen, war wundervoll und sie äußerte ihr Gefallen ungehemmt. Ihre Hände glitten ab, sie krallte die Fingernägel in die Gummidichtung des Fensters, ließ den Kopf sinken und erkannte, dass die Stellung sie davor bewahrte, gegen die Wand zu knallen, denn er bewegte sich ungestüm. Ein letzter Gedanke an seine gentlemanhafte Voraussicht, doch dann konzentrierte sie sich auf den heiß ersehnten Moment, dem sie gemeinsam entgegenstrebten. Schließlich umschlang er sie, zwängte sie an seinen Körper, der sich stahlhart in ihrem Rücken anfühlte und eine Hitze ausstrahlte, die sie um Luft ringen ließ. Fordernd schlang sie die Arme um seinen Hals, verdrehte gierig den Kopf, nach einem Kuss heischend, den er ihr gewährte. Offensiv drang er mit der Zunge in ihren Mund, umfasste mit beiden Händen ihre Brüste und bescherte ihr eine süße Qual, indem er ihre Nippel zwischen den Fingerspitzen drehte. Seine Lustlaute fachten ihre Empfindungen an, sie stöhnte ebenfalls, und als er mit einem Finger erneut ihre Klitoris kräftig massierte und an ihrem Ohrläppchen knabbernd »Alex, oh, Alex« hauchte, war es endgültig um sie geschehen. Ein intensiver Orgasmus absorbierte den Rest und reduzierte ihr Universum auf die Vereinigung zweier Menschen.

Ihr Haar duftete wie frische Vanille, registrierte er und vergrub die Nase darin. Er behielt sie fest im Arm. Nur langsam kehrte das Bewusstsein zurück. Er wollte gern so was wie »Danke« oder »Es war geil« sagen. Aber er verschluckte die Worte. Zu spontan, zu viel Emotion. Ihre Hände lagen auf seinen Unterarmen. Ihren Körper so dicht am eigenen zu fühlen, war schön. Reglos blieb er stehen und fluchte innerlich, denn seine Erektion schwand. Er musste das verflixte Kondom loswerden, was bedeutete, dass er sich von ihr lösen musste. Gedanken zischten in seinem Kopf umher. Der Moment hatte ihn überwältigt. Diese kleine Nixe war wunderbar sexy, resümierte er, und doch empfand er da noch viel mehr. Den Fluchtgedanken verdrängte er schnell wieder. Wie immer analysierte er sofort seine Gefühle. Es war nicht die Körperwärme, die ihn hielt, sondern der Eindruck des sicheren Hafens, den er in ihrer Nähe von Anfang an verspürt hatte. Das Leben hatte ihn nur gelehrt, jeden zu hinterfragen, niemandem zu vertrauen. Dieses Misstrauen abzulegen fiel ihm schwer. Seit Gila hatte er kein weibliches Wesen länger als für einen One-Night-Stand neben sich geduldet. Sie hatte ihn für andere Frauen verdorben, gestand er sich ein.

Bis auf ihre deutlich spürbaren Atemzüge hing Alex bewegungslos in seinem Arm.

Vermutlich dachte sie Ähnliches. Warum behielt er für sich, dass er an der Vorstellung, gegenseitige Hilfe anzunehmen, Gefallen fand? Jemandem seine tiefsten Empfindungen mitzuteilen, der verstand, worum es ging. Die Idee mochte er. Eine Frau, anschmiegsam wie Alex, intelligent und wortgewandt, die sich auf Augenhöhe mit ihm messen konnte. Augenhöhe – der Begriff ließ ihn schmunzeln, bei einer so kleinen, zierlichen Frau und sein Bauchmuskel zuckte.

Alex wandte ihm das Gesicht zu. Er küsste sie ins Haar und setzte sie auf den Tisch, wendete sich kurz ab und entfernte das Kondom. Als er sich wieder umdrehte, grinste sie, denn er starrte sie an. Das Luder lehnte lässig an der Wand, hatte breitbeinig die Fersen auf die Tischplatte gestützt und bot ihm einen ausgesprochen geilen Anblick. Sie streichelte ihre Brüste und lenkte seinen faszinierten Blick auf ihre hellrosa Brustwarzen. Ein Schritt genügte, um sie zu erreichen. Er drückte je einen Kuss auf die zarten Knospen und vergrub die Hand in ihrer Spalte. Kein Zweifel, ihre offene Herangehensweise gefiel ihm. Nur war er unsicher, ob sie es spielte. Irgendwie passte das Verhalten nicht zu ihrem feenhaften Aussehen, obwohl sie schon mehr als einmal bewiesen hatte, dass sie alles andere war als ein Fabelwesen.

»Du machst mich wahnsinnig«, knurrte er, ging in die Hocke, zog ihr Becken heran und machte sich über das großzügige Angebot her, bis sie mit den Schenkeln seinen Hals umklammerte und sich vor ihm aufbäumte. Eigentlich hatte er sich den ersten Sex mit ihr variantenreicher vorgestellt. Aber für den Anfang reichte es, denn sie stöhnte herrlich ungehemmt, sobald seine Zunge ihre Perle reizte oder sein Daumen in sie drang. Er tastete mit einer Hand nach ihrem Busen. Sie legte ihre Finger darüber, führte sie dahin, und er genoss, wie sich der feste Apfel hineinschmiegte. Er erhöhte den Druck, bis sie aufkeuchte und sich ihm entgegenbewegte. Er ließ es zu, entzückt, wie heftig sie daraufhin kam und schließlich mit einem befriedigten Lächeln vor ihm auf dem Tisch lag.

Sie zog sich an seinen Unterarmen hinauf. »Das war ungeheuer gut. Und ich bin froh, dass du nicht mittendrin schreiend rausgerannt bist, weil du dich genötigt gefühlt hast.«

»Ich hätte es nicht getan, ohne es zu wollen, und du hattest recht, es wurde höchste Zeit.«

Sie gab ihm ein paar zärtliche Küsse. »Du gehörst zu den Männern, die man zu ihrem Glück überreden muss.«

»Ah? Du kennst viele Männer?«

»Verzeih, war ich dir zu verrucht? Ich dachte, ich lass mich einfach mal gehen.«

»Hey, schon gut, ich fand es klasse, und dass du dich so frei mit mir fühlst, ehrt mich. Ich mochte es. Sehr«, setzte er nach. »Herrlich unanständig.«

Sie schien erleichtert, verzog aber die Mundwinkel. »Anständig war ich lang genug. Und wie geht es weiter?«

»Ich hoffe, du kannst mit einer lockeren Beziehung umgehen. Das wäre unkompliziert. Du weißt, wie ich darüber denke.«

Den Schlag hatte er nicht kommen sehen, der Handabdruck brannte auf seiner Wange. Er nickte. »Ich fürchte, die hab ich verdient.«

»Allerdings! Du hattest ein Kondom in der Hosentasche! Du hast es drauf angelegt und ich dumme Kuh bin auf dich reingefallen. Du machst es kaputt, Arschloch!« Wütend stieg sie in ihre Klamotten. »Es wird Zeit für einen Kurs-Check und die Wetterkarte sollte ich auch überprüfen. Chef!« Sie salutierte vor ihm und die Geste troff vor Sarkasmus.

Wortlos zog er sich an und folgte ihr auf die Brücke, wo sie sich demonstrativ über die Wetterdaten hermachte. Die See war kabbelig, die Wellen rollten von allen Seiten heran. Chip schickte er in die Koje. Er würde die kommende Wache übernehmen. Dessen vielsagenden Blick übersah er geflissentlich. Er hasste die Situation, weil es ihr gelungen war, dass er sich schuldig fühlte und er hatte einige Argumente auf der Zunge, um sich zu rechtfertigen, unterließ es aber.

Die Arbeit lenkte ihn ab. Noch sechs Stunden, bis sie dem Zielgebiet nah genug waren, um eine Suchsonde einzusetzen. Sein Schatzsucherfieber ging in die nächste Phase über. Akribisch kontrollierte er das Radar aufgrund der Nachricht, die Neptun ihm mit einem Klebezettel am Monitor hinterlassen hatte.

»Der vorhergesagte zweite Sturm zieht auf dem Meer vorbei. Wir werden allenfalls die Ausläufer zu spüren bekommen.« Alex' Ton klang übertrieben geschäftsmäßig. »In diesem Jahr überschreitet die Oberflächentemperatur des Meerwassers früh den kritischen Bereich von 27 Grad. Eine gefährliche Mischung zusammen mit den hier vorherrschenden Passatwinden. Die ostafrikanische Küste ist keine typische Gegend für Zyklone, aber man wird sich darauf einstellen müssen.«

Sie sprach hauptsächlich mit sich selbst, um sich zu beschäftigen. Das war ihm allemal lieber als geladenes Schweigen. Außerdem mochte er den Klang ihrer Stimme, die Leidenschaft, die darin mitschwang, wenn sie ihrer Profession nachging. Er wollte mehr davon hören. »Das sagen dir die paar Daten?«, fragte er unbeholfen.

»Ja, das sind die Parameter, die das Entstehen von Wirbelstürmen begünstigen. Die Hitze steigt auf, zieht Wasser mit hoch, bildet Windtrichter, die an Kraft zunehmen, wodurch immer mehr aufgeheizte Luft und Feuchtigkeit angesaugt wird. So bilden sich Zyklone oder Hurrikane, laienhaft dargestellt. Und mit ansteigender Wärme nehmen auch die Wind- und Regenstärken zu.«

»Global Warming?«

»Anzunehmen. Die Temperaturen steigen, das ist ein Fakt. Die Gründe, ob menschengemacht oder wegen natürlicher Schwankungen, sind unerheblich! Klimaschutz wird niemals gelingen, wenn nicht alle an einem Strang ziehen. Steht uns der Meeresspiegel erst bis zum Hals, ist es zu spät. Die ersten Klimaflüchtlinge gibt es bereits.«

Er nickte. Er hatte selbst gesehen, wie sie in der Karibik in Verzweiflungshandlungen illegal Atolle abbaggerten, um Inseln zu erhöhen, und sich damit praktisch das eigene Grab noch schneller schaufelten, weil die nun fehlenden Riffe und Sandanlagerungen nicht nur Schutz vor den stärker werdenden Stürmen geboten hätten, sondern auch der Lebensraum für den Fisch gewesen waren, die Existenzgrundlage der Einheimischen. In der Natur hing alles zusammen und solange die Menschheit das nicht begriff, würde ihr Untergang besiegelt sein, davon war er überzeugt. »Also erwischt uns keine weitere Schlechtwetterlage?«

»Nicht in den nächsten vierundzwanzig Stunden, aber die Gefahr besteht weiterhin. Achte auf plötzlich sinkenden Luftdruck.«

»Okay, dann geh jetzt in die Koje. Ich übernehme die Wache allein.«

»In deine oder meine?«, fragte sie giftig.

»Wenn du in meine gehst, liegst du neben Chip, viel Spaß.«

Sie schüttelte sich wie eine nasse Katze und rang ihm damit ein Lächeln ab. Sie blieb stehen und schien auf eine Reaktion von ihm zu warten, doch er ignorierte sie. Ein Radarschatten, der wiederholt auftauchte, erforderte seine Aufmerksamkeit. Er justierte die Auflösung mittels Seegangsentrauscher, um bei der Anzeige die Wellenberge von einem Schiff zu unterscheiden. Jetzt war sicher eines zu erkennen. Das Gerät zeigte 5,4 Seemeilen Entfernung an. Für einen Fischtrawler fuhr es zu schnell, und wieso hielt es sich genau parallel zum Kurs der *Argus,* noch dazu ohne Kennung? Zufall? Wohl kaum, er musste es im Auge behalten. Selbst wenn es kein Konkurrent war, konnten es immer noch Piraten sein. Als er sich nach Alex umdrehte, war sie verschwunden. Er schob den Gashebel nach vorn. Das Rennen um die *Ocean Princess* begann.

Der Morgen graute bereits, als Alex erwachte. Davon enttäuscht, wie Rasul am Abend mit ihr umgesprungen war, duschte sie und ging an Deck frische Luft schnappen. Die *Argus* machte volle Fahrt voraus und der Bug hob und senkte sich im Wellengang. In der Bugspitze stehend, kostete sie das Erlebnis aus. Sie klammerte sich an der Reling fest und die Gischt spritzte ihr ins Gesicht. *Herrlich.* Wie sehr sie es vermisst hatte, auf diese Weise das Meer zu erleben, erkannte sie erst jetzt. Ihre Gedanken wanderten zu ihrer Familie, ihrem Großvater und schließlich zu Peer. Sie hatte ihn geliebt, ja, aber das Gefühl, das Rasul in ihr auslöste, sobald er sich ihr nur näherte, kannte sie von Peer nicht. Dass Rasul sich wie ein blöder Arsch verhielt, schob sie von sich. Sie hatte keinerlei Lust auf dumme Machospielchen und hielt sie für reinen Selbstschutz. *So ein Schisser!* Sie seufzte. Dabei hatte sie sich für die Ängstliche gehalten. *So kann man sich täuschen.* Übermütig streckte sie die Zunge heraus, um das salzige Wasser zu schmecken, das ihr wie eine Fontäne entgegensprühte. In dem Moment tauchten einige silbrige Thunfischleiber auf, die auf der Bugwelle surften. Das Paar kräftiger Arme, das sich um ihre Taille schloss, hätte das Glücksgefühl komplettiert, wenn sie nicht so verärgert gewesen wäre.

»Guten Morgen, so früh auf, kleine Nixe?«, hauchte er in ihr Ohr. »Riskant, was du hier treibst. Mir hat der der

Atem gestockt, als ich es von der Brücke aus gesehen habe.«

Sie kostete das prickelnde Empfinden aus, das seine Nähe in ihr wachrief, und lehnte sich an seinen Körper. »Du hast also Angst um mich? Auf einmal? Woher der Sinneswandel?« Sie wandte den Kopf und sah, dass er nickte.

»Kann mir kein ›Mann über Bord‹ leisten. Bei dem Wellengang wäre das auch ein schwieriges Unterfangen«, sagte er mit Spott im Blick.

»Ach so«, antwortete sie daher Gleichgültigkeit heuchelnd. »Darum geht es dir. Nur keine Zeit verlieren auf dem Weg zum Gold?«

Er schüttelte die Locken. »Vielleicht habe ich meinen Schatz in dir schon gefunden?«

Sie drehte sich ihm zu und sah in seine warm leuchtenden Augen. »Das war jetzt aber ein Kompliment und keine Feststellung, oder?«

Er schloss sie in die Arme. »Hast du schon gefrühstückt?«

»Nein.«

»Dann komm, ich bring dich zu Ernest. Englisch oder kontinental?«

Noch bevor Ärger in ihr aufsteigen konnte, dass er mal wieder eine Frage unbeantwortet ließ, hob er sie hoch. Sie sah Chip auf der Brücke hinter dem Fenster breit grinsen. Jedenfalls versteckte Rasul sein Interesse an ihr nicht mehr vor der Crew. Er war halt ein eher verschlossener Typ, dem die Gefühle nicht auf der Zunge lagen, dafür trug er sie auf Händen. War schließlich auch was wert. Glücklich in sich hineinlächelnd, schlang sie die Arme fester um seinen Hals. Für den Augenblick genügte das und ihr Ärger war verraucht.

In der Kombüse setzte er sie ab und servierte mit einem Geschirrtuch über dem Arm und geradem Rücken wie ein Oberkellner aus einem 5-Sterne-Schuppen ein Kräuterrührei. Dazu kredenzte er knuspriges Fladenbrot, frisch gepressten Orangensaft und einen himmlischen Milchkaffee. Nachdem er sich neben sie gesetzt hatte, nahm er eine Gabel und pickte Rührei von ihrem Teller, was sie keineswegs störte, im Gegenteil, es stellte sich eine wundervolle Vertrautheit ein.

Mitch kam rein, schnappte sich ebenfalls Besteck und zerstörte den Moment. Aber sein fröhliches Lachen entschädigte wiederum und Alex machte ihm Platz auf der Bank.

»Guten Morgen, das Turtelpaar beim Frühstück? Darf ich?«, fragte er überflüssigerweise, denn er stopfte schon einen Happen voll Ei in den Mund.

Ein eisiger Blick schnitt ihm einen weiteren Kommentar ab. »Ist die Tauchausrüstung auf Vordermann?«, grollte Rasul.

»Jawoll, Sir!«, gab Mitch unbeirrt lachend zurück und salutierte mit der Gabel. Danach wurde er schlagartig ernst. »Heute Nacht habe ich ein Schiff gesehen. Neptun hat mich in den Ausguck geschickt. Es verfolgt uns. Meinst du, es ist Prescott?«

»Nicht in Person, aber es fährt bestimmt in seinem Auftrag.«

Mitch nickte langsam und warf einen besorgten Seitenblick auf Alex. »Ich schicke Jean-Pierre und Joe auf Wache. Wir werden sie beschützen müssen.«

Alex bekam mit, wie Rasul ihm mit den Augen zu verstehen gab, den Mund zu halten, doch nun war es ausgesprochen. »Mich? Wieso das denn?«

»Die *Princess* gehört uns, wenn wir vor ihm den Wrackplatz erreichen, solange wir den Fundort besetzen. Sollte er dich entführen, weiß er, dass wir nach dir suchen werden.«

Rasuls Gesichtsausdruck gefiel ihr nicht. »Ich kann auf mich selber aufpassen!«

»Das traue ich dir zu, allerdings kennst du Chase nicht. Er wird versuchen, dir die Lage von anderen Wracks zu entlocken, und dabei geht er skrupellos vor, und dann verschachert er dich an irgendeinen Sklavenhändler!«

»Aber Prescott ist Amerikaner, er wird doch nicht …«

Wie eine Axt sauste Rasuls Faust auf den Tisch und schnitt ihr das Wort ab. Das Geschirr klirrte bedrohlich und Besteck fiel zu Boden. »Verdammt, Alexandra!« Seine Stimme explodierte in ihre Richtung. »Ich bin hier verantwortlich, und es wird getan, was ich sage! Ist das klar?«

Eingeschüchtert zuckte sie zusammen. Alexandra hatte er sie noch nie genannt. Sie bekam keinen Ton zustande, ihr blieb nur, zu nicken.

»Gut«, fuhr er sanfter fort. »Ab sofort bleibst du nicht mehr unbeobachtet.« Er fasste sie am Kinn und sah sie eindringlich an, wobei seine Augen wunderbar leuchteten, doch dafür hatte sie jetzt keinen Sinn.

»Es ist zu deinem Besten.«

Sie schlug seine Hand weg. »Schrei mich nie wieder so an! Und was das Beste für mich ist, entscheide immer noch ich!« Wutentbrannt sprang sie auf und rannte zur Tür.

»Du hast kaum was gegessen!«, rief er ihr nach, woraufhin sie ihm einen Stinkefinger zeigte.

Dieses Machogehabe konnte er bei seinen Modeltussis fahren, bei ihr nicht. Sie kam sich gemaßregelt vor wie ein Kleinkind und fand ihre Reaktion zwar etwas trotzig, dennoch wollte sie sich von ihm nicht bevormunden lassen. Genau davor war sie schließlich geflohen. Sie zog Trainingskleidung an und ging in den Fitnessraum. Dort stellte sie ein Bergprogramm am Laufband ein, und während sie rannte, sah sie durch ein Bullauge hinaus aufs Meer, wo das Licht kleine Glitzerpunkte auf die Wellen setzte, als würde die Sonne sie auslachen. Sie fühlte sich verhöhnt.

Auf die Idee, sie im Kraftraum zu suchen, kam er erst zum Schluss. Froh, sie gefunden zu haben, lehnte er in der Tür und sah ihr zu. In ihrem Bustier und der hautengen Dreiviertelhose sah sie zum Anbeißen aus. Das Haar zu einem losen Knoten gedreht, joggte sie in flottem Trab. Schweiß rann ihren Rücken hinab.

Als hätte sie seine Anwesenheit geahnt, wandte sie den Kopf und pustete eine Haarsträhne aus dem Gesicht. Sie verdrehte die Augen. »Lass mich in Frieden«, zischte sie, sah demonstrativ nach vorn und lief weiter.

Wortlos setzte er sich auf die Hantelbank an der Wand, wählte eine 15-kg-Kurzhantel und begann zu pumpen. Krafttraining hatte er in letzter Zeit vernachlässigt, bald keuchte er vor Anstrengung. Imponieren konnte er ihr damit nicht, deshalb stieg er auf das Laufband neben ihr und forderte sie heraus, indem er seines schneller einstellte. Innerhalb weniger Minuten steigerten sie sich auf ein beachtliches Tempo. Sie hielt eine Viertelstunde durch, dann schaltete sie das Band ab und blieb stehen. »Okay, du hast gewonnen!«

»Ich gewinne immer! Früher oder später. Aber ich habe mich lange nicht mehr so gut dabei amüsiert.«

Sie holte mit dem Handtuch, mit dem sie sich gerade abtrocknete, kräftig aus und traf ihn empfindlich in der Seite. Als sie zu einem zweiten Schlag ansetzte, fing Rasul den Handtuchzipfel und zog sie mit einem Ruck zu sich heran. Sie prallte gegen seinen Körper und machte sich steif, doch er hielt sie fest, bis ihre Spannung nachließ.

»Siehst du es endlich ein? Du entkommst mir nicht!«

»Wollte ich das, wäre ich längst weg!«

»Du vergisst, wo wir sind. Du würdest kaum über Bord springen, oder?«

»Bevor du mich einsperrst, wer weiß?« Unerwartet kraftvoll stieß sie ihn von sich, doch er packte sie hart am Arm.

»Versteh doch, du bist mir wichtig.« Er sah sich ihrem offenen Blick gegenüber, die Pupillen wanderten flink hin und her im Versuch, jede Regung seines Gesichts zu erhaschen. Die Sprüche, die er bei anderen Frauen erfolgreich angebracht hatte, passten nicht zu ihr. Das fühlte sich eigenartig an. Er kannte keine vergleichbare Situation. Empfand so ein normaler Teenager, der zum ersten Mal verliebt war? *Mist*! Wieder einmal verfluchte er seine verlorene Jugend. Wieso konnte er mit ihr nicht umgehen wie mit den anderen zuvor? Er verlangte, was er wollte, und die meisten gaben nach, einige spielten nur kleine Machtspielchen, die er gewann. Ein spezieller Reiz, der ihm bei Alex komplett abging. Ihr Blick veränderte sich, sofort fühlte er sich durchschaut. Warum grinste sie plötzlich?

»Du hast keine Ahnung von Frauen!«

Das klang wie eine Feststellung und traf ihn tief in seiner Mannesehre. »Ich habe massenhaft mehr Erfahrungen als du mit Männern!« Kaum ausgesprochen, wusste er, welch schwaches Argument er da bemühte.

Sie lächelte weich und streichelte seine Wange. »Mag sein, aber von Liebe und Beziehung hast du keinen blassen Schimmer. Ich kann mir lebhaft vorstellen, wie dein Erfahrungsschatz mit Frauen aussieht. Nun, dann machst du eben jetzt eine neue. Beschütz mich meinetwegen, aber bevormunde mich nicht! Halt mich fest, aber sperr mich nicht ein! Bitte mich, zwing mich nie! Lerne zu lieben, Rasul, vor allem dich selbst, dann können wir vielleicht miteinander leben. Ich hätte nichts dagegen. Aber dein Machogehabe turnt mich total ab. Und jetzt geh ich duschen. Ohne dich!«

Sie ließ ihn zurück und er kam sich verlassen vor, einsam, regelrecht ins Abseits gestellt.

Verdammt! Wieso gab es kein Handbuch für Beziehungen im Anfangsstadium wie für seine Tauchroboter? Sollte er flirten? Er konnte flirten. Er war Meister darin! Nur, war das die richtige Masche bei Alex? Wohl kaum.

Mit Hanteltraining hielt er sich noch eine Weile auf, bis die Muskeln brannten. Auf dem Weg zur Kabine lief er an der Pantry vorbei und hörte Alex lachen. Er blieb stehen und lauschte. Sie war also nicht allein. Bald darauf hörte er Joes Stimme.

»Ich finde dich toll, Alex.«

»Kein ›Frauen an Bord bringen nur Unglück‹ mehr?«

»Im Gegenteil. Ich denke, du bist ein sehr leckerer und abwechslungsreicher Anblick. Du lockerst die Routine hier angenehm auf.«

»Machst du mir Avancen, Joe?«

Rasul vernahm ein verlegenes Räuspern.

»Du wirst mir kaum verübeln, dass ich es versuche, oder?«

»Nein«, lachte Alex.

»Außerdem passe ich größenmäßig viel besser zu dir als der Boss!«

»Stimmt. Was hat dich auf die *Argus* verschlagen?«

»Mein Anteil, sollten wir das Gold finden. Und der Boss. Das heißt, die technischen Geräte, die er entwickelt hat.«

»Weshalb?«

»Ich bin Australier und betreibe am Great Barrier Reef eine Tauchschule. Es leidet unter der Erderwärmung. Es stirbt. Er hat Roboter, die den Zustand von Riffen autark beurteilen. Ich will so ein Ding kaufen von dem Geld und einen günstigen Deal mit ihm aushandeln. Wir wissen noch zu wenig über die Zusammenhänge. Ich möchte in die Forschung wechseln. Da erhoffe ich mir von ihm Kontakte. Selbst wenn es nach Wunschdenken klingt, aber ich hoffe, dass wir das Riffsterben noch aufhalten können.«

»Ja, Rasul ist ein Umweltfreak, so viel habe ich inzwischen über ihn gelernt. Hat der Rest der Crew ähnliche Gründe?«

»Schon. Neptun kommt zum Beispiel aus einem Goldabbaugebiet im Kongo. Da ist alles mit Quecksilber verseucht. Frag ihn mal. Er kann sich da richtig reinsteigern. Oder J-P. Der kommt von einem Küstenstreifen, dessen Meeresboden von einer fremden Pflanzenspezies überwuchert wird, die das heimische Seegras und die darin lebende Fauna vernichtet. Und Mitch lebt in Miami. Küstenschutz wird da auch immer wichtiger, schon der nächste Hurrikan kann verheerende Folgen haben. Sparky ist Schotte. Die Stürme dort nehmen ebenfalls an Intensität zu. Du siehst, uns verbindet vieles. Und jetzt haben wir dich.«

»Wie soll ich das verstehen?«

»Na ja, wir passen alle gemeinsam auf dich auf.«

»Ph, nun fängst du auch damit an. Ich kann auf mich selbst aufpassen.«

»Rrrr, du Feuerfisch, das glaube ich sofort, aber wir beschützen dich. Du gehörst jetzt zur Mannschaft.«

»Na gut, ich muss auf die Brücke. Bis später.«

Rasul beeilte sich zu verschwinden und war froh, dass aus dem Gespräch kein Flirt entstanden war. Machte sich Eifersucht in ihm breit? Eigenartiges Gefühl, dieser widerlich bittere Geschmack auf der Zunge, nur weil sie mit einem Crewmitglied sprach. Er verschwand gerade noch in die Telefonzelle, bevor Alex ihn erwischte. Schnell war Fritz' Nummer eingetippt.

»Brinkmann«, drang die wohlbekannte Stimme durch den Hörer.

»Hier ist Rasul, tut mir leid, dass es bei euch noch so früh ist. Hast du was rausfinden können?«

»Du hast Nerven, einen alten Mann aus dem Schlaf zu reißen. Dein Iggy hat Spielschulden in schwindelerregender Höhe. Ein leichtes Opfer für jeden, der mit einem dicken Scheck winkt.«

»Und Alexandra Lund?« Die Frage kam ihm nur zögernd über die Lippen und er hielt den Atem an, da er die Antwort fürchtete.

»Tja, das war schwieriger. Sie arbeitete als Abteilungsleiterin in einem meteorologischen Institut. Gut bezahlter und sicherer Job, den sie da aufgegeben hat.«

»Sonst nichts?«

»Lass mich doch ausreden! Ich musste etwas graben. Vor zwei Jahren gab es einen Unfall, bei dem ihr Verlobter ums Leben kam.«

»Das weiß ich längst.«

166

»Er war ein High-Society-Boy, ein Hallodri und Chaot, aber schwer in sie verliebt. Und zu ihrem dreijährigen Kennenlernjubiläum hat er einen öffentlichen Heiratsantrag inszeniert, auf der Bühne während eines Konzerts von Rihanna auf Island. Soll ihr höllisch unangenehm gewesen sein, aber sie hat Ja gesagt. Gerüchten zufolge war sie schwanger.«

War das ein Stein, der ihm grad in den Magen geplumpst war? Bei dem Wort ›schwanger‹ hatte etwas in seinem Inneren einen Schlag getan. »Und das Kind?«

»Hat sie nicht bekommen, angeblich eine Fehlgeburt. Man munkelt eine Abtreibung, konnte ich aber nicht exakt recherchieren.«

Die Ohren klingelten ihm, Er schlucke bei dem Gefühl, mit dem ein Puzzleteil an seinen Platz fiel. »Und der Rest der Crew?«

»Nein, keine Auffälligkeiten. Aber dieser Prescott, der hat richtig Scheiße gebaut.«

»Inwiefern?«, stürzte er sich dankbar auf die Neuigkeit, die ihn von allem, was mit Alex zu tun hatte, ablenkte.

»Er hat als Expeditionsfinanzierung einen Schatzsucher-Fonds aufgelegt und Aktien mit einem Nennwert von fünfzigtausend Dollar pro Anteil ausgegeben.«

»So macht er das immer. Für die Anleger riskant, für ihn einfach, denn es gibt Hunderte reicher Säcke, die in so was gern investieren. Für ein Stück vom Ruhm zahlen die jeden Preis.«

»Nur sieht es übel aus, wenn der Fonds-Inhaber die Millionen veruntreut. Sofern meine Recherchen korrekt sind, hat er sich eine Luxus-Hotelanlage samt Insel als Steuersparmodell andrehen lassen, die aber vom Untergang durch den steigenden Meeresspiegel bedroht und daher keinen Pfifferling wert ist. Ihm sitzt die Russenmafia im Genick, die das Geld eintreiben soll. Sei also auf der Hut, ich fürchte, der ist zu allem fähig.«

»Er ist und bleibt ein Vollidiot! Danke für die Informationen.«

»Von Gila soll ich dir ausrichten: Halt sie fest!«

»Gib ihr einen Kuss von mir, wenn du sie siehst, und sag ihr, sie hat mich für den Rest der Frauenwelt ordentlich versaut.«

Fritz lachte. »Mit Vergnügen. Viel Glück für deine Expedition. Wie ich dich kenne, kommst du reicher zurück, als du sowieso schon bist.«

»Hoffentlich. Machs gut.«

Das waren ja Neuigkeiten. Endlich verstand er die Aussage von Alex, sie hätte beide getötet. Davor war sie also aus Norwegen geflohen. Vor den eigenen Gedanken und Erinnerungen weglaufen? Unmöglich! Das wusste er aus leidvoller Erfahrung. Flucht und Verdrängung schienen das leichtere Übel, sie blieben aber eines. Er trommelte mit den Fingern auf dem Tisch. Wie weiter vorgehen? Die Situation verlangte schnellstmöglich eine Strategie. Die Sicherheit der Crew stand über allem. Und Alex, dieses eigensinnige Frauenzimmer, schloss er da nur zu gern ein.

Frisch geduscht erschien er dreißig Minuten später auf der Brücke, wo er Chip und Alex über den ECDIS-Monitor gebeugt vorfand. »Gibt es Probleme?« Er gab seiner Stimme einen betont geschäftlichen Klang.

Chips Bariton drang von unten zu ihm. »Nein, nur eine zeitliche Verzögerung. Deine Spielerei mit dem Tempo heute Nacht hat uns zwei Stunden gekostet.«

»Dafür bin ich mir todsicher, dass uns ein Boot verfolgt und keine Welle, es hat jeden Tempowechsel mitgemacht. Wer immer uns hinterherfährt, ist ein Idiot. Ich tippe auf Prescotts Schergen.«

»Wie willst du vorgehen?«

»Wir spannen Ernest ein zum Wachegehen.«

»Das ist deine Strategie?«

»Was schlägst du vor? Abbrechen und Prescott umbringen?«

Chip sah ihn entgeistert an. »Nein!«

»Wenn wir vor Anker gehen, wird eben ein Mann zusätzlich an Bord bleiben und nur einer im Beiboot. Die Tauchkoordination wird exakt besprochen, die Nullzeiten aus Sicherheitsgründen auf dreimal dreißig Minuten beschränkt. So sind die Jungs weniger erschöpft. Alex taucht nur mit mir. Bis wir wissen, ob es bergungsfähiges Material gibt. Dann sehen wir weiter. Wann sind wir da?«

»In etwa drei Stunden«, gab Alex Auskunft. Leider hatte sie kein Lächeln für ihn, was ihn schwerer traf als gedacht.

»Wetter?«

»Wind vier bis fünf Beaufort, in Böen sechs bis sieben, kein Regen, Wassertemperatur an der Oberfläche 26 Grad, wobei sich das bei dem Wellengang mit den unteren Schichten mischt und somit abkühlt. Die Sturmgefahr ist vorläufig gebannt.«

»Perfekt, dann nimmt der Seegang ab.«

»Ja, mit jeder Seemeile, die wir gen Äquator vorankommen.«

»Okay, machen wir jetzt das RTSMS klar. Ich will, dass alles reibungslos klappt, wenn wir das Zielgebiet erreichen. Hast du Taucherfahrung in afrikanischen Gewässern?«, wandte er sich an Alex und hoffte auf ein Zeichen, dass sie nicht mehr böse auf ihn war, doch ihr Gesicht blieb regungslos formell.

»Nein, nur auf den Malediven und einige Tauchgänge auf den Caymans.«

»Tiefen?«, gab er ebenso geschäftlich zurück.

»Fünf bis fünfzehn Meter.«

»Also ohne Deko-Phase.«

»Ja, Dekompression war da nicht nötig, aber ich kenne die Deko-2000-Tabellen. Ich weiß, dass man ab zwanzig Metern Tauchtiefe auf sechs Meter Tiefe drei Minuten abwarten sollte, falls du das meinst.«

Das klang erneut aggressiv und er setzte an, genauso zu antworten, als Chip eingriff.

»Hört mal zu. Eure Feindseligkeiten passen nicht zu unserm Vorhaben. Wir sind ein Team, das muss ich dir doch nicht sagen, Chef!«

Rasul blickte auf. »Das liegt an ihr! Sie will keinen Schutz, ist trotzig wie ein Schulkind und macht mich für die Situation verantwortlich.«

»Ich habe dich mit keinem Wort …«

»Schluss damit!«, fuhr der Kapitän dazwischen. »Jeder hier sieht, dass zwischen euch die Funken sprühen, nur will niemand seine Position vor dem anderen aufgeben. Hier hat aber nur einer das Sagen, und das bin ich! Ihr hört sofort auf, euch anzufeinden! Rasul ist der Expeditionsleiter, er bestimmt über alles, was die Taucherei angeht. Tut mir leid, Alex, du hast dich unterzuordnen. Den privaten Kram klärt ihr bitte untereinander. Am besten heute. Ansonsten laufe ich den nächsten Hafen an und setze euch beide dort ab.«

Am liebsten hätte Rasul ihm einen dankbaren Blick zu-

170

geworfen, denn Alex streckte ihm die Hand hin. Er dachte schon, sie würde klein beigeben.

»Entschuldigung, ich weiß, du meinst es nur gut. Wir sollten professionell sein und das Private zurückstecken. Chip hat recht.«

Das hatte er sich anders vorgestellt, schlug aber ein. »Na schön, bleiben wir beim Geschäft«, grummelte er. »Komm mit, Sparky wartet mit den Jungs auf dem Materialdeck.«

Am Sonar-Hai bediente der Chief mit der Fernbedienung den Kran und dirigierte Mitch, der auf dem gelben Gebilde herumkletterte und drei große Edelstahlhaken in die Halteösen am Gerät einhakte. »Fix!«, bestätigte er jedes Mal, wenn der Verschluss einrastete.

»Achtung!«, rief der Bootsmann, sobald Mitch sicher am Boden stand, drückte einen Knopf und ein Mechanismus löste die Haken nacheinander wieder. »Klappt hervorragend, Boss. Das spart den Taucher beim Wassern.«

»Das ist der Plan. Lass uns die Checkliste durchgehen.«

Neptun postierte sich mit seinem Laptop neben dem Hammerhaikopf, an deren Enden zwei Plexiglaskugeln wie Froschaugen prangten.

»Das sind Objektive für das ferngesteuerte 360-Grad-Kamerasystem, ein drittes liegt darunter. Die Schnauze kann man abnehmen und die Kamera alternativ an einen anderen Antrieb montieren«, erklärte Rasul Alex die Funktionen, während Neptun »Check!« rief. So arbeiteten sie alle Systeme ab, zum Schluss noch den Antrieb, die Steuerung und die Batterie, die für sechs Stunden autarken Betrieb sorgte. Auf gleiche Weise kontrollierten sie sämtliche Geräte, und Alex zeigte sich beeindruckt von der perfekten Ausstattung. Als das Schiff die Fahrt verlangsamte, bediente sie probeweise einen der Scooter, den sie bei den Tauchgängen benutzen sollte. Die plötzlich verstummenden Fahrgeräusche ließen die Mannschaft gleichzeitig aufblicken. »Koordinaten erreicht«, vernahmen sie Chips Stimme aus dem Decklautsprecher.

Sparky und Rasul klatschten sich ab. »Na dann los, wassert den Fisch! Kabel ans Heck für den ersten Schwimmversuch, Deck räumen bis auf Neptun, mich und Mitch!«

Aufgeregt stand Alex in sicherem Abstand neben Joe und beobachtete, wie das technische Wunderwerk zu Wasser gelassen wurde. Das Ablösen der Befestigungen erfolgte trotz des Seegangs reibungslos. Das tonnenschwere Gebilde bewies seine Schwimmfähigkeit. Neptun steuerte von der Kommandozentrale per Joystick. Nach einigen gelungenen Wendemanövern tauchte die Hightech-Sonde in die See ab. Gebannt starrten alle auf die aufsteigenden Luftblasen, bis sie genauso verschwunden waren wie der Sonar-Hai. Das Drahtseil spulte in gleichmäßiger Geschwindigkeit ab. Ein beruhigendes Zeichen. Gemeinsam gingen sie in den Serverraum und verfolgten die eingehenden Daten, die auf verschiedenen Monitoren computergesteuert ausgewertet wurden. »Die Module laufen einwandfrei, die Datenübermittlung ebenfalls«, meldete Neptun dreißig Minuten später. »Soll ich?« Er sah fragend auf Rasul, der nickte.

»Lös das Kabel«, wies er Neptun an, dann drehte er sich halb zu Alex um. Sie ignorierte ihn demonstrativ, dennoch erklärte er leise: »Das Kabel ist eine enorme Gefahrenquelle. Artie arbeitet nur sinnvoll im autarken Betrieb. Aber wenn er verloren geht, setze ich fünf Millionen Dollar in den Sand. Bewährt er sich, verkaufe ich vielleicht welche davon und hole die Entwicklungskosten wieder rein.«

Ein paar Klicks auf dem Computer, die Winde lief rückwärts und wickelte das Kabel auf. Ein eigenartiges Gefühl breitete sich in Alex aus, als der Sicherungshaken leer über das Deck schabte. Sie wollte es ihn nicht spüren lassen, aber Rasuls Anspannung übertrug sich auf sie. Er riskierte sein Vermögen und stand mit vollem Einsatz hinter der Sache. Ein Fieber erfasste sie. Wehmütig gedachte sie ihrem Großvater und wie gern er hier stünde, um mitzuerleben, wie sie das Wrack aufspürten. Die Technik hätte ihm Freude bereitet und mit Rasul und der Crew wäre er prima ausgekommen. Gebannt beobachtete sie die Anzeigen, die laufend Geschwindigkeit, Schwimmtiefe, GPS-Daten, Wassertemperatur, Meerestiefe und weitere Parameter lieferten.

Da sie mit der *Argus* wegen der vorausliegenden Untiefen vorläufig nicht näher an die Zielkoordinaten heranfahren wollten, hieß es nun abwarten, ob das Sonar ein Schiffswrack anzeigte. Die Aufregung, die in Alex anstieg, erreichte unerträgliche Ausmaße. Um sich abzulenken, kontrollierte sie die Wetterdaten. Der Seegang nahm ab, der Luftdruck stieg kontinuierlich an, erste nachmittägliche Sonnenstrahlen blitzten durch die Wolken und stimmten sie zuversichtlich.

Auf dem großen Monitor erschien das Bild des Meeresbodens. Der Computer entwickelte daraus eine 3D-Animation und man konnte die verschiedenen Tiefen sogar in einem Schnittbild ansehen. Fasziniert achtete Alex auf die Männer, die ebenso gespannt auf den Bildschirm starrten wie sie.

»Will jemand einen Kaffee? Ich halt es grad kaum aus«, machte sie ihrer Nervosität Luft.

Sie brummelten und nickten, also begab sie sich auf den Weg zur Kombüse, aus der ein köstlicher Duft nach frisch gebrühtem Mokka drang.

»Und?«, begrüßte Ernest sie mit schiefem Grinsen. Er hatte wohl wenig Ahnung, was gerade passierte, aber die Aufregung an Bord war ihm nicht entgangen.

Sie grinste zurück. »Ich sterbe, wenn es nicht gleich piept.«

Er hielt ihr ein vorbereitetes Tablett entgegen, auf dem zwei Thermoskannen standen. Der Mann war ehrlich ein Gewinn für die Crew. Sie lächelte ihn dankbar an, stellte Tassen, Milch, Löffel und Zucker dazu und trug es in die Zentrale. Auf halbem Weg begegnete sie Rasul, der ihr die Last abnahm und sie unsicher ansah.

»Noch böse?«

Wie sollte sie ihm begegnen? Resigniert seufzte sie auf. »Du bist der Boss, ich mache, was du sagst, aber nur, weil ich einsehe, dass der Schutz der Mannschaft vorgeht.«

Ein Lächeln huschte über sein Gesicht. »Aha, du tust, was ich sage? Hm, das klingt verlockend für mich.«

Sie holte erbost Luft, um zu antworten. Doch dann veränderte sich der Gesichtsausdruck, das Lächeln verschwand und er wurde ernst. »Bevor du aufbraust, es tut mir leid. Du sollst wissen, es geht mir hauptsächlich um dich. Ich mag dich, und die Vorstellung, dass dir was zustößt, gefällt mir eben nicht.«

»Und mir nicht, dass du dich deshalb aufführst wie ein Despot. Hier an Bord und auch beim Tauchen werde ich ständig von euch umgeben sein. Mir kann also gar nichts

174

zustoßen bei so viel Manpower!« Sie legte eine deutliche Portion Sarkasmus in die Stimme.

Er sah aus, als wollte er ihr den Einwand am liebsten von den Lippen küssen, aber mit dem Tablett in der Hand blieb ihm nichts weiter übrig, als es wie ein Butler hinter ihr her in die Zentrale zu tragen. Dort saßen die Männer vor den Monitoren. Stille lag über dem Raum, daher klang der plötzliche hohe Piepton ungeheuer laut.

Ihm folgte das synchrone Luftholen der versammelten Männer.

Neptun tippte mit unbeirrbarer Konzentration Befehle auf der Tastatur, dann massierte er seine Finger und führte einige Lockerungsübungen aus, ehe er den Joystick extrem vorsichtig um ein paar Millimeter verschob – der gleiche Signalton. Krachend stellte Rasul das Kaffeetablett bedrohlich nah an der Tischkante ab und eilte zum Bildschirm.

»Metall?«

Neptun senkte ganz langsam bejahend den Kopf.

»Gegenrichtung?«

»Unterwegs!«

Das Signal ertönte erneut.

»Setz die Frequenz rauf, ich will sehen, was das ist!«

Wie hypnotisiert starrte Alex auf die Ziffern in der ersten Zeile. Die GPS-Koordinaten bewegten sich wie auf einem Countdown-Zähler. Sie kannte sie auswendig. In ihrem Innersten tobten die Endorphine, vermischten sich mit Adrenalin zu einem euphorisierenden Cocktail. Sie wusste es, noch bevor das Bild am Monitor schemenhafte Umrisse in das dunkle Königsblau der Bildschirmanzeige malte: Sie hatten die *Ocean Princess* gefunden!

Unwillkürlich klatschte sie in die Hände und schickte

ihre Gedanken gen Himmel zu ihrem Großvater. Eigentlich erwartete sie einen Freudentanz der Männer, aber es herrschte gebannte Stille. Nach und nach veränderte die Darstellung die Farben. Das Programm machte Höhen, Untergrundkonturen und Untergrunddichte sichtbar. Die Anzeige ließ genaue Tiefen erkennen, sogar die Wassertemperatur. Das WASSP-Sonar-System, das mehrstrahliges Echolot, mit dem der RTSMS arbeitete, war ein Wunderwerk. Die gleiche Technik war im Rumpf der *Argus* installiert und verlieh ihr praktisch Röntgenaugen, damit konnte man die vorausliegenden Wassertiefen der eingeschlagenen Route scannen. Deshalb trug sie ihren Namen zu Recht. Wie es aussah, lag das Wrack bei zweiundzwanzig Metern auf einer Untiefe. Unweit des Hecks der *Princess* fiel der Untergrund bis auf sechshundert Meter steil ab.

Rasul drehte sich zu ihr um, goss Kaffee in die Tassen, fügte hier und da verschiedene Mengen Zucker und Milch dazu. Er reichte jedem seine Tasse. Wie auf Kommando sprangen alle gleichzeitig auf, umringten sie und stießen über ihrem Kopf mit den Kaffeetassen an.

»Ein dreifaches Hoch auf unsere *Ocean Princess*!«, rief er aus und auf einmal donnerten die Männer drei freudige Hochrufe in den Raum, dass er zu erbeben schien. Verstohlen wischte sich Alex ein paar Tränen ab. Dass ihr Großvater in diesem Moment nicht neben ihr stand, schmerzte ungeheuer. Es dauerte einen Augenblick, bis sie begriff, dass der Salut ihr galt.

Ein leises »Danke« war alles, was sie herausbrachte.

»Unsere Prinzessin ist sprachlos!«, kommentierte Mitch.

Sie versuchte es mit einem Lächeln, doch es misslang kläglich. Am liebsten hätte sie vor lauter Freude losgeheult, aber das ging vor den Jungs nicht. Erleichtert nahm sie den Trinkbecher entgegen, den Rasul ihr reichte, und hielt sich daran fest.

»Viel Milch, kein Zucker, richtig?«

Sie nickte dankbar.

Auf einmal brach die Begeisterung der Männer hervor. Jeder forderte eine andere Darstellung.

»Schalt das Sonar ab, die Kameras ein, fahr mal drüber, Mann!«, verlangte Mitch ungeduldig.

Hochkonzentriert betätigte Ngumbo die Fernsteuerung, die wie der Joystick einer Spielekonsole funktionierte, nur viel empfindlicher und mit mehr Funktionen. Auf dem großen Display erschien zuerst der Blick zum Meeresspiegel, dann vervollständigte sich die Ansicht. Wieder schienen alle die Luft anzuhalten, das Mikrofon übertrug ein Gurgeln und das surrende Fahrgeräusch. Auf dem Monitor nur dunkler Ozean.

»Wo ist denn jetzt das Wrack, Ngumbo? Fährst du in der Gegend rum?«, wollte Joe wissen.

»Warte, schließlich wird das ein bedeutender Augenblick. Wo bleibt euer Sinn für Theatralik? Die erste Sicht auf das Schiffswrack, das uns reich macht, soll doch eine besondere sein.«

Die Lichtverhältnisse auf dem Bildschirm veränderten sich und zugleich die Bildschärfe. Offenbar war er zunächst in die Tiefe abgetaucht und kam jetzt an dem steilen Riff hinaufgefahren. Der Anblick wirkte anscheinend für die vielen Fische furchterregend, denn sie stoben in sämtliche Richtungen davon, als er die Steuerung bediente und der knallgelbe Hammerhai den Aufnahmen nach langsam die Riffkante überfuhr und vorwärts glitt. Die Kamerafahrt führte vom Heck zum Bug. Außer den Resten einer Bordwand auf der Backbordseite erkannte sie nur noch Konturen und diverse bewachsene, teils chaotisch herumliegende Einzelteile. Von der Form her Kugeln und wenige Kanonen. Typisch für ein ehemaliges Kriegsschiff, das wie die *Ocean Princess* zu einem Sklavenschiff umgerüstet worden war. Fasziniert folgte sie den Bildern und spürte fiebrige Spannung im Raum aufkommen.

»*Mon Dieu*, Leute, ich kann es kaum erwarten, hinzutauchen!«, meldete sich J-P zu Wort und auf einmal sprachen alle durcheinander.

»Der dicke Klumpen da am Heck, ob das der Goldschatz ist?«, wollte Joe wissen.

»Na, das wäre ja zur Abwechslung mal einfach«, meinte Rasul.

»Dann lass uns tauchen und nachschauen!«

»Mitch, sei nicht so voreilig. Es wird gleich dunkel. Morgen bei Sonnenaufgang geht es los. Und schau mal hier«, er deutete auf eine Anzeige am Rand des Bildschirms. »Die Strömung ist mit dreieinhalb Knoten enorm und es herrscht Hochwasser. Ebbe und Flut werden uns gehörig zu schaffen machen.«

»Okay, du bist der Boss«, gab Mitch zurück.

»Ich gehe jetzt Chip ablösen, der platzt sicher vor Neugier, auch Ernest kann nicht immer in der Küche bleiben. Und ihr fangt Artie ein!«

Das war für Alex ein Moment der Erleichterung. »Ich geh und schick ihn hoch. Ich muss mich ablenken. Mögt ihr Zimtschnecken?« Begeistertes Nicken ließ sie lächeln.

Aufgewühlt von den Ereignissen machte sie sich auf den Weg zur Kombüse. Der Koch räumte auf und sie schickte ihn hinauf, wohin er freudig verschwand. Nur langsam gelang es ihr, das in ihrem Blut kochende Adrenalin damit abzubauen, indem sie die Vorratsschränke nach Backzutaten durchsuchte. Der erste Tauchgang würde aufregend. Sie maß das Mehl mit den Händen ab, weil sie keinen Messbecher fand, und streute es auf die Arbeitsplatte, drückte eine Kuhle hinein, gab etwas Süße hinzu. Sie erwärmte Milch in der Mikrowelle und wartete auf das Pling. Die Handgriffe kannte sie seit Kindertagen und sie halfen, ihren Puls zu senken. Ihre Gedanken kehrten zurück nach Norwegen in die heimische Wohnküche zu ihren allerersten Backerfahrungen. Sie sah sich mit ihrer Oma an dem alten Holztisch stehen, den Finger in die Zimtmasse tauchen und ablecken. Den aufgegangenen Vorteig knetete sie mit den restlichen Zutaten kräftig durch. Herrlich, wie aus dem anfangs klebrigen Klumpen eine geschmeidige Teigkugel entstand, die sie zum Ruhen mit einem Tuch abdeckte. Schnell war die Küche wieder aufgeklart, das Blech vorbereitet und der Ofen angeheizt.

»*Pardon*, es duftet köstlich, ich musste reinkommen.«

An seinem Franzosenakzent erkannte sie J-P, ohne sich umzudrehen. »Es dauert noch, aber ich war einfach zu aufgeregt vorhin. Brauchte was, um mich abzulenken.«

»Verstehe, das ist ein besonderer Moment für dich gewesen wegen deines Großvaters, nicht wahr? Rasul hat da was angedeutet.« Er trat neben sie.

Sie nickte und stellte ein Blech auf die Arbeitsfläche. »Meinst du, wir finden was von Wert?«

»Wenn wir die Kanonen bergen, die werden hoch gehandelt. Das deckt natürlich nicht Rasuls Kosten. Ohne das Gold sieht es schlecht aus.«

»Herrje, diese Spannung bringt mich noch um! Das habe ich mir anders vorgestellt.«

» *Tiens, tiens*, und ich dachte, du suchst Abenteuer? Hier ist das gut organisiert, nur der Ausgang ungewiss, den Rest haben wir im Griff.«

Sie fand seinen französischen Akzent total süß und schmunzelte. »Bin echt froh, dass ihr so cool seid, ohne zu wissen, was euch erwartet. Ich muss immer alles genau planen, sonst werde ich nervös. Vor dem Tauchgang morgen mache ich bestimmt kein Auge zu, dabei soll man doch gut ausgeschlafen sein.«

» *Oui*, und viel trinken. V*oilà*!« Er schob ihr ein Glas Wasser zu, das sie durstig leerte.

»Gibt es noch mehr, das ich beachten sollte? Ich habe blanke Angst, dass ich mehr im Weg bin, als helfen zu können.«

»Du bedienst den Scooter mit dem Kameramodul. Das erklär ich dir gleich. Komm an Deck, wenn du hier fertig bist, dann proben wir die Handgriffe, bis sie sitzen, damit du dich nicht blamierst.« Er sagte es mit einem so breiten Grinsen, dass sie lachen musste.

»Hast mich voll erwischt.«

»Mit den modernen Dingern schafft das heute jeder, sogar *moi*.«

»Das soll mich beruhigen?«

Er nickte. » *Oui, ma petite*, du wirst das schon rocken, da hab ich keine Bedenken.«

Sie rollte den Teig zu einem Rechteck aus, strich die inzwischen vorbereitete Zimtmasse darauf und drehte es zu einer Rolle, schnitt fingerdicke Scheiben herunter und legte sie nebeneinander aufs Blech.

»Ah, das ist *tricky*. So geht das. *Raffinement*, ich hab immer gedacht, welcher Künstler solche perfekten Schnecken formt.«

»In zwanzig Minuten darfst du kosten, wie vorzüglich sie schmecken.«

Er kam ganz dicht zu ihr. »Davon bin ich überzeugt.«

»Hey, du Wüstling, schieb ab an Deck, ich bring sie gleich mit«, sagte sie etwas überrascht, dass er ihr so nah kam, und gab ihm mit ihren mehligen Fingern einen freundschaftlichen Klaps auf den Hintern.

»Ich vernasche sie mit Genuss«, gab er zweideutig mit Lachfältchen um die Augen zurück und einem vielsagenden Blick, der sie erneut schmunzeln ließ, bevor er verschwand. Franzosencharme oder plumpe Anmache? Sie entschied sich für ersteres.

Mit dem duftenden Gebäck, das sie dekorativ in einen Korb geschichtet hatte, betrat sie eine halbe Stunde später das Deck, an dem geschäftiges Treiben herrschte. Artie wurde geradezu liebevoll mit Süßwasser abgespült, abgetrocknet und wieder an seinem Lagerplatz an der Steuerbordwand im Heck verzurrt. Sie fand J-P über eine zwei Meter fünfzig lange Konstruktion gebeugt vor. Er drehte ihr sein Hinterteil zu, an dem noch der Abdruck ihrer Mehlhand prangte, und polierte mit einem Tuch eine große Kugel am Kopf des Teils. Frischer Salzwassergeruch mischte sich mit dem Zimtduft und ließ ihren Magen knurren. Sie reichte J-P den Korb. »Hier, wie versprochen. Das Ding soll ich bedienen?«

Er nahm eine Schnecke und nickte.

»Sieht ja gefährlich aus, wie ein Torpedo.«

»Ist ein harmloser Scooter. Solange du diesen Knopf gedrückt hältst, zieht er dich durch stärkste Strömung. Schau, das ist ein Multifunktionsgriff. Hiermit steuerst du wie bei einem Motorrad, an den Griffen bedienst du die Kamera und die Geschwindigkeit. Am Bildschirm zeigt es dir an, was du aufnimmst. Ganz einfach, die Spiegelreflexkamera fotografiert automatisch alle paar Sekunden ein Bild. Du musst nur in gleichmäßigen Abständen den Wrackplatz abtauchen. Wir erstellen ein sogenanntes Fotomosaik.«

»Wie macht ihr das?«

»Man fügt die Aufnahmen Stück für Stück zusammen und ein Programm unterstützt uns noch dabei, sodass ein Gesamtbild entsteht, auf dem man Details besser erkennt. Wie bei einem Tatort in der Forensik, die gleiche Vorgehensweise. Der Chef hat uns für die nächste Reise eine 360-Grad-Stativkamera versprochen, aber bis dahin verwenden wir die alte Methode.«

Ein paarmal fragte sie nach, während sie eine Weile damit übten, und tatsächlich fiel das Handling leichter als gedacht.

»Hier auf der Schiene bringen wir eine Halterung für die Beleuchtung an, das war's.«

»Das schaffe ich hoffentlich morgen auch unter Wasser. Wo sind denn Mitch und Joe auf einmal hin?«

»Vordeck«, gab er mit vollem Mund zurück, was etwas undeutlich klang, und deutete mit dem Finger zum Bug.

Sie begab sich dahin auf den Weg.

»*Moment!*«, hielt er sie auf. »Ich hab deine Tarierweste vorbereitet und mit Blei bestückt, ich leg sie dir mit Zusatzblei ins Boot auf deinen Platz, *d'accord?*« Sie nickte und er nahm sich eine weitere Schnecke. »Köstliches Naschwerk.«

Er garnierte seine Aussage mit einem vielsagenden Blick, der ihrem Körper galt.

»Doofmann.« Sie schüttelte den Kopf.

Inmitten verschieden großer Kunststoffbehälter, die auf dem Deck und auf Gestellen standen, bewegte sich Mitch mit einem Schlauch und befüllte sie mit Meerwasser. Er drehte sich ihr zu und lachte, weil er sie fast nassgespritzt hätte.

»Hey, pass auf, ich habe Zimtschnecken dabei! Wieso füllst du Wasser in die Behälter, wollt ihr Fische fangen?«

»Wegen der Artefakte. Egal ob Holz oder Metall, wenn sie an die Luft kommen, reagieren sie mit dem Sauerstoff und könnten zerfallen, bevor wir ihnen ihre Geheimnisse entlockt oder ihren Wert bestimmt haben. Das ist meine Aufgabe. Unterwasserarchäologie habe ich studiert. Für mich wird es jetzt erst richtig spannend. Ich bereite mich vor, vielleicht finden wir etwas, um zu beweisen, dass es die *Ocean Princess* ist. Die Schiffsglocke oder eine Kanone mit Inschrift, irgendetwas, das die Fundstücke aufwertet.«

Sie nickte und hielt ihm das Gebäck hin, von dem er ein Stück nahm und skeptisch hineinbiss.

»Mhm, wozu haben wir Ernest angeheuert? Du backst toll, kochst du auch?«

»Klar, aber das könnte dir so passen, ich als Heimchen am Herd. Ich gucke euch morgen genau auf die Finger und dokumentiere, was ihr so treibt. Also denkt dran, ich habe möglicherweise belastendes Material gegen euch in der Hand!«

»Das geht vorher alles durch die Zensur.«

»Junge, ich bin echt nervös und ihr seht so gelassen aus.«

»Bei uns ist es freudige Erwartung«, sagte Joe, der herangekommen war, »und schon Routine. Obwohl der erste Tauchgang immer aufregend ist. Da der Boss die Tauchzeiten gekürzt hat, müssen wir schneller arbeiten. Aber wir werden entschädigt.«

»Mit dem Gold? Es ist doch gar nicht sicher, ob es noch da ist.«

»Nein, er meint, weil wir dich im Neoprenanzug sehen dürfen.« Mitch kicherte.

Sie rollte die Augen. »Das findet ihr witzig, wie? Na wartet, wenn ich euch erzähle, dass der neonpink ist.«

Die Männer brachen in Gelächter aus und sie sah betreten auf den Boden. »War ein Sonderangebot«, erklärte sie kleinlaut und ärgerte sich im Stillen, dass sie nicht tiefer in die Tasche gegriffen hatte. »Ihr habt nicht zufällig einen passenden für mich in einer neutralen Farbe?«

»Nein«, kicherte Mitch mit Tränenglanz in den Augen vor Lachen. »Wenigstens kannst du uns so nicht verloren gehen. Der schrillste Fisch am Riff!«

Joe legte einen Arm um ihre Schultern und drückte sie freundschaftlich. »Mach dir keinen Kopf, es wird schon schiefgehen.«

»Genau davor habe ich Schiss.« Sie lief zur Bugspitze. Das Meer hatte sich komplett beruhigt und lag spiegelglatt vor ihnen, als hätte es nie einen Sturm gegeben. Es dämmerte und ein spektakulärer Sonnenuntergang kündigte sich an. Morgen würde es losgehen und sie wünschte, Rasul stünde neben ihr und nicht Mitch und Joe, die zu ihr getreten waren und beide einen Arm um sie legten. Diese Geste ließ den Eindruck schwinden, die Männer wollten sie nicht an Bord haben. Daher wagte sie ihrerseits, die

Arme um die Hüften der Jungs zu legen. Gutes Gefühl, Teil einer Mannschaft zu sein. Gleichzeitig setzte es sie ordentlich unter Leistungsdruck.

HAIE

Planvolle Geschäftigkeit empfing Rasul um sechs Uhr an Deck. Das Frühstück war ruhig verlaufen, die Crew eingespielt. Ein paar Zurufe von Sparky hier und da, die letzten Pressluftflaschen in die Halterungen stellen. Ernest, Sparky und Chip blieben auf der *Argus*. Von dem Schiff, das sie verfolgte, fehlte seit der Nacht jede Spur. Das beunruhigte ihn eher. Allerdings lag die Zuständigkeit jetzt beim Kapitän. Er zog sich in der kleinen Kammer um, vollführte ein paar Atem-, Dehn- und Entspannungsübungen wie vor jedem Tauchgang, trank noch einen Schluck, sammelte sich. Mit Flossen und Tauchmaske in der Hand ging er zum Beiboot, wo er die Sachen verstaute, das Logbuch kontrollierte und ein paar Wetterdaten eintrug, die Alex in der Frühe ausgedruckt hatte. Die Nacht hatte er bei Chip in der Kabine verbracht, denn für die bevorstehenden Aufgaben sollte man gut ausgeschlafen sein. Sollte. Viel geschlafen hatte er nicht. Wo zuvor seine Vergangenheit oder Gila die nächtlichen Gedanken beherrscht hatten, kreisten sie neuerdings um Alex. Doch er brauchte einen klaren Kopf als Verantwortlicher für die Tauchmannschaft. Eine einzige Unaufmerksamkeit konnte sich gefährlich auswirken. Sie würde ihm nicht weglaufen.

Niemand wagte eine Bemerkung wegen des neonfarbenen Anzugs, als Alex kurz nach ihm erschien. Allerdings entging keinem der Männer die perfekte Figur, die sie darin abgab, stellte Rasul mit einem Anflug von Stolz fest. Fast wäre ihm ein Playboy-Pfiff durch die Lippen gezischt, als sie »Guten Morgen, Jungs« in die Runde rief, die Arme hob, ein Gummiband um ihre blonde Mähne wand und sie zu einem lockeren Knoten hochsteckte.

Keine Frage, sie sah zum Anbeißen aus in dem eng anliegenden Neopren und er ertappte sich dabei, wie er sie in seiner Fantasie mit den Zähnen da wieder rauspellte. Er räusperte sich, woraufhin sie anblickte.

»Melde mich zum Dienst, Sir!« Sie salutierte, was er übertrieben fand, aber sexy.

»Geh und lass dir von Joe die Tauchmaske erklären. Wir haben eine Sprechverbindung.«

Sie drehte ihm den Rücken zu und lief zu Joe hinüber. Verdammt, das Ding saß ja wie eine zweite Haut. Er seufzte.

Sparky wasserte ein Zodiak-Schlauchboot, das über einen festen Boden verfügte. Die Fahrt zum Tauchspot dauerte trotz des starken Motors einige Minuten. Sie prüften erneut die Atemgeräte, Ersatzatemgeräte, die man Oktopusse nannte, die Druckanzeigen und checkten die Tauchcomputer. Jeder befolgte ein eigenes Ritual. Joe benutzte Talkum für die Flossen, um besser hineinzukommen, Mitch machte sie nass, Alex zog sie so an. Die beiden mitgeführten Scooter waren am seitlichen Bootswulst vertäut und Rasul manövrierte daher vorsichtig, bis sie die Koordinaten erreichten. Er suchte ein letztes Mal durchs Fernglas den Horizont ab. Das klare Wetter erleichterte den Fernblick. Kein Schiff in Sicht. Nach einem 30-Minuten-Tauchgang konnte die Lage anders aussehen. Ein ungutes Gefühl kroch in ihm herauf, doch die Neugier auf das Wrack überwog. Mitch würde ja an Bord bleiben und sie gegebenenfalls warnen.

Zwei ordentlich aufgeschossene 50-Meter-Seile und Sandanker hängte Mitch ihm noch an den Bleigurt. Er prüfte den Sitz des Tauchermessers, der Uhr, die Atemvorrichtung, griff nach dem Metalldetektor und sicherte alle Gegenstände am Körper.

Alex stand unentschlossen da und warf skeptisch einen Kontrollblick über den Bootsrand ins Wasser. »Gibt es hier Haie?«

Rasul nickte. »Die üblichen Verdächtigen: Makos, Schwarzspitzen, seltener Bullenhaie. Lass sie nicht spüren, dass du Schiss hast, sie schmecken die Furcht.«

In der Art, wie sie durchatmete und geraume Zeit versuchte, unter die Wasseroberfläche zu schauen, erkannte er, dass sie ihren Mut zusammennahm, bevor sie schließlich sprang. *Respekt!*

Den Moment, in dem er sich als Letzter rückwärts vom Wulst des Zodiaks kippen ließ und das Wasser gurgelnd über ihm zusammenschlug, genoss er. Stille, bis auf das eigene Atemgeräusch, kurze Orientierung, das Wissen, sich auf die Gefährten verlassen zu können, die voraustauchten. Einige kraftvolle Schläge mit den Flossen brachten ihn weg von der Oberfläche. Joe und Alex benutzten die elektrischen Scooter zum Antrieb und schwammen schon ein Stück voraus. Kontinuierlich tauchten sie tiefer auf dem Weg zum Wrack.

Alex schaltete die Kameraleuchten ein, die das Szenario in ein unwirkliches Licht tauchten. Unter ihnen sechshundert Meter steil abfallendes, intaktes Riff, bunt bewachsen, und im Lichtkegel der Kamera Hunderte Kreaturen, die

Steinkorallen und Seeanemonen bevölkerten. Die Sicht war gut, trotz des Planktons, das an der Riffkante emporstieg. Alex und Joe hielten inne, so auch er. Der atemberaubende Anblick faszinierte ihn. Ein paar Weißspitzen-Riffhaie zogen elegant ihre Bahnen und farbenprächtige Fische suchten Deckung in den Korallen. Voraus erkennbar eine Furche. Wahrscheinlich vom Kiel der *Ocean Princess* hineingerissen. War die Mannschaft nicht mehr dazu gekommen, die Tiefe auszuloten? Hatten sie den Tidenhub überschätzt?

Er gab den anderen ein Zeichen zu warten und gönnte sich einen kurzen Ausflug die Riffwand hinab. Abtauchen, raus aus dem lichtdurchfluteten Bereich, hinein in das Dunkle. Wie sehr er das liebte, eins zu werden mit der Umgebung, inmitten exotischer Fische zu schwimmen. Apnoe wäre es noch schöner, mit Tauchgerät störten ihn die aufsteigenden Bläschen und das Atemgeräusch. Er schaltete die Lampe an der Tauchmaske ein, die half, die üppigen Farben zu erkennen. Eine Vielzahl von Spezies sorgte für die imposante Farbwirkung der Korallenbank. Lebende Organismen, die fedrige Fangarme ausfuhren und ihr Glück versuchten, im Strom des Planktons Beutetiere zu erhaschen. Manche schossen in sieben Millisekunden giftige Nesselpfeile auf potenzielle Feinde ab – die schnellste Reaktionsfähigkeit im Tierreich – deshalb vermied er eine Berührung. Langsam tauchte er mithilfe der an der Wand emporsteigenden Strömung bis zur Kante vor, unbehelligt von den Haien, und zurück ins Licht. Messerscharfe Korallenspitzen machten das Tauchen an der Riffoberfläche gefährlich und er strengte sich an, dem Sog zu trotzen, der ihn darauf drücken wollte. Er folgte Alex und Joe entlang der Furche zu einem scharfkantigen Abbruch, vielleicht vom selben Sturm verursacht, der auch der *Ocean Princess* zum Verhängnis geworden war. Nur einige Meter weiter vorn untergegangen und sie hätten deutlich kompliziertere Technik einsetzen müssen.

Jetzt ergriff ihn endgültig die dritte Stufe des Schatzfiebers. Er beschleunigte mit kräftigem Flossenschlag, um aufzuschließen. Die ablaufende Tide erzeugte einen heftigen Sog. Dagegen anzukommen, reduzierte trotz gut trainierter Lungen vom Apnoe-Tauchen den Luftvorrat. Er prüfte den Tauchcomputer, die GPS-Angaben und sein Finimeter, drückte die Klemmen an der Tauchmaske für einen letzten Druckausgleich. Einundzwanzig Meter fünfzig. Die Tauchtiefe war erreicht und das Wrack kam in Sicht. Der Moment der Wahrheit. Auf den ersten Blick entdeckte er einige stark bewachsene Kanonen, die kreuz und quer übereinanderlagen und teilweise über die Fläche verstreut in Teilen aus dem Sand ragten. Dazwischen Kanonenkugeln und Ballaststeine.

»Alex, Joe, alles okay?«

Er sah Joe das entsprechende Zeichen geben, bevor er leicht rauschend und knisternd die Antwort vernahm.

»Ja, bestens. Hast du die Haie gesehen? Ich glaube, sie haben Alex einen Schrecken eingejagt.«

»Keine Sorge, Alex, die bleiben, wo sie sind.«

»Ich vertraue euch.«

»Kommst du klar mit dem Gerät?«

»Ja.«

»Rück zum Bug vor, dann lass dich mit dem Sog an den Konturen entlangdriften. Halte etwa einen Meter Abstand zum Grund, damit du kein Sediment aufwirbelst. Wir schwimmen dir hinterher und spannen Sicherheitsleinen.

Bei der Strömung treiben wir sonst ab, wenn wir den Boden mit dem Metallscanner absuchen.«

»Okay.«

Unter ihm eilten einige Garnelen vor einem Hummer davon, der sich ihm mutig entgegenstellte und mit den Scheren drohte. Der erste Eindruck bestätigte seine Annahme. Die Strömungsverhältnisse verliefen in einem Wirbel direkt über der Untiefe, die vorn von einer weiteren Sandbank und hinten vom Riff wie eingekesselt lag. Das erklärte die Sandschicht und dass nur wenig vom Wrack daraus hervorragte. Sie ließen Alex einen kurzen Vorsprung. Mit vorsichtigem Flossenschlag glitt er systematisch den Untergrund entlang hinter ihr her. Aufgeregt erwartete er den ersten Signalton, der endlich an einem kugelförmigen, von Korallen bewachsenen Gebilde ertönte. Von der Größe her eine Kanonenkugel. Joe spießte daneben ein gelbes Kärtchen mit einer Nummer tief in den Sand und notierte das Objekt mit einem Unterwasserschreiber auf einer Tafel, die mit einer Schnur an seiner Hüfte befestigt war. So gingen sie bei jeder Meldung vor. An mehreren Stellen benutzten sie rote Fähnchen, da sie hier genauere Untersuchungen vornehmen mussten, um den Gegenstand korrekt zu bestimmen. Die Nullzeit neigte sich dem Ende zu, obwohl sie nur zweimal vom Bug zum Heck gekommen waren. Rasul gab das Zeichen zum Auftauchen.

Langsam stiegen sie bis auf sechs Meter und hielten eine kurze Dekompressionsphase von drei Minuten ein. Die Zeit genügte, um auch die Herzfrequenz nach der Anstrengung zu senken.

Mitch half ihnen dabei, die schweren Tauchflaschen loszuwerden, und zog sie ins Boot.

»Da waren Haie, bestimmt drei Meter lang«, plapperte Alex aufgeregt drauflos. »Ich bin noch nie ohne Käfig mit Haien getaucht. Boah, ich hatte so einen Schiss! Und das Riff, es ist so bunt, das ist einfach toll, Mitch.«

»Erzählt mal vom Wrack. Habt ihr was gefunden?«

»Joe hat fünfzehn Markierungen gesetzt, du kommst als Nächster runter. Ich bleib freiwillig oben, ich muss nicht noch mal zu den Haien.« Vor lauter Aufregung bekam sie den Reißverschluss des Tauchanzugs nicht auf.

»Soll ich helfen?«, fragte Joe und sie drehte ihm den Rücken zu, damit er den Zipper herunterziehen konnte.

Rasul unterdrückte den giftigen Blick, den er ihm am liebsten dafür zugeworfen hätte. »Schafft erst mal Ordnung. Die verbrauchten Flaschen markieren, dann wird gegessen, getrunken und geruht. Ich schreib das Logbuch. Mir ist nicht recht, dass Alex hier alleine bleibt, wir bringen sie zurück und holen Ernest ab.«

»Das finde ich lächerlich. Ich gehöre zur Mannschaft und erledige meinen Job genau wie alle anderen auch«, begehrte sie auf und ihre Augen glänzten aggressiv. »Ich kann doch auf das Zodiak aufpassen und die Tauchzeiten überwachen!«

Rasul griff das Fernglas und suchte den Horizont ab. Kein Boot in Sicht. Er kontaktierte die *Argus* und erkundigte sich nach Radarsichtungen. Chips Stimme klang rauschgestört aus dem Lautsprecher. »Nichts.«

Sie deutete mit dem Kopf eine Geste an, die ihr Missfallen deutlich ausdrückte. »Du bist übervorsichtig, das Schlimmste, was passieren kann, ist, dass ein Hai ins Schlauchboot beißt. Jetzt machts euch gemütlich.«

Rasul seufzte. »Na schön, aber du beobachtest ständig die Umgebung, wehe du schläfst ein!«

»Ich bin viel zu aufgeregt, um zu schlafen. Mach dir nicht ins Hemd, ich schaff das schon!«

»Okay, du ankerst in unmittelbarer Nähe zu uns. Wenn was sein sollte, sind wir schnell bei dir.«

Sie aßen die von Ernest vorbereiteten Sandwiches mit Appetit und prosteten sich mit Mineralwasser zu.

Alex bot ihnen noch eine kleine Einlage, denn sie pellte sich aus ihrem Neoprenanzug und sprang für ein Moment kopfüber ins Meer. Nach dem Abtrocknen legte sie eine dicke Schicht Sunblocker auf.

Rasul, der neben Mitch und Joe im Schatten des Sonnendachs mit bequem abgestützten Füßen dalag, genoss, was er sah, aber ihm missfiel, dass die anderen auch hinschauten. Immerhin wagte keiner einen zotigen Spruch. Er vermied den Drang, sie einfach in den Arm zu nehmen und zu küssen, nur um ein für alle Mal zu verdeutlichen, dass sie zu ihm gehörte. Die Situation war eindeutig unbefriedigend, er musste etwas unternehmen.

Wieso legte der Mann so ein debiles Grinsen an den Tag, fragte sich Alex und versuchte, den Ärger herunterzuschlucken, dass er sie auf die *Argus* zurückbringen wollte. Mitch und Joe zogen ungeniert die Oberteile ihrer Anzüge herunter, während Rasul seinen anbehielt.

Joe räusperte sich. »Boss, du kannst deinen ruhig ausziehen. Wir wissen das mit den Narben längst. Kein Grund, im eigenen Saft vor dich hin zu kochen.«

Rasul setzte sich abrupt auf und warf Alex einen strafenden Blick zu.

Ihr stockte der Atem.

»Ach«, sagte er nur, rührte sich aber nicht, als wäre er festgefroren.

Sie hockte sich neben ihn. »Komm, ich helfe dir.«

»Hast du was damit zu tun?«, zischte er.

Sie schüttelte den Kopf. »Möglicherweise sind deine Mitarbeiter schlauer, als du dachtest. Also, soll ich ihn auf- machen?« Sie hob schon die Hand, doch er legte seine über ihre und berührte mit den Lippen ihre Handinnenfläche.

»Wenn du bei mir bist, stehe ich auch das durch«, raunte er dabei und sie sah sich einem unwiderstehlichen Lächeln gegenüber. Seine Worte machten sie total perplex. Breit- beinig stellte er sich ins schwankende Boot, zog den Anzug aus, drehte ihn auf links und breitete ihn zum Trocknen auf dem Sonnensegel aus. Der Anblick der nackten Haut und das Muskelspiel darunter brachten ihr Blut in Wallung. Mitch und Joe sahen geflissentlich weg, als er sie packte, küsste und ihr dermaßen weiche Knie verschaffte, dass sie in seinen Armen hing, während ihre Gedanken darum kreisten, wieso er gestern diesen Abstand zwischen sie ge- bracht hatte. Sie checkte, ob sie von allein stehen konnte, bevor sie sich von ihm abdrückte. Warum tat er das? Die Anwesenheit der Kollegen verhinderte einen handfesten Streit, dennoch setzte sie eine grimmige Miene auf. »Ich kann deinen Gefühlswallungen nicht folgen, Rasul. Du bist emotional völlig im Eimer!«

Joe pfiff kurz, mehr wagte er nicht, doch es genügte für ein unwirsches »Haltet euch raus!«.

Einen ungünstigeren Moment für eine Auseinanderset- zung konnte sich Alex kaum vorstellen, andererseits würden Joe und Mitch ihr den Rücken stärken. »Gib ihnen nicht die Schuld für dein Verhalten. Entscheide dich erst mal, was du willst und was du von mir erwartest. Wir reden heute Abend an Bord.« Sie wandte sich ab, doch er fasste sie am Oberarm und schob sie vom Heck in den Bug. Dort zog er sie an sich.

»Und was erwartest *du* von *mir*?«

Sie zuckte die Schultern. In seinem Gesicht erkannte sie Unsicherheit. Was sollte sie ihm antworten? Dass sie sich wünschte, was jede Frau wollte? Geliebt werden, Sicherheit, Geborgenheit?

»Was nutzt es, dir zu sagen, was *ich* will, solange *du* dir nicht einmal darüber klar bist, was du zu geben bereit bist?«

»Ich gäbe mein Leben für dich!«, sagte er mit solcher Entschlossenheit, dass sie die Augen rollte.

»Jetzt wirst du auch noch pathetisch. Gestern Distanz, heute das volle Paket? Lass uns zur Tagesordnung zurückkehren: Schatzsuche!«

»Genau das tue ich. Ich suche meinen persönlichen Schatz.«

Fast war sie geneigt, ihm zu glauben, doch dann schüttelte sie den Kopf und machte sich von ihm los. »Vorgestern sagtest du noch, du hättest ihn gefunden. Das nehme ich dir nicht ab, Rasul, das ist mir *too much*! Du kommst mir vor wie ein Kind, das erst weiß, was es will, sobald ein anderer damit spielt.«

Sein Blick wurde giftig. »Hat ein anderer mit dir gespielt? Hatte der Handabdruck auf J-Ps Hintern was damit zu tun?«

Das hatte er registriert? Beinahe hätte sie gelacht, doch sie schwieg. Sollte er denken, was er wollte. Sie machte sich los. Sollte er wütend sein, enttäuscht oder beides, es war ihr egal. Sie rieb sich den schmerzenden Oberarm. Um noch auf die *Argus* zurückzukehren, war es zu spät, der nächste Tauchgang stand an und die Kollegen hatten sich schon umgezogen. Demonstrativ tippte sie auf die Taucheruhr. »Du musst dich vorbereiten. Wiederholungstauchgang Nummer zwei in zehn Minuten. Dreißig Minuten Nullzeit auf einundzwanzig Metern fünfzig, zwei Minuten abtauchen, fünf Minuten zum Auftauchen, Deko auf fünf Metern, drei Minuten, vierzig Minuten Grundzeit«, ratterte sie das Protokoll herunter, während die Männer sich fertig machten. Sie trug die Daten ins Logbuch ein, das Rasul ihr unwirsch in die Hand gedrückt hatte, dann nahm sie das Fernglas und suchte nach Schiffen in der Umgebung. Außer der *Argus*, die auf Rasuls Anweisung hin eine viertel Seemeile Sicherheitsabstand vom Riff hielt, war keines in Sicht. Erleichtert legte sie das Glas weg. Dass sie Schiss vor Prescott oder Piraten hatte, würde sie nie offen zugeben. Alex manövrierte das Boot vorsichtig so nah wie möglich an das Wrack, ohne dass der Anker Schaden dort anrichten konnte. Sie half den Männern, die Tarierwesten umzulegen und frische Pressluftflaschen festzuschnallen. Dann sprangen sie ins Wasser.

Eine Weile sah sie zu, wie die Atembläschen an der Oberfläche zerplatzten, bis sie den Sichtkontakt verlor und das Gelb der Flaschen im Dunkel des Ozeans verschwand. Der Sprechfunk beschränkte sich auf kurze Kommandos. Die Wartezeit schien ihr länger als die eigene Tauchzeit zuvor und sie war froh, als Joe in einer großen Luftblase auftauchte und sich von ihr an Bord helfen ließ.

Er brachte einen Schwall Wasser mit, als er sich über den Rand zog. »Wir brauchen mehr Ausrüstung. Morgen müssen wir uns in tiefere Sedimentschichten vorarbeiten.«

Mitch tauchte auf und warf ein Netz voraus, in dem es krabbelte. Fünf ausgewachsene Langusten tummelten sich darin, erkannte Alex nach dem ersten Schock. »Abendessen«, kommentierte er den Fang und ließ Flossen und Tauchmaske folgen, die sie auffing.

Rasul erschien zuletzt, reichte den Metallsucher ins Boot und ließ sich von Mitch und Joe aus dem Wasser ziehen.

»Keine Spur von dem Gold?«, wollte sie wissen.

Er schüttelte den Kopf. »So leicht wird das nicht. Wir haben vier Stellen mit Signal, konnten aber mit bloßen Händen nichts ausrichten. Zwei Drittel der Schiffsfläche sind gescannt, den Rest packen wir heute noch, bevor es dämmert. Die Strömung macht uns zu schaffen. Es ist höllisch anstrengend unter den Bedingungen. Vielleicht lassen wir morgen einen Roboter die Arbeit verrichten.«

»Was denkst du, wie lange wir suchen müssen?«

»Bis wir es finden.«

»Ich meine, ab wann musst du aufgeben?«

»Ohne wertvolle Funde? Eine Woche. Aber sobald wir was aufspüren, machen wir weiter, bis alles geborgen ist.«

Sie nickte. Eine Woche, bei drei Tauchgängen à dreißig Minuten pro Tag – wenig Zeit. Sein Gesichtsausdruck zeigte Besorgnis.

»Du musst was finden, habe ich recht?«, sagte sie so leise, dass die anderen es nicht verstehen konnten.

Er nickte. »Ich habe mich mit dem Aluminiumkatamaran übernommen. Das sollte das Expeditionsschiff werden. Da hatte ich mich etwas verrannt und Schnelligkeit vor Zuverlässigkeit gestellt. Eine Fehlkalkulation. Dann die Entwicklung des Sonar Sharks, die Börse lief auch nicht so gut, die laufenden Kosten, der Umbau und die Ausrüstung der *Argus*. Aber das muss dich nicht kümmern, ich packe es, wir finden was. Und wenn wir nur die Kanonen und Kanonenkugeln verkaufen. Da bringt eine schon mal dreihundert Dollar.« Sie wich seiner Hand aus, mit der er ihre Wange streicheln wollte. Enttäuscht ließ er sie sinken. »Ich hau mich hin. Bin kaputt.«

Eine Viertelstunde später hörte sie an den gleichmäßigen Atemgeräuschen, dass die drei eingeschlafen waren. Die Sonne und die Meeresbrise hatten auf sie eine ähnliche Wirkung, doch sie hielt sich wach mit dem Markieren der gebrauchten Flaschen, Logbucheinträgen und Ordnungschaffen.

Der letzte Tauchgang des Tages verlief problemlos und sie kehrten erschöpft zurück zur *Argus*. Beim Abendessen fiel es Alex schwer, die Augen offen zu halten, obwohl die Langusten köstlich schmeckten und viel gelacht wurde. Sie zog sich zurück und lag im Bett, als es klopfte.

»Ja-ha, Moment bitte.« Sie warf sich rasch was über und öffnete die Tür. Rasul lehnte lässig davor. Sie wollte sie zuwerfen, doch er hielt sie ab, indem er sich von der Wand abstieß.

»Du sagtest, wir reden heute Abend noch. Ich bekunde nur meine Bereitschaft.«

Der vielsagende Gesichtsausdruck, mit dem er es aussprach, behagte ihr nicht. »Auf einmal willst du reden? Ich jetzt aber nicht. Ich bin zu müde für so ein Gespräch und dein Grinsen verrät mir, dass du das genau weißt. Nur weil mir hier jede Möglichkeit zur Flucht fehlt, ist das kein Grund, mir nachzustellen«, fügte sie erbost hinzu und hoffte, das würde ihn vertreiben. Er blieb aber leicht gebeugt im Türrahmen stehen.

»Du bist wunderschön, wenn du wütend bist.«

»Spar dir die Komplimente für deine Modeltussis, bei mir bewirken sie nur, dass ich dir mein Knie ins Gemächt rammen will!« Sein süffisantes Gegrinse ging ihr auf den Keks. Was sollte der Auftritt? Und warum lugte er so neugierig in die Kabine? Ihr fiel ein, dass J-P sich mit ihr vom Tisch verabschiedet hatte. Er wollte sich nur vergewissern, ob sie allein war! Mit Schwung knallte sie ihm die Tür vor der Nase zu und schob den Riegel davor. »Ich habe keine Lust auf dein Machogehabe! Ich rate dir ernsthaft, deine Strategien zu überdenken und dir darüber klar zu werden, was du willst. Ach, und noch eins: Wenn du kein Vertrauen zu mir hast, wird aus uns nie was! Fjarn deg!«

»Ich kaaaahann kein Norwegisch, schon vergessen?«

»Verschwinde!«, übersetzte sie.

»Wir sehen uns morgen. Sechs Uhr dreißig, du bist für den zweiten Tauchgang eingeplant, diesmal kommt Ngumbo mit, Joe bleibt hier.«

Wütend warf sie sich aufs Bett. Jetzt war sie hellwach und so sehr sie sich bemühte, sie fand lange keinen Schlaf. Viel lieber wäre sie in seinen Armen eingeschlafen. In ihrem Kopf quirlte ein Mixer sämtliche Umstände durch, die eine Beziehung unmöglich machten, und als sie endlich eindöste, war es nur für kurze Zeit, denn der Wecker klingelte um halb fünf.

Mühsam quälte sie sich aus dem Bett und duschte eiskalt. Halbwegs wach erschien sie auf der Brücke.

Chip begrüßte sie freundlich, er hielt das Fernglas in der Hand.

Geflissentlich kontrollierte sie die Wetterdaten. Das Sturmtief zog weit draußen auf dem Meer vorbei, sie hatten Glück. Wetter war halt unberechenbar. »Was treibt der Verfolger?«

»Wie vom Meer verschluckt.«

»Das beruhigt mich.«

»Mich beunruhigt es eher. Genau wie der Boss weiß ich lieber, wo der Feind rumschippert. Hast du schon die 3D-Animation gesehen, die Neptun aus euren Aufnahmen erstellt hat?«

Sie schüttelte den Kopf.

»Sieh es dir beim Frühstück in der Pantry an, läuft da in Dauerschleife auf dem Bildschirm.«

Sie lief hinunter, schnappte sich Teller und Besteck, verzehrte eine große Portion Rührei mit Speck und sah den Film an. Neptun war ein Künstler oder er besaß ein Programm, das Wunder vollbrachte. Als wäre die *Ocean Princess* aus ihrem Grab aufgetaucht, schwamm sie auf der Meeresoberfläche und man schaute wie durch ein Fenster in ihr Inneres. Dann sah man, wie sie durchs Riff brach, auf die Sandbank niedersank, zur Seite kippte und nach und nach zu einem Wrack zerfiel. Nur erkannte man leider nicht, wo die Truhe mit dem Gold lagerte. Im Frachtraum, in der Kapitänskajüte oder ganz woanders, um das Geld vor der Besatzung zu verbergen. Unsichere Zeiten damals. Man konnte sich der eigenen Mannschaft nie sicher sein. Nach ihren Recherchen verwahrte Wertvolles häufig der Kapitän und dessen Kajüte lag bei dem vorliegenden Schiffstyp im Heck. Da würde sie die Suche konzentrieren, aber natürlich verfügten die Kollegen über viel mehr Erfahrung.

Noch vor Rasul fand sie sich an Deck bei Sparky ein, der diesmal mit Neptun zusammen das Aluminiumbeiboot mit den frisch befüllten Pressluftflaschen belud und noch weiteres Equipment dazupackte.

»Guten Morgen, Jungs. Toller Film, Neptun. Hast du die ganze Nacht daran gearbeitet?«

»Danke, nein, mit Ernest gemeinsam, er ist ein Computer-Nerd, wie ich festgestellt habe. Da ist euch ein super Fang mit geglückt. Er passt prima zu uns und ist echt lustig drauf. Komm an Bord, Mitch und Rasul sind auf dem Weg.«

Wenige Minuten später stießen sie von der Bordwand der *Argus* ab und Rasul steuerte die Wrackposition an. Alex schaute nach fremden Schiffen, entdeckte aber nicht einmal ein Fischerboot an diesem einsamen Küstenstreifen vor Somalia.

Der erste Tauchgang des Tages war aufregend. Am Riff erschienen deutlich mehr Haie, auch größere. Sie hielt den Atem an, als sie über ihnen entlangtauchten. Zum Glück blieb die Wetterlage stabil, die Dünung kaum spürbar. Da die Flut auflief, schwammen sie mit der Strömung. Am Wrack bot sich ein eigenartiges Bild. Sicherheitsleinen verliefen kreuz und quer, die Markierungen wirkten auf die Entfernung, als hätte jemand bunte Murmeln über das Szenario gestreut. Doch auf den zweiten Blick erkannte sie das System. Der Bereich war dadurch in Quadranten eingeteilt und erleichterte so die Suche. Auf zwei miteinander gekoppelten Scootern bewegten die Männer einen Saugbläser, der je nach Bedarf Sediment zur Seite blasen oder aufsaugen konnte. Ihre Aufgabe bestand darin, zunächst die Exponate zu fotografieren, bevor sie Behälter mit sogenannten Hebesäcken versah und diese mit Luft füllte, um Fundstücke an die Oberfläche zu befördern. Mit der kleinen Winsch am Heck der *Mini-Argus,* die in unmittelbarer Nähe zum Wrack lag, konnten sie allerhöchstens Kleinteile bergen. Um die schweren Kanonen zu heben, müssten sie das Risiko wagen, mit Schwimmkörpern zu arbeiten, um sie zur *Argus* zu transportieren. Der Tiefgang des Schiffes war zu groß, um über das Riff zu fahren, ohne einen Schaden zu riskieren. Konzentriert arbeitete sie gemeinsam mit Neptun und lud einige Kanonenkugeln in einen vorbereiteten Gitterkorb. Vier bis fünf Kilo wog das Stück, schätzte sie. Sie befestigte einen grellroten Auftriebssack an dem Korb, sicherte ihn mit der Hebeleine und füllte den Sack mit Pressluft aus einer extra mitgeführten Flasche. Der Korb stieg hoch wie in einem unsichtbaren Lift und kehrte leer und mit gefaltetem Ballon zurück zum Meeresgrund. Alex hielt sich währenddessen an der Sicherheitsleine fest. Die Strömung verlangte ihr alles ab, sie wollte aber nicht zugeben, wie sehr es sie anstrengte. Sie beobachtete die Männer, die an einer Kanone Gurte anbrachten. Kleine Schwimmkörper hielten sie aufrecht, sodass man einen Haken daran befestigen konnte. Obwohl sie Sprechverbindung hatten, geschah fast alles wortlos und mit Handsignalen. Ein Zeichen, dass die Männer Kräfte sparten. Das Team war eingespielt, das sah man auf den ersten Blick. Jeder erfüllte seine Aufgabe. Der nächste Behälter stieg auf und bestimmt fieberte Mitch dem Inhalt entgegen. Dann gab es plötzlich Sprechfunkkontakt.

»Alex, komm mit der Kam…a hierher, benutz die Sicherheitsl…ne und mach Auf…me!«, hörte sie Rasuls Stimme. Diese Störgeräusche nervten. Sie orientierte sich. Er bewegte den Metallsucher etwa vierzig Meter vom Heck entfernt über einen Platz abseits der bisher untersuchten

Quadranten. Auf dem Weg dorthin kam sie an Joe vorbei, der an einem Objekt mit dem Sedimentbläser arbeitete. Durch die eingetrübte Sicht übersah sie eine mit Korallen bewachsene Stelle, und ein leichter Schmerz durchzuckte ihren Schenkel, den sie aber ignorierte. Während sie sich filmend, langsam weiter auf Rasul zubewegte, sah sie geflissentlich durch den Kamerasucher und zoomte schließlich auf den Klumpen, der die Aufmerksamkeit auf sich gezogen hatte. Nur ein von Seepocken besetzter Stein, unförmig. Endlich war sie bei ihm angelangt. Bei genauerem Hinsehen bestand der Stein aus Schichten.

Rasul zückte sein Tauchermesser, trieb die Spitze in den Brocken, hebelte einige Male hin und her, bis ein Stück abbrach, das auf den Boden sank.

Es glänzte!

Sie machte große Augen »Ist es …« Weiter kam sie nicht.

Rasul nickte nur, drückte es wieder tief zurück in den Sand, hob den Finger an die Tauchmaske und bedeutete ihr zu schweigen.

Wieso? Doch bevor sie länger darüber nachdenken konnte, zeigte er auf ihren Oberschenkel.

»Du blutest ja! Du musst auftau… sofort! Joe! Joe, komm her, du begleitest Al… Sie hat … verletzt!«

»Das ist nur ein winziger Schnitt«, begehrte Alex auf.

»Blut … kleinsten Meng… Du gefährdest …! Wir … in zwölf Min… Du … auf, aber ihr … die Dekompres… zeiten ein! Joe, nimm die Harpu… mit!«

Auf einmal bekam sie es mit der Angst zu tun, die abgehackte Stimmübertragung vertiefte sie noch. Sobald Joe sie erreichte, tarierte sie die Weste und stieg mit zehn Metern pro Minute auf. Sekunden erschienen wie Ewigkeiten, denn Haie umkreisten sie. Auf sechs Metern stoppte sie zur Dekompression, was schwerfiel, da die rettende Oberfläche so nah schien. Doch der Stickstoff im Blut musste in stabilen Druckverhältnissen langsam abgeatmet werden, sonst würden die Stickstoffbläschen wie Kohlensäure in einer warmen Sprudelwasserflasche bei plötzlichem Öffnen in ihrem Körper explodieren. Die Vorstellung, wie die Blasen ihre Adern verstopften und die Blutversorgung unterbrechen würden, ließ sie ausharren. Übelkeit und Gelenkschmerzen waren noch die geringsten Symptome der gefährlichen Taucherkrankheit. Auf keinen Fall wollte sie einen Schlaganfall riskieren.

Joe drückte ihre Hand. »Keine Ang… Menschen stehen … auf dem Speisepl… von Haien, sie … nur … kurz probieren … dich … ausspucken.«

»Nett gemeint, aber ich will es lieber nicht erleben.« *Scheiß Weißer-Hai-Film.* Der hatte grundlos ganzen Generationen vorgegaukelt, die Tiere wären gnadenlose Killerfische. Was natürlich nicht stimmte. Trotzdem lief es ihr kalt den Rücken hinunter, als sie bemerkte, dass sich ein fünf Meter langer Bullenhai zu den Riffhaien gesellte, dann ein zweiter, ein dritter. Und wo kamen mit einem Mal die sechs Makohaie her? Die schnellsten Schwimmer ihrer Gattung, wie sie wusste. Sie schloss die Augen und presste den Handballen auf die Wunde, aus der eine feine Blutfahne quoll. Ein Schuss aus einer Harpune würde die höchstens ablenken. Sie sah auf ihre Uhr. *Noch zwei Minuten?* Eine Ewigkeit, wenn man den Impuls aufzutauchen unterdrücken musste, da man nur die Wahl hatte zwischen Tod und Haifutter! Sie zwang sich zur Ruhe, wagte einen Rundblick. Die Raubfische zogen die Kreise enger.

Ihr Atem beschleunigte sich. Sie prüfte die verbleibende Luftmenge an ihrem Finimeter. Genug Vorrat, dank Rasuls umsichtiger Kürzung der Tauchzeiten. Doch das beruhigte sie ebensowenig wie Joes Anwesenheit. Hätte sie nur nicht solche Angst! Die Viecher riechen sie, hatte Rasul gesagt. *Na toll!* Sie zählte ungeduldig die restlichen Sekunden, bis sie endlich auftauchen durfte. Mit unbändiger Erleichterung erreichte sie das Boot, wo sie von starken Arme an Bord gezerrt wurde. Noch bevor sie sich fragen konnte, wieso Mitch auf einmal vier davon besaß, sah sie ihn in einer Blutlache am Boden liegen.

VERLUST

Rasul gab das Zeichen zum Auftauchen. Da es für die Männer der dritte Tauchgang war, benötigten sie eine zweistufige und daher deutlich längere Dekompressionsphase. Heute würde die Nachbesprechung dauern. Der Sprechfunk war eine Katastrophe und Alex hätte sich nicht verletzen dürfen. Er sorgte sich um sie. Schnitte von Steinkorallen neigten dazu, sich böse zu entzünden, das gefährdete die Expedition und er hoffte auf Doc Sparkys medizinisches Können. Routinemäßig kontrollierte er den Tauchcomputer, die Druckanzeige, tarierte die Weste aus und sah zu den Begleitern hinüber, die genauso agierten. Klar, den Fund zu verheimlichen, schien unfair. Aber es jetzt am Ende des Tages zu sagen, wo sie erst morgen wieder abtauchen konnten, würde die Männer in unnötige Euphorie versetzen und er hielt es für besser, vorsichtig zu bleiben. Alex hatte er es nur gezeigt, weil er dachte, dass sie es für ihre jahrelange Recherche verdient hatte.

Noch acht unendliche Minuten. Dekompression bedeutete für ihn Zeit zur Analyse, Planung, manchmal Konzentrationsübungen, um dem Drang zu widerstehen, den Vorgang zu beschleunigen. Die Haie hatten sich zum Riff zurückgezogen, aber aus den Augen lassen durfte man sie nie. Heute blieben sie von ihnen unbehelligt, doch vorhin, als er nach oben geblickt und gesehen hatte, wie sie Joe und Alex umkreisten, hatte ihn ein mulmiges Gefühl überkommen. Manche waren sehr neugierig und ein Probebiss konnte fatale Folgen haben. Die kleinen Riffhaie zeigten Respekt vor einem Haistock, aber die großen Bullen- oder Makohaie bewiesen Hartnäckigkeit und bei Blut im Wasser wusste man nie, wie sie reagierten.

»Hey, Mitch. Wie geht's Alex?«

Stille.

»Mitch, Joe? Sagt was, verdammt!«

Stille.

»Jungs habt ihr Empfang?«

»*Oui*, hö… dich, a…er es rau…t mehr als so…t, obwohl wir … so … sind«, antwortete J-P und Ngumbo hob den Daumen.

»Ihr da unten … Hier C…p. Boss?«

»Was ist da oben los? Argus, hört ihr mich? Ich denk, ihr passt auf? Seht mal ins Boot!«

»Ja, kurz Pau… gem…t, Boot … Fuck!«

»Was fuck?«

»Ich k… nie…den seh… doch Mitch … liegt … Schock?«

»Verdammt, verdammt, verdammt!«

»Soll ich Spark … Schlauchboot … schicken?«

»Nein, was immer da los ist, wir gefährden keinen weiteren Mann. Mitch hätte euch angefordert, wenn nötig, da stimmt was nicht, er würde sich doch melden! Und was zum Teufel ist auf einmal mit der Sprechverbindung los?«

Er erhielt keine Antwort mehr.

Wie Gummi zog sich die Zeit bis zur nächsten De-ko-Stufe und die letzten drei Minuten gerieten zur Qual. Doch eine Taucherkrankheit zu riskieren, diente niemandem. Endlich durchbrach er die Oberfläche. Er sah hoch zum Boot und erwartete Mitch oder Joe zu entdecken, aber weder streckte man ihm helfende Hände entgegen noch war die Tauchplattform eingehängt. Er legte Flaschen samt Weste ab, um die Bordwand zu überwinden. Mit einem Blick erfasste er die Situation. Alex war verschwunden! Mitch stöhnte am Boden und blutete aus einer Kopfwunde. Joe lag unbeweglich auf dem Bauch, die Beine auf dem Bootsrand. Jemand musste ihm eins übergebraten haben, als er sich an Bord geschwungen hatte. Er ging in die Hocke und half Mitch auf.

»Was ist passiert, wo ist Alex?«

Mitch bewegte vorsichtig den Kopf und befühlte die Wunde. »Keine Ahnung. Ich erinnere mich nur, dass zwei Typen von der Backbordseite die Bordwand geentert haben, als ich Steuerbord darauf gewartet habe, dass Alex auftaucht.«

»Wo sind die hergekommen und wie?«

»Was weiß ich? Getaucht? Mit Scootern? Einer sah aus wie Iggy, aber sie trugen Tauchanzug und Maske, ich kann mich ebenso gut täuschen. Mann, mein Schädel brummt, wollten die mich umbringen?«

Rasul ließ ihn los und kümmerte sich um Joe. Er tätschelte seine Wangen. »Hey, Joe, komm zu dir, verdammt!«

J-P und Neptun kletterten an Bord und einer schüttete Joe Wasser aus der Tauchmaske ins Gesicht. Er kam zu sich, nur waren aus ihm auch nicht mehr Informationen herauszubringen. Rasul schnappte sich das Fernglas, suchte die Küstenlinie und die Meeresoberfläche ab. Nicht mal eine Staubfahne zu sehen. Resigniert senkte er die Arme.

»Neptun, zur *Argus*, schnell! Ich schwöre euch, das war Prescott! Jetzt wissen wir auch, wer uns seit Kilifi verfolgt.

Sein Auftauchen dort schien mir von Anfang an verdächtig. Dieses miese Schwein! Wenn ich den in die Finger kriege, zieh ich ihm das Fell in Streifen ab!« Er hatte es gebrüllt und es fiel ihm schwer, die Beherrschung wiederzuerlangen. Alex war fort, vermutlich in Prescotts Händen, aber im Prinzip käme jeder infrage. Es war die Ungewissheit, die ihn so unbeherrscht sein ließ, dabei brauchte er jetzt einen kühlen Kopf. Zurück bei der *Argus* stürmte er an Bord und überließ es den Männern, sich um die Verletzten zu kümmern.

»Ernest!«, brüllte er auf dem Weg in die Zentrale. Dieser streckte den Kopf durch die Tür vom Serverraum. »Ja Boss?«

»Jemand hat Alex entführt. Kannst du feststellen, woher die Störung im Sprechfunk kommt?« Rasul ignorierte sein entsetztes Gesicht und bedeutete ihm mit einem scharfen Blick, dass er nicht gewillt war, Gegenfragen zu beantworten.

»Ich versuch's, dazu muss ich die Fehlermeldungen auslesen, die …«

»Ist mir egal, find's raus!« Er schob den Mann in Richtung Computer und griff gleichzeitig nach dem Telefon. »Setz ein, was du hast, und wenn das nicht genügt, such dir irgendwen mit mehr Ahnung!« Ernest sah ihn etwas erschrocken an, nickte aber.

»Chip?«, belle er über die interne Sprechanlage. »Bring die Handys aus dem Tresor her. Ich will sie hier auf dem Tisch, sofort!«

An Ernest gewandt, der sich bereits allerlei Dateien auf dem Bildschirm anzeigen ließ, fragte er: »Kannst du Anrufe nachverfolgen?«

»Ja.«

»Sobald es klingelt, gleichgültig welches Endgerät, verfolgst du den Anruf!«

»Mach ich. Wir holen die kleine Missi zurück, ja?«

»Um jeden Preis!«

»Wir müssen nur abwarten, Entführer melden sich von allein«, drang J-Ps Stimme zu ihm durch.

»Ich will vorbereitet sein. Egal, wer es war, ich komme über ihn wie ein Zyklon Stufe 5. Niemand nimmt mir weg, was ich liebe!«

Ein Augenblick der Stille entstand und ihm ging auf, was er gesagt hatte. Entschlossen drückte er die Tasten auf dem Satellitentelefon. Er stellte den Lautsprecher an. Der Rest der Männer trat hinzu. Seine Crew stand hinter ihm, davon war er felsenfest überzeugt. Was auch passierte, sie würden mit ihm kämpfen.

»Ich rufe jetzt Prescott an. Ernest, bist du bereit?«

»Ja, man kann den Standort gleich auf der Karte am Bildschirm sehen. Willst du nicht doch warten, bis er sich meldet?«

»Nein, er soll denken, ich wäre in Panik und hätte noch keine Zeit gehabt, Maßnahmen zu ergreifen.«

Die Nummer war schnell gewählt. Es klingelte lange.

»Prescott!«, klang es kurz angebunden.

»Rückst du sie freiwillig raus, oder muss ich dich erst umbringen?«

»Rasul, wie darf ich dir helfen?«

»Tu nicht so. Du hast Alex. Sag mir, wo sie ist, und ich lass dich am Leben.« Es entstand eine Pause, als müsste Prescott überlegen, was er antworten sollte.

»Wer oder was ist ein Alex?«, dröhnte es unüberhörbar spöttisch aus dem Lautsprecher.

Rasul kochte innerlich ob der Boshaftigkeit dieses Mannes. »Du schreckst nicht mal vor Entführung und Erpressung zurück? Ich finde dich, und sei das Loch noch so winzig, in das du dich verkriechst. Krümmst du ihr auch nur ein Haar, ich schwöre dir, du wirst es bereuen!« Er sprach den letzten Satz leise, akzentuierte jedes Wort.

»Du drohst mir? Ich weiß wirklich nicht, wovon du sprichst. Die *Oktopus* liegt nach wie vor mit Elektronikschaden in Kilifi.«

»Schiffe kann man verlassen!« Rasul legte auf. Er hatte auf dem Bildschirm gesehen, dass der Anruf aus der Nähe der Stadt Kismaayo kam. Sie lag unweit vom Yondiyoond, vor dem sie tauchten. Er vermutete, dass Prescott sich kaum die Mühe gemacht hätte, Iggy zu korrumpieren, besäße er nicht bereits Hintergrundinformationen. Womöglich hatte er seine Kommunikation überwachen lassen.

»Ernest, schick einen Virenscanner durch alle Systeme! Falls er von Alex schon vor Iggy wusste, hat er sich bei uns reingehackt! Bis du das geprüft hast, unterhalten wir uns draußen. Kommt, Jungs.«

»Wie entstand eigentlich der Kontakt zu Alex?«, wollte Ngumbo wissen.

»Das muss ein halbes Jahr her sein, mitten in der Planung für diese Expedition, dann bin ich auf die Ŝuŝu. Er mailte mir und bewarb sich – damals dachte ich noch, es wäre ein Mann –, berichtete von Wracks, die für mich von Interesse seien, besaß Bergungsrechte, fundierte Informationen über exakte Lagen und Tiefen. Er bräuchte nur noch ein paar Wochen für genauere Recherche. Das hat mich beeindruckt und ich glaubte, er wäre eine perfekte Ergänzung für uns, und ließ ihn, also sie, kommen.

Wenn Prescott das mitbekommen hat, erklärt es manches.«

»Na gut«, mischte Mitch sich ein. »Autsch, du Metzger!«, jammerte er zwischendurch, weil Sparky ihn mit drei Stichen nähte und ihm ein Pflaster verpasste. »Gehen wir davon aus, er wusste es. Trotzdem benötigte er Helfer. Er hat jemanden mit Scootern ausgerüstet. Anders hätten sie Alex nicht mitnehmen können. Und sie müssen uns beobachtet haben, wahrscheinlich von Land aus. Der Zeitpunkt war bravourös geplant, Alex im Beiboot, wir zu beschäftigt, um etwas mitzubekommen. Zum Ufer sind es nur einige Hundert Meter.«

Rasul nickte. »Das mit dem Verfolgerboot war geschickt, so haben wir von der Küste her keinen Angriff erwartet. Mein Fehler.«

»Selbstvorwürfe helfen jetzt keinem«, mischte Joe sich ein. »Mich interessiert viel mehr: Wo versteckt man in dieser gottverlassenen Gegend eine Geisel? Und wie wollen wir sie finden, Chef?«

»Hier herrscht bittere Armut. Sie könnte in jedem Kral sein. Ausländern gibt hier niemand Auskunft, nur gegen Geld. Wir brauchen Insider. Ich habe Kontakte zu einer Miliztruppe, die nutze ich.« Mehrfach hieb er mit der Faust auf die Stahlwand hinter sich ein. Er ignorierte den Schmerz, den er bis in die Schulter hinein fühlte, der aber nichts bedeutete im Vergleich zu dem, Alex verloren zu haben. »Verdammt, ich hätte ihr befehlen müssen, an Bord der *Argus* zu bleiben!«

»Dem Dickschädel? Aussichtslos.«

Rasul rang sich ein kurzes Lächeln ab. Sein Chief hatte recht. »Ich bin ein Idiot.«

»Weil du ihr nicht gesagt hast, was du fühlst?«

Er zuckte mit den Schultern. »Bei Gila war es einfacher.«

»Sie gehörte zu Rahim, da bestand kein echtes Risiko, das steckte unterbewusst in deinem Hirn. Bei Alex musst du die eigene Komfortzone mal verlassen, mein Freund.«

»Hätte ich bloß den Mund aufgemacht. Diese Frau, sie reizt mich bis aufs Blut, ich will sie, ich habe sie ununterbrochen im Kopf, aber sobald ich sie im Arm halte, kann ich ein ›Ich liebe dich‹ nicht formulieren. Ich finde es zu kitschig.«

»*L'amour* ist kitschig«, sagte J-P und lachte.

»Bestimmt hat sie jetzt Angst, außerdem ist sie verletzt und ich mache mir Sorgen.« Rasul zuckte seufzend die Schultern, für Gefühlsduseleien blieb keine Zeit. Wenn er nur wüsste, wo er nach Alex suchen musste. Die Ungewissheit über ihren Verbleib behinderte sein klares Denken. Entschlossen wählte er Josephs Nummer am Satellitentelefon.

»Wer da?«

»Ich bin's, Rasul.«

»Was willst du?«

»Ich habe einen Job für dich.«

»Soll ich Rahim doch umlegen?«

»Meine Mitarbeiterin wurde entführt. Finde sie, und ich zahl dir fünfzigtausend.«

»In Krügerrand?«

»Werd nicht unverschämt.«

»Du gehst wohl davon aus, nur weil du dich aus dem Dreck unseres Daseins gezogen hast, könntest du dir einen armseligen Söldner kaufen, der dir dein Goldlöckchen zurückholt?« Er lachte boshaft. »Ich denke nicht, dass mein

Auftraggeber sie ohne Gegenleistung hergeben wird.«

Einen Moment lang starrte Rasul auf das Telefon, bis er begriff, woher Joseph von ihrer Haarfarbe wusste. »Du Scheißkerl! Du hast dich von Prescott anheuern lassen? Du stinkende Sumpfratte! Wo ist Alex?«

»Jetzt weiß ich auch, wieso Naomi so angepisst war, als sie von der Ŝuŝu kam. Es ist nichts gelaufen, weil du sie versteckt hattest!«

»Was hat Naomi damit zu schaffen?«

»Mehr als du glaubst. Sie ist mir treu ergeben, seitdem du sie damals neben Jaffars Leiche zurückgelassen hast. Sie glaubt, du wolltest ihr seinen Tod in die Schuhe schieben, sonst hättest du sie mitgenommen.«

»Das ist Bullshit!«

»Ich verstehe dich, Alex ist ein Juwel. Dieses blonde Haar und ihre helle, unversehrte Haut.«

Rasul sprang auf und wanderte aufgebracht umher. »Sag mir, wo sie ist, ich zahle dir das Doppelte!«

»Ich falle doch meinem Auftraggeber nicht in den Rücken. Das lässt meine Söldnerehre nicht zu. Außerdem hat Prescott mir was in Aussicht gestellt, das du mir nie bieten würdest.«

»Sag mir eine Summe! Hunderttausend? Sag es mir!« Er vernahm nur Josephs hämisches Lachen.

»Beteiligst du mich an zukünftigen Beuten? Nimmst mich mit auf der Argus?«

»Niemals! Wenn du allerdings denkst, Chase täte das, irrst du! Ich wette, du hast noch keinen Cent gesehen. Du weißt, dass du mir vertrauen kannst. Ich unterstütze dich seit Jahren. Zählt das gar nichts?«

»Das waren Almosen!«

»Undankbares Arschloch! Begreifst du nicht? Er verspricht dir Dinge, die ihm nicht gehören. Er nutzt dich aus und schickt dich zurück in das Loch, aus dem du gekrochen bist, sobald er hat, was er will. Du hast also deine Entscheidung getroffen. Stellst dich gegen mich.«

»Ich bin Söldner, jeder kann mich anheuern, nur hat Prescott es vor dir getan.« Seine Stimme troff vor Sarkasmus.

Wutschnaubend drückte Rasul auf den Ausknopf und hämmerte die nächste Nummer ein.

»Fritz, wie sieht es mit Kontakten zur CIA aus der Sand-Mafia-Zeit aus? Meine Verbindungen sind tot. Ganz kurz. Alex wurde entführt. Ich brauche Satellitenunterstützung!«

»Wow, nur?«

»Kann ich auf dich zählen?« Er hörte über den sarkastischen Unterton von Fritz hinweg.

»Ich tu, was in meiner Macht steht. Brauchst du Leute?«

»Danke, aber ich vertraue auf meine Mannschaft.«

»Kampferprobt?«

»Wird sich rausstellen, zur Not schöpfe ich hiesige Ressourcen aus.«

»Melde dich, ich bleib auf Stand-by.«

»Danke, du bist ein wahrer Freund.« Er legte auf.

»CIA?«, fragte Chip sichtlich überrascht. »Und wer ist Fritz?«

»Die Deutschen, BND.«

Chip pfiff durch die Zähne. »Wer bist du? Ethan Hunt aus Mission Impossible?«

»So ähnlich. Ob die Mission impossible wird, muss sich noch zeigen.« Rasend schnell tippte er die nächste Nummer.

»Radji, hier Rasul. Alter Kumpel, hast du einen freien Safariwagen?«

»Du willst auf Jagd gehen?«

»Sozusagen. Ich benötige ein geländegängiges Auto für mindestens acht Personen. Wir laufen in fünf Stunden Kismaayo an, kannst du damit vollgetankt an unserem üblichen Treffpunkt erscheinen?«

»Klar. Das volle Programm?«

»Gern. Abrechnung wie sonst auch. Und schick mir vertrauenswürdige Leute, um mein Schiff zu bewachen. Ich zähl auf dich!«

Chip sah ihn fragend an. »Noch mehr CIA-Kontakte?«

»Sagen wir, ein geschäftstüchtiger Inder mit exzellenten Verbindungen. Wir stechen in See!«

»Aber was ist mit dem Wrackplatz?«, fragte J-P. »Prescott wartet doch nur darauf, dass wir den verlassen.«

»Soll er finden, was er will. Sobald ich mit ihm fertig bin, wird er froh sein, mir alles zu übergeben, wenn ich ihn dafür am Leben lasse. Ab sofort kenne ich bei ihm keine Gnade mehr. Chip, J-P, auf die Brücke, volle Kraft voraus! Joe, Mitch, ihr packt. Denkt an ausreichend Wasser.«

»Warum wartest du nicht, bis Prescott sich meldet und Forderungen stellt?«

»Du hast ihn doch gehört, Joe. Er ist zu feige, zuzugeben, dass er sie hat, und glaubt, er könnte Informationen aus ihr herausholen.«

»Und, kann er?«

»Sie hat zweihundert Koordinaten im Kopf.«

»Stimmt, ich verstehe.«

»Nein, du begreifst gar nichts!« Rasul holte tief Luft. »Prescott ist eine linke Bazille. Ihm reicht es nicht, an ihr

Wissen zu gelangen, er will mich vernichten. Er will die *Argus*, das Equipment, die Mannschaft. Das wäre noch zu verschmerzen, aber Joseph und seine Leute sind unberechenbar. Alex ist vor ihnen nicht sicher, versteht ihr?«

»Wir holen sie uns zurück. Ich würde übrigens nie für Prescott arbeiten«, meinte Joe und Ngumbo nickte ebenfalls.

»Danke, Jungs. Deshalb weiß ich auch, dass ihr mitkommt.« Er hielt die Hand hin und die Männer schlugen ein.

»Woher stammt eigentlich eure Feindschaft? Da steckt doch mehr dahinter als nur die Konkurrenz um den lohnendsten Schatz?«, fragte Chip.

Rasul nickte. »Das hat mit seinen Methoden zu tun. Ich hab ihn mal angezeigt, weil er ein Wrack mitten in einem Naturschutzgebiet ausgeplündert hat. Er hat ohne Bergungserlaubnis mit Sprengungen das Riff zerstört, nur für ein paar Kanonen. Damit war sein Ruf ruiniert. Er, der Sohn eines reichen Immobilienfondsmanagers, und ich, der Niemand. Das konnte er wohl nicht ab.«

»Davon habe ich gelesen. Gratuliere. Wenn du vorher gewusst hättest, was das für Konsequenzen hat, hättest du es gelassen?«

»Nein!«

»Dachte ich mir«, sagte Joe lächelnd. »Lasst uns packen.«

NIRGENDWO

Rasul trank einen Schluck Wasser. Ngumbo balancierte einen expeditionstauglichen PC auf dem Schoß, angeschlossen an das Dateninterface des GPS-Empfängers. Radji hatte sich nicht lumpen lassen und einen voll ausgestatteten Land Rover zur Verfügung gestellt, der sogar Kommunikation und Highspeed-Datenübertragung ermöglichte. Unweit von Kismaayo hatte er sie am Strand mit seinen Leuten erwartet. So umgingen sie Einreisekontrollen.

Auf dem Bildschirm tauchte das Konterfei von Fritz auf. »Hallo, die Satellitenverbindung für die markierten Koordinaten bekommst du exakt um 14.00 Uhr für fünf Minuten. Ich hoffe, ich kann dir damit helfen. Du bist mir was schuldig.«

»Danke, Fritz.« Das Bild wurde schwarz und die Umgebungskarte erschien. Bis zu dem Punkt, den sie über die Telemetriedaten des Telefonats mit Prescott ausgemacht hatten, dauerte die Fahrt noch knapp zwei Stunden. Obwohl von Kismaayo aus nur hundertsiebzig Kilometer Strecke vor ihnen lagen, konnte man das nicht mit einer Autobahnfahrt vergleichen. Die Straße bestand nur aus einer staubigen Piste. Sie schlichen eher durch das Buschland, entlang einer vom Wind nahezu verwehten Reifenspur, ständig darauf bedacht, nicht gegen einen Termitenhügel zu knallen oder sich die Achsen in einem Loch zu brechen. J-P saß zu dem Zweck auf einem am Rammbügel angebrachten Sitz. Es fehlte nur noch der Fangstock für die Giraffen und die Situation hätte zu einer Neuverfilmung von ›Hatari‹ gepasst. Allerdings entdeckten sie kaum Tiere, bis auf ein paar Kudus und Schabrackenschakale. Der Bürgerkrieg und die anhaltende Dürre setzten dem Wildbestand schwer zu.

Windhosen wirbelten in der Vormittagssonne durch die spärlich bewachsene Savanne. Gern wäre er nach einem festen Schlachtplan vorgegangen, aber es gab zu viele Unwägbarkeiten. Welche Anzahl Männer stand ihnen gegenüber? Waren sie bewaffnet? Anzunehmen. Miliztruppen strotzten vor Waffen, wusste er aus eigener Erfahrung. Leider auch, wie skrupellos sie dieselben einsetzten. Um Alex zu bewachen, benötigte Chase nur wenige Mann. Auf einen Schusswechsel wollte Rasul es nicht ankommen lassen, obwohl Radji ein ansehnliches Arsenal aus Handfeuerwaffen und Granaten im Kofferraum verstaut hatte. Damit ließe sich ein eindrucksvolles Feuerwerk veranstalten. Eigenartig nur, dass Prescott sich nicht meldete, um Forderungen zu stellen. Nicht zu wissen, was er mit Alex vorhatte, machte ihn wahnsinnig. Die Gefahr einer Vergewaltigung ging eher von Joseph aus, vermutete er. Jede üble Erinnerung, die vor seinen Augen aufflackerte, drängte er mit enormer Willenskraft zurück. Er würde sie unversehrt zurückholen!

Je mehr sie sich dem Zielort näherten, desto langsamer schlichen sie voran. Die verräterische Staubfahne eines Wagens war weithin sichtbar. Joe fuhr vorsichtig landeinwärts durch das dichter werdende Buschland. Die Reifenspur führte sie meist über von Tieren hinterlassene Trampelpfade. Die Deckung kam ihnen gelegen. Mitch steckte

Rotoren auf eine Kameradrohne mit geräuscharmen Flugeigenschaften, ausgestattet mit einer Wärmebildkamera. Hiermit konnten sie sich hoffentlich unbemerkt einen exakten Überblick verschaffen. Auf ein Zeichen Rasuls parkte Joe den Jeep hinter einem Gestrüpp. Er stieg aus und reckte sich ausgiebig, seine Kameraden taten es ihm gleich. Das stundenlange Geschaukel in dem Vehikel ging auf die Knochen. Mitch testete die Handysteuerung der Drohne. Nach einigen Fehlversuchen filmte sie das Gelände von oben, als hätte sie ein Kunstflieger gesteuert. Gemeinsam betrachteten sie das Resultat auf dem Bildschirm, als das Satellitentelefon klingelte. Sofort sprang Ngumbo zum PC und leitete das Gespräch so um, dass es aussah, als würde es direkt auf der *Argus* angenommen.

Rasul ließ es dreimal klingeln, bevor er ein absichtlich unsicheres »Ja« hineinsprach.

»Na? Nervös, ob ich mich melde?« Prescotts Stimme drang schnarrend durch den Hörer.

»Du bist zu gierig, um es zu lassen! Stell einfach deine Forderungen!«

»Ich will die Karten und ihren Computer.«

»Und wenn ich nicht darauf eingehe?«

»Siehst du sie nie wieder.«

»Bringst du sie persönlich um?«

»Keine Angst, das überlasse ich Joseph. Er kennt dich, hat er mir erzählt. Er und seine Leute haben zuerst ihren Spaß mit ihr, bevor er sie irgendwohin verschachert. Wer weiß, vielleicht gönne ich sie mir vorweg.«

Es verlangte Rasul eine Menge Beherrschung ab, nicht loszubrüllen. Er kniff die Augen zusammen und presste den Atem zwischen den Zähnen hindurch. »Wer sagt mir, dass sie wirklich bei dir ist?«

»Sie trägt einen sexy Tauchanzug. Neonpink. Sie schwitzt extrem darin, hier ist es heiß.«

»Ich will mit ihr reden!«

»Damit sie dir verrät, wo sie ist? Für wie dumm hältst du mich?«

Für strohdumm, wäre ihm fast herausgerutscht. »Also gut, wann und wo soll die Übergabe stattfinden?«

»Parkplatz am Ali Safi Resort, in drei Stunden.«

»Das schaffe ich nicht!« Das Hotel lag einhundertdreißig Kilometer von Kismaayo entfernt, direkt am Strand und sie waren vor geraumer Zeit dran vorbeigefahren.

»Du wirst! Ihr liegt in Kismaayo, ich habe den Anruf zurückverfolgt.«

»Entführung kommt jetzt auch noch auf dein Konto. Ganz schön tief gesunken, Prescott.«

»Du kannst mich mal. Wir sehen uns im Ali Safi!« Ein Klicken beendete die Verbindung und Rasul pfefferte den Hörer auf den Nebensitz.

»Los, wir müssen sie schnappen, bevor sie aufbrechen. Sie können die Strecke unmöglich in zwei Stunden mit einem Wagen zurücklegen. Hast du neue Koordinaten, Ngumbo?«

Der antwortete mit einem Kopfschütteln. »Stimmen mit den alten überein, er hat sich nicht gerührt. Von hier sind es noch etwa zwanzig Minuten.«

»Dann los, wir stoppen hier!« Er deutete auf einen Punkt auf der elektronischen Karte, die in der Nähe einen winzigen Kral anzeigte. Nur drei Hütten. Wahrscheinlich von Rinder- oder Ziegenhirten, ob bewohnt oder verlassen, ließ sich nicht erkennen. Kein leicht einzunehmendes Areal. Hoffentlich würde das gut ausgehen.

Die Sonne brannte auf Alex nieder und sie schwitzte heftig in dem Neoprenanzug. Ihr Kopf steckte in einem nach Hühnermist stinkenden Sack und eine Feder kitzelte sie permanent an der Nase. Der Versuch, sie loszuwerden, scheiterte daran, dass jemand ihr die gefesselten Hände an die Füße geschnürt hatte. Die Zunge klebte an ihrem Gaumen und sie bekam sie nur mühsam für einen verzweifelten Hilfeschrei los. Er blieb hinter einem eklig juckenden Klebestreifen stecken, der ihre Lippen verschloss. Panik kam in ihr auf und sie bewegte sich wild hin und her. Niemanden kümmerte das. Die Fesseln schnitten ihr ins Fleisch, fühlten sich an wie Kabelbinder.

In einem Moment war sie noch im Wasser getrieben, im nächsten hatte man ihr etwas gegen den Mund gedrückt. Danach Schwärze. Sie war auf der Ladefläche eines Wagens erwacht, so durchgeschüttelt, dass ihre Knochen sich wie zermalmt anfühlten. Doch wie lange war das her? Hämmernde Schmerzen in ihrem Oberschenkel und höllischer Durst quälten sie. Mit aller Kraft zwang sie sich, bei Bewusstsein zu bleiben. Jede Bewegung schien den Zustand zu verschlimmern, also lag sie still, um ihre Aufnahmefähigkeit zu schärfen. Angst verursachte einen widerlichen Geschmack, stellte sie fest. Sie versuchte, die in ihrem Kopf umherjagenden Gedanken zu ordnen. Wer hatte sie entführt? Piraten, Menschenhändler, Prescott oder gar Rasul?

Und Mitch, ob er lebte? Die Fragen ließen ihr keine Ruhe. Wie passte das zusammen? Falls Rasul ihr Entführer war, musste er doch seine Mannschaft eingeweiht haben? Vermutlich auch nicht, schließlich verschwieg er den Goldfund gegenüber den Jungs. Das Gold, es lag wahrhaftig da unten! Ging es darum, dass sie es wusste? Aber er hätte es ihr doch gar nicht erst zeigen müssen. Oder ging es um das Wissen von den Daten der anderen Wracks? Hätte sie das nie erwähnen dürfen? Hatte Iggy damit zu tun? Und wenn es Piraten waren? Wollten sie Geld erpressen? Von wem?

Der Wagen stoppte. Sie wurde von der Ladefläche gezerrt, ein Stück über staubigen Untergrund geschliffen und unsanft irgendwo reingeschubst. Sie landete hart auf dem Boden, wo schwacher Ammoniakgeruch sie empfing. Durch den grob gewirkten Sack spürte sie ekelige Kügelchen an der Wange und es drang penetranter Gestank nach Ziegenscheiße in ihre Nase. Angewidert würgte sie. Immerhin, es war dunkel, endlich Schatten, aber keine Zeit zu entspannen, denn irgendwer bellte einen Befehl in einer fremden Sprache. Galt er ihr? Angst schnürte ihr die Kehle zu. Was hatte man mit ihr vor? Wer waren die Leute? Zu der schrecklichen Panik gesellte sich unablässig dieselbe Frage: War Rasul einer der Entführer oder suchte er nach ihr? Wenn nicht er, täte es niemand. Zu Hause hatte sie sich für sechs Monate abgemeldet. In Somalia würde das Schicksal einer unbedeutenden Norwegerin keinen Schakal aus dem Bau locken.

Verzweifelt versuchte sie, einen Eindruck von der Umgebung zu gewinnen, soweit das Gewirk vor ihrem Gesicht es zuließ. Nur langsam gewöhnten sich die Augen an die Lichtverhältnisse. Der fensterlose Stall schien keine Ecken zu besitzen, nur durch die niedrige Tür fiel etwas Licht zwischen den zusammengebundenen Stöcken herein. Sie stieß sich mit den Fersen ab, um sich zu drehen und erstarrte. Vor ihr hockte ein Mensch mit schmalen Füßen und rot lackierten Zehen. Die schlanken dunkelbraunen Waden hoben sich kaum vom Hintergrund ab. Fieberhaft überlegte sie, wo sie die Nagellackfarbe zuvor gesehen hatte.

Jemand griff nach ihr.

Geschockt wich sie aus, doch zu spät. Man riss ihr den Sack vom Kopf und den Klebestreifen vom Mund.

»Au, Scheiße, das tat weh!«, entfleuchte es ihr auf Norwegisch.

»Sprich Bantu, Swahili oder Englisch mit mir, sonst haben wir Schwierigkeiten.«

Sie blinzelte. Die Stimme kannte sie.

»Du bist also Rasuls Tussi? Blond und so zierlich. Mal was anderes. Dabei steht er auf brünette Supermodels.« Das klang giftig und trug keineswegs zu ihrer Beruhigung bei. Im Gegenteil. Ihre Befürchtung, Rasul könnte hinter der Entführung stecken, verstärkte sich.

Naomi richtete sich zur vollen Größe auf, sie trug ein kakifarbenes Männerhemd, an dem kein Schweißfleck zu erkennen war, und die Shorts in Tarnfarbe betonte ihren Po. Trotz des bedrohlich wirkenden Buschmessers in ihrer Hand wollte Alex nicht glauben, dass ihr letztes Stündlein geschlagen hatte. Sie sah sich bestätigt, denn Naomi trennte damit die Hand- von den Fußfesseln und zerrte sie auf einen Stuhl. Von einem danebenstehenden Blechtisch nahm sie ein braunes Fläschchen, das vor einer Plastikwasserflasche stand, auf die Alex gierig starrte. Bedächtig öffnete Naomi jedoch die kleine.

»Du bist verletzt, lass mal sehen.« Sie hielt die Flaschenöffnung über die Wunde am Oberschenkel, die immer noch leicht blutete, und ließ Flüssigkeit darauftropfen.

»Heilige Scheiße!«, brüllte sie diesmal auf Englisch.

Ein schadenfrohes Grinsen zeichnete sich auf Naomis Gesicht ab. »Das hab ich verstanden! Jod zur Desinfektion.«

»Danke.« Sie wollte unbedingt höflich sein. Nähe aufbauen zum Entführer sei wichtig, hatte sie mal gelesen.

Naomi nahm die Wasserflasche, schraubte sie auf, trank einige Schlucke, bevor sie Alex die Flasche hinhielt. »Durst?«

»Ja!«

Sie bekam die Öffnung auf den Mund gedrückt und schluckte gierig, bis Naomi sie ihr entzog. Wasser rann ihr Kinn hinab, den Hals hinunter und sammelte sich am Abschluss des Neoprenanzugs. Eine minimale, willkommene Abkühlung.

»Ist dir heiß?«

Sie nickte. *Blöde Frage. »Ich schmor hier im eigenen Saft«*, hätte sie ihr am liebsten an den Kopf geknallt.

Naomi drückte sie nach vorn und öffnete den Reißverschluss im Rücken ein Stück.

Sie atmete auf, aber die Erleichterung über die Luft an der Haut wurde von Fliegen vernichtet, die sich sofort darauf niederließen. Sie hatte sich immer gewundert, wie Afrikaner diese Viecher so stoisch ertrugen. Es kribbelte entsetzlich und sie schüttelte sich, was gegen die penetranten Mistviecher nicht half. Immerhin verlangsamte sich ihr rasendes Herzklopfen ein wenig. »Wo bin ich und warum bin ich hier?«

»Irgendwo im Nirgendwo Somalias. Unser Auftraggeber will dich gegen irgendetwas eintauschen. Es wäre von Vor-

teil, er bekommt es, sonst …« Sie deutete mit einer Quer-
bewegung über der Kehle an, was ihr dann bevorstünde.

Alex schloss kurz die Augen. Die Angst, die kurzzeitig in
den Hintergrund getreten war, weil ihr Naomi wie eine Be-
kannte vorkam, kehrte schlagartig zurück. »Wie heißt du?«

»Besser du weißt nicht, wer ich bin.«

»Du kennst Rasul, also kannst du nur Naomi sein«,
trumpfte Alex auf und erntete einen entsetzten Blick.

»Woher weißt du meinen Namen? Hat er von mir gesprochen?«

»Sehr liebevoll sogar.« In Alex keimte zugleich die Hoffnung auf, dass Rasul doch nicht ihr Entführer sein konnte.

»Ich glaube dir kein Wort! Du kannst mich unmöglich
aus Erzählungen erkannt haben.«

»Doch, er hat dich beschrieben als wunderschöne Ge-
fährtin aus alten Zeiten, und dass er überlegt, wie er dich
am besten unterstützt.«

»Stimmt das, oder sagst du das nur, um deine Lage zu
verbessern?« Ihre Stimme klang weniger aggressiv.

»Die reine Wahrheit!«

»Ha, als ob er dir von seiner Vergangenheit erzählt hätte.«

»Doch, ich schwör's, er sprach von dir als liebe Freundin,
der er viel zu verdanken hat. Denkst du nie daran, hier
rauszukommen?«

Naomi beäugte sie misstrauisch, doch dann wurden ihre
Züge weicher. »Schon, ich hab oft drüber nachgedacht.
Aber mein Freund lässt mich nie allein weg. Wenn ich ver-
suchte, ihm zu entkommen, der fände mich überall. Seine
Kontakte reichen weit. Zu weit für mich.«

»Liebt er dich?«, wagte Alex zu fragen, weil sie spürte,
dass die Frau zugänglich wurde.

Naomi zuckte die Schultern. »Weiß nicht. Er sagt ja, aber fickt andere, sobald er eine zwischen die Finger bekommt. Das geht seit vierundzwanzig Jahren so. Die anderen sind alle weg, ich bin noch da. Ja, ich denke, auf seine Art. Aber was interessiert dich das?«

»Rasul hat da so was angedeutet. Er will dir zur Flucht verhelfen, dich ins Ausland bringen, wohin dein Freund dir nicht folgen kann.« Alex wusste, sie log das Blaue vom Himmel herunter, aber sie sah darin eine Chance, eine Verbündete zu gewinnen. In einem Spiel, das unberechenbarer nicht sein konnte, bedeutete jede noch so schwache Allianz gegebenenfalls den Unterschied zwischen Leben und Tod.

Schritte vor der Tür unterbrachen das Gespräch. Sie schwang auf, jemand kroch unter dem niedrigen Türbogen durch und trat zu Naomi.

»Hast du sie verarztet?«

»So gut es ging.«

Geschockt sah Alex den Mann an, den sie nur an seiner schleppenden Stimme identifizierte, die sie von der Ŝuŝu kannte. Nie zuvor hatte sie einen so schmächtigen Mann gesehen. Im Halbdunkel des Ziegenstalls leuchteten ihr seine Augäpfel entgegen. Es wirkte, als würden sie mit den Zähnen um die Wette blitzen, in deren weißer Linie ein Goldzahn funkelte. Bestürzt registrierte sie das Waffenarsenal um seine Hüfte. Vor allem die zusammengerollte Lederpeitsche fiel ihr ins Auge. Eine wie die von Indiana Jones. Kaum zu glauben, dass ein Gnom wie er eine Miliz befehligte. Sie mochte sich nicht vorstellen, mit welcher Grausamkeit er das über so lange Jahre bewerkstelligte. Bei dem Gedanken stellten sich ihr die Nackenhaare auf. Er fixierte sie mit einem Blick, in dem sie lüsterne Gier erkannte. Instinktiv senkte sie die Lider.

»Ausziehen!«

Entsetzt sah sie hilfesuchend auf Naomi, doch die machte keine Anstalten, einzugreifen. »Nein!« Das sollte entschlossen klingen, aber ihre Stimme brach.

»Steh auf!«

Sie gehorchte mit zitternden Knien. Entsetzen packte sie bei dem Gedanken, der Willkür dieses unberechenbaren Kerls ausgesetzt zu sein. Er zückte ein Jagdmesser und trat näher. Alex schrie auf vor lauter Angst, dass er die Klinge in ihr Herz rammen wollte. Doch er durchtrennte nur die restlichen Fesseln, fasste in den Halsabschluss des Neoprenanzugs und riss ihn nach vorn bis zu den Oberschenkeln herunter. Plötzlich obenrum im Bikinioberteil vor ihm stehend, presste sie die Kiefer zusammen. Sie fühlte sich eindeutig bedroht, als er hinter sie griff, den Verschluss löste und es abstreifte. Atem traf leicht kühlend auf ihre verschwitzte Haut. Es ekelte sie an, zugleich wurde sie panisch. Sein Handrücken folgte der Gänsehaut, die ihr vorauseilte. Der Eindruck der darüberstreichenden, glatten Fingernagelflächen verursachte einen Würgereiz, den sie kaum unterdrücken konnte.

Er hielt das Messer wie einen Zeigestock vor ihre Nase, zog die Klinge über die Wange, den Hals hinab, zwischen ihren Brüsten hindurch und wieder hinauf zu ihrem linken Nippel, den er mit der Spitze ankratzte.

Mit zusammengekniffenen Lippen ertrug sie die Gefühle von Scham, Angst und eigenartiger Erregung, die Schauer durch ihren Körper jagten.

»Um-dre-hen«, säuselte er und schon fühlte sie die Messerspitze entlang ihrer Wirbelsäule abwärtsgleiten.

»Aus-zie-hen!«

»Nein, bitte«, hörte sie sich weinerlich sagen und versuchte vergeblich, die aufsteigenden Tränen am Herunterkullern zu hindern, doch sie konnte sie nur mit der Zunge im Mundwinkel abfangen. Darüber lächelte er boshaft.

»Los!«

Schluchzend streifte sie den auf ihrer Haut klebenden Neoprenstoff bis zu den Knien hinab. So blieb sie stehen und bedeckte mit den Händen ihre Blöße. Hilfesuchend sah sie sich über die Schulter nach Naomi um.

Er ertappte sie dabei. »Du brauchst nicht auf ihre Solidarität zu hoffen. Sie weiß, dass du an Bord versteckt warst.«

Das hinterhältige Grinsen Naomis vernichtete all ihre Hoffnungen, von ihr Hilfe zu erhalten. Auf einmal fröstelte sie, aber wahrscheinlich war es die Angst, die das Zittern verursachte. *Wo bleibt nur Rasul?* Sie dachte an die Abstellkammer auf der Ŝuŝu zurück und wie recht er gehabt hatte, sie vor diesem Widerling zu verstecken, der noch näher trat.

Er drehte sie um, zog das Haarband von ihrem Zopf, ordnete das Haar genüsslich grunzend über ihrem Rücken und roch daran.

Wie sollte sie aus der Situation entkommen? Was durfte sie von außerhalb erwarten? Sie musste sich selber befreien, nur wie? Sie verwarf die Lösung, eine Ohnmacht vorzutäuschen, und zuckte zusammen, als sie urplötzlich die Peitsche knallen hörte. Ob es dieselbe war, die Rasul schon zu spüren bekommen hatte? Sie senkte die Arme und wandte sich mutig um, froh dass niemand ahnte, dass sie es mit puddingweichen Knien tat. Lieber wollte sie ihrem Schicksal entgegensehen, als wie ein Häufchen Elend zu enden.

»Was wollen Sie von mir?«

»Erst mal genießen, was ich sehe. Dann anfassen.« Er machte einen Schritt auf sie zu, steckte eine Hand durch die Schlaufe der Peitsche und ergriff ihre Brust.

Vor Ekel stocksteif ertrug sie, wie er ihr Fleisch umfasste, zunächst tastend, dann mit kräftigem Griff. Er ließ es melkend durch die Finger gleiten, bis die Spitze zwischen Daumen und Zeigefinger landete. Er drückte nicht sofort zu, sondern kostete sichtlich aus, dass sich ihr Vorhof unter der Berührung kräuselte und der Nippel sich steil aufstellte. Unwillkürlich fuhr ihre Zunge über die Unterlippe. Sie schämte sich für die Reaktion auf diesen Kontakt und Röte schoss ihr spürbar bis in die Haarwurzeln.

Er lachte boshaft. »Du hast schöne feste Titten und deine Haut – ich hatte noch nie eine Frau mit weißer Haut. Ich bin überzeugt, wir haben unseren Spaß.« Er gab der Peitsche einen Schwung und fegte damit den Tisch frei. »Lehn dich da rüber und runter mit dem Slip!«

Energisch schüttelte sie den Kopf. »Nein! Ich lass mich nicht von dir ficken, besonders nicht von hinten! Du feiges Schwein erträgst es wohl nicht, einer Vergewaltigten ins Auge zu sehen!« Das sollte mutig klingen, doch sie kreischte es voller Angst und hob die Arme schützend an den Kopf, denn die Peitsche zischte direkt vor ihre Füße.

»Willst du sie spüren, wie Rasul sie gespürt hat? Naomi, halt sie fest!«

Alex wich trippelnd zurück, stieß gegen Naomi, die ihre Unterarme fixierte. »Halt still«, flüsterte sie in ihr Ohr, »dann ist es schneller vorbei.«

Damit wollte Alex sich keinesfalls abfinden. Sie wehrte sich nach Kräften, bekam aber keine Chance. »Lasst die

Finger von mir! Wenn Rasul davon erfährt, bringt er euch um!«, startete sie einen letzten Versuch.

Naomi schubste sie auf den Tisch, drückte ihre Handgelenke zwischen die Schulterblätter, bis sie aufschrie. Ohne zu zögern, schob die Frau ihr den Slip in die Kniekehlen. Hilflos auf die Tischfläche gepresst, spürte sie zwei ledrige Handflächen ihren Hintern packen und betatschen.

Sein Oberkörper legte sich auf ihren Rücken. »Ein Püppchen wie dich ficke ich in jeder Stellung!«, fauchte er in ihr Ohr.

Ein breiter Lichtstrahl erhellte plötzlich das Innere der Hütte. Jemand hatte die Tür aufgerissen.

»Was ist hier los?«

Alex drehte den Kopf, in der Hoffnung auf Rettung.

»Prescott, sieh dir die Ware mal von Nahem an.«

Der Mann trat heran.

Das war Prescott? Sie unterdrückte einen hysterischen Lachanfall, weil sie Dankbarkeit verspürte, dass er aufgetaucht war. Zumindest im Moment bewahrte er sie vor Schlimmerem und sie stellte sich aufrecht hin. Obwohl sie erleichtert registrierte, dass nicht Rasul ihr Entführer war, entsetzte sie, dass der Typ wider Erwarten überhaupt nicht aussah wie das Ekelpaket, das sie sich vorgestellt hatte. Seine bügelfaltenbewehrten, weißen Leinenhosen und die hellen Maßschuhe, die er trug, wirkten fehl am Platz. In Kombination mit dem korrekt sitzenden Sakko sah er aus wie ein Laufstegmodel auf dem Weg zu Tea-Time und Gurkensandwich. Was für ein Lackaffe, der mit aufgeblähten Nasenflügeln näher trat! Aus einem Impuls heraus sammelte sie die wenige Feuchtigkeit, die sie in ihrem Mund auftreiben konnte. Auf Prescotts Zeichen behielt Naomi sie in festem Griff. Sie wehrte sich vergeblich dagegen.

Prescott grinste überheblich. »Ich verstehe Rasul, das ist wirklich gute Ware.« Er langte nach ihrem Unterleib und Alex zuckte zurück, doch Naomi zwang sie ins Hohlkreuz. Er streichelte sie gemächlich, beinahe zärtlich, nur dass sie es als Übergriff empfand, noch ekliger als Josephs Berührungen. Beharrlich versuchte sie, seinen grünen Augen standzuhalten, die sie zu durchleuchten schienen.

»Sag mir, wo die Wracks liegen. Ich weiß, du hast die Koordinaten im Kopf. Verrate sie mir, und ich lass dich frei«, säuselte er, dabei strich seine Hand ihren Bauch hinauf zu den Brüsten.

Sie würgte, dann spuckte sie ihn an. Das ersparte ihr eine Antwort, brachte ihr aber eine Ohrfeige ein. Ihre Lippe sprang auf.

»Dreckstück! Du denkst, er rettet dich?«

Sie nickte. »Er kommt, und aus meinem Mund erfahrt ihr kein Wort!«

Er rieb sich in eindeutiger Geste an der Hose und knöpfte sie langsam auf. »Vielleicht bekommst du stattdessen etwas von mir rein? Na, wie wär's?«

»Oh ja, noch so ein feiges Schwein! Drei gegen eine, sehr tapfer. Wag es, und ich beiß ihn ab!«

Er kam ihr ganz nah und hauchte ihr seinen wohlriechenden Atem ins Gesicht. »Joseph holt es schon aus dir raus. Gib ihr die Peitsche!« Er stakste davon.

Was für ein niederträchtiger Scheißkerl! Ihr blieb keine Zeit, sich über den kleinen Sieg zu freuen. Naomi drehte sie und presste sie auf den Tisch. Sie hörte das Zischen des Riemens, unmittelbar gefolgt von einem beißenden Schmerz auf dem Rücken. Hitze breitete sich in einem

Streifen von der Schulter zur Arschbacke aus. Augenblicklich kollabierte sie von mutiger Raubkatze zu einem winselnden Häufchen Elend. Sie schrie entsetzt auf. »Nein, nein! Bitte, bitte nicht, bitteeeee …«

Auf dem Satellitenbild erkannte Rasul zwei Kibandas, wie man die afrikanischen Einraumhütten auf Swahili nannte, die am Rand eines Platzes herumstanden, darin und um sie herum Hitzepunkte. Drei der gelb dargestellten Schattenrisse verschwanden hintereinander in der kleineren Hütte. Drei hielten sich außen auf. Einer kehrte zurück in die große. Fünf Minuten genügten nicht für eine genaue Analyse der Situation. Aber mehr als Alex, Joseph, Naomi und Prescott, dazu noch zwei bis vier Wachmänner, erwartete er nicht. Mit sechs Gegnern würden sie spielend fertig, wenn es ihm gelänge, nahe genug heranzukommen. Vierzig ungeschützte Meter trennten ihn von der Dornenhecke, die das Gelände umgab. Die Kameradrohne brachte in der Tageshitze kaum gesicherte Erkenntnisse über die Anzahl der Personen. Egal, er war im Kampfmodus, kroch durch den Staub, verharrte nach kurzer Strecke, sicherte, schob sich in Mini-Etappen voran. Endlich fand er Deckung hinter der Einfriedung im Schatten der stattlichen Kibanda. Da keine Hunde herumliefen, die ihn durch Bellen verraten konnten, vermutete er, es handelte sich um einen verlassenen Kral. Robbend bewegte er sich vorwärts, auf der Suche nach einer Lücke in der Hecke. Alle paar Sekunden checkte er die Umgebung. Wie im Zeitraffer sickerten

Erinnerungsfetzen an die Zeit unter Jaffars Herrschaft ins Bewusstsein. Da waren sie auf Lkws oder Pick-ups durch die Gegend gefahren und er meinte, die Schüsse zu hören, die sie in die Luft ballerten, vor denen die Menschen flüchteten. Wenige setzten einer Miliz mehr entgegen als Mistgabeln und Holzknüppel. Ein Schauer überkam ihn bei dem Gedanken an die Kaltblütigkeit, mit der er seine AK-47 gegen jene gerichtet hatte, die sich ihnen in den Weg stellten. Zu echten Scharmützeln kam es nur, sobald rivalisierende, vom Bürgerkrieg übrig gebliebene, bis an die Zähne bewaffnete Banden aufeinandertrafen. Damals hatte er in einer Blase gelebt und ohne die Auspeitschung wäre sie vermutlich niemals geplatzt. Dankbarkeit kam deshalb aber nicht bei ihm auf. Er kroch weiter. So nah am Boden drang dessen Geruch in seine Nase. Afrikas Erde, er liebte und hasste sie gleichermaßen. Ein Geräusch fokussierte seine Aufmerksamkeit auf das Gelände vor ihm. Ein Wachmann schlurfte keine zwei Meter entfernt an ihm vorbei, ausgerüstet mit drei Handgranaten am Gürtel, einem Buschmesser, einer verschrammten Kalaschnikow und circa fünfzig Patronen, die in einem Gurt über seiner Schulter steckten. Er schien gelassen, denn er blieb stehen, rückte sein schmuddeliges Ferrari-Basecap zurecht und drehte konzentriert eine Zigarette, die er genüsslich ansteckte. Ein zweiter kam hinzu. In ihm erkannte er Kemba, einen Kumpel aus Jaffars Zeiten, doch er war überzeugt, dass er auf ehemalige Allianzen nicht hoffen durfte.

»Hast du 'ne Kippe für mich?«, fragte er seinen Kumpan auf Bantu.

Bereitwillig gab er Tabak und Papier ab. »Nichts Verdächtiges zu sehen.«

Der andere sah kurz auf, genau in Rasuls Richtung, der sich flach in den Staub drückte.

»Hat sich da was bewegt?«

»Hierher verirrt sich nicht mal eine Schlange, viel zu trocken.«

Der Mann schaute wieder auf seine Hände, die Zigarette wichtiger als eine Regung, die er vermutlich nur für in der Sonne flirrende Luft gehalten hatte.

»Zum Glück rücken wir in zwei Stunden zum Ali Safi ab, da gönn ich mir 'n Bier.«

»Die lassen uns in den Laden nicht rein, so wie wir aussehen.«

»Quatsch, seit dem Bürgerkrieg gibts kaum noch Touristen. Die werden froh sein, dass wir kommen«, meinte Kemba.

Blitzschnell überschlug Rasul die Fahrzeit zum Hotel. Die Entfernung war nur mit einem Hubschrauber in dem angegebenen Zeitraum zu schaffen. Das veränderte die Situation. Von oben würden sie auffliegen.

Die Männer schlenderten weiter. Auf den Unterarmen robbte er voran. Wenn jetzt ein Vogel aufflog, konnte ihn das verraten, doch nichts dergleichen geschah. Sein Adrenalinspiegel geriet in den roten Bereich. Er umrundete fast den halben Kral, bis er endlich ein genügend großes Loch fand, um hindurchzukriechen. Von einem verdorrten Zweig herab beäugte ihn neugierig eine Eidechse. Sie floh, als das Gebüsch bei seinem Vordringen erzitterte. Darauf konnte er keine Rücksicht mehr nehmen. Stoff zerriss. Ein fieses Geräusch, das in seinen Ohren so überlaut klang, dass er flach in den Staub gedrückt verharrte. Niemand wurde darauf aufmerksam, also schlüpfte er endgültig durch die Lücke, sprang auf die Füße und huschte in den Schatten der kleineren Kibanda. Er lauschte. Jemand schluchzte, vermutlich Alex. Sie war tatsächlich da drin. Seine Hände ballten sich zu Fäusten. Er widerstand dem Impuls, hineinzustürmen, und zwang sich, rational zu handeln. Es oblag ihm, die Wachen auszuschalten, deshalb schlich er um die Hütte herum. Laute Stimmen drangen von innen heraus. Ein günstiger Augenblick! Er tauchte aus der Deckung auf, direkt vor dem Bewacher.

Er sah Rasul ungläubig an, bevor der ihm die Handkante gegen die Schläfe schlug, ihn auffing, mit Kabelbindern fesselte, ihm ein Stück Klebeband über den Mund pappte, zu Boden gleiten ließ und entwaffnete. Dann hechtete er weiter. Der nächste Wachmann drehte ihm den Rücken zu. Sekunden später lag er ebenfalls im Dreck. Fehlte noch Kemba, der rauchend hinter dem zweiten Gebäude lehnte. Auf die Frage »Hast du 'ne Zigarette?« starrte er ihn entgeistert an. In dem Moment, als ihm aufging, wer da vor ihm aufragte, traf ihn Rasuls Knie im Unterleib. Blitzschnell hatte er Kemba im Klammergriff und erstickte dessen Schrei mit einer Hand über dem Mund und legte ihm das Messer an die Kehle.

»Wenn du nur einen falschen Laut von dir gibst, töte ich dich sofort! Wie viele Leute sind noch hier? Sag es, und ich lasse dich am Leben.«

»Zwei Wachen, der Auftraggeber, die Geisel. Der Boss und Naomi vergnügen sich mit der Blondine im Stall«, keuchte er.

»Chase ist hier? Wo? Und wieso nur ihr drei, wo ist der Rest?«

»Prescott hockt in dieser Kibanda, die restliche Truppe ist auf unserem alten Stützpunkt geblieben. Joseph wollte nur uns bei dem Job dabeihaben. Wir brauchen Geld für eine Waffenlieferung, die wir erwarten, nur deshalb haben wir ihn angenommen.«

Rasul intensivierte den Druck. »Verstehe, er will sich absetzen, wusstest du das?«

»Das glaube ich nicht.«

»Wie kommt ihr von hier weg?«

»Hubschrauber.«

Mit Daumen und Zeigefinger drückte er auf Kembas Halsschlagadern, bis er ohnmächtig zusammensank. Er hatte erfahren, was er wissen musste, verschnürte ihn wie die Übrigen, nahm die Waffen an sich, lief zur Hecke, lotste Mitch, Joe und Ngumbo durch die Lücke und informierte sie.

»Wir holen uns Prescott zuerst.«

»Denkst du, er ist bewaffnet?«

Rasul zuckte die Schultern. »Keine Ahnung, ich will nur ungern auf jemanden schießen. Da drüben steht der Land Rover, mit dem sie hergekommen sind. Kann ihn einer von euch kurzschließen, falls der Schlüssel nicht stecken sollte?«

Mitch nickte. »Das übernehme ich.«

»Okay, hier, setz das Basecap auf deinen Blondschopf. Wir postieren uns neben den Türen. Ich nehme mit Joe den Stall. Ngumbo übernimmt die Hütte von Prescott, du fährst mit möglichst viel Getöse hier durch, ballerst in die Luft und wirfst eine Handgranate. Sie werden rausrennen, hoffe ich. Wir nutzen den Überraschungseffekt und schnappen sie uns. Wirklich gefährlich sind nur Joseph und Naomi. Unterschätzt sie nicht, sie kämpft wie ein Mann. Los!«

Mitch sah von hinten genau aus wie Kemba, als er Richtung Jeep davonschlurfte. Bis zum Start wartete Rasul mit wippendem Fuß ungeduldig in seiner Position. Endlich heulte der Motor auf, eine Maschinengewehrsalve zerriss die Stille und eine Eierhandgranate detonierte in der Mitte des Platzes. Prescott stürmte nach draußen. Ngumbo stellte ihm ein Bein, sodass er mit dem Gesicht im Dreck landete und sich Mitchs vorgehaltener Waffe mit ausgestreckten Armen ergab. Schadenfroh grinste Rasul, richtete aber die Aufmerksamkeit auf die Tür des Stalls, aus der er die Flucht von Joseph und Naomi erwartete, doch niemand kam heraus. *Verdammt!*

»Rasul, hierher, Hilf…!«, hörte er Alex schreien, bis sie abrupt verstummte, ein Klatschen und Poltern erklang, woraufhin er sofort durch die Tür hineinstürmen wollte, allerdings riss Joe ihn zurück. Gerade rechtzeitig, bevor eine Kugel durch die Tür fetzte.

»Bist du verrückt? Wenn wir da reinstürmen, erledigen sie uns nacheinander.«

Rasul nickte, entriss ihm aber seinen Arm.

»Ich verstehe dich ja, aber so bekommen wir Alex nicht zurück. Hilft ein Feuer, sie rauszutreiben?«

»Die Hütte brennt innerhalb von Sekunden lichterloh, das würde Alex gefährden. Wir versuchen zu verhandeln, ehe der Hubschrauber eintrifft. Denn wenn er Alex als Schutzschild benutzt, müssen wir ihn ziehen lassen, so weit darf es nicht kommen.«

»Wir tun, als ob wir uns zurückziehen.«

»Das nimmt Joseph uns nicht ab.«

»Überlass das mir!«

Noch bevor Rasul etwas dagegen sagen konnte, verschwand er.

»Hey, Rasul«, schrie eine Minute darauf Prescott. »Wie es aussieht, wollen deine drei Kumpels flüchten.«

Er vernahm Streitgespräch im Hintergrund, gleichzeitig ärgerte er sich über Prescott. Jetzt wusste Joseph, mit wem und wie vielen Leuten er zu tun hatte. Wobei, drei Kumpels? Mitch, Ngumbo und J-P sah er hinter dem Jeep, doch wo blieb Joe? Was um aller Welt hatte Joe da geplant? Er bezweifelte, dass sie wirklich abhauen wollten. Sie waren seine Mannschaft und Alex gehörte auch für die Jungs längst dazu. Das Gefühl täuschte ihn bestimmt nicht. Ihnen war schon daran gelegen, Alex heil herauszubekommen, weil in ihrem Kopf die Tauchspots für die kommenden Prisen steckten. Er kroch dichter an die Hütte heran, wägte die Möglichkeiten ab, die Waffe und Handgranaten boten, verwarf sie aber sofort. Zu gefährlich. Eindeutig erkannte er Stimmen. Gut, dass afrikanischen Buschhütten hellhörig waren, allerdings leider nach beiden Seiten.

»Lass mich gehen, ich verspreche, Rasul lässt dich ungestraft davonkommen«, hörte er Alex weinerlich sagen.

»Halts Maul, Schlampe! Was weißt du schon?«

»Sie haben Prescott, hast du das nicht gehört? Er wird keinen Cent für mich zahlen.«

»Maul halten! Ich muss nachdenken. Chase kann mich, ich habe bessere Alternativen, dich zu Geld zu machen. Skandinavierinnen kommen selten nach Somalia. Was glaubst du, hä? Hier gibt es genug Sklavenhändler, die ein Vermögen für ein hübsches Blondschöpfchen wie dich ausgeben.«

»Pfft, Sklavenhandel in der heutigen Zeit? Du willst mir nur Angst einjagen.«

»Hat dir dein Rasul nicht gebeichtet, dass er selber mal Mädchenhändler war?«

Rasul kniff die Augen zusammen. Das hatte er ihr eigentlich am Strand von Kilifi selber erzählen wollen.

»Du willst ihn nur schlechtmachen. Und selbst wenn, das ist Vergangenheit.«

Er bewunderte ihren Mut und ihre Loyalität. Ein Peitschenknall durchschnitt die eingetretene Stille. Nur zu gut erinnerte er sich an den beißenden Schmerz eines solchen Schlages. Alex schrie und es klang durch die dünne Wand, als würde sie neben ihm stehen. Erneut zischte die Peitsche und Alex jaulte auf. Er meinte, den Lederriemen regelrecht auf seinem Rücken zu spüren. Das machte ihn rasend und kostete ihn alles an Beherrschung, nicht direkt durch die Lehmwand einzubrechen.

»Lass sie gehen, Joseph, dann lass ich euch ziehen«, brüllte er und wechselte blitzschnell die Position. Gerade rechtzeitig, denn eine Kugel durchschlug den Lehm genau an der Stelle, an der er zuvor gestanden hatte.

»Zeig dich, du Feigling! Oder hab ich dich erwischt? Na? Du musst schon reinkommen, falls du sie zurückwillst, bevor ich mit ihr fertig bin.«

»Wenn du sie blutig drischst, wird sie nur noch halb so viel wert sein«, hörte er Naomi sagen. Durfte er auf ihre Hilfe zählen?

»Ich ficke sein Liebchen durch, halt sie fest!«

Es polterte im Inneren. Rasuls Fäuste krampften sich zusammen. Er hockte hier zur Untätigkeit verdammt und konnte nur darauf hoffen, dass Joseph einen Fehler beging. An der Gehässigkeit in dessen Stimme erkannte er die unverhohlene Wut darüber, dass sein Widersacher es geschafft hatte, all dem zu entkommen, und er sein Dasein immer noch in stinkenden Ziegenställen fristete. Das machte ihn umso gefährlicher. Rasul schlich zur Tür. Einen weiteren Schlag würde er nicht mehr zulassen.

»Hahaha, Rasul, hörst du das? Komm rein, du Weichei, ich lasse dich zusehen, wie in alten Zeiten!«

Das Gefühl der Ohnmacht ließ es in seinen Ohren rauschen. So fühlte es sich also an, wenn vor Wut Blut in den Adern kochte und einem das Herz bis zum Hals klopfte. *Teufel auch*, dieser Mistkerl spielte mit seinen Empfindungen und schickte ihn auf einen emotionalen Höllenritt. Eine nur zehn Zentimeter dicke Lehmwand trennte ihn von Alex. Er wischte die verschwitzten Handflächen an den Hosen ab, die Zeit zerrann und er hatte keine Lösung parat. Er hörte den Motor des Jeeps und sah, wie Mitch mit Ngumbo und J-P in einer Staubfahne davonbrauste. Das gehörte hoffentlich zu Joes Plan? Wieso hatte er ihn nicht eingeweiht? Er wagte sich ein Stück aus der Deckung. Prescott lag gut verschnürt am Rande des Platzes. Was sollte der Scheiß? Wo blieb Joe? Oder hatte er ihn im Wagen übersehen? *Fuck!* Er kauerte neben der Tür, gerade so nah, dass Prescott ihn nicht sah, aber zwei Schritte genügten, um in die Hütte zu stürmen. Er beobachtete die Gegend, warf auch einen Blick über die Schulter und fast hätte er aufgeschrien, denn Joe stand hinter ihm, als wäre er dem Erdboden erwachsen. Er deutete mit dem Finger in die Luft und dann auf sein Ohr. Rasul nickte, das Rotorengeräusch eines sich nähernden Hubschraubers. Es klang nach einer schweren Militärmaschine.

»Vielleicht ist er abgehauen. Hast du den Jeep nicht wegfahren hören?«, vernahmen sie Naomis Stimme.

»Und sie hier zurücklassen? Glaube ich nicht, dazu kenne ich ihn zu gut. Nein, der ist noch da. Hey, hörst du? Der Heli, das ist unsere Chance! Wir rennen raus, sobald er landet, du gibst mir Rückendeckung!«

»Aber ich komme mit!«

»Wieso sollte ich dich ihm überlassen?«

»Weil ich dir keine Söhne geschenkt habe und ich alt werde.«

Viel mehr hörte Rasul nicht, nur ein »Steh auf, Schlampe, und zieh das Ding hoch«, das offenbar Alex galt. Minuten später wirbelten die Rotoren den Staub des Platzes heftig auf, was die Sicht einschränkte, sodass sie beinahe den Zeitpunkt verpassten, an dem Joseph die Tür auftrat. Er schob die Geisel dicht am Körper vor sich her, eine Machete an ihrem Kinn. Naomi sicherte mit der Maschinenpistole im Anschlag den Rückzug.

Fuck, Fuck, Fuck! Sie entkamen!

»Lauf zu Prescott und schneid ihn los!«, schrie Joseph durch den ohrenbetäubenden Lärm, während er Alex in die offene Ladeluke des Hubschraubers zerrte.

In dem Moment hechtete Rasul mit Joe aus der Deckung. Entsetzt bemerkte er ihre aufgesprungene Lippe, sie war geschwollen, ihr Mundwinkel blutverschmiert, wodurch sie fremd wirkte.

»Halt!«, brüllte er und zielte auf Joseph, sobald er sah, dass Joe die Waffe in Naomis Rücken drückte, die Chase aufhalf. Er konzentrierte sich ganz auf Alex, die von ihrem Entführer, der schon mit einem Fuß auf der Landekufe stand, hochgehoben wurde und dadurch dessen Kopf schützte.

»Diese alten Kalaschnikows sind nicht sehr zielsicher. Du könntest sie treffen!«

»Schick sie zu mir, dann lass ich dich entkommen.«

Alex sah ihn hilfesuchend an, mit Panik im Blick. Auf keinen Fall durfte Joseph vollends mit ihr in den Helikopter einsteigen. Aus den Augenwinkeln sah er, wie der Pilot gestikulierend zur Eile mahnte. Davon abgelenkt, wandte Joseph sich kurz ab. Rasul hastete vor, doch sein Widersacher war schneller und hielt das Buschmesser dichter an Alex' Kehle.

»Einen Schritt näher und du siehst sie vor deinen Augen verbluten! Schick Prescott und Naomi rüber!«

Fieberhaft überlegte er, was ihm alternativ übrig blieb, ohne Alex zu gefährden.

Die Rotoren ratterten, Staub drang in seine Atemwege. Die Verwirbelungen wehten das Stroh von den Dächern.

»Meine Leute filmen alles«, brüllte er gegen die Geräuschkulisse an. »Die Presse wird sich danach die Finger lecken. Chase Prescott, Auftraggeber einer Entführung, die Entlarvung seines wahren Charakters und Aufnahmen eines Milizführers, den die CIA auf den Fahndungslisten führt. Ich glaube, ich bin im Vorteil!«

»Dann darf sie erst recht nicht weg!«

Ngumbo und J-P retteten die Situation, indem sie urplötzlich aus dem Hinterhalt traten, Jagdgewehre im Anschlag. Mitch dahinter, die Fernbedienung der Drohne in der Hand. Joe trieb Naomi und Prescott in Richtung Ladeluke. Der Pilot wagte nicht zu starten, weil J-P mit dem Gewehr auf ihn zielte. Lange würden sie dem Staub und den aufwirbelnden Steinchen jedoch nicht mehr standhalten können.

»Lass sie gehen!«, meldete Prescott sich entschieden zu Wort, lief vor und kletterte in den Heli.

Joseph stieß Alex von sich, die Rasul vor die Füße stürzte.

Der Hubschrauber hob ab und erreichte schnell Höhe, als Naomi »Wartet!« schrie und loshastete.

Joseph sah gleichgültig auf sie hinab, nahm seine Waffe, richtet sie auf die Zurückgebliebenen und zog den Abzug durch.

Geistesgegenwärtig stürmte Rasul vorwärts aus der Schusslinie, riss Alex mit, brüllte »Deckung!« und warf sich mit ihr nieder. Die Gewehrsalve ratterte an ihren Köpfen vorbei. Gleich darauf sprang er auf, zerrte sie mit sich hinter die nächste Kibanda, wo er sie kurz umarmte und dann ihr Kinn ansah. »Das wird wieder.« Er löste sich von ihr. »Jemand verletzt?«, rief er über den Platz und riskierte einen Blick zur Orientierung. Mitch und Joe rappelten sich auf, J-P fluchte auf Französisch und Ngumbo rannte zu Naomi.

»Rasul, sie ist getroffen!«

»Rühr dich nicht von der Stelle!«, befahl er, drückte ihr eilig einen Kuss auf die Stirn und ließ sie im Schatten der Hütte hocken.

Verschämt zog sie den Neoprenanzug bis zum Hals und schloss mit zittrigen Fingern den Reißverschluss. Vorsichtig befühlte sie ihre Unterlippe. Hölle, ihre ganze untere Gesichtshälfte schmerzte. Sie roch ihren eigenen Angstschweiß. Von wegen, das wird wieder! Noch vor einer halben Stunde hatte sie sich erleichtert gefühlt, seine Stimme zu hören. Er war gekommen, um sie zu retten! Voller Zuversicht erwartete sie, er würde jeden Moment den Stall stürmen und sie aus den Fängen des perversen Gnoms befreien. Ihn da draußen zu wissen, ohne dass er eingriff, war schrecklich. Warum kam er nicht? Als Joseph sie am Oberarm gepackt hatte und sie durch die Tür schob, jagten Fragen durch ihren Kopf: *Wenn er stolpert? Wenn ich in die Machete stürze? Ich will nicht sterben. Wenn er mit mir entkommt? Wo bleibt Rasul?* Jeder Schritt in Richtung Hubschrauber vernichtete ihre Hoffnungen auf Rettung. Sie war starr vor Panik und hatte gleichzeitig weiche Knie. Der Helikopter hob schon ab, als der Stoß sie im Rücken traf. Sie war frei! Wieso rannte Rasul auf sie zu und warf sie um? Dann die Furcht, dass einer der Schüssen ihn erwischt haben könnte. Eine Kugel schlug direkt neben ihr ein, doch der Schrei blieb in ihrer Kehle stecken vor lauter Staub. Und jetzt ließ er sie allein, weil diese Schlampe Naomi wichtiger war, die keinen Finger für sie krummgemacht hatte? Ein Zittern breitete sich in ihrem Körper aus und sie schluchzte hemmungslos, sodass Mitch angelaufen kam.

»Hey, hey, Alex, du bist in Sicherheit, alles wird gut.« Tröstend legte er einen Arm um sie, doch es half nicht. Sie heulte in einem fort, unfähig, richtig zu atmen, geschweige denn, seine Trostversuche anzunehmen. Es existierte kein Gefühl, nicht einmal mehr Angst. »Komm mit!«

Eher mechanisch folgte sie seiner Aufforderung und humpelte mit ihm zum Jeep. Sie sah, dass er neben der Waffe, die er über der Schulter trug, die propellerbewehrte Drohne unter den Arm geklemmt hatte. Es sah so komisch aus, dass sie hysterisch kicherte. Mitch stützte sie und sah auf sie hinunter. Unvermittelt gaben ihre Knie nach und sie sackte an ihm entlang auf den Boden.

»Scheiße!«, hörte sie ihn noch brüllen, dann verschwamm ihr Sichtfeld und komprimierte zu einem weißen Punkt, bevor ihr gänzlich schwarz vor den Augen wurde.

Nachwirkungen

Sie blinzelte. Im Dämmerlicht schimmerten Umrisse eines Schrankes. Das Laken, unter dem sie lag, roch muffig. Es gehörte zu einem kitschigen rosa-goldenen Himmelbett. Ein Albtraum, in dem man von Durst geplagt wurde und pinkeln musste? Ein Windstoß bewegte die Gardine, ließ einen Lichtstrahl hinein. Staubpartikel flimmerten. Ihr Oberschenkel pochte genauso wie ihr Kinn. Der Schmerz brachte die Erinnerung zurück. »Rasul?«, wisperte sie.

»Hey, Alex, endlich.« Enttäuscht erkannte sie Mitchs Stimme. Er knipste eine Nachttischlampe an und sie hielt die Hand vor die Augen wegen des grellen Lichts.

»Ich muss mal.«

»Das Bad ist gleich da. Warte, ich helfe dir.«

»Kann ich allein.« Mühsam richtete sie sich auf. Um ihren schmerzenden Körper schlabberte ein Shirt und ein Verband zierte ihren Schenkel. »War das Sparky?«

»Nein, ich habe die Wunde genäht mit Doc Sparkys Telefonunterstützung. Hier gibt es keinen Arzt.«

»Wo sind wir?«

»In einem Hotel, Ali Safi Resort. Etwas heruntergekommen, dafür sind wir die einzigen Gäste.«

Sie wollte aufstehen, aber ihr Bein knickte weg. Mitch fing sie auf, hob sie auf den Arm und trug sie ins Bad.

»Geht's?«

Auf ihr Nicken ging er hinaus. Dieses Gekümmere trieb

sie in den Wahnsinn. Plötzlich brach sie in Schweiß aus und spie Magensäure. Sie spülte den Mund mit Wasser aus, es schmeckte brackig. Auf der wackeligen Klobrille hockend, stützte sie verzweifelt den Kopf in die Hände und träumte sich nach Hause zu ihrer Mutter. Der Gedanke erschreckte sie. Mit fahrigen Fingern versuchte sie, ihr Haar zu einem Knoten zu schlingen, doch auch das misslang. Der Kloß in ihrem Hals geriet immer dicker. Ihr Nervenkostüm war komplett im Eimer und eine Dusche schien der rettende Ausweg. Als es dreißig Sekunden später nur noch eiskalt und bräunlich aus dem Duschkopf spuckte, spülte es die letzte Willenskraft davon. Sie sank in der Ecke zusammen und heulte ohne Unterlass ihre ganze Verzweiflung in den Abfluss und wünschte, sie könnte einfach hinterhersickern.

Mitch stürmte ins Bad, wickelte sie in ein Badelaken und setzte sie zurück aufs Bett. Er streichelte ihre Stirn, schnitt kopfschüttelnd den Verband auf, desinfizierte die Wunde und legte einen neuen an.

»Bist du lebensmüde? Das Leitungswasser hier ist nicht gut, du kannst dir sonst was einfangen.«

»Tut mir leid, dass ich so eine Heulsuse bin. Was müsst ihr nur von mir denken?« Sie schluchzte und verfluchte sich, dass schon wieder Tränen in ihren Augen schwammen.

»Wir fühlen uns schuldig wegen der Entführung und dass du das durchmachst. Hier.« Er gab ihr ein Stück frische Mango. »Trink Wasser nur aus der Flasche oder iss Obst gegen den Durst.«

Der süße Saft verdrängte den üblen Geschmack in ihrem Mund. Sie rang sich zu einem Lächeln durch. »Danke. Ist mit den andern alles okay?«

»Joe, J-P und Ngumbo sind nebenan. J-P hat einen Stein an die Schläfe bekommen, nur ein Bluterguss.«

»Und Rasul?«, wagte sie zu fragen und hielt den Atem an.

Mitch zuckte die Schultern. »Wir haben nichts gehört. Die Terrormiliz Al Schaabab kontrolliert hier immer noch die Gegend. Er wollte Naomi in ein Krankenhaus bringen. Zwei Afrikaner wären unauffälliger, hat er gemeint.«

»Ist … ist sie schwer verletzt?«

»Ich fürchte ja, sie hat viel Blut verloren, und ob er so schnell einen Arzt findet, steht in den Sternen. Es gab einen Anschlag auf einen Armeestützpunkt in der Nähe, haben sie in den Nachrichten gesagt. Seitdem ist das Telefonnetz zusammengebrochen.«

»Himmel, ich bin so eine blöde Kuh!«

»Wieso?«

»Weil ich dachte, sie wäre ihm wichtiger als ich.«

Kopfschüttelnd reichte er ihr ein Stück Mango. »Nein, das ist sie nicht. Aber sie brauchte seine Hilfe dringender, so ist er nun mal. Wir sollen hier auf ihn warten und dich nicht aus den Augen lassen. Bewachung in drei Schichten hat er angeordnet.«

Das entlockte ihr ein zaghaftes Lächeln.

»Mach dir keine Sorgen, er kommt bestimmt zu uns durch.«

»Hoffentlich.« Sie drehte sich um und zog das Badelaken enger. Die Erschöpfung ließ sie einschlafen.

Am Morgen brachte Joe das Frühstück und servierte es auf dem kleinen Balkon. Das Ali Safi Resort hatte eindeutig schon bessere Tage gesehen. Nur der Meerblick entschädigte für das heruntergekommene Umfeld. Das Blechdach der verwaisten Bar am Pool schepperte im Wind, der einige raschelnde Blätter auf dem Boden des trockenen Beckens umherwirbelte. Das Warten auf eine Nachricht von Rasul geriet zur Nervenprobe.

Abends sehnte sie den Schlaf herbei, wälzte sich unruhig hin und her. Ngumbo saß neben dem Bett und blätterte in einer Zeitung. Das Geräusch nervte sie, aber sie war froh, nicht allein zu sein. Irgendwann schaltete er das Licht aus und kurz darauf hörte sie an den gleichmäßigen Atemzügen, dass er eingeschlafen war. Der Glückliche. Es dauerte gefühlte Ewigkeiten, bis sie in einen Dämmerzustand überging, aus dem sie hochschreckte, weil die Tür quietschte. Im schmalen Lichtstreifen, der ins Zimmer fiel, erkannte sie einen schlanken Schatten und ihr Herz schlug schneller vor Freude. Er trat zu Ngumbo, weckte ihn und schickte ihn hinaus, den Finger auf den Lippen. Aus Angst vor dem, was er zu berichten hatte und wie er zu ihr stand, verhielt sie sich still. Rasuls Gesicht wirkte selbst in der Dunkelheit fahl, die Wangen eingefallen, und die Augen lagen tief in den Höhlen. Er zog Hemd und Hose aus, die dunkle Flecken aufwiesen, von denen ein metallischer Geruch ausging, und verschwand im Bad.

Später kehrte er zurück, legte sich hinter sie, umklammerte ihren Körper und rückte auf Hautkontakt an sie heran.

Ohne dass er etwas sagte, wusste sie, Naomi war tot. Trotzdem durchströmte sie das wohlige Gefühl, dass er ihre Nähe offenbar vermisst hatte, und das zerstreute all ihre Zweifel. »Es ist nicht deine Schuld«, flüsterte sie, schob ihre Hand über seine und er drückte sie noch enger an sich.

APNOE

»Alex!«, brüllte Chip, stürmte ihr entgegen und umarmte sie. Es artete in eine Gruppenumarmung aus, der sich Ernest und Sparky anschlossen. Für eine Minute blieben sie so stehen. »Bin ich froh, dass ihr unversehrt zurückkehrt und dieses Warten ein Ende hat. Die Nachrichten, der Anschlag, wir dachten schon wer weiß was.«

Rasul klopfte dem Chief auf die Schultern. »Wir sind okay, Sparky, wir sind okay.«

»Was tun wir? Zurück zur *Ocean Princess*?«, fragte J-P, dem Sparky ein Kühlkissen für seinen Bluterguss entgegenhielt.

»Nicht sofort. Ich geb euch einen Tag frei, Jungs. Macht, was ihr wollt. Chip, bring uns weg von hier, ans Riff, ich will tauchen.«

Alex quetschte seine Hand zusammen. Er ließ sie nicht los, bis sie in der Kabine ankamen. Dort zog er sie auf seinen Schoß. Sie hatten seit gestern nur das Nötigste gesprochen. Zu gedrückt war die Stimmung.

Wieso fiel ihm erst heute auf, dass ihre Iris die gleiche Farbe aufwies wie seine? Ihr Blick lag warm auf ihm und er hob sie hoch.

Sie küsste seine Stirn und drückte seinen Kopf an ihren Busen. »Verzeih mir bitte. Ich war eine bescheuerte, eifersüchtige Pute und es tut mir sehr leid wegen Naomi. Ich weiß, dass sie dir viel bedeutet hat, und ich verstehe, warum du trauerst.«

»Hätte ich besser auf dich aufgepasst, wäre das alles nicht passiert.«

»Ich dachte nicht, dass Prescott so weit gehen würde.«

Er betrachtete sie und betastete vorsichtig die leicht abgeschwollene Lippe. »Noch Schmerzen?«

»Nicht, wenn du mich darauf küsst.«

Sanft dirigierte er sie zum Bett, zog ihr Shirt aus und Alex half ihm, das eigene loszuwerden. Hauchzart reihte sie Küsse auf seine Schultern, dabei zog ihre Nasenspitze eine feine Linie über die Haut, an der ihr Atem wie ein heißer Wind entlangwehte. Dann sah sie prüfend auf. Es verführte ihn, seine Zunge zwischen ihre Lippen zu drängen. Sie schmeckte so köstlich, daher genoss er den innigen Kuss ausgiebig, bevor er mit der Zungenspitze ihren Hals hinunter zu ihren Brüsten leckte und an den Nippeln saugte, bis sie wimmerte.

Sie rieb sich an ihm, ergriff die Initiative, berührte ihn nur mit den Fingerspitzen an den Sexlines. Knabbernd und saugend folgte ihr Mund den vorausgeeilten Händen. Seufzend senkte er die Lider, wollte seinen Instinkten vertrauen, ausschließlich fühlen. Sie verpasste seiner Erektion einen Booster, in dem sie ihm die Hose abstreifte und beherzt zugriff. Intuitiv zielsicher da, wo er es am liebsten mochte. *Verdammt, diese kleine zerbrechliche Nixe hat mich an den Eiern!* Er stöhnte auf und ließ sich zurückfallen, als sie ein paar gut dosierte Schmerzreize setzte. Die Skrupel, sie nach so einem traumatischen Erlebnis mit Sex zu überfallen, verschwanden unter ihren Händen, die über den Bauch krabbelten. Schon kratzten die Fingernägel in Richtung Schaft und ein Stück daran hinauf. Mit dem Effekt, dass sich alle Empfindungen auf einen Punkt konzentrierten.

Himmlisch, wie gut es ihr gelang, diese Wahnsinnsgefühle mit der Zunge den Penis entlang aufwärts zu massieren, bis in die Spitze. Er öffnete die Augen, sah ihr zu, wie sie die Lippen um seine Eichel schloss. Genau im richtigen Moment, denn ihre Blicke trafen sich. Er stützte sich auf einem Arm ab und mit der anderen Hand wühlte er in ihrem Haar. Der obszöne Anblick, die Penisspitze in ihrem Mund verschwinden zu sehen, stachelte ihn an. Er drückte ihren Kopf tiefer, doch sie quittierte es, indem sie seine Hoden zusammenpresste, deshalb fiel er seufzend ins Kissen zurück und legte ergeben den Unterarm über die Stirn. Es war, als schlänge sie unsichtbare Fesseln um seine Gelenke. Die Macht gehörte ihr und sie wusste verdammt noch mal, damit umzugehen. Sie löste einen Wellentanz in ihm aus und er surfte auf der Schaumkrone, bis die rauschende Gischt urplötzlich über ihm zusammenschlug und ihn in einem Strudel mitriss.

Bewusst nahm er erst wieder etwas wahr, als sie mit dem Kopf auf seiner Brust lag und er ihren Rücken kraulte.

Er folgte dem verblassenden rosa Strich von der Schulter bis zum Arsch, knetete ihre Pobacken und ließ den Zeigefinger in die Ritze wandern, bis sie den Hintern zusammenkniff. Kein kurzer Impuls, eindeutig Gegenwehr, deshalb blieb er bei sanftem Rückenkraulen. »Tuts noch weh?«

Sie schüttelte den Kopf, aber immer, wenn sie ausatmete, entstand auf seiner Brust eine kühle Stelle und er erkannte, dass sie still vor sich hin weinte. Er wälzte sich über sie, um sie anzuschauen, und leckte ihre Tränen aus den Augenwinkeln fort.

»Was ist los?«

Sie blinzelte ihn aus tränenglitzernden Augen an. Statt einer Antwort zog sie seinen Kopf herunter. Ihre Zunge wand sich forsch in seinen Mund. Sie küsste heiß, drängte sich an ihn, doch ihr Verhalten passte nicht in das Bild, das er von ihr hatte. Obwohl er den Kuss gerne erwidert hätte, rückte er ein Stück von ihr ab und sie sah ihn fragend an.

»Was ist, willst du nicht ficken?«

»Warum benimmst du dich so eigenartig? Da stimmt was nicht, das spüre ich. Dir liegt was auf dem Herzen. Sprich mit mir.«

Einen unmutigen Laut ausstoßend, wendete sie sich von ihm ab. »Ich will nicht, dass du siehst, wie ich heule, ich will nicht, dass du weißt wieso. Ich will, dass du mit mir schläfst. Jetzt!« Zielstrebig krabbelte sie von ihm fort, griff in die Nachtkonsole und zückte eine Handvoll Kondome, die sie auf die Matratze warf.

Er nahm eins davon, drehte es unschlüssig zwischen den Fingern und legte es entschlossen weg.

»Nein!«

»Aber ich …«

»Komm her, kleine Flicka.« Einladend öffnete er seinen Arm und bemerkte, wie sie zögerte, doch schließlich kuschelte sie sich hinein. Beruhigend strich er über ihre Schulter, dann ganz vorsichtig entlang der Striemen, was sie zucken ließ. »Ich verspreche, ich lasse nie wieder zu, dass dir jemand wehtut. Das wirfst du mir doch vor? Ich habe die Peitsche gehört, deinen Schmerz gespürt, die Erniedrigung gefühlt. Glaube mir, ich hätte es gern für dich ertragen.«

»Warum bist du dann so spät gekommen? Sie waren eklig zu mir. Es war schrecklich.« Sie schlug die Hände vors Gesicht.

»Ich musste ihn rauslocken, mit dir. Wäre ich reingestürmt, er hätte dich erschießen können, einen der Jungs oder mich. Ich wollte dich zurück, unversehrt. Zugegeben, dass die beiden entkommen sind, gehörte nicht zum Plan. Nur warst du mir wichtiger. Joseph und Prescott erwische ich noch. Weder deine Entführung noch Naomis Tod bleiben ungesühnt, keine Sorge.«

Sie schluchzte auf und ihr Körper bebte. Unbeholfen streichelte er ihren Kopf und küsste sie darauf. Ihm war klar, die Spuren auf ihrem Rücken würden in einigen Tagen verblassen, die auf ihrer Seele nicht.

Das Drosseln des Motors ruckelte durch das Schiff. Er zog sie hoch und strich über ihre Stirn. »Komm, ich will dir etwas zeigen, das bringt dich auf andere Gedanken. Vertrau mir!«

Ziemlich verheult kroch sie aus dem Bett und schlüpfte in den Bikini, den er ihr anreichte. Er pfiff anerkennend, sie lächelte schief und verschwand im Bad. Weniger verweint tauchte sie ein paar Minuten später wieder auf. Sie hatte ihren Kleidungsstil nicht geändert, aber sie schminkte sich nicht mehr, und dieses natürliche Auftreten gefiel ihm. Dass sie manchmal noch unsicher wirkte in seiner Gegenwart, obwohl sie anfangs recht forsch vorgegangen war, mochte er ebenso. Aber wenn er es verglich, mit dem ersten Treffen auf der Ŝuŝu und heute, dann hatte sie sich in seinen Augen vorteilhaft verändert. Vor allem fühlte er sich in ihrer Gegenwart glücklich. Diese Erkenntnis ließ ihn innerlich schmunzeln. Inzwischen hatte er sich eine Badehose übergestreift. Huckepack trug er sie an Deck, wo er sie am Heck in der brennenden Sonne absetzte. »Wie lang kannst du die Luft anhalten?«

Sie zuckte die Schultern. »Etwa siebzig Sekunden, wieso?«

»Warte hier! Ich will dafür sorgen, dass du wieder lächelst.«

Sparky hängte eine Tauchplattform ein und half ihr vom Deck herunter. »Wir liegen hier an einem der schönsten Tauchspots von ganz Afrika. Abwechselnd bewacht von bis an die Zähne bewaffneten Piraten oder NATO-Geschwadern. Das garantiert totale Exklusivität. Hier wagt sich niemand hin, außer Rasul.«

»Und wer wacht heute?«

»NATO.« Er deutete zum Horizont, wo sie einen grauen Schatten entdeckte, und hoffte, dass der Anblick des Kreuzers genügte, um Piraten abzuschrecken. Rasul kehrte mit Tauchausrüstung für sie zurück. Die Träger hatte er extra abgepolstert, was sie mit einem dankbaren Lächeln quittierte. Deshalb verzichtete sie auf den Anzug, obwohl Ngumbo ihn fachmännisch repariert hatte.

»Geht es so?«

Sie nickte, nahm eine Lampe und ein Messer mit. Sparky klebte ihr noch einen wasserfesten Verband auf die Wunde.

»Und du?«

»Ich bin Apnoe-Taucher. Ich tauche ohne Gerät. Zur Not hol ich mir an deinem zweiten Mundstück Luft.« Er setzte ihr einen Scooter mit Magnethalterung auf die Flasche. »Damit bist du so schnell wie ich, ohne dich zu verausgaben.« Mit seiner Monoflosse wedelte er vor ihrem Gesicht. »Mit dem Ding schwimme ich flott wie Flipper.«

Sie schmunzelte. »Du meinst, ich soll dir hinterhertauchen?«

»Du folgst mir doch seit unserer ersten Mail.«

»Das lag an deinem Vornamen. Rasul. Der klang faszinierend und gab den Ausschlag, dass ich Norwegen verlassen habe.«

»Weil du wissen wolltest, was für ein Mann hinter dem Namen steht? Das nenn ich Courage.« Er lächelte verschmitzt.

Sie gab ihm einen Schubs gegen die Brust. »Wüsste man immer vorher, was einen erwartet, bräuchte man keinen Mut.«

Liebevoll strich er über ihre Wange. »Das stimmt. Dich finde ich ungeheuer mutig.«

»Woran machst du das fest?«

»Du hast für all das hier dein altes Leben aufgegeben.«

Sie blieb ihm die Antwort schuldig und prüfte geflissentlich die Funktion des Geräts, während sie ihm bei seinen Dehn- und Atemübungen zusah, was stellenweise komisch anmutete, wenn er wie ein Frosch Luft zu schlucken schien oder er den Bauch so weit einzog, dass es aussah, als entstünde ein Loch unter seinem Rippenbogen.

Erst als die Luftblasen, die durch den Sprung ins Wasser entstanden waren, die Sicht freigaben, sah sie ihn vorausschwimmen. Wie Wellen gingen die Bewegungen durch seinen Körper, ausgelöst durch den Flossenschlag. Er trug weder Schnorchel noch Anzug, nur Badehose und überraschte sie, indem er Luft kreisförmig ausstieß, die wie ein Rauchkringel vor ihm erschien. Einem übermütigen Delfin gleich schwamm er hindurch, vollführte eine Längsdrehung um die eigene Achse, schlug Purzelbäume, verschmolz mit dem Element, als gehörte er genau da hin. Ins Meer. *Aquaman*. Unglaublich, wie lang er den Atem anhielt und wie mühelos er gegen die Strömung ankam, wobei sie froh war, den Antrieb auf dem Rücken zu wissen. Einige Minuten später tauchte er auf, um seine Lungen zu füllen.

Mutig entfernte sie das Atemstück aus dem Mund und schaltete für einen Augenblick den Scooter aus, nur um zu erleben, wie es sich anfühlte. Sie drehte sich in Rückenlage, blinzelte durch die Wasseroberfläche in die Sonne, genoss die Schwerelosigkeit und ließ sich treiben. Die totale, friedliche Stille. Das hatte was Meditatives. Ob deshalb die Farben des Korallenriffs aus der Entfernung besonders intensiv leuchteten? Das zweitgrößte zusammenhängende Küstenriff der Welt, wie sie wusste. Es reichte von Somalia bis nach Tansania. Hier erwies es sich als voll intakt, im Gegensatz zu vielen anderen weltweit, die stark gefährdet waren. Die Drift bewegte sie am Riff entlang und bei Rasul wirkte es, als triebe er im Weltall. Sie benutzte wieder den Aspirator und näherte sich dem bunten Motiv, bis sie Details erkannte. Die Tentakel der Weichkorallen wogen umher und sie erschrak, als sich vor ihr der Schatten eines Zackenbarsches abzeichnete, der größer war als sie und den sie aufgrund seiner perfekten Tarnfarbe erst bemerkt hatte, als er sich bewegte. Rasul kam neben sie und deutete mit dem Finger auf ein Pärchen Anemonenfische, die ihr Gelege verteidigten und sogar gegen ihre Taucherbrille einen Angriff wagten. Nur wenige Meter entfernt verspeiste eine Suppenschildkröte einen Schwamm. Rasul fasste ihre Hand und sie ließen sich weiterdriften, mitten durch einen Schwarm blau-gelber Doktorfische. An einer Koralle fraß ein fetter Papageienfisch. Kein Winkel dieser beeindruckenden Unterwasserwelt schien unbewohnt. Aus einer Höhle schoss eine Muräne hervor und drohte mit ihrem scharfen Gebiss, sodass Alex zurückschreckte. Fressen und gefressen werden. Der Lauf der Natur zeigte sich hier deutlich. Aufgeregt bedeutete Rasul ihr, sich umzudrehen, während sie gerade noch mitbekam, wie ein Anglerfisch einen kleineren Fisch verschluckte, indem er einfach den Rachen so schnell aufriss, dass der erzeugte Unterdruck das Tier hineinsaugte.

Sie folgte Rasuls Blick und schrie auf. Der entstandene Schwall Luftblasen versperrte ihr kurz die Sicht auf den Teufelsrochen, der genau auf sie zukam. Ein harmloser Planktonfresser, doch das weit aufgesperrte Maul sah erschreckend riesig aus. Rasul benutzte ihren Ersatz-Aspirator, um zu atmen. Majestätisch schwebte der Rochen auf Armlänge an sie heran, vollführte einen Rückwärtssalto und kehrte um. Wie er die enorme Flügelspannweite von fast fünf Metern ausnutzte, wirkte, als würde er fliegen. Ein paar Schläge genügten, um ihn voranzutreiben. Beeindruckt von der Schönheit ließ auch Alex sich treiben, bis Rasul sie auf einen Kraken aufmerksam machte, der auf einer Steinkoralle saß und mit einem Arm nach etwas Essbarem darunter angelte. Auf dem dicht besiedelten Riff blieb keine Nische unbesetzt und selbst in der winzigsten Ritze wohnte eine Garnele, nur erkennbar an den zarten Fühlern, die sich bewegten.

Die Strömung saugte sie in eine flache Bucht und spuckte sie an einem kleinen Strand aus. Der ideale Platz, um eine Pause einzulegen. Alex schnallte ihre Tauchausrüs-

tung ab, nahm die Brille herunter, fiel in der Brandungs-
zone auf den feuchten Sand und genoss, wie das Wasser
ihre Füße umspülte. Kurz darauf stieg Rasul wie Poseidon
aus dem Meer, streifte die Schwimmshorts ab, legte sich
neben sie und betrachtete sie mit Begehren im Blick. So
als wollte er fortführen, was er an Bord nur unterbrochen
hatte, um sie auf diesen unvergesslichen Tauchgang mit-
zunehmen. Die Eindeutigkeit seines Verhaltens entlockte
ihr ein Lächeln.

Ihre Augen leuchteten. Schnaufte sie von der Anstrengung
oder wegen des Anblicks, den er ihr bewusst geboten hatte? Die ganze Zeit über hatte er sie beobachtet. Als sie das
Atemgerät herausgenommen und sich auf den Rücken
gedreht hatte, wäre er am liebsten neben sie geschwom-
men, um ihre Hand zu halten. Er wusste genau, dass sie
gespürt hatte, was er immer spürte, wenn er Apnoe tauchte. Deshalb fühlte er sich ihr im Moment besonders nah.
Vorsichtig strich er eine Strähne nassen Haares von ihrer
Wange, wartete, dass sie etwas sagte. Doch sie lag nur da,
atmete und zeichnete mit einem Finger gedankenverloren
Unendlichkeitszeichen in den Sand. Wasser glitzerte in ihrem Bauchnabel. Zu gerne hätte er ihn leergeleckt oder sie
geküsst, am besten beides. Ob sie sich bedrängt fühlte? Immerhin hatte sie Schreckliches erlebt. Ungeduldig rückte er
ein Stück heran und endlich sah sie zu ihm herüber.
»Danke.«
Er hob die Augenbrauen.

»Für dieses Taucherlebnis. Das war so – wunderprächtig. Dafür gibt es kein Wort. Ich habe die Welt darüber vergessen und verstanden, was du daran so liebst. Es ist einerseits so friedlich, andererseits ein ständiger, aufregender Kampf, der faszinierend ist und einen begreifen lässt, wie eng alles zusammenhängt in der Natur.«

Sie drehte ihm den Kopf zu, er legte die Hände darum, zog ihr Gesicht zu sich und verharrte mit den Lippen nur wenige Millimeter vor ihren. Das Schimmern der Iris, der Wasserglanz auf den Wimpern, die wie Strahlen die Augen umrahmten. Das Bild wollte er sich einprägen, den Moment einfrieren, wie sie ihn ansah, erwartungsvoll, sehnsüchtig, aber vor allem: voller Vertrauen. Sacht zeichnete er mit der Zungenspitze die Lippenkonturen nach, spürte ihren Atem, schmeckte das Salz auf ihrer Haut. Es erregte ihn schon, sie nur so zu halten. Doch sobald sie den Mund öffnete, ihre Zungen aufeinandertrafen, dieses prickelnde Gefühl entstand, das wie ein Lauffeuer durch den Körper genau in seine Mitte raste, wusste er: *Das ist meine Nixe.* Er würde sie nie wieder fortlassen. Spätestens als sie die Arme um seinen Hals schlang und sich die Nippel durch den Stoff des Oberteils an ihn drückten, war es um ihn geschehen. Immer hastiger glitt er mit den Lippen über ihre Wangen, setzte Kuss an Kuss, knabberte ihren Hals hinab zu der kleinen Kuhle unter ihrem Kehlkopf und leckte genüsslich den würzigen Salzgeschmack auf. In seinem Brustkorb pochte es vernehmlich und in den Lenden zog es heftig. Er bremste sich, um nicht über sie herzufallen, wollte es genießen.

Ihre Hände streichelten sanft seinen Rücken, ohne sich an den Narben aufzuhalten, als wären sie nicht da.

Wie wunderbar sich das anfühlte. Er hielt kurz inne, suchte ihren Blick, der ruhig auf ihm lag, genoss die Berührung und fragte sich, wieso das Schicksal ihn so lange auf diese Frau hatte warten lassen. Sie rückten aneinander, er legte ein Bein über sie, löste die Schleife des Bikinioberteils und küsste sich vor zu ihren Brüsten. Himmlisch zart spürte er die vom Wasser noch feuchte Haut an der Zungenspitze und saugte an ihren rosa Brustwarzen, wobei er genießerisch die Lider schloss und sie mit einem lustbetonten Schmatzgeräusch wieder entließ.

Sie stützte sich unter seinen Liebkosungen auf dem Unterarm ab, leise stöhnend, eine Hand in seinem Haar vergrabend, und bestimmte den Weg, den er nahm.

Für einen Augenblick legte er den Kopf auf ihren Bauch, rieb seine Bartstoppeln daran, bevor er ihren Slip abstreifte und dann den Bauchnabel ausleckte, was sie veranlasste, verhalten zu kichern. Das turnte ihn an, er blies hinein und sah zu ihr auf. Lüsternes Funkeln erkannte er in ihren Augen. Davon ermutigt streckte er die Zunge heraus und deutete mit der Spitze an, was er damit vorhatte. Sie grinste nickend. Er mochte, dass sie kein Wort verlor, sondern einladend die Schenkel öffnete. Sie stieß ein Wimmern aus, als er mit der Spitze über ihren Venushügel abwärts kreiste, kurz innehielt, bevor er ihre Schamlippen teilte. Hörte er Meeresrauschen oder war es Blut, das durch seine Adern schoss und einen Cocktail unterschiedlichster Hormone an die entscheidenden Stellen beförderte? Auf jeden Fall ein Rausch, der sie zu verschlingen drohte. Ihre Perle leckend, drang er mit einem Finger in sie, was eine rasche, aber heftige Ekstase bei ihr auslöste. Sie krallte ihre Nägel tiefer in den Korallensand.

»Hör ja nicht auf«, raunte sie.

Das hätte er auch gar nicht mehr gekonnt. Er leckte sich durch ihren Spalt, schmeckte sie schwelgend, lauschte auf ihre Atmung, das leise Stöhnen und zog die Zunge hoch bis zu ihrem Kinn. Sie nagte an der Unterlippe, als er die Penisspitze ein paar Mal auf die Klitoris stupste, bis ihre Bauchdecke vor Erregung zu zittern begann. Den Aufschrei, als er in sie eindrang, erstickte er mit einem Kuss. Dieses Mal nahm er sich nicht zurück und presste sich in sie. Das warme Gefühl des Hineingleitens, die Wonne, in ihr zu sein, intensiv zu spüren, wie sie um ihn zuckte, stachelte ihn an. Stoß um Stoß. Er wälzte sich mit ihr auf den Rücken, gab ihr die Möglichkeit, selber zu bestimmen, streichelte ihre Flanken und zwickte ihre Nippel.

Sie ließ den Kopf nach hinten fallen und ihr Becken kreisen.

»Bleib so!«, verlangte er, legte die Hände um ihre Hüften und bremste sie, kurz bevor sie es zu wild trieb. Noch wollte er sie nicht kommen lassen, dafür war es einfach zu schön. Ungeduldig kratzte sie ihm über die Brust. Das tat verdammt weh, genau der richtige Schmerzreiz, um etwas herunterzukommen, und Antrieb zugleich. Eine flotte Drehung genügte und sie lag erneut unter ihm. Er drückte ihre Handgelenke auf den Boden und ihre Augen sausten hin und her. Ein winziges Anzeichen von Gegenwehr, das er kontrollierte, indem er sich vorübergehend aus ihr zurückzog, bis sie ihn flehentlich ansah und »Nicht!« flüsterte, damit er wieder eindrang. Er fühlte die Sonne im Rücken brennen, aber davon stammte die Hitze nicht, die in seinem Organismus wütete. Ihr Stöhnen im Wechsel mit dem Nagen an der Unterlippe, ihr Busen, der bei jedem Stoß erbebte, das hübsche Gesicht, all das trug zu diesem Rausch bei, in den er geriet und auskostete, bis er die Augen schloss und die Lenden von selber zuckten. Die Spannung, unter der sein Körper stand, hielt er kaum noch aus, nahm wahr, wie der Penis anschwoll und der Orgasmus ihn überwältigte.

Sie keuchte und bewegte sich ungehemmt, er hob die Lider, sah, wie sie ins Hohlkreuz fiel und ihm einladend die Brüste entgegenstreckte. Mit einer Hand knetete er sie kräftig abwechselnd und mit der anderen förderte er, die Klitoris reibend, ihren Höhepunkt. Genau im richtigen Augenblick. Die Art, wie sie auf der Welle ritt, die Luft zwischen den Zähnen auspresste, machte ihn erneut geil. Er ging auf die Knie, spürte ihre Muskeln, die seinen Schwanz umzuckten, riss sie mit sich, sodass sie auf ihm saß. Sie ließ den Oberkörper zurückfallen, den Moment intensiv auskostend. Er stützte sie, bis sie den Kopf schwer atmend an seine Schulter lehnte, ihn dort küsste und ihm kleine Bisse versetzte. Schließlich bettete er sie wieder in den Sand und blieb glücklich auf ihr liegen.

Sie strich ihm vergeblich die Locken hinters Ohr, es waren zu viele und sie lösten sich, deshalb wiederholte sie die Geste ständig und er fand es einfach himmlisch. Überall unter der Haut kribbelte das Gefühl des Orgasmus nach, und als sie mit den Fingerspitzen seine Unterarme streichelte, verstärkte sich das Empfinden noch.

Minuten später grinste sie. »Willst du ewig auf mir liegen bleiben?«

»Wenn ich dir sage, dass ich es tue, um dich vor der Sonne zu schützen?«

»So? Du Schwindler.«

»Stimmt. In Wahrheit habe ich Angst, dass du dich als Halluzination erweist und verschwindest. Solange ich auf dir liege, spüre ich dich, deinen Atem, deine Haut und den Sand, der auf dir klebt und mich so schön reibt.«

»Masochist!«

»Das wird mir selten vorgeworfen. Woher weißt du das?«

»Reine Interpretation deiner Aussage. Aber ich mag, dass du mich behalten willst.«

Er drehte sich auf die Seite und stützte seinen Kopf auf, um sie anzusehen.

»Was magst du an mir?«, fragte sie leise.

»Äußerlich? Dein hübsches Gesicht, deine perfekte Figur. Aber ich hab mehr in dir gesehen.« Er fasste eine Haarsträhne, zwirbelte sie zusammen und kitzelte sie damit unterm Kinn, doch sie ließ sich nicht beirren.

»Was?«

»Du bist vor etwas weggelaufen. Das hast du verborgen hinter deinem taffen Auftreten.«

Sie rückte ein Stückchen von ihm ab. »Woher wusstest du das?«

»Weil mein Beschützerinstinkt angesprungen ist, als hättest du auf den rettenden Knopf gedrückt. Gedanklich hatte ich grade versucht, mit Gila abzuschließen, und in dem Augenblick kamst du über die Reling.«

»Da warst du enttäuscht.«

»Im ersten Moment vielleicht, gebe ich zu.« Resigniert ließ er sich auf den Rücken fallen. Frauen, eben hatte man den geilsten Sex und schon fand er sich mitten in einer Inquisition wieder.

»Ich mag das.«

»Was?«

»Wenn du ehrlich zu mir bist.«

»War ich von Beginn an.«

»Hast du mir *den* Alex verziehen?«

Er lächelte. »Ich verstehe, warum du es verheimlicht hast.«

»Hab dich gegoogelt. Da dachte ich, so ein Chauvinist stellt nie im Leben eine Frau ein. Ich musste tricksen.«

»Mochte ich auch an dir. Dass du es trotzdem gewagt hast, herzukommen.«

»Mir auszumalen, du hättest mich nach Hause geschickt. Nicht auszudenken. Ich wollte unbedingt neu anfangen. Und da läufst ausgerechnet du mir über den Weg.«

Er streichelte ihre Wange. »Du gedenkst also nicht, mich deiner Mutter vorzustellen?«

»Das Gesicht würde ich gern sehen. Ich wüsste sofort, was sie sagt: ›Kind, du hättest in Peers Kreisen bestimmt jemand Besseren gefunden‹. Bei ihrer Oberflächlichkeit und diesem ›Ich will doch nur dein Bestes‹ stellen sich mir die Haare auf.«

»Da hast du aber Glück.«

»Wieso?«

»Ich schere mich nicht um so was. Ich schenke ihr Blumen, nenne sie Schwiegermama, bringe ein paar Komplimente an und mache einen auf mysteriös und undurchsichtig. Sie wird mir verfallen, genau wie du.«

Alex lächelte und zog ihre Nase kraus.

Er strich mit dem Finger darüber. »Du machst mich glücklich.«

»Habe ich gewusst.« Sie gab ihm einen Kuss.

»Was?«

»Dass du eine romantische Ader hast.«

266

»Hab ich nicht. Ich bin Pragmatiker.«

»Demnach mache nicht ich dich glücklich, sondern der Sex, den du mit mir hattest.«

»Dreh mir das Wort nicht im Mund um.«

Sie wandte sich ihm zu und zeigte ihm ein breites Grinsen.

»Miststück!« Er versetzte ihr einen Klaps auf den Po.

»Autsch, du Romantiker!« Sie streichelte seinen Unterarm. »Ich mag es, wenn du was Nettes zu mir sagst. Gefällt mir viel besser als ›Frauen an Bord bringen nur Unglück‹.«

Er wischte Sand von ihrer Brust und küsste sie darauf. »Hätte ich damals sagen sollen: ›Hey, kleine Nixe, ich finde deinen Arsch knackig, deine Art sext mich total an und am besten ziehst du den Bikini gleich auch aus‹?«

»Dann wäre ich garantiert rückwärts über die Reling gegangen!« Sie prustete los und er stimmte mit ein. Es fühlte sich herrlich befreiend an, so mit ihr zu lachen.

Sie giggelte immer weiter.

»Weißt du, was noch komisch ist?«

»Nein.«

»Du hast hundert Kondome gekauft, aber bisher nur eins benutzt.«

Sofort stellte sich bei ihm das schlechte Gewissen ein. »Mist, ich hab nicht daran gedacht. Ich war so g…«

Sie legte ihm den Finger auf die Lippen. Ihr Gesichtsausdruck wurde ernst. »Scht, ich hoffe, ich kann dir vertrauen?«

»Bei meiner letzten Untersuchung war alles okay, seitdem hatte ich keine Frau mehr im Bett. Nimmst du denn die Pille?« Er schluckte trocken, was ihr nicht entging. »Muss ich mir Gedanken machen?«

Seufzend schüttelte sie den Kopf »Erinnerst du dich an die Nacht auf der Ŝuŝu?«

»Klar.«

»Ich habe dir von Peer erzählt, aber einiges weggelassen. Willst du es hören?«

Er nickte und wappnete sich innerlich.

Sie lehnte sich an ihn, er streichelte mit den Fingerrücken sacht ihre Brust und war ganz verliebt in die Art, wie die Haut unter der Berührung nachgab. »Ich habe ihn geliebt, gerade weil er so ein Chaot war. Er war spontan und voller Lebensfreude, ging Risiken ein, wo mir der Mut fehlte. Ohne ihn wäre ich nie so in der Welt herumgekommen, auch wenn ich seine Pauschalabenteuerreisen hasste. Er plante sie, ohne mich zu fragen, stellte mich vor vollendete Tatsachen und ich musste mit. Aber sie mit ihm zusammen zu erleben, das gefiel mir.« Sie sah zu ihm hoch.

»Warum hat er dich nie gefragt?«

»Er nannte es Liebesbeweise. Ich mochte es ihm nie abschlagen, er freute sich wie ein kleiner Junge. So war es auch mit Island. Dort auf einem Konzert hat er mir einen Heiratsantrag gemacht. Er hatte mir die Show gestohlen. Ursprünglich wollte ich ihm an diesem Abend etwas Wichtiges mitteilen, ergo wartete ich auf eine günstigere Gelegenheit.«

Rasul streckte den Arm aus und sie lehnte sich an seine Schulter.

»An dem Morgen darauf stritten wir wegen einer teuren Digitalkamera, die er mir geschenkt hatte, nur um mich zu einer Gletschertour zu überreden. Mit solchen Sachen besänftigte er mich. Diesmal brüllte ich ihn an, ich sei es satt, doofe Pseudoabenteuer mitzumachen oder sein Chaotentum hinzunehmen. Ich bräuchte keine Gefahren, sondern Planungssicherheit. Er winkte ab und meinte, ich sei schlimmer als eine Beamtin, das Leben sei langweilig ohne Abenteuer.«

»Stimmt.«

»Mag sein, aber mich beschäftigten andere Dinge. Ich wollte ihm sagen, dass ich schwanger war. Hab die Pille nicht vertragen. Ich wollte in sein glückliches Gesicht sehen, wenn er es erführe, doch er hat nur sein dröhnendes Basslachen über mir ausgeschüttet, also verschwieg ich es.«

Sie legte eine Erzählpause ein und er bemerkte, dass sie um Fassung rang. Er gab ihr einen Kuss auf den Kopf und drückte sie tröstend.

»Ich raste vor Wut. Dann erzählte er mir, dass er extra einen Meteorologen als Führer engagiert hatte. Das konnte ich nicht ablehnen. So ein Gletscher ist für mich aus beruflichen Gründen hochinteressant. Wir erwischten für die Tour einen warmen Tag, zogen die Jacken aus und ich scherzte, dass ohne Daunenhülle auf Eis rumzuklettern abenteuerlich genug sei. Den Rest der Geschichte kennst du.« Verstohlen wischte sie sich eine Träne aus den Augenwinkeln.

Alex konnte vor ihm nicht verbergen, dass es sie immer noch mitnahm, darüber zu reden.

»Und das Baby?«, wagte er zu fragen und jetzt begann sie doch zu schluchzen.

»Totgeburt. Im sechsten Monat. War eine komplizierte Sache. Seitdem kann ich keine Kinder mehr bekommen.« Es klang kühl, aber sie schniefte vernehmlich und er lehnte seinen Kopf an ihren und streichelte ihr Haar.

»Hey, ist alles gut. Wein ruhig, wenn es guttut.« Er spürte an seinem Arm, dass sie den Tränen freien Lauf ließ, und war einerseits erleichtert, dass es keine Abtreibung war, wie Fritz angedeutet hatte, andererseits entsetzt über die Konsequenzen für sie. Ein heftiges Schütteln ging durch ihren Körper und die eben noch glückliche Situation war umgeschlagen. »Ich finde es gut, dass du darüber sprichst. Hilft es dir, wenn ich dir sage, dass ich keine eigenen Kinder will?«

Sie sah zu ihm auf. »Ernsthaft?«

Er erkannte, dass sie darüber nachgedacht hatte, und lächelte. Allein, dass sie sich derlei Gedanken machte, ob er vielleicht Nachwuchs wollte, rührte ihn. »In Afrika leben Millionen Kids ohne Eltern, ich habe bereits sechs Patenschaften. Und mit der richtigen Frau« – er küsste sie auf Augen, Nase und Mund – »adoptiere ich einen ganzen Stall voll, vorausgesetzt, du willst das auch.«

»Mit mir?«

»Hm«, brummte er zustimmend.

Sie entspannte sich und sah zu ihm auf. »Ich bin froh.«

»Worüber?«

»Ich habe mich nicht getäuscht. Du hast einen weichen Kern unter deiner harten Schale. Und ich habe sie geknackt. Das gibt mir Exklusivrechte.«

Das klang deutlich fröhlicher und er war erleichtert, dass sie so schnell umschwenkte. Auch wenn sie damit nur überspielen wollte, dass sie Schwäche gezeigt hatte.

»Darüber müssen wir noch verhandeln.«

Sie drehte sich ihm zu, fasste ihm in den Schritt und schüttelte den Kopf. »Das hier gehört von heute an mir, und das ist nicht verhandelbar.«

Er brachte sie unter sich und küsste sie fordernd. Atemlos lösten sie sich voneinander. »Okay«, keuchte er. »Damit kann ich leben.«

Sie kehrten erst zwei Stunden später zurück an Bord der *Argus*, wo Sparky sie erwartete, der ihnen an der Tauchplattform half.

»Mann, wir dachten, ihr seid abgetrieben. Ich war drauf und dran, einen Suchtrupp loszuschicken.«

»Sorry, uns ist was dazwischengekommen«, antwortete Rasul mit einem verschmitzten Grinsen. Alex lief rot an und er drückte ihre Hand.

»Na wenigstens ist zwischen euch alles geklärt«, feixte Sparky.

AURUM

Völlig ausgehungert nahmen sie an der langen Tafel in der Pantry Platz. Dort saß die Mannschaft vor einem großen Topf voller köstlich duftendem Chakalaka, einem scharf gewürzten Gemüseeintopf. Dazu servierte Ernest Mieli Pap, die traditionelle afrikanische Beilage aus Mais, die man zu vielen Gerichten reichte. Sie berichteten begeistert von ihrem Taucherlebnis und verbrachten einen gemütlichen Abend miteinander, der bei einem Glas Wein auf dem Vordeck endete, bevor Rasul sie bei der Hand nahm und sie ihm in die Kabine folgte. Er küsste ihren Nacken und sie legte den Kopf nach vorn, damit er den Neckholder löste. Es rieselte, als er das Oberteil von ihren Brüsten streifte. Sie kicherte, weil er noch mehr Krümel in ihrem Slip fand.

»Weißt du, was das ist?«

»Klar, Sand.«

Er lachte. »Fast, genau genommen Korallensand. Und der besteht ursprünglich aus salzwassergereinigter Papageienfischkacke.«

»Du meinst, ich habe es mit dir heute dreimal auf Fischkacke getrieben?« Sie tippte ihm auf die Brust. »Und ich dachte, es wäre das Salz, was so auf der Haut juckt. Ich geh duschen.«

»Aber es stimmt, Papageienfische ernähren sich von Korallenbewuchs und die verdauten Reste bilden diese wunderbaren weißen Strände. Dafür sind besonders die Malediven berühmt. Jeder dieser Fische produziert etwa neunzig Kilogramm pro Jahr.«

Sie seufzte. »Ein kompletter Inselstaat aus Fischexkrementen. Schreib das mal in einen Reiseführer. Millionen desillusionierte Touristen verlangen ihr Geld zurück.«

»Darf ich mitkommen?«

»Wohin?«

»Unter die Dusche.«

»Gern, wasch mich, ich bin nämlich viel zu müde.«

Er schob sie ins Bad, das kaum Platz genug bot für zwei, und wusch sie so zärtlich, dass sie schnurrte, als er sie schließlich abtrocknete und ins Bett trug.

Sie drückte ihm einen Kuss auf, kuschelte sich in seinem Arm zusammen und war augenblicklich eingeschlafen.

Der Motor vibrierte, die Sonne schien durch das Bullauge über dem Kartentisch in die Kabine. In Rasuls Arm hatte sie tief und traumlos geschlafen. Er lag neben ihr, mit entspannten Gesichtszügen und offenen Augen. Sie strich ihm die Locken hinters Ohr. »Seit wann bist du wach?«

»Fünf Minuten. Ich habe dir beim Schlafen zugesehen. Du hast so friedlich gewirkt, das färbt derart auf mich ab, dass ich keine Alpträume mehr habe, wenn ich neben dir liege. Du bist meine Prinzessin.«

Sie schenkte ihm ein warmes Lächeln. »Du tust mir auch gut. Wohin fahren wir?«

»Zurück zum Wrack. Ich befürchte, Chase hat es übernommen.«

»Hast du deshalb nichts von dem Fund erwähnt, damit niemand von der Mannschaft was ausplaudert?«

Er nickte. »So muss Prescott erst danach suchen. Ohne Bestätigung, dass es sich um die *Princess* handelt, bringen ihm die übrigen Artefakte kein Vermögen ein. Ihm fehlen deine Unterlagen, es sei denn, er findet den Schatz. Das bezweifle ich. Ich glaube, die Crew der *Princess* hat damals versucht, die Sovereigns zu retten, auf einem Beiboot oder einem schnell gezimmerten Floß.«

»Dann ist gar kein Gold mehr da?« Enttäuschung breitete sich in ihr aus.

»Wir haben beide unabhängig voneinander recherchiert. Von einem plötzlichen Reichtum eines der Besatzungsmitglieder oder anderen Hinweisen auf das Gold gab es keinerlei Aufzeichnungen.«

»Aber wo ist es abgeblieben?«

»Das Geld war bestimmt nicht lose in einer einzelnen Truhe untergebracht. Ein Goldstück wog knapp acht Gramm, bei fünfzigtausend Stück ergibt das vierhundert Kilo. Ich vermute, aufgeteilt in Säcke, sonst hätte die Menge niemand bewegt.«

»Du meinst, wenn man ums nackte Überleben kämpft, verhalten sich Menschen eigenartig? Erst siegt die Gier, dann geht es nur noch um die eigene Existenz? Klingt plausibel. Wir müssen also die Suche in Richtung Küste ausdehnen. Aber um das Plateau herum ist das Wasser deutlich tiefer.«

»Mit unserem Equipment kein Problem. Ich habe nur Bedenken, wie wir Prescott loswerden.«

»Ich zeige ihn an.«

»Sinnlos! Er besticht den zuständigen Polizeidienststellenleiter und ist frei. Nein, das regeln wir auf meine Art. Er büßt für das, was er dir angetan hat. Der Mord an Naomi wird gesühnt. Ich hoffe auf die Aufnahmen aus der Drohne. Hopp, raus aus dem Bett. Die Arbeit ruft.«

Rasul berief ein Meeting ein. Sie trafen sich im Elektronikraum und alle Augen sahen erwartungsvoll auf ihn.

»Jungs, ich hab mich noch nicht bedankt für euren Einsatz. Das hole ich hiermit nach. Ihr wart spitze.«

»Keine Ursache. Willst du uns erzählen, was in den drei Tagen passiert ist?«, fragte Ngumbo.

An der Art, wie er den Rücken straffte, bevor er nickte, erkannte Alex, wie schwer ihm das fiel. Er atmete einmal kräftig aus. »Naomi ist in meinem Arm gestorben, nachdem ich verschiedene Krankenhäuser angefahren habe, um einen Arzt zu finden, der sie behandelt. Die waren mit den Anschlagsopfern überfüllt. Im dritten erbarmte sich einer, der sie wenigstens untersuchte, aber dann den Kopf schüttelte. Die wenigen zur Verfügung stehenden Medikamente dürfe er nicht für einen aussichtslosen Fall vergeuden.« Seine Gesichtszüge verhärteten sich und er griff in den Kragen seinen Shirts, als wollte er ihn weiten, weil er ihm die Luft abschnürte. »Zumindest starb sie in einem Bett mit sauberen Laken. Ihre letzten Worte lauteten: ›Kümmere dich um meine Kinder und schnapp dir das Schwein‹.« Er seufzte auf. »Ich wusste nicht, dass sie Mutter von zwei Mädchen war. Fünf und drei Jahre alt. Ich lasse sie suchen und Joseph kann sein Testament machen.«

Mitch hob eine Speicherkarte hoch. »Hier sind die Aufnahmen, hab alles drauf und den Ton nachbearbeitet, so gut es ging. Was willst du damit anstellen?«

»Schau ich mir später an, danke. Kennt jemand einen Journalisten?«

Alex hob die Hand. »Mein ehemaliger Kommilitone. Er arbeitet für die BBC in der wissenschaftlichen Redaktion. Thore hilft uns mit Sicherheit gern.«

»Gut, fragen wir den. Das ist brisantes Material. Wenn das an die Öffentlichkeit gelangt, bevor Joseph und Prescott verhaftet sind – mehr muss ich wohl nicht sagen.«

»Er hat vier Tage Vorsprung und könnte wer weiß wo sein«, warf Sparky dazwischen.

Rasul nickte. »Die Pause war nötig. Wir können froh sein, dass es so glimpflich abging. Chase ist bestimmt nicht geflohen.«

»Du meinst, wir finden die *Oktopus* am Wrackplatz?«, wollte Joe wissen.

»Er löst die Probleme mit der Russenmafia nur, indem er das Gold findet, das stellt er über die Bedrohung, die ich für ihn bedeute. Die Artefakte retten ihn nicht, ich bin aber trotzdem überzeugt, dass kein Stück unten bleibt, was sich in bare Münze umwandeln lässt. Er nimmt uns 'ne Menge Arbeit ab.«

»Wie wollen wir ihm das wieder abluchsen?«, fragte Chip. »Noch 'ne Kamikaze-Militäraktion anzetteln?«

Rasul zuckte die Schultern. »Keine Ahnung. Nur so viel: Der illegale Waffendeal, den Joseph durchziehen will, interessiert garantiert jemanden. Wir müssen nur überlegen, welche Organisation wir ihm auf den Hals hetzen. Ich rufe meinen BND-Kontakt an.«

»An den Geheimagenten in dir kann ich mich nur schwer gewöhnen.« Der Kapitän schob ihm das Satellitentelefon zu und räusperte sich. »Prescott ist im Übrigen nicht der Einzige mit Geldproblemen. Das Expeditionskonto hat Ebbe. Ich habe nur halbvoll getankt. Füllst du es bitte auf?«

Rasul schüttelte den Kopf. »Mein Privatvermögen steckt in dieser Expedition, die Portfolios sind aufgelöst, sogar das Riad in Marrakesch ist beliehen. Im Ernstfall wohne ich eben auf der Ŝuŝu. Sorry Jungs, mit den Extratouren hab ich uns reingerissen.«

»Du hättest uns sagen müssen, dass du so knapp bei Kasse bist.« Joe schlug ihm auf die Schulter. »Ich habe noch Geld von der letzten Tour, das gebe ich dir gern.«

»Ich auch«, fügte Ngumbo hinzu.

»*Moi aussi.*«

»Hört auf. Das ist wirklich großartig von euch. Ich nehme kein Geld von Leuten, die es nicht überhaben. Ihr braucht es für eigene Projekte und eure Familien. Aber vielen Dank. Wir verpfänden die Ŝuŝu und lösen sie aus, sobald wir fündig geworden sind.«

Alex hielt seinen Unterarm fest. »Warte! Wie lang reicht der Sprit, Sparky?«

»Zum Wrackplatz und zurück nach Mombasa plus etwa eine Woche, um die Elektrik aufrechtzuerhalten und die Akkus für die Geräte zu laden. Die Lebensmittel rationieren wir und stocken durch Meeresfrüchte auf. Wir schaffen das.« Sparkys Stimme klang zuversichtlich und er schob seine Hand flach auf den Tisch. »Alle für einen!«

Die Männer schlugen ein, bis auf Alex, sie sah unschlüssig aus.

»Was ist?«

»Verlierst du die Ŝuŝu, verlierst du alles. Wenn es nur bei dem kleinen Fund bleibt und der Rest vom Schatz gar nicht mehr da liegt?«

»*No risk no fun.*«

»Das klingt, als ob du keine Existenzangst kennst.«

»Es genügt, dass du Angst um mich hast.«

»Welcher Fund, *ma chère*?«, murmelte J-P. »Was meinst du damit?«

Alex schluckte, während Rasul sich räusperte.

»Ich habe maximal fünfzig Münzen gefunden, zusammengeklumpt.«

»Wo denn?«

Auf einmal war die Crew auf ihn fokussiert.

»Sorry Jungs, ich bin erst nicht dazu gekommen und fand es dann besser, es zu verschweigen.«

Aufgebracht sprachen die Männer durcheinander.

»Vertraust du uns nicht mehr?«, wollte Ngumbo wissen.

»Alex wusste es?« Das klang ausgesprochen vorwurfsvoll von Mitch und er sah beleidigt aus. »Jetzt sag schon, wo?«

»Etwa vierzig Meter vom Bug in Richtung Küste.« Rasul erzählte ihnen von seiner Vermutung.

Joe stand auf. »Willst du abwarten, bis die Konkurrenz auf den gleichen Gedanken kommt? Schaut mal.« Er holte die Simulation auf den Monitor und zeichnete eine Linie von der Stelle, die Rasul mit dem Finger anzeigte, zum Festland. »Mit meiner Idee luchsen wir es ihm ab: Ich schlage vor, sobald sie am Abend die Tauchgänge einstellen, bergen wir mit dem Tauchroboter das Gold. Wo die kleine Menge liegt, kann der Rest nicht weit sein. Hier fällt das Riff ab. Auf dieser Seite nur fünfundvierzig Meter, aber die Riffkante schützt uns ausreichend. Sogar falls Chase mit der *Oktopus* direkt über dem Wrack ankert, sieht er uns nicht, wenn wir es geschickt anstellen. Mit dem Tauchboot suchen wir dann die Strecke ab. Was denkt ihr?«

»Vom U-Boot aus steuere ich problemlos den Roboter«, ergänzte Ngumbo und hob den Daumen.

Alex spürte das alte Fieber und die Verschworenheit der Mannschaft zurückkehren. Die Männer diskutierten einen Moment hin und her, bis Rasul nickte.

»Könnte klappen. Wir gehen viel frecher vor, lassen die Kennung an und ankern auf einer Entfernung, aus der Prescott keinen Angriff von uns vermutet. Er wird uns beobachten, sich in Sicherheit wiegen, und wir schleichen uns von hinten an. Riskant, aber praktikabel. Gut, dass ich in meinen Geräten nur die langlebigsten Akkus verbaue«, feixte er. »Also los, holen wir uns den Schatz!«

Erleichtert atmete Alex auf und schnappte sich das Telefon. Sie rief ihren Studienkollegen Thore Hovaldson an, der eine geniale Idee parat hatte. Ein kurzfristig anberaumtes Interview über Wracktaucherlegenden für die BBC mit Prescott in den USA. Mediengeil, wie sie ihn einschätzte, würde er das kaum ablehnen. Aber ob er so kurz vor dem Erfolg tatsächlich das Schiff verlassen würde?

Rasul übernahm den Hörer und wählte. Für einen Augenblick hielt er inne, als sein Gegenüber abnahm. »Hallo Gila.«

»Rrrrrrr, Rasul, hast du etwa Sehnsucht nach mir?«, hörte Alex eine melodisch klingende Frauenstimme aus dem Lautsprecher. Das war also Gila. Sie bemerkte, dass allein die Stimme Rasul kurz aus der Fassung brachte. Noch bevor sie mit Eifersucht reagieren konnte, warf er einen Seitenblick auf Alex, lächelte sie liebevoll an und legte eine Hand beruhigend auf ihren Oberschenkel.

»Wie du weißt, liebste Freundin, gibt es seit Neuestem

280

eine Frau an meiner Seite. Du beherrschst meine Fantasien nicht mehr. Das heißt nicht, dass ich unsere Woche je vergesse. Aber du wirst verstehen, dass in meinem Kopfkino ab sofort eine andere die Hauptrolle spielt.«

»Wurde auch höchste Zeit. Freut mich zu hören, dass du sie wohlbehalten zurückhast. Was kann ich für dich tun?«

»Ist Rahim zu Hause?«

»Steht neben mir, Augenblick.«

»Hi Rasul, Probleme?«

»Ist mir etwas peinlich. Ich habe mich übernommen und brauche Geld.«

»Nenn mir das Konto, ich überweise jede Summe. Ich verlange 3 % Zinsen. Akzeptabel?«

»Du bist sehr fair.« Er nannte ihm seine Kontodaten. »Darf ich dich um noch etwas bitten?«

»Selbstverständlich.«

»Naomis Töchter. Sie leben in Mombasa. Lindi ist fünf und Nila drei, bei einer Frau namens Quambé. Ich gab mein Wort, für sie zu sorgen. Suchst du sie bitte für mich?«

»Ich kümmere mich darum und melde mich, versprochen. Sehen wir uns in Marrakesch?«

»Danke. Sobald wir hier fertig sind. Ich habe noch eine Rechnung offen.« Er wählte erneut und sprach mit Fritz, der versicherte, wegen Joseph etwas zu unternehmen. Nach den Gesprächen schien er erleichtert. Er sah Alex an. »Jetzt holen wir uns, was uns zusteht. Chase kann einpacken und Joseph auch.«

Das gleichmäßige Brummen des Schiffsmotors und die damit einhergehende sanfte Vibration, die sie in ihrem Körper verspürte, wirkten beruhigend auf Alex. Sie lehnte sich in ihren Drehsessel und beobachtete die Männer, die sofort fieberhaft die Planung perfektionierten.

Die *Argus* ankerte mit dem Bug zur *Oktopus*, die in zehn Kilometern Entfernung gerade noch auf Sichtweite lag. Mit dem Heckkran wasserten sie ungesehen das RasulNauTec-Tauchboot.

Rasul verstand, dass Alex es ablehnte, mit im U-Boot zu fahren. Die beklemmende Raumnot, zusätzlich zu der Gefahr, entdeckt zu werden, war zu viel verlangt. Der Abschiedskuss beim Einsteigen sagte ihm mehr als Worte. Zu wissen, dass sie auf ihn wartete, war ein gutes Gefühl, und sie zeigte ihm die gedrückten Daumen. Ngumbo und Mitch fieberten bereits der Aufgabe entgegen. Die Systeme funktionierten einwandfrei, sie tauchten ein in den dunklen Ozean und ließen die nur von den Positionslichtern beleuchtete Argus hinter sich. Die Scheinwerfer erhellten einen 10-Meter-Bereich unmittelbar voraus und ab und an erschien ein fluoreszierendes Wesen im Lichtkegel oder ein Kalmar huschte vorüber. Sie steuerten eng an der Küstenlinie entlang, dicht über dem Meeresboden, immer im Schutz der Riffrückseite. Leider kamen sie nur mit einer Geschwindigkeit von fünf Stundenkilometern voran. Das war kein Torpedo, sondern ein Drei-Personen-Glaskuppel-Hightech-Tauchboot.

Hundertmal hatte er sich überlegt, welche Möglichkeiten zur Verfügung standen, falls Prescott sie entdeckte. Ein Blick auf das Sonar, und sie flogen auf. Eigentlich blieb ihnen nur, umzudrehen. Dass er riskieren würde, sie zu töten, davon ging er nicht aus, doch brachte man einen Mann wie Chase in Bedrängnis, wusste man nie. Unablässig beobachtete er die Daten. Sie hielten genau Kurs. Den Sprechfunk hatten sie aus Sicherheitsgründen unterbrochen, aber per Tastatur tauschten sie Nachrichten mit der *Argus*. Seit Ernest die Systeme auf Viren und Sniffer überprüft und die von Iggy eingeschleuste Schadsoftware vernichtet hatte, kommunizierten sie wieder gefahrlos. Soeben schrieb Alex, Prescott habe für das Interview zugesagt und es sei nur eine Frage der Zeit, wann er deshalb morgen früh sein Schiff für einige Tage verlassen werde. Dieser Arsch ließ die Mannschaft arbeiten und sich als Superschatztaucher feiern. Womöglich hoffte er darauf, den Fund live zu vermelden. Das traute Rasul seinem Erzfeind durchaus zu. Wahrscheinlich wähnte er sich sogar in Sicherheit, weil die *Argus* sich nicht näher heranwagte. Der Plan schien aufzugehen. Trotzdem erfasste Rasul eine gewisse Nervosität. Zwei Stunden Fahrtzeit bis zum Wrackplatz und schon flimmerte ihm durch den Kopf, an welchen Schwierigkeiten die Mission scheitern könnte. Auf ihm lastete die Verantwortung, obwohl es seinen Männern freistand, mitzumachen. Es blieben Schatzsucher und das barg ein hohes Suchtpotenzial. Niemand erwartete von einem Süchtigen vernünftige Entscheidungen. Er wischte sich den Schweiß von der Stirn.

»In acht Minuten erreichen wir die Stelle.«

Mitch band zum gefühlt fünfzehnten Mal seine Dreadlocks zusammen. »Fuck, ich bin aufgeregt wie nie.«

»Ich auch«, gab Rasul zu. »Wir haben tagelang nach dem Gold gesucht, Prescotts Leute ebenso, und jetzt bleibt uns eine Nacht, um es zu finden? Ich zweifle an allem, woran ich bisher glaubte, und bin keineswegs überzeugt, dass es klappt.«

Am Bildschirm erschien eine Nachricht von Ernest. »Flugdaten von Prescott, morgen 11.00 Uhr ab Mombasa. Abholung 7.00 Uhr per Hubschrauber. Bis dahin solltet ihr weit weg sein.«

»Shit, auch das noch.«

»Chillt mal«, mischte sich Ngumbo ein. »Was müssen wir schon groß leisten? Wir schicken den ferngesteuerten Roboter raus, das ROV erledigt die Sache für uns. Deine Unterwasserdrohnen sind die besten auf dem Markt. Glaubst du nicht mehr an deine eigenen Entwicklungen? Wir sind da!«

Sie setzten 3D-Brillen auf, das war besser, als auf einen Bildschirm zu starren. Nur Mitch hatte keine, er hielt das Tauchboot auf Kurs, damit sie nicht abdrifteten. Das technische Wunderwerk, ausgestattet mit Kamera, Metalldetektor, Greifarmen, Sauger und Transportkorb, lieferte die Bilder. Ngumbo wusste die Steuerung meisterlich zu bedienen. Wenn jetzt jemand von der Oktopus über Bord schaute oder auf der Brücke die Daten checkte, flögen sie auf.

Der Anblick, der sich ihnen bot, als Ngumbo den Tauchroboter über die Riffkante lenkte, bestätigte den Verdacht, dass Prescott keinerlei Gnade mit der Natur walten ließ. Der Wrackplatz zeigte sich im Sichtfeld völlig durchwühlt, das Wasser getrübt von Sediment. Im Bereich der Markierungen jemand das Unterste zuoberst gekehrt. Kanonen lagen keine mehr herum und sogar der Rest der Bordwand war an einigen Stellen niedergebrochen. Der Platz komplett verwüstet. Ein Glück, dass hauptsächlich

Sand am Grund lag und kaum Korallen in Mitleidenschaft gezogen wurden. Doch die *Oktopus* trieb unmittelbar an der Kante des Riffs und der Anker lag darin verkeilt. Er würde eine große Wunde hineinreißen, sobald sie ablegten.

»Dokumentier das! Es macht mich rasend. So was nennt sich in der Öffentlichkeit Wissenschaftler. Und seine Mitstreiter sind zum Teil namhafte Meeresbiologen. Man sollte sie kielholen, alle miteinander!« Wütend hieb er mit der Faust auf die kleine Ablage vor sich und seine Jungs nickten zustimmend.

Zielgenau steuerte Ngumbo per Fernsteuerung das Unterwassergefährt, auf die Koordinate des Goldfundes zu.

Rasul dirigierte ihn anhand der Aufnahmen vom Wrackplatz, die sich jetzt als sehr nützlich erwiesen. »Da, links, das seepockenbewachsene Häufchen im Lichtkegel anpeilen. Was sagt der Metalldetektor?« Im selben Moment piepte es.

»Lad es ein, und dann fahr Fünf-Meter-Schleifen Richtung Küste ab. Himmel, ich glaube, ich halt es nicht aus.« Es entstand eine eigenartige Stille, in der nur die Atemgeräusche der Männer erklangen und ab und zu das Tarieren des U-Boots, wenn es gurgelnd Luft entließ oder der Antrieb die Position korrigierte, die Mitch überwachte. Unmittelbar an der Riffkante gab der Metallsucher erneut Signal. Mit bloßem Auge kaum von einer Steinkoralle zu unterscheiden, ein weiteres verkrustetes Gebilde. Ngumbo benutzte den Greifarm und das Gebläse, legte ein wenig mehr davon frei, bis man erkannte, dass es nicht mit dem Riff verwachsen war. Der Klumpen war so schwer, dass der Arm ihn nur knapp in den Korb beförderte. Rasul spürte seinen Puls in der Halsschlagader. Er schluckte trocken.

Die Spannung fraß ihn Stück für Stück. Nur ein bewachsener Haufen oder ein x-beliebiges Metallstück? Der Detektor wies Metalle differenziert aus und es war Gold, wenn man der Anzeige Glauben schenkte. Er setzte die Brille ab, wischte sich mit einem Tuch über die verschwitzte Stirn, reinigte das Display und sah sich um. Weder Lichtkegel noch Taucher, niemand schien sie zu bemerken. Er bezweifelte, dass die Mannschaft der *Oktopus* dermaßen nachlässig war, obwohl sie praktisch direkt unter ihren Augen arbeiteten. Sie mussten sich ungeheuer sicher fühlen oder hatten sie das Gold etwa gefunden und waren zu besoffen vom Siegestaumel?

Der Roboter zog Schleifen. Es dauerte schier endlos. Regelmäßig kontrollierte Rasul die Uhrzeit. Die Ressourcen reichten bei drei Mann Besatzung für höchstens zehn Stunden, dann würde es eng mit der Sauerstoffversorgung.

Das Gefährt glitt die Riffkante abwärts und tauchte daran entlang. Man sah nur die dünnen Linien des Laserlichts, mit dem der Abstand zum Riff gemessen wurde und was im Lichtkegel des Scheinwerfers auftauchte. Kein Ausschlag. Im Blickfeld jagten Weißspitzenhaie, die sich in ihrer Fressgier nicht von dem ROV ablenken ließen. Er stützte den Kopf in die Hände, es war ihm unmöglich, weiter zuzusehen. Im besten Falle erwiesen sich die Klumpen als verkrustet Sovereigns. Bis sie restauriert waren und sich in einem verkaufsfähigen Zustand präsentierten, würden Monate vergehen. Wie konnte er sich nur auf ein so vages Unternehmen einlassen und sein gesamtes Vermögen darin investieren? Diese Frage stellte er sich zum hundertsten Mal und wusste doch, dass ihm keine andere Wahl blieb.

Schatzsucher verfielen unweigerlich mit Haut und Haar ihrem Metier. Vernunft zählte nur am Rande. Was ihn nicht von der Verantwortung für seine Crew befreite.

Endlich, ein neues Signal. Bestätigte sich die Vermutung und die Mannschaft hatte das Gold tatsächlich aus dem Rettungsboot geworfen, um selbst zu überleben?

Ngumbo fuhr das ROV an das NauTec heran und tauschte den Transportkorb. Zu gerne hätte Rasul den Fund sofort untersucht, jedoch richtete man mit dem Greifer unnötig Zerstörungen an. Ergo hieß es abwarten, bis sie auf die *Argus* zurückkehrten.

»Was habt ihr da?«, schrieb Alex.

»Wir wissen es nicht genau«, tippte er mit fahrigen Fingern. Er stellte sich vor, dass der Rest der Besatzung ebenso angespannt ausharrte wie er. Immerhin agierten sie direkt unter den Augen der Konkurrenz. *Frechheit siegt,* dachte er noch, bevor es erneut mehrfach piepste und er davon hochschreckte. Schnell setzte er die Brille wieder auf. Diese modernen 3D-Dinger ließen das Szenario wirken, als tauchte man selber. Noch mal ein nahezu identisch großer Klumpen, diesmal bewachsen von einer winzigen Lederkoralle. Für eine Kanonenkugel lag es eindeutig zu weit weg vom Wrackplatz und der Verdacht, dass es sich doch um das Gold handelte, erhärtete sich. Vorsichtig wagte er, daran zu glauben, als es vier Mal kurz hintereinander piepte. Der Transportkorb am Heck des NauTecs füllte sich. Dreihundertvierzig Kilo zeigte die Waage an. Sechs unregelmäßig geformte Brocken und einige kleinere lagerten im Korb. Rechnete man den Bewuchs hinzu, stimmte das zuversichtlich, dass sie auf den Schatz gestoßen waren.

»Wollen wir weitersuchen?«, fragte Mitch, der sich den Schweiß abwischte und einen Schluck trank.

»Noch eine halbe Stunde. Da hier mehrere Funde rumlagen, vermute ich den Rest in der Nähe.« Erneut ertönte ein Signal, dann ein weiteres.

Ngumbo hob die Hand. »Hier liegt etwas Verstreutes. Das müssen wir aufsaugen. Es wird eine Sedimentwolke entstehen. Riskieren wir es?«

»Klar, bevor die Konkurrenz unsere Spuren findet und es sich einverleibt. Ich gönne denen nicht das Schwarze unterm Nagel. Saug es auf!«

»Das dauert.«

»Du hast fünfundvierzig Minuten. Ich sag oben Bescheid.« Diesmal antwortete der Chief und gab zu bedenken, dass zusätzliche Verbraucher die Energiekapazität und damit die Tauchzeit herabsetzten und sie dadurch den Zeitraum für eine ungefährdete Rückkehr bis an die Grenze ausreizten.

Rasul beunruhigte außerdem, dass sie die zwei Stunden Rückweg einplanen mussten, bald die Sonne aufging und dann ein Blick in die richtige Richtung von Bord der *Oktopus* genügte, um sie auffliegen zu lassen. Er war überzeugt, Prescott verfügte ebenfalls über ein Tauchboot. Eine direkte Konfrontation schien ihm zu riskant. Das hob er sich für später auf.

Geräuschvoll klackerte es im Saugrohr und kleine Klümpchen landeten im Auffangbehälter. Ngumbo agierte besonders vorsichtig, um den Schlauch nicht zu verstopfen, erfasste größere Klumpen mit dem Greifer. Wieso zog sich das nur so unendlich lange hin? Zuzuschauen geriet zu einer Hardcore-Nervenprobe. Dieselben Bilder empfing die *Argus* und er stellte sich vor, wie der Rest der Crew vor

den Bildschirmen hockte und jedes aufsteigende Sediment-
wölkchen beobachtete. Ihm rann der Schweiß unangenehm
den Rücken hinunter. Die Gesamtsituation wäre normalerweise dazu geeignet, ihm einen positiven Adrenalinkick
zu verpassen. Jedoch drückte die Verantwortung für die
Mannschaft auf die Stimmung. Prescott blieb unberechenbar. Erst wenn er ihn in Amerika wusste und die Polizei
ihn wegen Entführung und Beihilfe zum Mord festnahm,
durfte er aufatmen. Noch war er nicht in den Hubschrauber gestiegen, von dem eine zusätzliche Gefahr ausging.
Ein neongelbes Tauchboot war von der Luft aus mit Leich-
tigkeit erkennbar. Wenn er nun gar nicht flog? Und dann
stand noch die Auseinandersetzung mit dessen Mitstreitern
bevor. Allen voran Iggy. Er reckte den Hals, um das unbe-
hagliche Gefühl loszuwerden, das ihm die Kehle eng werden ließ. Andauernd überwachte er die Sauerstoffwerte und
die Akkuladung. Zwar hatte auch Sparky die Daten von
oben ständig im Blick, aber es selbst zu tun, beruhigte ihn.
Normalerweise wurde auch die Position in Echtzeit kontrolliert, das benötigte aber Echolot, was eben auch auf der
Oktopus wahrgenommen werden konnte, deshalb hatten sie
sich auf Dreißig-Minuten-Intervalle geeinigt. Am liebsten
wäre er umhergelaufen, doch die Enge des Gefährts ließ
nicht einmal Drehungen des Stuhls zu. Man konnte nur die
Armlehne hochklappen, um sich hinzusetzen, was daran
lag, dass der Innenraum mit Elektronik und Bedienpanels
vollgestopft war. Mitch starrte ihn unwirsch an, weil er unentwegt den Klappmechanismus auslöste.

»Sorry Jungs, ich bin so nervös. Geht das nicht schneller,
Neptun? Auch wenn wir hier im Schatten des Riffs liegen,
die Wassertrübung verrät uns.«

»Tu was für die Forschung und zähl Spezies«, knurrte Ngumbo.

In der Tat eine gute Idee, gleichzeitig seinen Forschungsauftrag zu erfüllen. Erst im Dunkeln entfaltete sich nämlich die volle Schönheit eines Riffs und man erkannte, warum man Korallen auch Blumentiere nannte. Denn jetzt streckten sie ihre Tentakel in die Strömung, um Plankton einzufangen. Er schaltete UV-Licht ein, was die Korallen zum Fluoreszieren brachte, hervorgerufen durch Proteine, die das Licht umwandelten. Eine spektakuläre Vielfalt an Farben und Formen tat sich vor ihm auf. Allein in seinem Blickfeld zählte er sechsundfünfzig Arten. Er blickte nach oben. Mehrere Haie auf Nahrungssuche strichen neugierig um das Boot. Die schlanken Riffhaie schlängelten sich in ihrer Fressgier in die kleinsten Lücken zwischen den Korallen. Ein Doktorfisch, dem es nicht gelang, rechtzeitig Schutz in einer Nische zu suchen, fiel einem von ihnen zum Opfer. Nachts setzte ihr Jagdtrieb ein, da hielt man sich als Taucher besser nicht in ihrer Nähe auf. Für einige Zeit lenkte ihn die Zählerei ab, doch dann trommelte er schon wieder mit den Fingern auf der Ablage herum. Seit Stunden hockten sie nun in der immer mehr zur Sauna werdenden Kabine. Obwohl auf vierzig Tiefenmetern die Umgebungstemperatur bei nur noch zwölf Grad lag, heizten drei unter Spannung agierende Personen den Innenraum ordentlich auf und ihre Ausdünstungen schlugen sich innen an der Glaskuppel nieder. Er hatte die Scheibenheizung aufgrund des Stromverbrauchs abgeschaltet, so dass ihm nur der Schwamm blieb, um das Kondenswasser wegzuwischen. Er hoffte, niemand bemerkte, dass den größten Anteil davon sein Angstschweiß ausmachte. Normalerweise

hatten sie keine Probleme mit beschlagenen Scheiben, sondern trugen zusätzliche Socken.

Mitch sah ihn an. Ein breites Grinsen im Gesicht. »Boss,
was wir hier veranstalten, gleicht einem Husarenritt, aber
ich hatte noch nie so viel Spaß. Und ich behaupte, wir
klauen Prescott den Schatz unterm Arsch weg.«

»Ich hoffe es. Was, wenn wir nur Manganknollen ein-
saugen?«

»Seit wann so pessimistisch? Du hast vermutet, sie haben
es über Bord geworfen, und genau auf der Linie zur Küste
finden wir Metall? Das ist kein Zufall, das ist der Schatz!
Du kannst die Ŝuŝu behalten, deinen Freund auszahlen,
du wirst reich, wir alle! Jetzt freu dich doch endlich! Selbst
die Anzeige der Metallunterscheidung des Detektors sagt,
es handelt sich um Gold.«

»Ich glaube es erst, wenn ich es vor mir sehe.«

»Alter Pragmatiker. Ich habe Ernest gebeten, die Daten
zu überprüfen. Schau mal, ob er schon geantwortet hat.«

Tatsächlich erschien eine Nachricht von der *Argus* auf
dem Bildschirm.

»Wollt ihr es wissen?«

»Ist dein Motherboard durchgeschmort? Ja!«, schrieb
Rasul erbost zurück.

»Edelmetall, genauer: Aurum!!!!!!«, las Rasul und murmelte »Aurum, Au Position 79 auf der Periodentabelle.
Gold!«

Ngumbo verdrehte sich den Hals und riss die Brille vom
Kopf. »Jaaaaaaa!«, brüllte er.

Rasul hielt einen Finger vor den Mund. »Scht, Neptun,
das hören die doch.«

»Ist mir scheißegal. Ich habe alles aufgesaugt, falls da

noch was liegt, dann nur einzelne Münzen und ich finde, die spenden wir Poseidon. Oh Mann, Boss, wir sind reich!«

»Sammel das ROV ein, lasst uns verschwinden. Gleich kommt der Hubschrauber, was, wenn er uns sieht, und umkehrt?«

TAKTIK

Ungeduldig wartete Alex an Deck auf die Rückkehr der Männer. Noch schloss sie sich der an Bord vorherrschenden Euphorie nicht an. Sie sorgte sich vielmehr. Auf dem Radar erkannte man schon den anfliegenden Helikopter. Sparky gesellte sich zu ihr und legte den Arm um sie.

»Hey, bleib ruhig und komm hier runter, dass dich niemand sieht.« Er schob sie in eine Nische. »Du sorgst dich um die Jungs und Rasul?«

Sie nickte. »Ich bin von zu Hause fort, um mein Leben umzukrempeln und meine Ängste zu bekämpfen. Und jetzt stehe ich hier und hab 'ne Scheißangst. Ist das immer so, wenn man liebt?«

»Wir müssen die zurücklassen, die wir lieben, und hinausgehen in die Welt, um uns zu finden. Du hast Rasul gefunden und er dich. Ihr passt gut zusammen.«

»Denkst du?«

»Vom ersten Augenblick an.«

»Das sah er aber ganz anders.«

»Weil er es nicht sehen wollte. Die Wahrheit ist erschreckend, da sie uns vor Augen führt, dass wir unser Schicksal selbst bestimmen. Darüber musste er sich erst Klarheit verschaffen.«

»Ich wusste gar nicht, dass du so weise bist.« Sie gab ihm einen Kuss. »Danke, Sparky, dafür, dass du von Anfang an geradeheraus zu mir warst.«

»Ehrlich? Zwanzig Jahre jünger, und ich hätte mich mit Rasul um dich geprügelt.«

Sie sah ihn schräg an. »Das nenn ich mal ein Kompliment.« Sie gab ihm noch einen Kuss.

Aus Sparkys Walkie-Talkie drang Chips Stimme. »Seht ihr den Heli? Ich habe Rasul empfohlen, unter der *Argus* abzuwarten, bis er weg ist. Wenn er das NauTec entdeckt oder wir es gerade an Bord hieven, zieht er Schlüsse. Wir gaukeln ihm besser vor, wir säßen hier däumchendrehend rum. Aber die Energie- und Sauerstoffversorgung wird langsam knapp.«

»Wie lange, Sparky?« Sie sah ihn flehentlich an.

»Kommt darauf an, wie viele Verbraucher sie anhaben. Nach meiner Berechnung fünfzehn Minuten.«

»Du meinst, sie ersticken hier unter dem Schiff, und wir unternehmen nichts?«

Sparky schüttelte den Kopf. »Nein, wir bringen sie vorher rauf, scheiß drauf, ob Chase uns sieht. Schau, der Hubschrauber, er landet auf der *Oktopus*. Bestimmt wartet Prescott schon am Landeplatz.«

Alex krallte ihre Finger in seinen Unterarm. »Dieser Scheißtyp hat mich das letzte Mal gequält. Am liebsten würde ich ihn stückchenweise an die Riffhaie verfüttern.«

»Ich verstehe dich, aber das überlassen wir besser den amerikanischen Behörden. An einem wie Prescott macht man sich nicht die Finger schmutzig.«

»Ich lasse nicht zu, dass einer der Jungs draufgeht wegen dieses Rasshøls! Entschuldige, ich meinte Arschloch!« Der Helikopter flog über die *Argus* und sie meinte, den hämisch grinsenden Prescott erkannt zu haben. Sie streckte den Mittelfinger aus. »Los, hol sie rauf, Sparky, der kehrt nicht um, der ist viel zu geil auf Publicity!«

Der Heckkran hievte das fast zehn Tonnen schwere Gerät mit den Männern an Bord. Joe half ihnen raus und kaum stand Rasul auf dem Deck, stürmte Alex auf ihn zu. Sie blieb stumm, hielt sich an ihm fest und er legte den Arm um sie. Langsam führte sie ihn in den Schatten des Decksaufbaus, wo sie nebeneinander auf den Boden sanken.

»Ich liebe dich. Egal, ob du jetzt die Stacheln ausfährst. Wehe, du jagst mir je wieder so einen Schrecken ein.«

Seine Hand fuhr in ihren Nacken, er zog sie an sich und küsste sie. »Ich liebe dich. Und glaube mir, ich sterbe im Bett, irgendwann in fünfzig Jahren oder so, niemals bei einem Tauchgang. Ich gebe zu, ich bin fix und alle, will gerne schlafen, mit dir, aber das geht leider nicht.«

»Wieso nicht?«

Er deutete in Richtung Tauchboot, wo sich die Mannschaft versammelte. Mitch schob einen Tisch mit Wasserbehältern heran und sie öffneten den Transportkorb. Eine eigenartige Stille senkte sich über das Deck. Joe filmte mit der Kamera. Ernest und J-P hoben die schweren Klumpen aus dem Korb in die Tanks. Alex trat dazu und beobachtete Mitch. Er war der Archäologe und offenbar erwarteten die Männer, dass er derjenige war, der den Fund zuerst untersuchte.

»Und wie gehst du jetzt vor?«

Er wählte einen breiten Meißel aus der Werkzeugkiste. »Ganz zärtlich wie bei einer Frau«, antwortete er, setzte die Spitze an und hieb kräftig mit dem Hammer auf das Ende.

Sie hielt den Atem an. Der Brocken splitterte entzwei.

Sie starrten auf die beiden Hälften, aus denen sich goldene Münzen ergossen, als hätte jemand eine Schatztruhe ausgekippt. Rasuls Finger schlossen sich fest um ihre. Niemand gab einen Mucks von sich. Sie sahen sich nur an.

Zögerlich tauchte Alex ihre Hand durch die Wasseroberfläche, als ob sie in eine unwirkliche Fantasiewelt eindrang, sah in die Runde, ergriff eines der Geldstücke und hob es hoch.

»Der Schatz der *Ocean Princess*«, kam es leise über ihre Lippen. »Ich glaub es nicht. Das Gold, das Gold, das Gold!«, sang sie mit in die Luft gerecktem Arm und umtanzte die Männer in ihrer Begeisterung wie ein Derwisch.

Die Mannschaft erwachte aus der Starre, sie fielen sich in die Arme und führten Freudentänze auf.

»Hol den Champagner, Ernest!«, brüllte Rasul. »Los Mitch, stemm die anderen auf.«

Klumpen für Klumpen offenbarte sich das gleiche Bild, und sogar die kleinen Fundstücke entpuppten sich nach kurzem Reinigen als Sovereigns mit dem Prägestempel von 1817.

Ernest kehrte mit zwei Champagnerflaschen und Gläsern zurück.

Rasul öffnete die erste bedächtig. Der Korken flog in hohem Bogen in die Luft.

»Freunde, stoßen wir an auf die *Ocean Princess* und meine Prinzessin, ohne die wir die Suche viel zu früh aufgegeben hätten. Jungs, ich danke euch für eure Mitarbeit und Treue. Ich kann gar nicht sagen, wie erleichtert ich bin, dass wir den verdienten Lohn für all die Mühe erhalten. Nicht zu vergessen die Gefahren, die wir gemeinsam durchgestanden haben. Man braucht keinen Helden, um im Einsatz erfolgreich zu sein, sondern ein Team! Das seid ihr für mich. Das beste. Ich fühle mich geehrt, ein Teil davon sein zu dürfen. Ein Schluck auf uns, den Rest für Poseidon! Cheerio!«

Sie traten an die Reling und kippten die Neige aus den Champagnerflöten in einer theatralischen Geste ins Meer.

»Möge Poseidon uns für künftige Expeditionen gewogen bleiben«, donnerte Chip in Richtung *Oktopus.* »Wir kriegen euch und die Exponate. Die *Princess* bleibt unser Wrack, basta!«, schimpfte er hinterher.

»Gibt es noch mehr von dem Stoff? Der schmeckt ja köstlich, was ist das für eine Marke?«, wollte Alex wissen und streckte Ernest das Glas entgegen, der nachschenkte.

»Der teuerste Schampus der Welt, nur das Beste für meine Liebe und die Crew«, antwortete Rasul. »Davon besitze ich noch acht Flaschen. Angemessenes Gesöff für den Anlass, wie ich finde. Château de la Mer. Von mir selbst an die Oberfläche befördert. Vor fünf Jahren. In dem Ruhm sonnte ich mich gerade in Dubai, als mir Gila über den Weg lief. Sie stürzte ihn genauso herunter wie du.« Er hob sein Glas in ihre Richtung. »Ich liebe dich trotzdem.«

In seiner Stimme erkannte sie den Schalk und lächelte. Sie klatschte eine Hand auf Rasuls Hintern und drückte zu. »Aber dein Arsch gehört jetzt mir, komm! Sorry Jungs, feiert noch, wir ziehen uns zurück!« Unter dem Gejohle der Männer zerrte sie ihn mit sich in die Kabine, wo sie ihn aufs Bett schubste. Anstandslos ließ er sich die Hose ausziehen und sah mit hochgezogener Augenbraue zu, wie sie sich entkleidete. Aus der Nachtkonsole fischte sie ein Kondom, wedelte damit herum und warf es lachend hinter sich. Breitbeinig stand sie über ihm und sah auf ihn hinunter. Sie fühlte sich großartig und was immer durch ihre Adern jagte, es machte sie ungeheuer geil und ihm schien es ebenso zu gehen. Er rieb sich eher flüchtig, doch die Berührungen genügten und er wurde steif. Langsam senkte sie ihren Körper ab, küsste ihn auf die Brustwarzen und lutschte kurz daran, arbeitete sich vor, den Hals hinauf, zu seinem Mund, streichelte ihn und genoss die wilde Knutscherei, die daraus entstand. Seit er »Ich liebe dich« zu ihr gesagt hatte, fühlte sie sich regelrecht befreit und total enthemmt. Während ihre Fingerspitzen über sein Sixpack tiefer wanderten, leckte sie über seinen Kehlkopf und setzte zärtliche Bisse auf seine Brust. Er schmeckte salziger als sonst und roch strenger, was sie umso mehr anmachte. Er blieb passiv, stopfte sich ein Kissen unter den Kopf und beobachtete sie. *So ein Pascha, offensichtlich mache ich es richtig. Sonst würde er ja wohl eingreifen. Oder ist er zu müde? Hör auf zu denken, genieße es, er liebt dich. Ob Männer auch nachdenken beim Sex?*

»Lass dich gehen«, raunte Rasul, als könnte er ihre Gedanken lesen, im selben Moment, in dem ihre Zunge entlang seiner Sexline zur Mitte strebte. Sie schloss die Augen, hielt eine Sekunde inne, weil seine Fingerkuppen über ihren Rücken fuhren und ein unbeschreiblich geiles Kribbeln auf der Haut auslösten, gefolgt von einem Rausch, der sie mutig weiterlecken ließ. Die Innenseite seiner Oberschenkel erwiesen sich als hochempfindliche Region, die sie ausgiebig erkundete. Erregend, wie er den Bauchmuskel spannte, sobald sie eine besonders erogene Zone berührte. *Der Minimalist, ich mühe mich hier und er? Einmal streicheln genügt und ich zerfließe. Okay, wenn er nur halb so empfindsam ist wie ich, dann fliegt ihm gleich das Blech weg. Hoppla, ich bin sadistisch veranlagt.* Sie sah zu ihm auf, als sie die Finger um seine Hoden legte und die kleine Kuhle dahinter mit der Kuppe kreisend massierte. Er blies die Wangen auf und zischend entwich sein Atem. *Jetzt hab ich dich!*

Er keuchte und richtete sich etwas auf. »Mmmhm«, brummte er.

Es klang zwischen genüsslich und drohend, was sie aber nicht abhielt, den Schaft hinaufzulecken. Der Verlauf der hervorgetretenen Adern zeichnete den Weg ihrer Zungenspitze vor und jeder Millimeter aufwärts steigerte nicht nur ihre Lust, was er mit einem Stöhnen bestätigte. Dem Bändchen widmete sie besondere Aufmerksamkeit, bevor sie die Lippen um die Eichel stülpte und er keuchend zurück ins Kissen sank. Kühl und samtig spürte sie die Haut auf der Zunge. Ein Gefühl der Macht überkam sie, als sie kurz von ihm abließ und er aufstöhnte, weil sie kühlend über die Spitze blies und damit seiner Erregung einen Dämpfer verpasste. Sie schob ihr Becken über seins, rieb sich an ihm und richtete sich auf. Er umfasste ihre Brüste so sanft, dass sie am liebsten geschrien hätte: »Pack zu!« Aber er sah sie nur unter halb geschlossenen Lidern an, durch deren wahnsinnslange Wimpern das Blau der Augen schimmerte.

Auf einmal warf er sie herum, kam über sie, küsste sie. Wortlos strichen seine Hände an ihren Flanken hinab, fassten ihre Oberschenkel und pressten sie auseinander. Sein Blick senkte sich auf ihre Mitte, mit dem Penis rieb er ihren Kitzler, drang erst mit dem Mittelfinger in sie ein, und das brachte sie schon zum Stöhnen. *Himmel, wieso ist er so rücksichtsvoll?* Sie kam nicht dazu, weiterzudenken, denn er stieß in sie, herrlich kraftvoll, verharrte, wartete ihre Reaktion ab. Sie schlang die Arme um seinen Hals, er stützte sie zunächst im Rücken, dann krallte er die Finger in ihren Arsch und sie ließen sich gehen. Ab dem Moment war alles egal. Sie verschwendete keinen Gedanken mehr daran, dass sie keine eins achtzig groß war, dass ihr Busen ihm zu klein sein könnte und ihre Haare zu unordentlich, ob sie zu viel stöhnte oder zu wenig. Dass sie schwitzte wie er und auf dem Schweißfilm ihre Körper auf- und abglitten, gefiel ihr. Dass er keuchte und sich an ihr festkrallte wie ein Ertrinkender, dass er Worte in ihr Ohr flüsterte, die sie nicht begriff, da sie viel zu erregt war, um zuzuhören. Ihr Becken nahm wie von selbst den Rhythmus auf, in dem seines zuckte. Es war einfach nur schön und sie wollte nicht, dass es aufhörte. Darum sah sie ihn dankbar an, weil er sich zurückzog, sie küsste, sie leckend und streichelnd um ihren Verstand brachte, erneut eindrang, das Spiel weiterführte, bis der Kopf leer war, ein Orgasmus sie erlöste.

Der Geruch von Sex hing noch in der Kabine. Sie lag wach und beobachtete Rasul beim Schlafen. Mit entspannten Zügen lag er neben ihr, leise vor sich hin schnarchend. Ein beruhigendes Geräusch und weit weniger störend als das laute Getöse, das sie von Peer gewohnt war. Sie kannte ihn erst knapp drei Wochen, aber nie zuvor hatte sie sich so zu Hause gefühlt wie an der Seite dieses Mannes. Obwohl er aufgrund seiner Vergangenheit anfänglich so zerrissen schien und seine Souveränität manchmal bröckelte. Gerade das mochte sie an ihm besonders. In dem Gefühl, dass sie sich gegenseitig guttaten, drehte sie sich auf den Rücken und rekelte sich genüsslich. Ihre Gedanken wanderten zu ihrem Großvater. Sie hatten das Gold gefunden und irgendwie schien sich damit ein Kapitel zu schließen. Wie ging es nun weiter? Ein Blick auf die Uhr zeigte ihr, sie hatten neun Stunden geschlafen. Kein Wunder, der letzte Tag war nervenaufreibend verlaufen und die lange Tauchfahrt erklärte Rasuls Erschöpfung. Sie tippte eine Nachricht an Ernest auf dem Tablet, das sie mit der Brücke verband.

»Würdest du ausnahmsweise Frühstück in die Kabine bringen?«

»Guck mal vor die Tür«, schrieb er.

»Du bist der Beste«, tippte sie zurück.

Sie schlüpfte nackt aus dem Bett und bückte sich an der Tür nach dem Tablett, auf dem frische Brötchen, Marmelade, Rührei und zwei Thermostassen mit Kaffee standen.

»Ich liebe diesen Anblick.«

Sie sah über die Schulter. »Du Schuft schaust mir auf den Hintern?«

Er hüstelte. »Nicht direkt. Komm her, ich will es genauer ansehen.«

»Es?«

»Komm her!«

Grinsend setzte sie in aller Ruhe das Tablett auf dem Schreibtisch ab und deckte den Tisch, dabei bückte sie sich mehrfach grundlos.

»Du kleine Bitch!«

Sie ging auf ihn zu und stellte ein Bein auf die Bettkante, auf der er saß. Er küsste sie auf den Venushügel. Langsam glitten seine Hände an ihren Schenkeln entlang. »Du bist die schönste, geilste, blondeste Nixe, die ich je aus dem Wasser gezogen habe. Und gestern Nacht warst du das verruchteste Miststück aller Zeiten. Ich hab es sehr genossen.«

Erst jetzt schaute er zu ihr auf und sein ernster Gesichtsausdruck ließ sie glauben, was er sagte.

»Und ich hatte schon Angst, es wäre dir zu viel.«

Er schüttelte den Kopf. »Davon bekommt ein Mann nie genug, ich jedenfalls nicht.«

»Warum hast du dann so lange gebraucht, es zuzulassen? Ich war drauf und dran, dir den Laufpass zu geben. Und erzähl mir ja nichts von deiner Vergangenheit. Die heißt so, weil sie vergangen ist. Ich sehe dich, heute, und das liebe ich, vom ersten Augenblick an.«

Seine Hand lag in ihrem Schritt und er spielte mit den Fingerspitzen an ihren Schamlippen, bis sie auf die Matratze sank. Kräftige Arme umfingen sie und es fühlte sich wunderbar an, so von ihm gehalten zu werden. Sie verschwendete keinen Gedanken mehr an seine anfängliche Ablehnung. Sie fühlte sich geborgen und beschützt in seiner Nähe und ihr Bauchgefühl sagte: *Ja, hier bist du richtig.* Darauf kam es an, der Rest würde sich finden. Ihre Sinne folgten seiner Zungenspitze, die intensiv damit beschäftigt war, sich auf eine einzige Stelle zu konzentrieren, und schon bald versank sie in einem Rausch von Lust und Verlangen.

Selbst in den Thermosbechern war der Kaffee nur noch lauwarm, als sie endlich aus der Dusche traten. Sie trug ihren türkisfarbenen Bikini und Rasul zog sich eine abgeschnittene Jeans über. Sie hatte schon wieder das Bedürfnis, ihn zu küssen, und er grinste.

»Prinzessin, pack das Bettzeug, wir hängen es draußen zum Lüften auf.«

»Hey, die andern werden wissen, was wir getrieben haben.«

»Das erwarten sie sogar.«

»Oh, verstehe, Rasul, der Macho-Boss, und eine Frau zusammen in einer Kabine. Wir könnten beide im Zölibat leben, sie würden es nicht glauben?«

»Exakt.«

»Okay, also ran an den Feind.«

»Ideales Stichwort. Wann läuft die Übertragung vom Interview?«

»In L. A. sind sie elf Stunden hinterher, 21.00 Uhr dort, also 08.00 Uhr hier. Es ist eine monatlich ausgestrahlte Livesendung von BBC-Science. Thore sagte, eigentlich sollte ein deutsch-indischer Wissenschaftler zum Thema Klimaerwärmung interviewt werden, aber er hat kurzfristig abgesagt. Das war unser Glück.«

»Nutzen wir die Zeit, um eine Strategie auszuarbeiten, wie wir die *Oktopus* kapern.«

»Du willst sie übernehmen? Bist du total verrückt, das verstößt gegen das Seerecht!«

Er zuckte die Schultern. »Ich denke mehr an eine Art freiwilliger Übergabe.«

»Wie?«

»Ich bin überzeugt, das erledigt sich von alleine, sobald die Sendung raus ist. Vorausgesetzt, dein Thore bringt das Video und die Behörden stehen schon vor dem Studio.«

»Ja, so hat er es mir versprochen.«

»Lass uns die Jungs fragen. Vielleicht hat einer von ihnen die zündende Idee.«

An Deck standen Mitch, Joe und J-P. Sie wuschen und sortierten die Goldstücke. Eine erkleckliche Menge präsentierte sich Alex in einwandfreiem Zustand, deutlich mehr als die Hälfte bedurfte einer Restaurierung.

»Wow, die Prägung ist bei diesen hervorragend erhalten. Wie viele konntet ihr ablösen?«

»Dreitausendvierhundert sind bisher in Kategorie 1A. Wir haben fast die ganze Nacht damit zugebracht. Schätzungsweise zwanzigtausend Münzen dürften nach einer gründlichen Reinigung handelsfähig sein, den Rest schicken wir Jane.«

»Jane?«

»Mitchs Freundin. Sie ist Restauratorin.« Joe deutete auf die zusammengekrusteten, restlichen Klumpen, die in kleineren, wassergefüllten Transportbehältern lagerten.

»Wie lange dauert das?«

»Ein Jahr oder mehr bei der Masse.«

»Dann ist Rasul finanziell noch gar nicht aus dem Schneider?«

Mitch lachte. »Doch, ist er oder wird es sein, sobald das publik wird. Die Medien stehen Schlange, es gibt Bildbände, eine Fernsehdokumentation, einer dreht einen Kinofilm, Sammler und Museen werden uns die Münzen aus der Hand reißen. Bares Geld, noch bevor wir ein Stück verkauft haben.«

»Deshalb filmt ihr immer alles?«

»Was dachtest du, wieso?«

Sie zuckte die Schultern. »Ihr seid Profis, ich bin das Lehrmädchen.«

»Du bist unsere Prinzessin. Bin schon gespannt auf die nächste Prise aus deiner Schatzkarte.«

»Hey, mal langsam«, mischte Rasul sich ein. »Zunächst eins nach dem anderen. Was machen wir mit der *Oktopus*?«

»Wir laufen auf sie zu, während die Übertragung der Sendung läuft. Bestimmt guckt die komplette Mannschaft.

Chip meint, mit Vollgas, als wollten wir sie rammen, vielleicht fliehen sie dann. Sonst gehen wir längsseits. Ich hatte die Idee, den Wissenschaftlern die Wahl zu lassen, angeklagt zu werden, oder sie übergeben die Exponate und verschwinden, sobald sie die *Oktopus* in Mombasa bei der Russenmafia abgeliefert haben.« Joe sah Rasul fragend an. »Was meinst du dazu, Boss?«

»Einverstanden. Die haben garantiert mehr zu verlieren als ihren guten Ruf. Familien können auch ordentlich Druck ausüben, wenn man ihnen die Beteiligung an Mord vorwirft oder Umweltzerstörung im großen Stil. Räumt hier auf, ich will denen keine Gelegenheit geben, gierig zu werden. Vor allem Iggy traue ich alles zu und wer weiß, was da noch für Typen an Bord sind, die auch vor Waffengebrauch nicht zurückschrecken.«

»Aye, aye, Sir!« Joe salutierte.

»Nimm es nicht auf die leichte Schulter, Joe. Auf keinen Fall riskieren wir unser Leben, klar?« Er blickte eingehend in die Runde und die Männer nickten. »Ich geh hoch zu Chip, ihr sorgt für Ordnung. Wo ist Ernest?«

»In der Kombüse. Bereitet einen festlichen Brunch aus unseren verbliebenen Vorräten.«

Das Essen verlief ungewohnt ruhig. Das letzte Steak holte sich Chip, den Rasul ablöste. Alex kam es komisch vor, dass die Crew sich darauf zu freuen schien, der Mannschaft von der *Oktopus* Auge in Auge gegenüberzustehen. Sie hatte in den letzten Tagen genug Anspannung für ein ganzes Leben gehabt, fand sie und schüttelte über so viel Risikobereitschaft den Kopf. »Danke, Ernest, das war köstlich, aber den Nachtisch schaffe ich nicht mehr. Ich geh auf die Brücke.«

Rasul stand mit dem Fernglas am Pult und ließ es sinken, als er sie bemerkte. »Auf der *Oktopus* bewegt sich nichts, die Übertragung geht gleich los, ich hol sie hier auf den Bildschirm. Wir machen dreizehn Knoten, sind also in einer Dreiviertelstunde am Ankerplatz. Ernest war heute Nacht auch fleißig, er hat das neueste Bildmaterial vom Wrack an deinen Studienkollegen gemailt. Das wird einschlagen, hoffe ich.«

»Da bin ich mir sicher. Thore ist ein Umweltschützer. Bei dem ist die Sache bestens aufgehoben.«

»Alex?«

»Ja?«

»Versprich mir, dass du mit Ernest unter Deck bleibst, wenn wir rübergehen. Ich will dich in Sicherheit wissen. Bitte, gehorch mir dieses eine Mal.«

»Du hast mir versprochen, kein Risiko einzugehen, wozu das also?«, brauste sie auf.

»Weil ich nur für meine Leute sprechen kann, ich denen von der *Oktopus* kein Druckmittel in die Hand geben will, ich mich nicht um dich sorgen will. Basta!«, pfefferte er zurück. »Ich bin der Boss, meine Verantwortung, schon vergessen?«

Sie hob beschwichtigend beide Hände. »Schon gut. Du beschützt mich, aber ich darf mich um dich nicht sorgen? Weißt du, dass ich eine Scheißangst habe, wenn du da rübergehst? Wenn die Waffen zücken, es zum Kampf kommt, Iggy dir auflauert oder einer über Bord geht beim Umsteigen? Denkst du, ich wüsste nicht, wie gefährlich das ist? Und das nur für die paar Kanonen? Wir haben das Gold, lass uns einfach abhauen, den Rest erledigen die Behörden.«

Rasul lachte höhnisch. »In Somalia existieren keine Beamten, die sich um kriminelle Wracktaucher kümmern. Wach auf, Alex, das ist nicht dein sauberes Norwegen, das ist Afrika!«

»Ich weiß, aber du hast selbst gesagt, du kannst die Afrikaner nicht retten.«

»Das stimmt, dennoch muss ich es versuchen. Ich werde mindestens fünfzig Millionen mit dem Gold verdienen, findest du nicht, es ist meine Pflicht, etwas davon zurückzugeben?«

»Die übernimmst du doch längst mit den Hilfsorganisationen. Nein, das ist was Persönliches. Du kannst es nicht auf dir sitzen lassen, dass Prescott mich entführt und Iggy dich hintergangen hat. Und Joseph? Was hast du mit dem noch vor? Willst du den auch höchstpersönlich bestrafen? Ich dachte, du wolltest nicht mehr kämpfen.«

Er legte das Fernglas weg und drehte sich zu ihr, umfasste ihren Kopf mit den Händen und küsste sie auf die Stirn. »Um Joseph kümmert sich Fritz. Ich hab vor zehn Minuten mit ihm telefoniert. Wie er es hinbekommen hat, weiß ich nicht, auf jeden Fall nehmen sie Joseph hoch, in dem Moment, wo Prescott verhaftet wird. Irgendeine Spezialeinheit war ihm ohnehin wegen des Waffendeals auf den Fersen, sie verlegen den Zugriff jetzt nur wenige Stunden vor. Ich hoffe, er geht dabei drauf und schmort für ewig in der Hölle!«

Entsetzt trat Alex einen Schritt von ihm zurück. Seine Augen funkelten bedrohlich und er wirkte wie ein wütender Stier, wie er die Nasenflügel beim Ausatmen aufblähte. Sein Kiefer mahlte, die Fäuste hatte er so fest geballt, dass der Bizeps unter seinem Shirt deutlich erkennbar anschwoll.

»Rasul! Hör auf! Du jagst mir Angst ein. In der Stimmung gehst du mir nicht auf die *Oktopus*!«

»Verbiete einem Mann nicht, zu tun, was er tun muss!«

»Das ist Rache! Und die ist ein hundsmiserabler Ratgeber. Es führt zu nichts.«

»Wir nehmen keine Waffen mit!«

»Nein? Du bist eine Waffe, Rasul! Das hast du mir mehrfach demonstriert. Du bist noch lange nicht raus aus dem Kampfmodus!«

»Diese Männer hätten dich missbraucht, Joseph hat dich die Peitsche spüren lassen, sie haben Naomi umgebracht!«

»Du hast mich doch schon gerettet. Und Naomi erweckst du nicht wieder zum Leben. Kümmere dich lieber um ihre Töchter. Sei ihnen ein besserer Vater, als Joseph es war. Das ist eine wesentlich effektivere Rache.«

Er nickte zwar, hieb aber die Faust mit Wucht auf das Pult. »Ich will Prescott und seine Mannschaft von den Weltmeeren tilgen. In Mombasa wartet die Russenmafia auf das Schiff. Die Kanonen gehören uns respektive Somalia oder in ein Museum, keinesfalls in die Hände von Verbrechern. Ich bringe es zu Ende, ein für alle Mal.«

»Also gut, tu, was du nicht lassen kannst, ich bleibe unter Deck!« Wutentbrannt marschierte sie schnurstracks zu Ernest, den sie allein in der Küche fand, wo er das abgewaschene Geschirr verstaute.

»Hey, du siehst wütend aus. Die ganze Crew ist in so einer Stimmung und ich dachte, mein Superfrühstück macht sie satt und zufrieden.«

Sie erzählte ihm von dem Streit mit Rasul.

»Der Boss regelt das schon. Komm, wir schauen uns die Übertragung an.«

MEDIENMACHT

Das BBC-Logo flimmerte über den Bildschirm, dann folgte ein Kamera-Shot auf den Moderator, anschließend auf Prescott. Er präsentierte sich im naturweißen Leinenanzug und sah aus wie ein Kolonialherr mit den schwarz-weißen Budapestern an den Füßen. *Eitler Fatzke,* konstatierte Rasul und schnaubte abfällig.

Nach der Vorstellung des ach so interessanten Gesprächspartners gab es ein paar Einblendungen, Unterwasseraufnahmen des Wrackplatzes, die eindeutig vor der Plünderung entstanden waren. Die Mannschaft wurde kurz erwähnt, der technische Aufwand erklärt, man plauderte, bis der Moderator auf den Punkt kam.

»Mister Prescott.«

»Sagen Sie Chase, bitte.«

»Chase, aktuell suchen Sie nach dem Gold der *Ocean Princess*, einem 1820 gesunkenem Sklavenschiff?«

»Das ist korrekt, wir stehen kurz vor der Bergung wertvoller Goldsovereigns. Ich erwarte jeden Moment den Bescheid von meiner Crew.«

»Wie stießen Sie auf das Wrack?«

Prescott sog sich doch wahrhaftig eine Story aus den Fingern. *Lachhaft!*

Der Moderator zog eine Augenbraue so ruckartig hoch, dass selbst dem dümmsten Zuschauer auffallen musste, dass er ihm die Erklärung nicht abkaufte. »Ist es nicht vielmehr so, dass Sie das Wrack von der Mannschaft der *Argus* und Rasul Ben Arab, dem erfolgreichen Schatztaucher und Meeresbiologen, gestohlen haben?«

Vor Unbehagen zupfte sich Prescott an seinem Leinensakko. »Das ist eine lächerliche Anschuldigung. Ich habe jahrelang recherchiert.«

»Dann klären Sie uns darüber auf, wie der Kapitän der *Princess* hieß und wie viele Goldstücke genau Sie dort zu finden gedenken.«

»Ähm, äh, also, ich beschäftige dafür Rechercheure, der Name ist mir jetzt nicht direkt geläufig.«

»Chase, wir wissen aus gesicherter Quelle, dass Sie sogar eine Mitarbeiterin von Mr. Ben Arab entführt haben, um an die Informationen zu kommen.«

»Das ist ja unerhört!« Prescott sprang auf und wollte sich das Mikrofon vom Revers zupfen, bekam es aber nicht los und verheddert das Kabel am Knopf.

»Mister Prescott, bleiben Sie. Wir verfügen über Beweise.«

Er kippte zurück in den Sessel und seine Gesichtszüge entgleisten. »Was?«

»Uns wurde ein Video zugespielt, bitte schauen Sie auf den Monitor.«

Im Hintergrund liefen die Aufnahmen vom verwüsteten Wrackplatz.

»So hinterlassen also selbsterklärte Naturschützer eine Fundstelle an einem hochsensiblen Riff? Sehr interessant. Das dürfte die Umweltbehörden interessieren und auch Ihre Geldgeber. Schlechte Presse mögen die garantiert nicht.«

»Hören Sie, ich dachte, das ist eine wissenschaftliche Sendung?«

»Wir haben noch mehr. Das finde ich wirklich hochspannend.« Die Bilder aus der Drohnenkamera flimmerten über den Bildschirm. Die Gesichter erkannte man genau und sogar Prescotts Befehle waren einigermaßen zu verstehen.

Das Gesicht des Journalisten erschien wieder. Ihm war die Verachtung anzusehen. »Ich soll Ihnen noch einen schönen Gruß von Alex Lund übermitteln. Sie hat Ihnen dieses Interview verschafft.«

Chase erbleichte und sackte in seinem Sitz zusammen.

Hinter ihm tauchten zwei Beamte auf.

»Chase Prescott, Sie sind vorläufig festgenommen wegen Freiheitsberaubung, Beihilfe zum Mord, Verstößen gegen geltendes Seerecht und Umweltzerstörung!«

Rasul schaltete ab und konnte sich ein hämisches Grinsen nicht verkneifen. Er sah zu Chip, der beidrehte, um an der *Oktopus* längsseits zu gehen.

»Hallo *Oktopus*, hier spricht Rasul Ben Arab, Expeditionsleiter der *Argus*. Ich bin überzeugt, ihr habt die BBC-Sendung gesehen. Es dürfte klar sein, dass die Ocean Princess von Anfang an unser Wrack war. Daher fordere ich den Kapitän auf, die uns zustehenden Exponate ohne Gegenwehr zu übergeben. Dann lassen wir euch unbehelligt bis Mombasa fahren«, sprach er in die Lautsprecheranlage, die es nach außen deutlich hörbar übertrug. »Oder wollt ihr alle mit ihm in den Knast wandern?« Er verließ den Kommandostand über die Außentür und rutschte die Treppe am Geländer herunter. Chip manövrierte das Schiff an die *Oktopus* heran. Er gesellte sich zur Crew. Auf dem Deck gegenüber lagen die Kanonen fachgerecht in Wasserbehältern auf Paletten verpackt. Von der Besatzung keine

Spur. Chip betätigte auf Rasuls Zeichen das Schiffshorn zur Warnung. Erst danach erschienen fünf Typen im Sichtfeld. Jemand trat vor. Er hob die Hände.

»Wir wollen nichts mit den Machenschaften von Prescott zu tun haben. Ihr könnt die Sachen holen, aber umladen müsst ihr sie schon selbst.«

»Wo ist der Rest? Zwei seh ich auf der Brücke, wo ist Iggy?«

Der Mann zuckte mit den Schultern. »In der Kombüse, wo er hingehört, nehm ich an.«

Rasul suchte die Luken und Aufbauten ab, er entdeckte aber niemanden sonst.

»Okay, wir kommen rüber.« Er hob den Zeigefinger und ließ ihn kreisen. »Sparky!« Der Ladekran drehte sich. Ein Transportkorb baumelte daran, mit dem sie auf die *Oktopus* übersetzten. Rasul blickte sich zur *Argus* um und vergewisserte sich, dass Alex wirklich unter Deck blieb. Sie war nirgends zu sehen. Von der gegnerischen Mannschaft schien keine Gefahr auszugehen. Er tauschte ein Nicken mit dem Wortführer aus und seine Jungs laschten eine Palette nach der anderen an, während er mit Ngumbo die Leute im Auge behielt. Langsam wich die Anspannung, alles lief glatt. Vierzehn Kanonen, die Schiffsglocke und dreißig Kanonenkugeln wechselten ohne Zwischenfall den Besitzer. Er atmete durch. Das ging besser als gedacht. Er richtete sich an den Sprecher. »Danke, dass ihr keinen Ärger macht. Wo habt ihr die Glocke gefunden?«

»Acht Meter von der Backbordseite, neben einem Skelett, tiefer im Sand. Vermutlich hatten sie das Ding auf einem Floß retten wollen.«

»Möglich. Und das Gold?«

»Keine Spur.«

»Ich will es mal glauben, sonst könntet ihr euch ein debiles Grinsen kaum verkneifen, oder?« Statt eine Antwort abzuwarten, grinste er seinerseits den Mann frech an und tippte sich zum Abschied an die Schläfe. »Ihr könnt fahren. Euer Boss hat 'ne Menge Schulden, ihr solltet in Mombasa so schnell wie möglich von Bord verschwinden. Kleiner Tipp von mir als Erkenntlichkeit für eure Kooperationsbereitschaft.«

Der Typ grunzte abfällig.

Das hatte man nun davon, wenn man nett sein wollte. Wachsam scannte er auf dem Weg zum Transportkorb ein letztes Mal das Deck. Eine Bewegung lenkte ihn kurz ab.

»Vorsicht, Rasul, da ist Iggy!«, hörte er Alex' Stimme.

Instinktiv schützte er den Kopf mit den Armen und rannte Richtung Korb, nur durchdrang ein stechender Schmerz seinen Oberschenkel und er knallte nach zwei Schritten wie ein gefällter Baum hart auf die Seite. *Verdammt*! Aus den Augenwinkeln sah er Iggy neben einer Luke mit einer abgefeuerten Harpune, an der die Sicherungsleine noch festhing. »Hab ich dich, du Sack!«, johlte er triumphierend und zog an der Strippe, sodass Rasul aufjaulte. »Los Leute, worauf wartet ihr, packt ihn!«

Von der *Oktopus*-Crew bewegte sich niemand.

Rasul griff geistesgegenwärtig in die Leine, wickelte sie sich blitzschnell um die Finger und ruckte einmal kräftig daran. Die Waffe flog dem Schützen aus der Hand. »Du Loser bist doch zu blöd, um ein Loch in Korallensand zu pissen!«, brüllte er und zeigte ihm den Stinkefinger. Ngumbo und Joe zückten ihre Tauchermesser, hechteten auf ihn zu, durchtrennten das Seil, zerrten ihn auf die Füße und in den Korb.

»Bringt ihn in den Sani-Raum!«, bellte Sparky, sobald sie das eigene Schiff wieder erreichten.

Chip brachte inzwischen die *Argus* weg von der *Oktopus* und Rasul sah, dass die Männer drüben Iggy eine Abreibung verpassten. Gut so. Er grinste. Aber nur bis er in das vorwurfsvoll dreinschauende, blasse Gesicht von Alex blickte. Sie fasste zwar nach seiner Hand, die er fest drückte, sagte aber keinen Ton. Sie ließ sie erst los, als er auf der Krankenstation lag und sie ihm die Hose vom Leib schnitt. Sparky wusch sich schon und Rasul dachte noch, an ihm sei ein Arzt verloren gegangen, und fühlte sich eigenartig, weil er mit Alex über ihn sprach, aber nicht mit ihm.

»Ein Durchschuss. Aber durch den Rückzug hat sich der Widerhaken ins Fleisch gegraben. Wir müssen ihn auf die Seite drehen. Dann schneide ich das Ende ab und drücke den Pfeil nach hinten raus.«

»Joe, hol den Bolzenschneider aus der Werkzeugkiste, den großen!«

»Tut ihm das nicht weh?«

»Ich sediere ihn.«

»Eigentlich müsste er da ohne Narkose durch, der Idiot. Ich bin höllisch wütend.«

»Er blutet heftig, hoffentlich ist keine Arterie verletzt.«

»Mach mir keine Angst.«

»Hey, ihr redet hier über mein Blut!«, begehrte Rasul auf.

Sparky legte ihm einen Stauschlauch an. »Mach mal 'ne Faust, Boss.«

Er spürte den Einstich und kurz darauf kam es ihm vor, als läge er in einer Kiste voller Watte. Er hörte und sah, doch sein Verstand ordnete es nicht mehr ein. Sparky ruckelte an ihm rum, dann hielt Joe ihn fest und Alex heulte, als wäre es ihr Schmerz, den er zwar fühlte, aber schnell wieder vergaß, weil er versuchte, Sparkys hektischem Treiben zu folgen. Danach verließen ihn die Sinne.

»Schön, dass du mich noch genug liebst, um meinen Schlaf zu bewachen«, krächzte er und richtete den Blick auf den Stuhl neben sich. Er blinzelte mehrfach, bis er die Person erkannte, die sich darauf rekelte.

»Ach Boss, wenn du meine Liebe nur erwidern würdest.« Joe grinste breit. »Endlich bist du wach.«

»Oh, verdammt. Wo ist Alex?« Panik kroch in ihm hoch, dass sie ihn verlassen haben könnte.

»Sie schläft. Wir mussten sie rauszerren, sie hat zwei Tage kein Auge zugemacht. Du hattest Fieber.«

Rasul wollte sich aufrichten, doch er rutschte ab und plumpste zurück auf die Matratze. So schwach hatte er sich schon ewig nicht mehr gefühlt. In seinem Oberschenkel pochte es gewaltig, als klopfte einer mit dem Hammer darauf herum.

»Du bleibst schön liegen. Alex killt mich, wenn du aufstehst. Sie sagt zwar, es geschehe dir recht, dass du Schmerzen hast, aber sie ist höllisch besorgt. Erinnerst du dich?«

»Iggy, der Vollpfosten. Dachte wohl, er könnte mich mit einer Harpune erledigen. Aber ich bin kein Ammenhai, ich bin ein Mako! Ein Iggy bringt mich nicht um!«

»Fast hätte es geklappt. Du hast irrsinnig viel Blut verloren, die Wunde hat sich entzündet. Vermutlich hat Iggy vorher Papageienfische damit gejagt und sie nicht gereinigt. Sparky hat alles an Antibiotika in deinen Körper gepumpt, was er hatte. Wir fahren Volldampf nach Mombasa, du musst ins Krankenhaus.«

»Quatsch! Ich hab bloß Durst.«

Joe gab ihm Wasser. »Du glaubst mir besser, oder willst du dein Bein verlieren?«

Ein erneuter Versuch, sich aufzurichten, misslang.

Joe knallte die Wasserflasche auf den Tisch. »Alex hat recht, du bist ein, sturer Bock! Bleib gefälligst liegen! Oder muss ich Alex holen, damit sie dich ans Bett fesselt? Doc Sparky hat sich die größte Mühe gegeben, um die Blutung zu stillen. Wir haben keine Blutkonserven an Bord und bis Mombasa sind es noch zwei Stunden. Das hältst du aus, oder soll ich Alex holen? Bete, dass der Sprit reicht bis dahin.«

Die Fahrzeit bis zum Hafen zog sich hin wie Kaugummi, aber sie schafften es. Alex ließ sich nicht blicken, und es ärgerte ihn, dass man ihn mit einem Krankenwagen abholte. Sparky fuhr mit. Erst als er auf einem OP-Tisch landete und man den Verband abnahm, sah er die rot entzündeten Ein- und Austrittswunden, die wieder zu bluten begannen.

Der Chief drückte ihm zum Abschied die Hand. »Ich habe mit dem Arzt gesprochen. Hier bist du bestens aufgehoben. Sie tun alles, um dein Bein zu retten.«

Das fühlte sich beschissen an, als würde er zur Schlachtbank gefahren. Offenbar hielt man hier wenig von der Methode, einen Patienten vor einer Operation über Chancen und Risiken aufzuklären. Er sah sich schon als Kapitän Ahab mit Holzbein über die Planken der Ŝuŝu humpeln. Daran änderte auch das freundliche Lächeln der Krankenschwester nichts, die ihn aufforderte, von zehn rückwärts zu zählen, nachdem sie ihm eine Maske aufgesetzt hatte. Fest entschlossen, bis null runterzuzählen, verließen ihn die Sinne bei acht. *Verdammt …!*

Von grellem Licht in den Augen wachte er auf. Ein Mann, der in einem weißen Kittel steckte, leuchtete ihm mit einer Taschenlampe hinein. Er sah sich um, niemand sonst da, den er kannte. Wo blieb Alex? Ihm fiel ein, dass er schon öfters aufgewacht war, nur sie war nie anwesend gewesen, weshalb er einfach die Augen wieder geschlossen hatte.

»Mr. Ben Arab, bleiben Sie wach, bitte.«

Jemand tätschelte seine Wange, was er völlig unnötig fand und ihn ärgerte.

»Wo ist Alex?«

»Ich kenne keinen Alex, tut mir leid.«

Der Mann schlug die Bettdecke zur Seite und Rasul wagte kaum nach unten zu sehen, weil er fürchtete, einen Stumpf zu entdecken. Er hielt den Atem an und hob den Kopf, den er gleich darauf erleichtert zurücksinken ließ. »Bei Poseidon«, stöhnte er, »es ist noch dran.«

»Natürlich ist es noch dran. Dachten Sie, wir amputieren es? Zugegeben, die Arterienverletzung und die Entzündung waren nicht leicht in den Griff zu bekommen. Zum Glück hat Ihr Bootsmann gute Vorarbeit geleistet, sonst wären Sie auf dem Weg hierher verblutet. Sie verdanken ihm ihr Leben. Und beim nächsten Mal hantieren Sie vorsichtiger mit der Harpune.«

Was immer Sparky erzählt hatte, der Arzt glaubte offenbar an einen Unfall. *Gut.*

»Schwester, wechseln Sie den Drainagebeutel.«

»Wann darf ich hier raus, Doktor …?«

»Doktor Bamali. In zwei Wochen erhalten Sie Gehhilfen und Lauftraining.«

»Zwei Wochen! Geben Sie mir die Krücken, ich komm schon klar.«

»Auf keinen Fall! Frühestens in drei Tagen ziehen wir die Drainage und in fünf die Fäden. Bis dahin leichtes Bewegungstraining, damit Ihr Kreislauf in Schwung kommt.«

»Darf ich wenigstens mit meiner Mannschaft telefonieren?«

»Ihr Bootsmann lässt ausrichten, dass sie den Versand vorbereiten und dann nach Agadir weiterfahren. Da dürfen Sie nicht mit, ich verweigere Ihnen die Seetauglichkeit. Sie sind krank.«

Rasul wollte aufbrausen, doch der Arzt wirkte unerbittlich. Der Mann verließ wortlos das Krankenzimmer, das daraufhin eine Pflegerin betrat, die resolut die Arme in die Hüften stemmte und ihm dabei zusah, wie er die Beine von der Matratze hievte.

»Versuchen Sie nur, aufzustehen«, ermunterte sie ihn.

Er hatte seinen Hintern noch keinen Zentimeter vom Bett gehoben, da sackte er zusammen.

Die Schwester fing ihn auf und bedachte ihn mit einem »Siehst du«-Blick.

Er biss die Zähne zusammen, ignorierte den Schwindel und hüpfte auf dem gesunden Bein von ihr gestützt ins Bad, wo er sich auf die Toilette fallen ließ. Wenigstens drehte sie sich um, als er pinkelte. Mit einem Waschlappen rieb er sich das Gesicht ab. Aber es half kein Stück. Ihm war zum Kotzen. Er, der Einsamkeit so lange genossen hatte, schaffte es nicht allein auf diesen schäbigen Lokus, und nun saß er hier, den Tränen nahe wie ein Kleinkind, das seine Mutter im Gewühl verloren hatte. *Verdammt, er war ein Mann!*

»Geben Sie mir eine Krücke, sonst stehle ich mir eine«, herrschte er die Krankenschwester an, die ihm aufhalf.

»Sie hoppeln ins Bett zurück und bleiben drin. In vierzehn Tagen holt man Sie ab. Es ist alles organisiert.«

»Sagen Sie das doch gleich«, ächzte er, während er sich unter dumpfen Schmerzen auf die Matratze sinken ließ. »Besorgen Sie mir ein Telefon?«, hängte er flehend an.

»Ich habe dir deins mitgebracht.«

Alex lehnte am Türpfosten.

Das Glücksgefühl, das ihn durchströmte, als er sie dort sah, war phänomenal.

Sie trat heran und reichte es ihm zusammen mit einem Notebook. »Eigentlich sollte ich böse mit dir sein.« Sie setzte sich auf einen Hocker. »Das nächste Mal hörst du auf mich. Es stinkt mir, mich deinetwegen zu ängstigen.«

»Und wer fragt, wie es mir geht?«

Sie sah ihn mit erhobenen Brauen an. »Ernsthaft? Kannst du nicht mal guten Tag sagen, ›ich freue mich, dich zu sehen‹? Du ungehobelter Klotz!«

»Immerhin stand der Verlust meines Beines auf dem Spiel und du hast nie am Bett gesessen, wenn ich aufgewacht bin. Ich dachte, du hättest mich verlassen.«

Sie schnaubte. »Du dramatisierst. Ich saß hier, jeden verdammten Tag, und warum? Weil du unvernünftig warst. Noch so eine Nummer und ich bin weg, für immer.«

»Das lasse ich nicht zu!«

»Akzeptiere mich, dann darfst du mich behalten.«

»Gegen dich komme ich sowieso nicht an.«

»Endlich kapierst du es.« Sie beugte sich vor und küsste ihn auf den Mund. »So, ich muss los, die Jungs legen in einer Stunde Richtung Agadir ab, sie senden dir Genesungswünsche. Und ich bin auf dem Sprung zum Flughafen. Rahims Jetservice holt mich ab, weil es keinen Direktflug nach Marrakesch gibt. Ganz schön angenehm, so ein reicher Freund.« Sie strich über seine Stirn und das fühlte sich ungeheuer gut an. »Ich lasse dich ungern hier allein zurück.«

»Was?« Ein Schreck durchfuhr ihn. Sie traf auf die Ghadiris? Das erschien ihm fatal. »Warum?«

»Die Behörden verlangen nach der Anwesenheit wenigstens eines Teils der Adoptiveltern wegen der Mädchen.«

Er saß da wie vom Donner gerührt. Adoptiv… Was? So schnell?

Alex bekam von seinem Schock nichts mit.

»Wenn ich mit der *Argus* fahre, bin ich drei Wochen unterwegs. Das wird auf jeden Fall spannend, ob ich das erledigen kann. Wir sind weder verwandt mit den Kindern, noch sind wir verheiratet. Oder willst du, dass sie im Waisenhaus landen? Also, was schlägst du vor?«

Im Moment konnte er keinen vollständigen Gedanken fassen, geschweige denn irgendetwas vorschlagen. Natürlich, sie sprach von Naomis Töchtern! Sie wollte sie wirklich adoptieren? Mit ihm?

Fassungslos starrte er Alex an, seine Prinzessin des Ozeans, deren Augen vor Aufregung und Vorfreude glänzten. Er versuchte sich vorzustellen, wie sie erst strahlen würden, hielte sie ein so lang ersehntes Kind im Arm – seines und ihres. Bei dem Gedanken erfasste ein warmes Gefühl von ihm Besitz, zu dem sich noch ein ganz anderes, viel mächtigeres gesellte: Beschützerinstinkt. Das Bild vor seinem geistigen Auge von zwei kleinen Mädchen, die ihr junges Leben lang nur Dunkelheit gekannt hatten und nun an Alex Hand in eine helle Zukunft sehen konnten, schnürte ihm die Kehle zu. Gleichzeitig wurde sein Herz weit. Er wollte sie auf diesem Weg begleiten und schützend über sie wachen, all das Übel auf der Welt, das er so gut kannte, von ihnen fernhalten. Ja, er wollte diese Kinder mit ihr adoptieren. Am liebsten auf der Stelle.

Die Offenbarung überspielend, die er soeben gehabt hatte, grinste er. »Töchter. Eigenartig, mir gefällt die Vorstellung. Danke, dass du mein Versprechen mitträgst.« Ihr warmes Lächeln drang direkt in sein Herz.

»Du erfüllst mir einen Wunsch, gleich doppelt. Und ich mag, dass du dich, ohne zu überlegen, in dieses neue Abenteuer mit mir stürzt.«

»Ich war's ihr schuldig.«

Sie nickte. »Ich weiß, und ich mag dein Verantwortungsbewusstsein.« Sie gab ihm einen innigen Abschiedskuss. »Ich vermisse dich jetzt schon. Rahim schickt dir den Jet. Bis dahin sorge ich für ein Nest, okay?«

»Ich erteile dir freie Hand. Mein Riad wird dir gefallen, schade, dass ich nicht dabei bin, wenn du es zum ersten Mal siehst.«

»Ich wohne solange bei den Ghadiris. Damit du keine Langeweile bekommst, ist auf dem Notebook ein Bericht über das Aufdecken eines Waffendeals. Man hat ein paramilitärisches Camp hochgenommen, es gab Tote. Joseph ist darunter.«

Er nickte. Auf eigenartige Weise befriedigend, dass Naomis Tod gerächt wurde. »Danke.«

Sie winkte zum Abschied und verschwand schnell aus dem Raum. Aber die Träne in ihrem Augenwinkel hatte er noch gesehen. Er seufzte und verfluchte den hartnäckigen Arzt, der ihn partout nicht reisen lassen wollte. Das würden verdammt lange vierzehn Tage. Kaum war sie aus dem

Zimmer, schmerzte ihre Abwesenheit, als hätte man ein Stück aus ihm herausgerissen. Sie dazu in Rahims Nähe zu wissen, mit der Erinnerung an dessen damaligen Zustand, der zu der einen Woche mit Gila geführt hatte, beunruhigte ihn zutiefst. Er krallte die Finger in das Bettlaken. Die Parallelen ließen sich nicht leugnen. Rahim könnte auf eine Revanche pochen oder Gila Dinge ausplaudern, die er Alex gerne selber erzählt hätte. In Gedanken malte er sich das Szenario aus. Hoffentlich hielt die Freundschaft dieser Nagelprobe stand.

NEULAND

Die Herzlichkeit, mit der man sie im Hause Ghadiri auf-
nahm, warf Alex fast um. Das Riad Rouge erwies sich als
Luxusherberge. Mitten in Marrakesch bot es einen Ort der
Ruhe, der angenehmen Kühle, der liebenswerten Freund-
lichkeit eines orientalischen Gastgeberpaares. Durch
dessen unkonventionelle Art fühlte sie sich sofort wie zu
Hause. Die quirlige, vierjährige Tochter Jamila, nannte sie
schon nach dem zweiten Tag Tante Alex. Mit Gila verstand
sie sich auf Anhieb. Sie liebte ihren trockenen Humor und
wie sie aufbrauste, wenn ihr etwas gegen den Strich ging,
aber vor allem, weil sie offen mit ihr über die Woche mit
Rasul redete. Am Anfang fiel es ihr schwer, zu hören, wie
geil die Nächte verlaufen waren, und sie hatte sehnsüchtig
an ihn gedacht. Es schmerzte, zu wissen, dass eine andere
Frau ihn vor ihr hatte. Aber dann beschloss sie, das abzu-
haken. Außerdem gefiel es ihr, von Gila interessante Tipps
zu erhalten, worauf Rasul so stand. Was den Sex anging,
tauschten sie sich freizügig aus. Wie alte Freundinnen.
Von ihr erfuhr sie auch ein paar unschöne Details über
sein früheres Leben, welche die Lücken in seinen Erzählungen schlossen und bestätigten, was Joseph angedeutet
hatte. Das hakte sie ebenfalls ab. Von jetzt an gab es nur
noch Zukunft. Eine beste Freundin kannte Alex nie. Da
sie die meiste Zeit mit ihrem Großvater und der Schatz-
sucherei verbracht hatte, war das immer auf der Strecke

geblieben. Umso mehr genoss sie, dass sie in Gila eine gefunden hatte.

Die Hausherrin kam mit einem Tablett Tee herein. Das Gemisch aus schwarzem Darjeeling und Pfefferminze war inzwischen zu Alex' Lieblingsgetränk avanciert.

»Hast du was von Rasul gehört?«

»Ja, er kommt morgen. Ich freu mich wahnsinnig. Nur ungünstig, weil doch auch die Kinder ankommen, das möchte ich auf keinen Fall verschieben. Ich habe Angst, dass die Behörden es sich sonst anders überlegen. Wie regeln wir das?«

»Tja, es gibt keinen günstigen Zeitpunkt, um Kinder zu bekommen, lass dir das gesagt sein. Wir holen sie vom Waisenhaus ab, bringen sie hierher und später zu euch ins Riad Azur. Einverstanden?«

»Ja, danke. Ich bin aufgeregt. Ob sie sich wohlfühlen bei uns?«

Gila zuckte die Schultern. »Also Navid schläft in deinem Arm sofort ein, Jamila klebt an dir wie eine Klette. Kinder haben ein gutes Gespür. Die ersten Treffen sind doch prima abgelaufen. Das Eis ist gebrochen. Ja, ich denke, sie werden sich bald einleben. Und die Kinderzimmer sind entzückend geworden. Jedes Mädchen träumt von Himmelbetten und Einhornplüschtieren.« Sie lachte schallend.

Alex ließ sich anstecken und dachte an die Nachmittage, an denen sie mit Gila im Internet eskaliert war und Einrichtungsgegenstände geshoppt hatte. Seit der Goldfund in der Öffentlichkeit bekannt war, füllten sich Rasuls Konten praktisch stündlich. Rahim, der kompetent die Finanzen seines Freundes betreute und täglich mit ihm telefonierte, hatte sie von Beginn an ins Herz geschlossen.

Seinem Verhandlungsgeschick verdankten sie es, dass die Kinder so schnell von Mombasa nach Marrakesch übersiedeln durften. Behördengänge, Korrespondenz, Anwalt, um alles kümmerte er sich geduldig. Und Gila, für die er stets eine liebevolle Geste, eine zärtliche Berührung oder ein Kuss erübrigte, hatte ihr verraten, dass ›Bakschisch‹ sowohl in Kenia als auch in Marokko ein nützliches Argument war. Außerdem hielt er den Kontakt zur *Argus* aufrecht, die sie in einer Woche in Agadir erwarteten. Eine stressige Zeit kam auf sie zu. Wie sollten sie das nur schaffen?

Zum Flughafen fuhr sie allein und wartete ungeduldig. Sie schluckte, als Rasul an Gehhilfen auf sie zu humpelte.

»Alex!«, rief er hocherfreut, als er sie entdeckte und fuchtelte wild mit der Krücke in der Luft herum.

Sie flog ihm entgegen. »Rasul!« Glücklich umarmten sie sich minutenlang, bevor sie sich von ihm löste.

Er betrachtete sie eingehend. »Meine Prinzessin, endlich habe ich dich wieder. Zwei Wochen ohne dich, das war schlimmer als jede Folter.«

Sie nickte. So empfand sie es auch und verdrückte eine Träne. »Geht es dem Bein besser? Es tut mir ja so leid, dass ich dich da zurückgelassen hab.«

»Verheilt in ein paar Monaten, sagen die Ärzte.«

»Wir müssen uns beeilen. Die Kinder kommen.«

»Ich freue mich schon. Ich habe in Mombasa Puppen für sie gekauft.«

Sie rollte mit den Augen. »Du hast ein zu weiches Herz.«

»Für dich hab ich auch was erstanden.«

»Was?«

»Warte, bis wir zu Hause sind.« Er lächelte sie so liebevoll an, dass sie ihn küsste.

»Ich hasse dich!«

Er schüttelte den Kopf. »Das wäre eine Katastrophe, ich werde doch heute Vater.«

Die Aussage ließ sie glücklich lächeln. »Dann los.«

Sie liebte das Riad Azur, seit sie es das erste Mal betreten hatte. Die kunstvoll mit Eisennieten verzierte Tür schwang so geschmeidig auf, als hätte sie »Sesam öffne dich« gesagt, anstatt einen schnöden Sicherheitscode einzugeben. Sie stellte den Koffer neben eine aus Treibholz gefertigte Kommode, eines der vielen Möbel aus Rahims Design-Manufaktur. Jedes Stück ein Unikat, das sich perfekt in das Ambiente des behutsam restaurierten Gebäudes einfügte. Sie ging vor Rasul her in den lichtdurchfluteten Patio, in dessen Mitte ein langes Schwimmbecken lag, das von einem Springbrunnen gespeist wurde. Die Treppen zum Obergeschoss half sie ihm hinauf und führte ihn durch die Kinderzimmer. »Sorry, dass dein Rückzugsraum der Renovierung zum Opfer gefallen ist, aber Gila meinte, den brauchst du ab sofort nicht mehr.«

»Aha. Gila war schon immer eine weise Frau.«

Alex zog eine Augenbraue hoch. »Trauerst du ihr etwa immer noch nach?«

»Muss ich jetzt aufpassen, was ich sage?«

Sie hob den Zeigefinger. »Du, sei ja vorsichtig, ich mag sie, aber wenn du ihr nachstellst, kratze ich ihr die Augen aus.«

Sein Gesicht zeigte ihr, dass er sie nur foppte.

»Magst du die Zimmer?«

»Sehr, ich bin überzeugt, die Mädchen auch. Erzähl mir von ihnen, wie sind sie?«

»Schüchtern am Anfang, aber bildhübsch. Lindi sieht aus wie ihre Mutter.«

Nachdenklich sah er sich um. »Naomi hätte sich gefreut. Ich bedaure, dass ich …«

»Scht, nicht. Du tust das Beste und nimmst ihre Kinder auf. Bitte, lass Naomis Tod nicht zu einem weiteren Trauma für dich werden, Rasul.«

Er zog sie an sich, legte einen Arm um sie und nestelte ein Samtkästchen aus seiner Hosentasche.

»Tut mir leid, dass ich nicht auf die Knie gehen kann.« Er hielt ihr das Kästchen hin.

Sie sah ihn verständnislos an. Auf einmal ahnte sie es und konnte nicht verhindern, dass ihre Augen in Tränen schwammen. »Ist es, was ich denke?«

In seinem sie bis ins Innerste durchdringenden Blick lag so viel Liebe, dass es bis ans Ende ihres Lebens genügen würde, glaubte sie. Doch er schüttelte den Kopf. »Wahrscheinlich nicht, aber für mich hat es dieselbe Bedeutung.«

Erwartungsvoll öffnete sie die Schatulle und fand darin ein Schneckenhaus an einer Goldkette und ein passendes Armband. Gerührt sah sie zu ihm auf. »Das ist um Längen besser.« Sie hängte es sich um.

»Jetzt gehörst du für immer zu mir, ja?«

Vor Rührung brachte sie keinen Ton heraus. Sie nickte und gab ihm einen Kuss. Die Türklingel rettete sie davor, hemmungslos loszuheulen vor Glück. Sie begaben sich so schnell wie möglich die Treppe hinab, um zu öffnen.

Gila, die ihren Sohn auf dem Arm trug, drängte durch die Tür hinein. »Sorry, ihr Lieben, aber Navid hält nicht mal dicht vom Riad Rouge bis hierher, dabei sind es nicht mal drei Minuten zu Fuß. Ich muss ihn wickeln. Rahim, gib mir die Tasche bitte. Ach, und ich konnte Nila und Lindi nur überreden, bei ihren neuen Eltern einzuziehen, wenn sie ihre Katze mitbringen dürfen. Ihr habt also jetzt zwei Töchter und ein Haustier. Willkommen zu Hause, Rasul!« Sie gab ihm einen flüchtigen Wangenkuss.

Mit einem Seitenblick auf Alex rempelte Rahim seinen Freund beim Eintreten neckend an der Schulter.

Rasul räusperte sich. »Denk nicht mal, ich würde sie dir auch nur für einen Tag überlassen. Es gibt keine Revanche und du kannst dir deinen Harems-Kennerblick sparen, mein Guter.«

Das Lachen Rahims hallte in Alex' Rücken durch das Haus.

Jamila hüpfte an ihr vorbei. »Hi Tante Alex«, rief sie und verschwand in Richtung Springbrunnen im Innenhof.

Alex ging in die Hocke. »Jambo«, begrüßte sie die Mädchen, die mit großen Augen und vor Staunen offenen Mündern vor ihr stehen blieben. Lindi umklammerte mit einem Arm ein rot getigertes Katzenbaby und mit der anderen Hand ihre kleine Schwester. Noch bevor Alex überlegen konnte, wie sie es den beiden erleichtern sollte, Teil einer fremden Familie zu werden, befreite sich die Katze, lief ins Hausinnere und die Kinder rannten ihr fröhlich nach.

Ihr wurde warm ums Herz. Auf einmal stand sie mitten drin in ihrem neuen Leben, nach dem sie so lange gesucht hatte, und dachte an Peer und ihren Großvater. Die Zukunft war nicht planbar und ja, man brauchte Mut zum Risiko. Für diese Lehre würde sie den beiden Männern aus ihrer Vergangenheit ewig dankbar sein.

Sie sah zu Rasul auf, der den jauchzenden Mädchen mit einem liebevollen Lächeln hinterhersah, bevor er ihr das

Gesicht zuwandte. Er ergriff ihre Hand, hob sie an seine Lippen und flüsterte: »Willkommen daheim, meine Königin.«

ENDE

Liebe Leser,
Wenn Euch gefallen hat, was ihr lesen durftet, dann hinterlasst eine Rezension auf Amazon. Ohne Rezension, ist ein Autor dort nicht sichtbar. Damit könnt Ihr Eure Autoren unterstützen.
Danke

DANKSAGUNG

Einen Roman fertigzustellen, ohne meine Soulies von Soulwriters, meine Adminas, alle Betaleser und Helfer, meinen Thesaurus, Lektorat und Korrektorat, ist unmöglich. Ich nenne absichtlich keine Namen, denn ihr wisst, wen ich meine. Ohne Eure Unterstützung hätte ich mitten auf dem Weg aufgegeben. Im gesamten Entstehungsprozess von Ocean Princess wart Ihr ungeheuer wichtig für mich. Ich bedanke mich für Eure Hilfe, Beratung, Werbung, das Trösten und Mutmachen, für Eure Geduld und die Nachsicht bezüglich meines reichlich chaotischen Endspurts. Mit Euch zusammen ist Ocean Princess eine wunderbare, spannende und berührende Geschichte geworden.

Eure Helen